U0621289

赵仙泉 著

浅斟低唱

——十年诗文选集

（2012—2022）

中国国际广播出版社

图书在版编目（CIP）数据

浅斟低唱：十年诗文选集：2012—2022 / 赵仙泉著. —北京：中国国际广播
出版社，2022.9

ISBN 978-7-5078-5190-8

Ⅰ.①浅… Ⅱ.①赵… Ⅲ.①诗集－中国－当代 ②散文集－中国－当代
Ⅳ.①I217.2

中国版本图书馆CIP数据核字（2022）第149189号

浅斟低唱——十年诗文选集（2012—2022）

著　　者	赵仙泉
责任编辑	乌誉菡
校　　对	张　娜
版式设计	邢秀娟
封面设计	赵冰波

出版发行	中国国际广播出版社有限公司 ［010-89508207（传真）］
社　　址	北京市丰台区榴乡路88号石榴中心2号楼1701
	邮编：100079
印　　刷	环球东方（北京）印务有限公司

开　　本	710×1000　1/16
字　　数	540千字
印　　张	38.25
版　　次	2022 年 11 月 北京第一版
印　　次	2022 年 11 月 第一次印刷
定　　价	96.00 元

版权所有　盗版必究

2022 年 1 月 4 日（腊月初二），五十九岁留影

2011 年 5 月 5 日，与武昌理工学院校长赵作斌合影

2012 年 4 月 30 日，北京奥林匹克森林公园留影

2013 年 4 月 7 日，北京红领巾公园留影

2014 年 4 月 6 日，松滋洈水留影

2015 年 8 月 21 日，土耳其伊斯坦布尔留影

2016 年 2 月 12 日，珠海市留影

2017 年 4 月 2 日，故乡松滋的紫云英花海

2018 年 6 月 23 日，晋升岳父

1. 2019 年 11 月 23 日，武汉大学留影
2. 2020 年 9 月 19 日，北京温榆河留影
3. 2021 年 11 月 12 日留影

自　序

宋代词人柳永《鹤冲天·黄金榜上》云：

　　黄金榜上。偶失龙头望。明代暂遗贤，如何向。未遂风云便，争
不恣狂荡。何须论得丧。才子词人，自是白衣卿相。
　　烟花巷陌，依约丹青屏障。幸有意中人，堪寻访。且恁偎红倚翠，
风流事、平生畅。青春都一饷。忍把浮名，换了浅斟低唱。

　　这是作者参加科举考试落榜后所作，调侃之情溢于言表。特别是"忍
把浮名，换了浅斟低唱"乃千古名句，虽然有些不甘心，但显示了他作为
性情中人的人生态度。

　　在此，本人借用其"浅斟低唱"的意趣，认可他的潇洒与不羁。至于
是不是与柳永一样算作"白衣卿相"，我并不在意。

　　语言文字不一定非要高端大气上档次，真情流露就好。无论是诗歌还
是散文，何必讳莫如深？犹如酒吧的私语和沙龙的闲聊，不虚伪、不矫饰，
或许更有意义。

　　这本书是本人2012—2022年十年来的诗文集。此前，已经先后出版《理
性与情感：一位新闻学博士的精神空间》（人民日报出版社，2004年
1月）、《诗海扬帆》（中国戏剧出版社，2008年10月）、《思无邪：
仙泉手记》（中国环境出版社，2013年1月）。因此，本书可当作本人原
创诗文的延续。值得特别提示的是，本书收入了创新性的自由体"三句诗"、

《〈诗经〉十五国风新译》。

我之所以重新翻译《诗经》，主要有三个动因。一是源于我的专业，1984—1987 年，我在武汉大学攻读硕士学位时的专业与研究方向就是中国古代文学里的"先秦两汉文学"，而我的专业情结一直存在；二是我热爱诗歌，对诗歌创作有实践与体验，至少我不是门外汉；三是我对某些没有诗意的翻译有意见，觉得味同嚼蜡，译文不是真正的诗。于是，我以新体诗形式新译了《诗经》最具可读性的"国风"部分。在翻译的过程中，我采取了比较灵活的语言表达方式。有时候是自由体诗，尽可能接近当代诗的语境；有时候也采取整齐的句式，保留古风古韵。当然，个别地方我也夹杂了调侃的词汇，增强幽默感与趣味性。应该说，我的翻译也不完美。一千个人有一千个哈姆雷特，诗无达诂，各有各的理解与性情在里面。不过，我坚信的一点是，翻译《诗经》的人必须同时是学者兼诗人，否则就是一般地将文言文翻译为白话文的人了。愿我的新译如新风，吹进读者的心中。

2022 年 12 月是我"告老还乡"的时间。告别职场前夕，出版这本书具有一定的纪念意义。人生短暂，不期待不朽，但愿雁过留声。

感谢我的本家、武昌理工学院校长赵作斌兄资助本书出版。作为该校的客座教授，我深感荣幸！

2022 年 5 月 30 日

目 录

中卷 《诗经》国风新译

周南

召南

开卷有益

诗歌

上卷

花的心声

我是花
是花朵花簇和花样的年华
为了短暂的灿烂与奔放啊
我不怕凋零
也宁愿忍受寒冬的肃杀
哪怕只有一瞬的美丽
我也无悔这生命的云霞
当激情绽放以后
我的枯萎我的毁灭
也是春天浪漫的童话

生命咏叹调

无忧无虑的日子
是那些饥饿与贫穷的岁月
故乡的金银花天真无邪
引来蜜蜂在菜园的篱笆墙上游戏
竹林的新笋顽强地拔节
我的童年也属于自然界
在荆棘丛里享受着野趣
我不知道长大了还要迁徙
不知道萤火虫和蛙鸣会离我远去
如今我守着繁华的都市叹息

为何我的生命缺少活力

哦，原来我不能成为富贵的盆景

我是荒野中的藤蔓

是植根于大地的风花雪月……

春

春

被冬捂了很久

终于

如小鸡破壳

发出了

新生的欢乐

春天

春天是一个暖男

哈一口热气

就让冰冻的万物苏醒

他以赤裸的胸膛

拥抱枯萎与绝望

瞬间就花团锦簇

他挥一挥衣袖

唤来春风

让惊喜绽放

绽放在少女的脸庞

春之赞歌

春

是囚徒出狱时的一阵晕眩

整个世界为之舒展

漫长的煎熬与等待

终于迎来扑面的灿烂

梦里一次次越狱

刑期一天天消减

哦，上帝

在我即将放弃的时候

你宣告我经受住了

最艰辛的考验

即兴

三月的阳光

像婴儿的笑脸

在春天的蓓蕾中绽放

她让风中的寒意羞愧

所有的枯藤老树都醒了

人间的希望不可阻挡

我的心也复苏了

像一枚坚果

正在努力疯狂

钻出新生的土壤

北京的三月

当春风又绿江南岸

南国的油菜花

已经开始招蜂引蝶

而北京的三月还很羞涩

犹如怀春的少女

控制着温度的上升

考验期待春天的人们

究竟还有多少耐心

阳光分明在笑

可是风里掺着冷漠

如此复杂的风情

玩的就是捉摸不定

让谁也不敢轻易

脱去身上的保护层

玉渊潭之夜

晚风拂面

拂去心头的尘埃

柳丝轻舞

舞动自由的精彩

涟漪绵绵

书写禅意的语言
秋虫唧唧
吟唱季节的诗篇

北京之恋

北京，你是我单恋的情人
我追随你，像骑士一样忠诚
可你从未留意我的眼神
你是高傲的公主
让我的心很疼很疼
你的芳香多次让我眩晕
我只能在梦里亲吻
你那不可企及的红唇
北京啊北京
我已找不到为你失落的灵魂……

北京雪意

这是东晋飘来的雪花吗
为什么我想到谢门的诗意
不管是"撒盐空中差可拟"
还是"未若柳絮因风起"
我都为雪花飞舞而痴情
这样的放肆与恣意
这样的妙曼与轻柔

拂去我心头的尘埃

让我的人生举重若轻

不再保留一点点忧郁

我多想加入雪花的群舞

彻底失去自我

与它们一起无组织无纪律

狂欢之后再飘落大地

即使化作雪泥

也无悔空中刹那的魅力

北京，请听我说

春天，我成为"楚囚"

渴望回到你宽广的怀抱

尽管你很不情愿点头

可你毕竟从北京西站

犹如交换战俘一样

将消毒的九头鸟收留

隔离再隔离

你终于还我真正的自由

我的身份值得怀疑

是湖北标签的北京户口

我理解你的警惕

配合你的严防死守

哪知道你仍然百密一疏

新发地成为你的滑铁卢

热干面没有嘲笑炸酱面

而是成为共同抗疫的战友
武汉的"天使"千里驰援
武汉加油变成北京加油
我与你也日夜守候
北京，请听我说
我对你的爱不变
我要与你一起向前走
共享你的欢乐与忧愁
摘下口罩那一天
我要为你高唱一曲信天游
重新找到激情的嘶吼

长安街

你是一条历史的江河
流淌着江河一样的波涛
以直线的河床隐藏曲折
在平静与喧哗的交响中自豪
也在雾霭与风雨的迷茫中缥缈
长安，长安
你的名字是希望
还是百年的祈祷

天安门

你以飞檐的姿势

伸向古老的天空

一边挂着落日的辉煌

一边挑起新月的朦胧

构成一幅国画的隽永

你眺望着世界

世界也眺望着你

经历了无数次激动

你从此变得十分淡定从容

以王者风范让天下安宁

厚重的大门迎接八面来风

故宫

主角与配角都已退场

一幕幕戏剧戛然而止

只有这舞台依旧堂皇

在寂寞中成为文物与收藏

金銮殿失去了诱人的光芒

天下英雄有谁揭竿而起

重复千年的痴心与妄想

君不见，故宫南面旗正飘扬

赞女性

你是沙漠里的绿洲

让疲惫的游子喜上心头

你是蓝天上的白云

给世界无言的温柔

你是岁月的传说

好戏连台千年悠悠

你是人类的花朵

赋予生命永恒的春秋

你是特殊的分子与元素

总让无数才子与英雄难以猜透

女性赞美诗

你是真

是真情的望夫石

把爱情望成千年雕像

你是善

是善良的七仙女

下凡实现穷人的理想

你是美

是美丽的回眸

点亮人间的画境诗行

传说你源自男人的肋骨

你的另一半就是你的脊梁

你只需婀娜多姿

杨柳依依

成为他最迷恋的风光

赞美你

洞房花烛夜的红装

赞美你

桃花盛开的惆怅

赞美你

月夜梦幻般的温柔

赞美你

让人心旷神怡的乐章

在女性美学的书卷里

愿天下的人们焚一瓣心香

致青春

青春

是一场暗恋

每个期待的日子

都是那么灿烂

花花草草

充满爱的语言

青春

是一次旅行

渴望流浪远方

去看海上的帆影

去听沙漠的驼铃

目光追随天空的云

青春是迷离的梦幻
青春是优美的歌声
青春是多彩的画卷
青春是激情的酒杯
青春就是人生的春天
让我们终生怀念

我的青春丢了

当白发盘踞我的头顶
自然的黑色日益凋零
我知道我的青春丢了
损失远远超过一百万现金
青春再也买不回来
而金钱不过就是印刷品
遗失在时光隧道的青春啊
今生今世消失了踪影
它丢在了东湖的碧波里
变成了无言的层层涟漪
它丢在了樱花树下的角落里
早已被春雨化作春泥
那些青春的惆怅啊
就是珞珈山夜空的星星
闪烁在无主题的梦境
我想回武大校园寻找青春
看看那些琉璃飞檐上
是否悬挂着

我十八岁的灵魂

有一种爱

有一种爱是一坛美酒
密封在少年的心田
储存了一年又一年
当偶然的机缘将它开启
甘洌的酒香化为汩汩泪泉
滴落在沧桑的腮边
也打湿了爱人的容颜

有一种爱是一粒种子
深埋在初春的荒原
岁月的风雨将它呼唤
就这么沉睡了一天又一天
经历多少个无语的白昼与黑暗
终于成为深秋果实的丰满
然而失踪的是那春花的灿烂……

爱的断想

炽热如熔岩
熔化一切怨恨
疯狂似飓风
激荡沉寂的灵魂

一支精准的利箭

射中鲜红的心

古典的红烛

映照夜雨的窗口

梁祝的蝴蝶

在花间风流

一朵非物质遗产的玫瑰

代表了千年的不朽

一具具肉体转瞬即逝

重复无意义的结局

假如没有爱过

生命就是一团烂泥

在爱神的触摸下

你将塑造最美的自己

七夕随想

无须朝夕相处

不必耳鬓厮磨

更没有七年之痒的困惑

只要隔河而居

各自独立

就是千年万年的好夫妻

让柴米油盐见鬼去吧

婚姻保鲜离不开月亮和星星

与那如水的深情

哪怕做永久的牛郎织女
也胜过冷若冰霜的冤家
知否，知否
天上的爱情很温柔

活着

活着，活在此时此刻
这段没有死亡的日子
属于我的专利
以我个人的名义
占据世界一席之地

阳光，我只是借用一点
我感恩于它的光辉
它不认识我
可是我不会把它忘记
风，也只是一个证据
证明我的面颊蒸发热气

活着，这是我的权利
在生命的实验过程中
我不知道上帝在哪里
哪一颗星是我的标记
也许，流星就是我的轨迹
消失也是一种美丽

凌迟

看不见的利刃
切割我的灵魂
就这么施着酷刑
刀刀都让我痛不欲生
不知道谁是刀手
也不知道谁判我死刑
我犯下莫须有的罪名
只因为我有独立的个性
不愿像狗一样生存
我是人，是有思想的男人
也许，我会像鲁迅一样呐喊
让世人沾上我灵魂的鲜血
用带血的馒头去治疗
肉体的疾病……

死神

死神像一个顽皮的孩子
随时都会给你捅个娄子
你无法控制他的脾气
他却一眨眼让你咽气
他最善于捉迷藏
在你没有防备的时候

他突然惊叫一声
把你活活吓死
不，不是吓死
而是就让你
死

血的联想

血液在我的血管里静静地循环
皮肉和骨骼是它们无私的掩体
我的血型是奔放的O型
可它们默默地约束着自己
也许我已经失去了血性
变成被驯服的马戏团工具
我在城市的血管来来去去
却不知道谁能保护我的形迹
只有朝霞与夕阳的血色提醒我
我是宇宙调色板的一点生命写意

药

我病了，病得无药可医
世上已无华佗的踪迹
扁鹊也成为永远的传奇
其实，我病的不是肉体
我病的是空虚

于是，我开始自己治疗自己
我抓一把儒道佛的呓语
摘一片唐诗宋词的云霓
再将鲁迅的心磨成粉剂
配以曹雪芹的泪滴
我在暗室苦苦煎熬
终于炼成仙丹一粒
这丹药威力无比
终于让我灵魂附体
分不清生与死的边际

有感

我的视线像蚂蚁一样
在地球仪与地图上爬行
丈量着中国与世界的距离
我迷失于立体和平面的布局
找不到生命个体的含义
是谁把人类分隔在迷宫似的线条里
又是谁把我定格在这片宿命的土地
我多想挣脱这地球的万有引力
如一缕轻云自由地奔向未知的空间
进入尘世之外那无限的神奇
但我的肉体告诉我
我只是一粒尘埃
必将随风飘去
像祖先们一样在局限中挣扎

完成高等动物的生命轨迹
岁月将不同的时代标签
贴在一卷卷史书的封面
刻录来来往往的世纪传奇

灵魂

你是一缕轻烟
随风飘向宇宙
回到你出发的家园
那不可知的空间

你是天人合一的路由器
Wi-Fi上传递轮回的信息
无论是天堂还是地狱
都有你永久的连接
密码就是"来世"

你是最神秘的流浪者
每一具躯壳都是你的旅舍
你来无影，去无踪
不带走一片云彩
留下的是死神的苍白

我好想把你当作萤火虫
装进透明的玻璃瓶
让我在夜里看着你闪光

你像童话一样伴随我
进入永久的梦乡

上帝之眼

假如真有上帝
我似乎看到他的眼睛
我在他的监控之中
无处藏身
他看到我走来走去
在人流里浮沉
又在某个角落郁闷

他在云缝里窥视
目光时而严厉时而温存
我也还给他同样的眼神
我高兴就多看他一眼
心乱了就望一望地平线
那里是我最大的远景

我天生就在地上
他天生就在天空
仰视是我的宿命
我无处可逃
这个游戏没有平等
我是兔子他是鹰

生活

生活是什么
是婴儿的啼哭
哭出新的希望
是母亲的目光
让整个世界安详
是明月映照大地
千家万户进入梦乡

生活是疲惫的呵欠
释放内心的彷徨
是都市人流的喧嚣
淹没远方的向往
是一只手拉着另一只手
是一颗心温暖着另一颗心
是阳光穿过云层
驱散阴霾的惆怅

生活是一个谜语
要用你的一生猜想

天道

天道是什么

你看不见摸不着

有时候它像埋伏的狼

锁定你的咽喉

为你的罪恶清账

这不是绿林好汉的打劫

而是你宿命的报偿

别以为你可以损害他人

天道绝不容许你嚣张

对于坏人的惩罚

它很有耐心

等你表演够了

它就冷笑着为你收场

天道也是能量

为善良的人驱散黑暗

把你的希望点亮

它看到了你的艰难

也听到了你的呻吟

在你绝望的时刻

它会给你温暖

把丰厚的奖励送到你身上

让世人投来艳羡的目光

你破涕为笑的表情

就是天道最佳的表扬

天道不可欺

天道也不神秘

它就住在你心里

你时刻摸摸自己的良心

看这颗心是善还是恶

你必须相信宇宙真理

善有善报，恶有恶报

不是不报，时候不到

时候一到，必然来报

在天道面前

你就是一粒尘埃

如果你膨胀与张狂

天道就让你自取灭亡

要与不要

我要的并不多

有时候只需要花儿一朵

在微风中摇曳

给我带来春的消息

我要的只是一个偶然

在我不经意的时候

瞥见窗外的一片云

静静地停留在蓝天

我不要什么永恒

也不要成为化石

更不要什么来世

在要与不要之间

我只要每天的一瞬

疯言疯语

谁设计了头发与眉毛
简直是天才的发明
难道他是在草图上
美化了人类的外形
假如没有这些装饰
地球人就成了外星人
那将失去多少风情
这设计唯一的遗憾
就是毛发变白
暴露生者的年龄

世界的奥秘为何像矿藏
需要一代代的人开采
每隔几年才能揭秘
害得人们不断摸索前进
为何不一下子亮出底牌
显示全部的真相
非要通过教育与科技
一点一点掘进
从石头·中发现真金
这游戏不好玩
究竟谁在玩弄人类
你给我站出来

那边

有人去那边了

又有人去那边了

一不小心

人们就去那边了

那边究竟在哪里

那边到底什么样

我不愿意

以天堂或地狱

来形容那边的情景

我宁愿那边也有草原

有高山大海

有高铁飞机

有手机

有美食美女

有世俗的一切

人们啊

不要贪生怕死

到那边只是转场

换一个空间

何必对那边充满恐惧

管什么这边那边

其实都是天外有天

先在这边过把瘾

再去那边看新鲜

地球人的宿命

就是含笑九泉

我普通，我骄傲

芸芸众生是我

我就是芸芸众生

就像一滴水属于大海

大海包容每一滴水

人海茫茫

茫茫人海

我也许就是浪花

也许被浪花击碎

我来到这世上

就是一个普通的模样

我曾经因为普通而自卑

而今我因为普通而骄傲

这就是人生对我的回馈

我明白普通有普通的陶醉

就像青苔也如牡丹开

何须他人的喝彩与赞美

让那些虚荣的桂冠随风去吧

我不稀罕头顶的累赘

我普通地吃饭睡觉

普通地写诗

普通地网购

普通地抢红包

普通地在朋友圈游荡

享受每一天的普通快乐

我感谢上苍

给了我普通的幸福

并让我的心不再流浪

让它晾晒在沙滩上

享受阳光

普通的日子

秋风爽爽地

对我履行肌肤之亲

我怡然自得

感觉这是热烈后的舒心

原来不温不火真好

让我能够享受生活的宁静

我看什么都很顺眼

看陌生的东北老吴也觉得是风景

他在固定的露天给人理发

十元钱的手艺根本不宰人

这私人的活计没人来较劲

小小自由透着和平

我看在晨市上吆喝艾灸的小伙儿

也不觉得他在骗人

大爷大妈们纷纷购买

一百元那不是事

免得到医院去折腾

小摊也许能够治病

我在这样的普通日子里

觉得风就是风

云就是云

不需要去叱咤它们

忧郁

忧郁袭来

我遭遇十面埋伏

四面楚歌

像项羽一样奈若何

无形的包围

向我万箭齐发

我看不见敌人的影子

却无处可逃

心中的血已经溢出铠甲

不需拔剑自刎

这是一场意志的决斗

坚持住就不会倒下

果然，我赢了

我的武器很简单

只是一杯茶

就击退了那些席卷而来的兵马

其实也不仅仅是茶

而是我把自己的心征服了

只要心不投降

就能抵御忧郁的重压

放眼望去

天地之间我依然强大

下辈子当帅哥

假如有来生

我要玉树临风

吐气若兰

帅过宋玉潘安

做一个美男子

宁愿不做学霸

更不当博士

只需要凭颜值

红遍天下

与其辛苦拼搏

在人海里仍然埋没

何如皮囊光鲜

成为国民宠物

因为这世界

流行买椟还珠

要的就是外表华丽

与眼前的感官刺激

我不想老

化石经不住风化
肉体也日渐氧化
可是我真的不想老
不甘心变成僵尸一样的骨架
我还想玩耍
玩遍地球每一个角落
在世界各地看日落与朝霞
认识更多的陌生人
与他们喝酒与对话
我还希望科技创造奇迹
破译我生命的密码
我要弄明白
我的前世今生
究竟是一个设计，还是一个偶然
在一切都是谜的时候
我不想就此老去
我只要一张清晰的行程单
老也要老得潇洒

从容地老去

从母亲的子宫里诞生
我们就已经暴露在空气中

必将慢慢氧化甚至风化

生命原本如此脆弱

岂能像宇宙一样永恒

曾经有过童年的天真

那是让你尽情撒娇的年份

曾经有过花儿般的青春

那是让你激情绽放的梦境

最美的时光是绚丽的彩虹

美到极致便是惆怅与失落

人生四季最萧瑟的是秋

最深沉的也是醉人的秋

最凄凉的是冬

最壮美的也是冬

秋美在万山红遍，层林尽染

冬壮在千里冰封，万里雪飘

天地之美，大美无言

人生之美，美在过程

来于自然，回归自然

这就是天人合一的节奏

也是从容老去的内涵

不要在乎年龄的数字

那只是日历的游戏

不要在乎流芳百世与遗臭万年

你离开后的一切与你无关

不要企图与日月同辉

其实你管不了沧海桑田

也许你能在家谱里留下姓名

你的故事在儿孙的记忆中流传
渐渐化为遥远的云烟
慢慢老去
永远离去
这就是结局
天注定的结局
这就是宇宙人生的局中局

时间去哪儿了

故乡的云飘在童年的心空
而今北京的云飘在我的眼中
时间去哪儿了

曾经赤脚走在田埂上
如今在林立的高楼间彷徨
时间去哪儿了

青春岁月让人无限烦恼
现在明白烦恼多么美好
时间去哪儿了

一幅幅画面都依然清晰
可是再也难以回去
时间去哪儿了

花儿在自己的季节里开放又凋谢

草木在秋风与春风中重复着摇曳

时间去哪儿了

白头吟

被青春放逐

被岁月示众

这就是白头的隐喻

一根根，一丛丛

犹如荒野衰草

白发描画着残冬

纵使有一点诗意

也是枯藤老树昏鸦

断肠人在天涯

草枯了

还会春风吹又生

头白了

只能是终年积雪

即便人生目标为珠峰

自己也害怕缺氧

再也无心向高处冲锋

为什么

唯有黑色值得骄傲

唯有年轻值得自豪

而生命一旦褪色

就裸露出真相

一枚受精卵

从发芽生长到衰老

仿佛只是睡了一觉

白发真那么可怕吗

即便它是一堆矿渣

也证明头脑有过宝藏

身心都曾发热发光

与太阳月亮星星辉映

黑色，燃烧为宇宙的能量

我的自白

我常想

除了故土与父母

将我哺育成长

让我自立于世

让我懂得了城乡

还有什么是我的根

什么是我的魂

我知道

那就是天地正气

华夏血脉的正气

尽管，有无数权贵与奸佞

曾经毁坏了历史的车轮

让一个个君子死于倾覆

让那些小人的阴谋得逞

但漫长的黑暗总有尽头
东方终将闪耀希望的启明星

我知道
我的基因是宗族的
可我的人格是民族的
我崇尚正直的品格
我追求做人的尊严
他们是我的榜样
是我真正的靠山
他们是屈原、司马迁
是嵇康、陶渊明
是李白、杜甫
是苏东坡、曹雪芹
是硬汉文天祥、鲁迅
是一切具有风骨的人们
而赵高、魏忠贤
那些遗臭万年的太监
我一如既往地鄙夷

我爱苏武牧羊
我爱高山流水
我爱隋唐演义
我爱辛亥风云
我爱南京路上好八连
我爱新生政权的清风
我爱依然淳厚的芸芸众生

尽管我很卑微

但我没有忘记"位卑未敢忘忧国"

尽管我很普通

但"天下兴亡，匹夫有责"

这一信条仍然滚烫

一位诗人的诗句像经幡一样

飘荡在我的心空

那就是

"在没有英雄的年代里，我只想做一个人"

诗与诗人

你是微风

吹皱一池春水

你是暴雨

将尘埃与污垢荡涤

你是爱情

在心间传递

你是愤怒

憎恶金钱与权力

你是预言

让无数灵魂颤栗

你是音符

奏响梦幻旋律

啊，你是死亡

是徐志摩的毁灭

是闻一多的枪击

是海子与顾城的消失

只留下一声叹息

在诗人的酒杯里

混合着眼泪和鲜血

等你一饮而尽

你再也找不到自己

你化作一首诗

永远埋葬在空气里

骑自行车的我

自行车是我的老情人

我与它难舍难分

这一份默契很珍贵

与身份和虚荣无关

我宁可让驾照沉睡

也要与自行车厮混

我是一介平民

骑车就是平民的爱情

一路上享受链条的单纯

更年期

这是人生的戈壁滩

风沙弥漫

既呛别人也呛自己
只有风暴过后
才能重见蓝天

更年期的人有点烦
一言不合就翻脸
无关修养
这是绕不过的生理期
闯过去就是晚年的灿烂

一只猿猴的困惑

在钢筋水泥的森林里
我迷路了
四顾茫然
因为，这并不是我的家园
我属于原野的荒草
属于自然的风雨雷电
因为，我本是一只猿猴
我喜欢在树上攀缘
在密林里时隐时现

我找不到丢失的尾巴
也不知道谁强迫我穿上服装
我怀念我茂密的体毛
它们就是我的尊严与辉煌
我真的不知道

我如何进化成为一个人
不得不来到这陌生的地方

我知道我是谁
我是会坐车的猴子
是会乘电梯的猴子
是会使用抽水马桶的猴子
是生活在城市的猴子
是一只永远在流浪的猴子

我不起哄

在众声喧哗中
我沉默
我中庸
因为我懂得
只有时间能够证明
谁是真的英雄
骂人很痛快
被骂很痛苦
最容易的是起哄
最难得的是从容
我知道
群众不只是"吃瓜"
也能"吃肉"
吃过袁崇焕的肉

群众也恨过谭嗣同

朝囚车里的他扔烂菜叶

骂他是清奸

如今

历史早已还原真相

那些群众却无影无踪

在手机的时代

也是唾沫横飞的时代

足以淹没一切

让别人去当投枪匕首吧

我宁愿安静地坐在书斋

看尘埃落定

等真理怀胎

世界需要耐心的等待

六十年一甲子

一百年一世纪

一万年成沧海桑田

此时此刻均成云烟

心语

当别人在聚光灯下神气
我在阴影里瞧他们神气

当别人风起云涌
我把风云藏在胸中

当别人在高处活跃
我在低处舔伤口的血

当别人自以为天下一流
我也假装自己就是末流

当别人突然自我炸毁
我于无声处听惊雷

我心仪的是林间的隐士
在月光下演奏自己的诗

哪怕孤独终老
也要老得风骚

我不想生气

如果不是风雨雷电
就不要把自己当作老天
何必生气发脾气
与自己的同类翻脸
一气之下失去太多
失去亲友甚至所有的人缘

想生气的时候
去看看流水

静水深流
即便是瀑布的宣泄
也不伤人
它只是从高度转向深度
最终追求的是澄澈的境界

想发火的时候
看看森林火灾
烧毁绿色生态
只剩下一地狼藉

生气会气炸了肺
引爆了自己的心肝
让智商归零
明白这个道理
我竟然用了将近一生
在看破红尘的时刻
我终于悟出了生气的解药
那就是——冷静

悼二哥（之一）*

1976，这一年你与三个伟人同行
可你只是一个24岁的农民

---

* 1976年夏天，二哥赵先明因突发肠梗阻，一夜之间疼痛而死。这
  一年，他即将结婚，家具已经准备好，未婚妻很漂亮。二哥死后，
  她哭得很伤心。

注定你不能青史留名

你放弃了美丽的未婚妻

独自拥抱邪恶的死神

你健硕的身体

一夜之间在痛苦中销魂

也许你要赶赴一个神秘的约会

不惜告别所有的亲人

你知道吗

你潇洒的私奔

留下了多少悲情

爱你的人们年年思念在清明

悼二哥（之二）
——四十年（1976—2016）亡魂祭

梦见了死去四十年的二哥赵先明。梦境十分清晰。1976年
的夏天，他因肠梗阻突发而死，年仅二十四岁！

——题记

为什么，为什么

你来到我的梦里

阴阳两界短暂相聚

瞬间又缥缈无迹

为什么，为什么

你突然如此清晰

仿佛从未离去

是的，你没有死

你只是在远方

隐藏着你的秘密

让爱你的人无处寻觅

你把心痛留给我

留给我漫长的记忆

你知道吗？你听到过吗

母亲悲惨的哭泣

你看到过吗

全家沉浸于凄风苦雨

那年那月

亲人们丧失了活着的意义

我们是多么地爱你

爱你的浓眉亮眼

爱你的健壮身躯

爱你顶天立地的男子气

爱你阳光般的满脸笑意

爱你勤劳的双手

爱你美丽的未婚妻

爱你青春无限的活力

兄弟啊，兄弟

你入我梦

是因为我们有同样的血液

还是因为你怀有深情的惦记

今生今世已经永别

但愿来世再成为兄弟

再见，再见

我梦里的哥哥
再见，再见
天外的你

悼周泉泉

你被命运的石头砸中
你的美丽瞬间血红
难道这就是那个定义的注释
悲剧就是把美丽毁灭给人看
可是为什么偏偏毁灭你
你是悲剧的万分之一
在一个六六大顺的日子
让所有人猝不及防
把朋友们的心砸伤
你不仅天生丽质
而且无比善良
难道苍天已经疯狂
非要证明好人命不长
以惨烈的重击
送你进入天堂
这是什么逻辑
活人实在无法思量
神秘的无常啊
谁知道它躲在什么地方
随时来一场恶作剧
显示它的至高无上

也罢也罢

且让我痛饮琼浆

今朝有酒今朝醉

举起手来

向死神投降

再也不信万寿无疆

孤魂

一棵树在夏日的风中摇曳

我在阳光下静默地伫立

羡慕它的潇洒和无虑

树是欢乐的飘逸

我是悲哀的孤寂

树的枯荣循环四季

它陶醉在枝叶的伸展里

我的年轮在灵魂深处

一圈圈都是伤痛的痕迹

我愿化作一棵树

自己欣赏自己的传奇

故乡幽思

也许,我曾是一滴雨

偶然降落在出生地

唤醒了等待千年的种子

赋予另一个我来到人世的机遇

我发芽开花结果

都是为了完成既定的程序

无论土地多么贫瘠

无论过程多么崎岖

我与那一片天空和田野

都是终身的约定

这辈子不离不弃

或者，离而不弃

如今，我已经物化为一面屏幕

随时随地显示岁月的画面

那些消失的时光声画同步

在我的梦里回放清晰的瞬间

我不是一个真实的存在

我只是命运之神安排的幻影

随着云起云飞

成为徘徊在故乡上空的幽灵

回故乡

我，回来了
从北京疯狂的地铁里
从高耸入云的建筑里
从沉溺的文山会海里

从沉重的职务职称里
我，回来了
放下了博士帽的虚荣
放下了北京户口的标记
放下了心里堆积的疼痛
我，回来了
回到亲切的乡音里
回到泥土的芬芳里
回到清明的春雨里
回到熟悉的味道里
回到远山的朦胧里

可是，我回不去了
回不到童年的柳笛
回不到旧时的钟声
回不到母亲的呼唤
回不到青春的萌动
回不到消失的行踪

我多想，再听取蛙声一片
在静夜里纯净入梦
我多想，哼唱校园歌曲
踏着夕阳归去
故乡啊，我的故乡
还是让我为你沉醉吧
一樽美酒
溢出万种乡愁

一切尽在不言中

再回故乡

故乡是一条路
让我丈量人生的长短
故乡是一勺盐
让我品味半辈子的咸淡
故乡是值得信赖的支点
给我撬动地球的信念
故乡是爹娘永恒的呼唤
直到我的眼泪流干

松滋恋歌

地图上你是一个小点
在地球，在东方，在江南
你是我的唯一
我唯一的故园
你的山水和草木
你的城市和村落
都是我心底的温暖
我的赤脚怀恋着你的田埂
我的目光怀恋着你的炊烟
我的耳朵怀恋你燕子的呢喃
那牛背上我的竹笛哟

定格为晚霞的绚烂

松滋啊，松滋

你是我今生永久的缠绵……

沙市恋歌

"活力28，沙市日化"这句广告词曾经响彻全国，也使得长江边的明星城市沙市闻名遐迩，还有"鸳鸯牌"床单、"沙松牌"冰箱，以及其他一系列产品。这一经济奇迹后来成为传说，原因何在？有人说是荆州地区与沙市合并，使得沙市品牌丧失，也有人说是沙市自己没及时调整工业结构。我们期待沙市再次崛起！

——题记

你是我童年的憧憬

是我少年的梦幻

是我青春的眷恋

今天啊，当我步入中年

你已成为我的伤感

沙市，沙市

我心中的一枚橄榄

让我咀嚼了千遍万遍

我含着热泪将你呼唤

时光啊，可否倒流到当年

远方的游子怀念你的旧颜

一幕一幕的记忆胶片

在荆江里重新显影

写下一个时代的诗篇

武汉之爱

武汉，我对你是真心的
我十六岁就爱上了你
也许这就是早恋
但我无悔也无怨
那是1979年的秋天
我扑进了你的怀抱
你以你的万种风情
熏陶我的青春
改变我的容颜
你以你的大江大河
承载我理想的风帆
让我登上你时代的客船

月夜的东湖
荡漾我的情感
珞珈山的树林
掩映温馨与浪漫
樱花梅花栀子花的芬芳
浸透着岁月的清甜
蓝天下的黄鹤楼
就是我心中的泰山
龟蛇相连的雄伟大桥啊

用钢铁写下伟人的诗篇

武汉，武汉
你柔情似水
却也大气磅礴
我爱你，时而如梦似幻
我爱你，时而如实在的热干面
也许你冰火两重天
但我知道那是你的个性
只要懂了你的脾气
你也很懂爱你的人
你用光谷的时尚
江滩的美景
宜居的环境
只争朝夕的精神
每天不一样的表情
让热爱武汉的人感到自豪
就算远隔千里
也要投给你深情一瞥
对你的思念化作一架无人机
在楚天上空久久盘旋

珞珈樱花颂

因为有了她
我不再艳羡清华北大

她的清新与秀雅

足以击败任何虚荣

她就是我的唯一

我终身挚爱的芳华

我无须心猿意马

甘愿拜倒在她羞涩的裙下

青春的约会

伴我终老天涯

她的独特姿容

离不开琉璃瓦的陪衬

让浪漫有了古典的风韵

不再肤浅与轻佻

如同宫廷绝美的佳人

回眸一笑百媚生

从此俘获王者的心

这是一场巅峰的爱情

六宫粉黛无颜色

唯有羡慕妒忌恨

珞珈武大

武大珞珈

我庆幸

最美的年华有最美的体验

从此睥睨天下

藐视一切似锦繁花

曾经沧海难为水

珞珈樱花啊

叫我如何不想她

乡村记忆

那些年的月色很美
美得如痴如醉
月下行走
就像梦游
田野偶尔传来犬吠
脚步声惊动池塘边的乌龟
咕咚一声
将水中的月亮打碎

那些年的阳光很酷
酷得如火如荼
烈日下弯腰
成为永恒的姿势
赤膊一遍遍滚落汗珠
只剩下黝黑的皮肤
当收工的钟声响起
就是公社社员的幸福

那些年的风声很紧
紧得战战兢兢
看不见的刀光剑影
挥舞在人们的头顶
男女老少陷入斗争

一面是面黄肌瘦的光荣
一面是批斗会场的亢奋
人人露出恐惧与怀疑的眼神

那些年的味道很涩
涩得分不出味道
我的心像未成熟的桃子
被岁月的牙齿施暴
在乡村的口腔里翻滚
然后遗失在野草和泥土中
以一种轮回的心情
回忆着桃花的妖娆

童年的夏天

一双赤脚
在泥水里嬉戏
两手总也抓不到
那条小鱼
阳光晒黑了小脸
也晒黑了裸露的背脊
我就是大自然的玩具
一切都那么随心所欲
撒野在火热的夏季
骑在牛背上的童年
吹奏一支竹笛
在晚霞中远去

致童年

那是赤脚走在田埂上
天蓝水绿
阳光明媚的日子
那是贫穷而快乐
与小伙伴在月光下游戏
捉萤火虫的日子
那是痴迷小人书
不担心考试
也没有理想的日子
只有单纯如蜻蜓
在田野轻快地飞翔
只有短笛悠悠
在牛背上绚丽了霞光

天地不需要那么大
只有一个村庄
就足够承载整个世界
不知道遥远有多远
只熟悉土屋的门窗
和村前的堰塘
还有风吹过山丘
松树林飒飒作响
一条蜿蜒的路
通向白云的故乡

如今我流着热泪

向童年的岁月回望

真想穿越时光隧道

去寻找那年那月

那山那水

不要什么成功

也不要衰老与死亡

只要童心永驻

让田园牧歌

伴随地老天荒

致那些贫穷的日子

那时候

人就像觅食的野狗

被饥饿的鞭子

抽打得瘦骨嶙峋

从土里刨出半截红薯

也如同寻宝一样兴奋

在地里拾稻穗的目光

比麻雀还要精准

公粮就是被抱走的孩子

农民只剩下空空的双手

生产队的钟声一阵阵催促

让疲倦的社员去流干汗水

岁月在风雨与阳光下静止

天空总是那么狭隘

把人心捆得太紧太紧

你要有梦想吗

不能，不能

因为，你是农民

衣衫褴褛就是农民的象征

那年那月

一段枯草般的记忆

总让我牛一样的反刍

那些贫穷的日子

也许是晶莹的琥珀

让生命具有了化石的意义

我就是裹在里面的甲壳虫

我看着过去

过去也在看我

看着我赤身裸体……

饥饿岁月（组诗）

1. 拾稻穗

弯腰于苍天之下

以鹰一样的眼睛

在收获后的稻田

快手出击

捡拾零星的稻穗

人民公社的饥饿者们

与鸟争抢

生存的机会

2. 刨红薯

山上是别人的生产队

红薯地早已被刨过多遍

仍然有一拨一拨的人不死心

用锄头碰自己的运气

像考古一样挖掘

即便是红薯根也不放弃

偶尔挖到半截红薯

也是意外的惊喜

3. 采苦菜

公家地里的野生苦菜

不姓社也不姓资

男女老少用小铲刀去采集

半蹲在地上往前寻找

腰酸背痛半天获得一提篮

回家剁碎做成菜饭

一家人就着咸菜吃完

4. 锅巴粥

铁锅焖饭的锅巴

在米汤的冲击下香喷喷

成为农家锅巴粥

夏夜当作夜餐

也喝得呼呼作响

一天的日子就算翻篇

5. 菜籽油

生产队分配的菜籽油

几斤几两要吃一年

炒菜每次只能用一点点

菜的味道主要靠辣椒和盐

家家户户那么艰难

人们的脾气都难以和善

饭票

不是芝麻开门的咒语

也不是千年大计的宏图

那时候我只要一张饭票

仅仅是为了活下去

给肚子一个承诺

让未来不再饥饿

草鞋与皮鞋

老师说

努力考上大学吧

那是草鞋与皮鞋的分水岭
我没有穿过皮鞋
但是它成为图腾
给我信仰的光晕
我要为了它进城

袜子的诱惑

夏季当我赤脚来到小镇
蓦然瞥见有人穿着袜子
据说他是煤矿工人
腿脚都很白净
我不知道他黑着的模样
可他的袜子超过了农民
我向往做一个穿袜子的人

偷窥

镇上礼堂在放电影
我无钱买票
只好从大门的门缝偷窥
用一只眼睛看了很久
后来两眼相差一百度
我记得那个老电影的名字
《草原上的人们》

失去父母的故乡

从前，即使我伤痕累累
被生活的毒蛇猛兽袭击
但父爱母爱就是良医
给我包扎伤口
止住我心中的血滴
我又会顽强地上路
去迎接新的劲敌
风霜雪雨无所畏惧

如今，父母已经离我远去
故乡就是我最后的慰藉
我一层层的伤口早已结痂
犹如粗糙的松树老皮
我以赤身裸体的坦诚
暴露在田野的清香里
与故乡的春风相拥相依
这一场生离死别的爱恋
扎根在泥土的语言里
开花结果成为我一生的美丽

农民颂

后背驮着火热的太阳

锻造铜一样的脊梁

卑微地面朝黄土

双脚把大地丈量

用粗糙的手在田亩之间

播种与收获世世代代的梦想

农民，这个称呼如同烙印

深深刻在黝黑的脸上

承载四季节气的轮回

直面千年侵蚀的风霜

日出而作，日落而息

奉献诗意的麦浪稻浪

有人把你比作负重的牛马

也有人把你比作辛勤的蜜蜂

而我知道，农民是我的爹娘

你是大写的人

不是什么牛马蜜蜂

农民，人类的衣食父母

最应该享受尊崇与荣光

我希望，真正的贵族是农民

而不是那些守着黄金胖得发愁的人

更不是那些外表光鲜灵魂肮脏的人

是时候了，历史老人应该宣布

农民，是全人类的太阳

我是乡下人

为什么我爱星星月亮
因为那曾经是我童年的"天书"
陪伴我在自然中成长
没有电视没有手机的夜晚
高远的天空占有了我的目光
哪怕野菜果腹衣不蔽体
我也没有莫名的忧伤
小小的乡土，我是我自己的国王

为什么我不爱钢筋水泥的"森林"
因为这不是我心中的天堂
在车水马龙的热闹中
我是一只孤独的野狼
我想大声嗥叫
可是我却如沉默的羔羊
即便是锦衣玉食登堂入室
我的忧郁日夜如野草般疯长

我就是一个乡下人
身了在城里灵魂在远方
天生离不开潺潺流水
宁愿在荒野中拥抱鸟语花香
那里不需要权力金钱的诱惑

只要赤脚走在田埂上

一股快意就直达心房

我被迫挑战的命运

如美人鱼的歌声

让我的航船迷失了方向

其实我不要什么波澜壮阔

我只要乡下瓦舍

那永远消失的灯光

进城

小时候

城市就是小镇

那个名字叫街河市的小镇

我心目中的天堂

尽管曾经它也有茅草街

但毕竟也是街道啊

胜过我那赤贫的农村

在车站我见过一个煤矿工人

他夏天居然穿袜子

深深地刺激了我的赤脚心

我自惭形秽也很不服气

难道生为农民就是贱民

我为什么不能进城

高中时

我在小小笔记本的插页

看到杭州西湖的美景

立即让我脑海荡漾

我发誓一定要进城

去看那人间的仙境

虽然农村春天有油菜花

有连成片的紫云英

但我熟视无睹

再说它们改变不了我的命运

我要像城市人一样

漫步在一尘不染的空间

拥有幸福的人生

终于我进城了

那年我进了特大城市武汉三镇

我拥有的不是西湖而是东湖

我漫步在樱花大道

一下子美梦成真

我在武汉的大街上穿梭

不但穿袜子更穿了皮鞋

头发也慢慢成了波浪形

佩戴变色的近视眼镜

完全看不出是一个农民

再后来

我闯进了京城

可怎么也改不了松滋口音

不知道为什么还喜欢吃湖北菜

时常穿手工的布鞋
在办公室的地上感觉很踏实
难道这就是生命的轮回
骨子里我终究是个农民
来自那个有水库的栗林子村

乡村

血汗直接流进土里
万物因而充满生机
在金字塔的最底层
是亿万生灵沉重的呼吸

城市

阴谋与爱情的集散地
噩梦与妄想的发酵场
在灯红酒绿的喧哗里
无数灵魂失去了意义

思念（之一）

我思念那一盏油灯
照亮母亲的脸庞
也照亮我幼小的心灵

母亲在锅台忙碌
我在小桌上写字
灯芯就是火炬
驱散岁月的暗影

我思念那一片菜地
那是母亲绿色的心情
维系着家人的生命
不需要金银财宝
只需一蔬一果的养分
迎来朝霞送走黄昏

我思念那一方清清的池塘
那是母亲救儿性命的地方
那年那月我成为落水儿童
母亲奋力一跃挽回危亡
用行动写就母爱的诗章

我思念村口的那条小路
当我第一次离开家乡
母亲用温热的鸡蛋送别
我怀揣着母爱蓦然回首
看到母亲抹泪的模样

我思念每一个春夏秋冬
那深藏的母亲的气息
我思念往昔的日月星辰

那是今生今世的证明
假如可以再次轮回
我依然要投入你的怀抱
我敬爱的母亲

思念（之二）
——写在母亲逝世三周年忌日

2014年正月二十九，母亲郑令英去世，享年八十四岁。

——题记

生命的链条断了
我的筋骨也折断了
就在三年前的那个傍晚
母亲撒开了手
我像断线的风筝
瞬间丧魂落魄
再也没有母亲那粗糙的手
将我紧紧地牵连
我成了天地间的孤儿
永久失去了母亲的呼唤
只有一幕幕的记忆
鲜活如同昨天
母亲分明活着
活在那些岁月的底片里
在我的思念中显影

又在时光的隧道里隐身

这一世的母子情啊

将伴我走向生命的终点

完成这注定的轮回与宿命

直到我在时空更替中失忆

甚至我不再认识我自己

刻骨铭心的母爱啊

犹如乳汁汇入银河

在人类的视野涛声依旧

春天的思念
——写给母亲的诗

2014年正月二十九，吾母辞世，享年八十四岁。由于2017年的农历年闰月，民间认为不适宜进行三周年祭奠仪式，因此，三年"丁忧"延期了。愿母亲在天之灵进入西方极乐世界！

——题记

正是春天

我的思念如花开

万物复苏的季节

我的心却开始疼了

我不知道

您为什么在春天离去

明明已经熬过寒冬
难道您注定融化在春风里

您的远行已没有归期
我只能留守在记忆的田园
闭上眼睛拉开天幕
您的容颜就如此清晰

我痛恨"阴阳两隔"这个词语
为什么我在阳光下
您在阴暗中
我相信您的宇宙也有光明

在往生的路上
您还活着
也许您在天国拈花微笑
或者您已经转世为谁家的少女

我明白
作为您的儿子
绝不是一个偶然
今生今世难报您的恩情

我从母腹中诞生
这就是千年的谜
您就是我的佛
保佑着我完成生命的轨迹

您只是一个普通的农妇
却是一个伟大的母亲
您忍受过一切苦难与冷酷
但留下爱与温暖

每年的春天
我都在温暖中思念
回味着母爱的寓言
您的爱就是鲜花的美丽

梦中握住妈妈的手

那是粗糙得扎心的手
梦中都让我瞬间心痛
妈妈呀，那是你辛劳的人生
无数风霜岁月的象征
你在人间经历多少苦难
都在手上留下印记
也留给我一个深刻的梦
告诉我关于母亲的寓言
如此意味深长
也如此沉重
我的幸福是妈妈给的
我的双手也是妈妈给的
你哺育了我写字的手
用另一种方式劳动

妈妈的手在田野上紧握锄头
我的手在城市里挥洒笔墨
妈妈呀，你用粗糙的手
换来我生活的温柔
在我梦醒时分
我们母子在不同的时空
完成了无言的心灵交流
妈妈呀，我感恩你的手
感恩你母爱的丰厚

妈，您打我吧

耳朵为什么不疼了
那是没有妈用手揪了
后背为什么不疼了
那是没有妈用竹条抽了
为什么我不离家出走了
那是没有妈生我气了
妈呀，您去哪里了啊
我想念您给我的疼
年少时您让我皮肉疼
如今您让我心里疼
我多么怀念那些挨打挨骂的时光
那是您恨铁不成钢的母爱
谁叫我那么调皮捣蛋呢
谁叫我是个野蛮生长的孩子呢

您那年春天跳水救我的命
已经把打骂的疼抵消
不然我早就淹死了
哪还能写诗想念您的打骂啊
今天，我忽然渴望您从天国回来
我的耳朵您随便揪
我的后背您放心打
您只要能够出气
我愿意当您的出气筒
妈，您打我吧

一个梦

母亲安详地闭眼
遗体犹如睡去
躺在担架上那样清晰
有人从室内抬到户外
放在地上让家属领走
可是陌生人阻拦我
不让我接近
非要我拿出证件
我说你上网查吧
我也多少有点名气
可是他不会上网
我们也都没带手机
我无法证明自己

梦

别人梦想的是发财升官
我却梦中与父母团圆
母亲给我好吃的零食
我递给一旁的父亲品尝
我们在一起很甜很甜
这样温馨而宁静的时光
居然不需要任何语言
梦中没有苦难
也没有恐慌
只有父母的慈祥
让我幸福得像个孩子
梦中不知道是梦
光线有那么一点幽暗
似乎没有灯
室内弥漫着父母的爱
让我梦醒时分骤然惆怅
那无形的爱消失了
消失在城市的窗外

母亲的泪滴

母亲的泪滴
是沙漠的甘露

胜过万两黄金
这是她灵魂的苦涩
用尽了她整个的生命
虽然寂静无声
我却分明听见海潮奔涌
淹没了我的头顶
让我从此憎恨死神

悼母亲

呜呼哀哉！吾母仙逝。
正月末日，永为祭辰。
音容宛在，魂魄已远。
凤体成灰，瞬间玉碎！
痛煞我也，万箭穿心！
阴阳两隔，天地悲悯。
儿思母恩，涕泪滂沱。
奈何天命，生死注定！
母子渊源，世代累成。
生我养我，人间至亲。
追忆往昔，如梦似幻。
母喂儿食，菜根情深！
寒门布衣，饭粥谋生。
顽童落水，母救儿命！
瓦舍土墙，炊烟升腾。
风雨田野，育儿成材。
游子离家，村口叮咛。

日夜辛劳，助我远征。

数十春秋，为儿操心。

暮年来福，受儿反哺。

母慈子孝，共享天伦。

可恨病魔，时时偷袭。

再三肆虐，夺母性命！

无力回天，呼吸骤停。

八十有四，寿终正寝。

愿登天堂，永伴祥云。

合掌祈祷，天佑母亲！

诉衷情·清明怀母

花开满眼舞春风，何处觅慈容。

天南地北呼唤，世上永无踪。

曾记否，电波通，语融融。①

岂知节后，病势汹汹，洒泪相逢！②

父亲的尊严

没有尊严的日子

父亲忍着

忍着过没有尊严的生活

---

① 2013年腊月，我与母亲通电话，母慈子孝，言犹在耳。

② 2014年春节后，母亲突然病危，竟成永别！

在蛮荒的岁月里

父亲像一只草鞋

任人践踏

他的尊严被踩成泥水

渗入大地深处

伤痕隐藏在心底

他的忍耐天下第一

没有之一

忍耐是他最大的武功

抵挡着人世的刀剑与暴力

他是弱者

但他最后得到老天的奖励

这个弱者的奖品

不是黄金

而是一个带给他尊严的儿子

儿子是村里第一个大学生

第一个研究生

第一个博士生

而且成了北京市民

儿子成为父亲的脸面

让他神采奕奕

父亲深深弯下的腰

成为一张弯弓

以忍耐为弦

射出了他的箭
向强者们讨回了尊严
他走了
留下自己的血脉走了
而把尊严留在人间

父亲，父亲
请你放心吧
儿子绝不挥霍这份尊严
要让尊严的花丛开遍
花丛中
有你的笑脸

喝酒的父辈

那年那月
酒就是伯父与父亲的命
据说伯父腰间挂一个酒壶
耕田时从这头到那头
必须喝它几口
然后精神才能抖擞
父亲席间只要喝几口小酒
仿佛就找到了幸福
忘记了人世间的一切烦忧
他们没听说过茅台
只需要村里掺水的粮食酒

鸡蛋换酒或者油盐钱买酒

让神经麻醉就已经足够

他们居然熬过了高温酷暑的虐待

熬过了饥饿与贫穷的伺候

一直活到真正把品酒当作享受

活到了七八十的高寿

带着醉意化为骨灰

完成了一代人的生命节奏

如今我也喝酒

不过是小资的讲究

微醺中我内心给父辈磕头

感谢他们的牺牲

给了我甜蜜的忧愁

家的随想曲

"家"这个汉字

说明了家的起点很低

屋宇下只要养猪

就可以发家了

养猪是养人的条件

这是多么朴素的真理

有人歌唱我想有个家

一个不太大的地方

其实有个茅屋或者瓦屋

就足够成立一个家

即使财产只有猪

也能繁衍子孙后代

甚至可以诞生博士

比如我出生的赵家

就是一个不太大的土坯房

从草屋到瓦屋人丁兴旺

父亲母亲聚拢我的兄弟姐妹

粗茶淡饭伴随喜怒哀乐

谱写了改变命运的传奇

猪在猪栏里哼哼

人在饭桌喝粥

在蚊帐里就寝

一天天枝繁叶茂

后来又变成了一个个小家

家从乡村到城市

可是再也不能养猪

只能养花与养心

而我自己只愿像猪一样

能吃能睡忘记世上的烦恼

家，让我踏踏实实

历史的思索

地上的故宫长城

地下的古墓陵寝

难道这就是历史的见证

而我最关心的是那些人
那些创造历史的人
你们在哪里
帝王们将军们谋士们
奴隶们苦役们流寇们
在哪里寻找你们的踪影
其实我很尊重你们
你们有过不可复制的人生
不管胜利与失败
无论厚道与残忍
那都是你们的历程与个性
遥想你们的轨迹
追寻你们消失的背影
我只能像陈子昂一样伫立
独怆然而涕下
像苏轼一样举樽酹月
默默无语

今天，让我们谈谈信仰

朋友，请你喝杯茶
让我们谈谈好吗
谈谈心灵，谈谈信仰
你不要吃惊
不要露出一脸的迷茫
不要在嘴角闪过轻蔑的嘲笑

其实，我也很困惑
我也有一点儿沧桑
朋友，我也有过狂热与幻灭
也时常不知道风在往哪个方向吹
就像诗人徐志摩一样

你说，你分不清欲望与信仰
不知道为何欲望在膨胀
而信仰被悄悄地流放
为什么，金钱的魔力难以抵挡
而人的内心却如沙漠般荒凉
你说，贪婪就是鸦片
让你在诱惑中放弃了信仰

朋友，你很勇敢
勇敢地打开了一扇心窗
今天，让我们揭开一个共同的谜底
问你，也问我
什么是未来的方向
既然我们已经走出了乌托邦
理想不再是空中楼阁
是近在眼前的民富国强
信仰的边界已经清晰
"中国梦"的旭日在地平线升起
难道我们的心灵还要彷徨

今天，我们信仰天蓝、水净、草绿

信仰风清、气正、人和

信仰温暖与爱

信仰生活的质量

这就是新时代的人心所向

只要信仰像鸟儿筑巢

在我们的心里扎根

朋友，主宰你的难道还是贪婪的欲望

我的中国心

雾霾遮不住心中的青天

沙尘卷不走梦里的眷恋

尽管一路上灾难重重

古老山河裸露沧桑的容颜

可我决不怀疑未来的灿烂

我挚爱北国的平原

我瞩目江南的炊烟

仰望秦时明月

俯瞰九州故园

我骄傲我是炎黄子孙

我的血脉有祖先的遗传

我的骨骼有不屈的尊严

在这片浸透血与泪的国土

朝朝暮暮云起云飞

男男女女生生不息

五湖四海滋养了民族的魂魄啊

风花雪月点染了千年的浪漫
我爱你，中国
因为我也是长城上的一块砖……

古国魂游

从八卦的迷魂阵里走出
我向周文王挥挥手
来到秦始皇的疆土
检阅了秦俑的阵容
沿着长城寻找孟姜女
却一脚踏进汉武帝的皇宫
发现他在龙椅上很困
东方朔的笑话也不能让他轻松
我带上几卷汉赋
穿着刘备织的草鞋
来到赤壁借了一场东风
重新演示了一把大火
把三国的夜空烧得通红
然后我穿越桃花源
与竹林七贤一起醉眼蒙眬
以半裸的姿势演出真人秀
口吐玄言成为一代精神枭雄

我飘荡着，游荡着
越过笼罩南朝楼台的烟雨

成为路不拾遗的盛唐子民

随李白举杯邀明月

潇潇洒洒，风风流流

哪管谁是唐太宗唐玄宗

我的下一个驿站是大宋

在汴京的繁华中我寻寻觅觅

享受茶楼酒肆的优雅与歌喉

唱一曲《水调歌头》

我迷失在《清明上河图》的喧闹中

恍惚间，我听到窦娥在另一个时代喊冤

是关汉卿在召唤我欣赏元曲

我的心情变得很忧郁

毅然投奔到朱元璋的麾下

在一个以日月命名的王朝

我长久徘徊于光明与黑暗

再次一路狂奔进入新的天地

形象定格为大清的长辫

陪伴我的就是那本《康熙字典》

魏晋风度

那是一个不正经的时代

风行了一群不正经的怪人

他们醉眼看世界

微醺着写字弹琴

一言不合就绝交

也玩曲水流觞的聚会
甚至裸体居家
不顾传统的礼法
最爱在竹林待着
与大自然亲近
也常常走走停停
看那天空的白云
他们有人自配仙丹妙药
也没有找到长寿的门径
有人看淡生死
要求他人扛锹跟随
以便将自己及时挖坑掩埋
一个个都是性情中人
在乱世中装疯卖傻
以轻狂掩盖聪明
却成为一代风流人物
意外地青史留名

改革开放四十年礼赞

从神话笼罩的阴云中醒来
从灵魂阵痛的麻木中醒来
中国人不再在混沌中徘徊
终于回归生活的烟火
回归对衣食住行的热爱

我们爱喇叭裤的风采

爱邓丽君的《何日君再来》

爱迪斯科热舞

爱流浪者与生死恋

爱朦胧诗的意境

爱卢梭与尼采

也爱《查泰莱夫人的情人》

爱我们复苏的人性

爱我们在阳光下的自由自在

我们不再闭关锁国

每一个中国人都可以漂洋过海

地球村的风景属于人类

属于人类命运共同体

金发黑发各有各的豪迈

东方西方都是对方的菜

肯德基麦当劳吸引我们

舌尖上的中国也吸引老外

当飞机高铁缩短了相思的距离

我们用微信谈情说爱

不必手摇电话焦急万分

指尖的话语直抵心怀

茅草屋也成为旧梦

杜甫的理想已经实现

万千大厦让寒士喜笑颜开

站在高处看白雪皑皑

正如白昼的反面是黑夜

阳光下总有阴霾

当记者在街头问你幸福吗

仍然有人感到不快

那么我们互相鼓励吧

让焦虑与抑郁走开

亿万人民一起面向未来

开创我们的新时代

站起来　富起来　强起来
——写给中华人民共和国成立七十周年

新中国诞生在历史的摇篮里

我诞生在新中国的摇篮里

新中国屹立在世界东方

我站立在新中国的大地上

这样清晰的逻辑

决定了我生命的意义

我没有目睹开国大典

但是我从时空的回响中

听到了开国领袖的声音

中华人民共和国成立了

中国人民站起来了

我知道这个宣告来之不易

叠印的画面中有嘉兴南湖的红船

有八一南昌起义

有井冈山的崇山峻岭

有用兵如神的四渡赤水

有雪山草地的猎猎红旗

有延安窑洞的彻夜灯光

有西柏坡黎明前的剪影

有百万雄师过大江

有人民解放军占领南京

这一幕幕的血与火

一场场的奋力拼搏

托举出人民的共和国

然而历史不是童话与科幻

改天换地伴随着曲折与苦难

在战胜拿枪的敌人以后

亿万人民仍然要与贫穷过招

期待着财神送来温暖

小岗村的红手印立下誓言

老百姓必须要吃上饱饭

春天的故事融化了冰川

改革开放的潮流激情澎湃

万元户成为时代的标杆

衣食住行不需要空谈

人们拥抱深圳和海南

就像当年奔向理想中的延安

腰包终于鼓起来了

中国人找到了幸福的支点

诗与远方一起在高铁上团圆

中国龙腾飞了

以精神图腾的标识

刷新自强不息的五千年文明

中国功夫与孔子焕发青春

张骞郑和重新与世界呼应

在战争与和平的角力中

中国思考人类的命运

云端珠峰，巍巍昆仑

显示了中国的气度与胸襟

航空母舰，宇宙飞船

胜过万语千言

中国的球籍稳如泰山

月亮上也不仅仅嫦娥舞翩跹

中国印记让人类惊叹

四大发明的历史已经翻篇

未来必将更加辉煌灿烂

祖国啊，我的祖国

你就是我的保护神

在你的怀抱我很安全

我驾一叶扁舟浪迹天涯

海浪轻轻地把我摇

梦中我也笑得很甜很甜

百年·青春
——欢庆中国共产党百年华诞

你是不朽的松柏

挺立在高山之巅

百年风霜让你更加豪迈

你是向上的翠竹

婆娑起舞却绝不随风倒伏

一节一节都孕育新的时代

你是傲雪的红梅

绽放在寒流之中

蹉跎岁月引领未来

你不仅是大自然的岁寒三友

也不仅是中国画的传统题材

你是人类社会的奇迹

立党为公青春常在

在五千年的历史背景下

百年大党仍然焕发青年的光彩

在未来千年的征途上

世界大同的理想如灯塔照亮大海

共产主义的真理没有年龄

千秋伟业永无止境

人人平等不是梦

信念的力量穿透时空

一百年只是一瞬

一万年太久

让我们只争朝夕

让美好的日子踏歌而来

天天都是青春的节拍

中华儿女永远笑逐颜开

睡狮醒了
——观电视剧《觉醒年代》

从史书中醒来
从教科书中醒来
从雕塑中醒来
电视这声光电的魔盒
打开了一个鲜活的时代
睡狮醒了
中国的脊梁醒了
中国的庶民醒了
人民当家做主的呼声
刺破古老的天空
再次以声画合一的形式
扑向人们的心怀

新文化新青年激情燃烧
五四运动掀起历史大潮
陈独秀李大钊明星闪耀
鲁迅胡适各领风骚
最有内涵的是蔡元培的拥抱
最遗憾的是有情人在树下的分道扬镳
最敬佩的是觉醒者思索的大脑

秀才们用青春唤醒民族的青春
一个个舍生取义绝不出卖灵魂

觉醒年代的他们不再苟且偷生
在黑暗中寻找救国的指路明灯
生命因此获得了永恒
激励着今天的人们
为了中国
为了平等
为了幸福
继续沿着他们的道路前进

致先烈们

这个世界
我最尊敬的人
不是煞有介事的权贵
而是那些牺牲者
为理想献身的先烈
无论有名无名
不管有没有纪念碑
他们在我心中
都始终占据高位
也许他们在刑场上死了
在冲锋中死了
单独或者大批量死了
他们的尸骨堆积如山
血流成河
他们已杳无音信
仿佛未曾有过生命

太阳照常升起
天空无知地飘着白云
我在大楼的办公室
享受和平
这日子很平静
平静得我必须感恩
我要致敬先烈的亡灵
他们在九泉之下
支撑着我辈的幸福
让我坦坦荡荡
不需要动用刀枪
只需使用电脑和微信

我的大学

那时阳光很纯
风儿很轻
天空就是巨幕
写满了童话般的青春

那时思念很美
花香鸟鸣
目光期待着远方的来信

那时书生很贵
一副眼镜打动少女的心
断臂的维纳斯魅力四射

我的最爱啊
是神话中的缪斯女神

那时很傻很天真
视金钱如粪土
热爱真理
胜过万两黄金

中文系

假如你今生选择了中文系
那么恭喜你
你获得了"飞越疯人院"的资格
自从得了精神病感觉精神多了
说的就是你

你一不小心就成为灵魂工程师
再一不小心就丧魂落魄
你想指点江山
可是江山与你毫无关系
你多半只能迎风唏嘘

中文系男生被戏称为才子
其实也就会写几句歪诗
或者看不起别人的诗
在自我清高与文人相轻中
想入非非

中文系女生很容易假装女神
多半想嫁给安全的理工科男生
在围城进进出出
也许一辈子不能梦醒
自己也不明白幸还是不幸

中文系不怕孤家寡人
驻守在书籍垒成的要塞
语言文字就是千军万马
一支笔胜过三千毛瑟枪
敢于战胜蜂拥而至的豺狼

魏晋风度是中文系的最爱
不在乎高楼大厦
只喜欢青翠的竹林
沿着小溪自由行走
回看那天边的流云

我的八十年代

诗意的天空
展开幻想的云
纯洁的心灵
激荡层层涟漪
即便是忧郁也那么美丽
青春沐浴在风雨里
疯狂地摇曳

我的头发是张扬的
像燃烧的火炬
我的脚步是激越的
像猎豹的追击
而我的眼神是缥缈的
像萤火虫那样扑朔迷离

我空空的行囊中
装着爱和思念
一无所有却热情洋溢
挥洒精神富翁的豪气
在天地间来来去去

60 后之歌

红色基因在血管里流淌
英雄故事树立人生榜样
人生犹如油画的色彩
呈现多种诠释的意象

在狂热与饥饿的双重淬炼中
形成了坚硬的人格与复杂的心情
爱就真爱，恨就真恨
对整个世界怀抱一份责任

有人已经死了

有人还在奋斗

有人已经淡泊

开始享受自由

爷爷奶奶的资格

父亲母亲的身份

大叔大妈的背影

白发苍苍的深沉

在秋季与冬季徘徊

却还不忘春夏的诱惑

抗拒着疾病的入侵

在不服老的盾牌下保持坚忍

在即将退场的舞台上

追求最后一次亮相

然后完美谢幕

留下一个时代的剧情

我的小名叫"三九"

"三九"不只是数字

也不仅仅是酷寒的标志

它曾是一个男孩的代号

不受欢迎地来到了人世

因为不是宝贝

也就不那么稀罕

是自己哭着喊着出生
在冰冷的"三九"天
那个虎年的腊月
真的呱呱坠地

寒冬寒门寒士
这就是"三九"的寓意
活着就学青松斗雪傲霜
也许如蜡梅孤芳自赏
我的世界没有富贵
更没有天然的温床
注定要与命运抗争
赤裸着去拥抱春天的太阳

我的小名叫"三九"
它是天人合一的符号
感谢没有文化的爹娘
给我取了最有内涵的名字
我体验了极寒
更加珍惜火热
冷暖人间走一遭
我为"三九"自豪

致那些芳华岁月

芳华是一枚皮蛋
被岁月的泥巴尘封

让特殊的涩味入侵
直达你复杂的心灵

芳华是蝴蝶的标本
夹在隐秘的书页
收藏那些缤纷的春意
不经意间让你泪落如雨

芳华是午夜惊梦
在黑暗中为你招魂
你不知道你是谁
恍恍惚惚穿越了几重门

芳华是废墟上的含蓄
断垣残壁也那么深刻
坍塌是为了更好的纪念
天地回旋着青春的挽歌

那些阳光灿烂的日子
——献给松滋二中1978届同学毕业四十年

四十年前
男生是嫩芽
女生如花蕾
我们的目光纯洁无瑕
不知道什么是骚扰

只懂得放学了也不想回家

盼着星期天快点过去

星期一要见到你我他

我们要交换正在看的小说

包括秘密的手抄本

而我有时候在课桌上走过

像猴子一样让同学乐开了花

我们没有阴谋

偶尔听说了传纸条的佳话

据说有人见面在井旁边的那棵大树下

我浮想联翩

不明白为什么有人只大一岁

就要把那一步先跨

难道那就是爱情吗

唉，十五六岁懂啥

我们朦胧的与半朦胧的

都对人生没有规划

有时候比谁尿得高远

唯独没有比谁穷谁富

"商品粮"有点骄傲

但"农民后"也绝不哭爹喊妈

两年的同学情谊

与那钟声一起

回荡在漫长的生涯

今天我们要面对花白的头发

从沧桑的脸上辨认岁月的变化

我们不谈权力与金钱

也不谈结婚离婚几次

也不说一胎二胎

只豪迈地端起酒杯

把四十年的陈酿干了吧

亲爱的同学们

让那些阳光灿烂的日子

成为永恒的回忆

伴随我们一生

永远保留我们不老的芳华

同学情
——为松滋二中1979届同学会而作

还是这片天空

还是这方热土

还是这群姐妹

还是这群弟兄

我们

从十六岁的花季走来

从时光隧道走来

告别少男少女的春梦

走进了中年的华丽与从容

我们

是亲爱的同学

是60后的寒梅和青松

是永远的清香

是优雅的风景
共同描绘生命的葱茏
我们
欢笑着彼此的欢笑
温暖着彼此的温暖
爱着彼此的爱
梦着彼此的梦
陶醉在岁月的美酒里
沉浸在同一个旋律中
虽说，相见不如怀念
可三十三年的思念太浓太浓
虽然，乡音未改鬓毛衰
但心灵依然挂着彩虹
同学们，今朝我们喜相逢
明天的桃花依旧笑春风

回望 1979

那一年
我破茧而出
不管是飞蛾还是蝴蝶
我终于奔向光明前途
从此告别命运的暗夜

那一年
我金榜题名

朝为田舍郎
夕登珞珈山
开启青春的辉煌

1979
我的幸运数字
也是我人生的密码
寓意天之骄子
标志最美芳华

1979
我的时间开始了
岁月深藏一坛老酒
如今已经甘醇入喉
且让我唱一曲含泪的歌谣

四十年感怀

1979—2019，距离考上大学已经四十年了，百感交集，一言
难尽。可以写长篇小说与电视连续剧，也可以洋洋万言写成散
文，然而在新媒体时代，还是长话短说吧！

——题记

"小鲜肉"变成了"老腊肉"
这是生命的自然节奏
黑发篡改为白发

暴露了时光的慢性谋杀

四十个春夏秋冬

仿佛一场虚幻的梦

不要说什么成功与失败

我只是把自己这壶冷水烧开

达到沸点就又凉下来

完成了一段激情澎湃

人生不过如此

总是在冰点与沸点之间徘徊

庆幸吧，我还活着

有人一夜就消失了踪影

有人辉煌得成为流星

我也许只是风雪夜归人

在柴门犬吠中找到灵魂

做一个会书法的农民

穿越
——写在武大1979级入学40年大聚会之际

一眨眼就这么老了

一眨眼又回到过去

这就是穿越

在时光隧道里

我们身不由己

但鲜活的是记忆

在岁月底片的档案里

珍藏着青春的魅力

四十年足以长成一棵大树

四十年前我们的枝叶已在摇曳

四十年陪伴我们的是一路风雨

而每个人不只是一棵树

更是一本传奇的书

字里行间都是故事

悲欢离合都成经典

喜怒哀乐皆为旋律

而这一切都源自1979的武大

是高考的筛子把我们筛到武大

那年珞珈山的秋季

就是我们人生的序曲

肉体可以不再年轻

心灵却能够永远如花似玉

永是珞珈一少年

成为我们共同的心迹

我们愿脸上刻印无形的标记

那是樱花隐形的图案

名牌的光环畅行世界各地

无题（之一）

小时候

我在母亲的怀抱

母亲给我母爱的体温

今天

母亲在我的怀抱
给我骨灰盒的冰冷……

无题（之二）

站在绝顶的人
看山不是山
望云不是云
一切顺应心情
成为最美的风景

然而山下的艰难跋涉者
依然在艰难
永远在跋涉
终身与命运抗争
其实那最高的不是山
而是内心的那道坎

无题（之三）

荒诞久了
荒诞就成为习惯
反常久了
一切都是正常
小人可以左右逢源
君子却自愧不如

虚假也许一路绿灯
诚实反而举步维艰
只有太阳不能从西边出来
黄河水不能倒流
一切皆有可能
自然法则亘古不变
人间总是历史循环
相信吧
否极一定泰来
因为天空飘来了四个字
——道法自然

记者之歌
——献给记者节

记者，这是一个特殊的名词
因为记者有着特殊的身份
他可以去特殊的地方
比如战场，比如灾区
再比如，卫星发射现场
还有毒枭的世界
以及埃博拉病毒暴发区域
记者还能见特殊的人
比如，国家元首
戴着光环的名人明星
当然，也有艾滋病患者

以及被引渡回国的罪犯

记者，也是最普通的人
他能上百姓的炕头采访
也能到田间和车间拉家常
还能在街头问"你幸福吗"
他是老百姓的朋友
是求助无门者的救星
他是正义的化身
也像巫师一样吓走鬼神
给人间带来公平

记者很苦很累
有时他就是牛马
在万家团圆的时刻
他也许在奔波在流浪
当人们酣然进入梦乡
他也许还在繁忙
因为他是时代的瞭望者
是社会的守夜人
是为大众服务的狼
专咬坏蛋，保护善良
他的眼睛发出警惕的光芒

今天，互联网来了
人人都是记者
记者不再神圣

神圣的是真实的新闻

让我们欢呼吧

记者节是大众的节日

这个时代是信息的时代

新闻事业属于你也属于我

属于太阳星星和月亮

因为，无论是白天还是黑夜

哪里有记者有媒介

哪里就有光明

真相无处隐藏

这个世界和人的内心都将无比亮堂

手机

方寸之间魔法无边

人与人离得更远

在拥挤的人群中

谁的眼睛都不正眼相看

再也没有一见钟情的传奇

也许更有吸引力的不是人

而是手中的视频、文字与图片

那个改变世界的乔布斯

激活了手指

亿万人类却从此更加痴顽

因为分享了 Wi-Fi

却失去了美感

男女老少沉醉于机器人的狂欢……

偶然的思绪

一
风是平凡的
云也是平凡的
风云际会是非凡的
风云人物是不平凡的
风过了
云散了
风云成为历史
人物也不在了

二
哭是一阵子的
笑也是一阵子的
欲哭还笑是多情的
时哭时笑是疯狂的
哭过了
笑过了
人生就丰富了

三
爱是甜蜜的
恨是痛苦的

爱恨交加是重口味的

爱过了

恨过了

心也就空了

静

山静

方显巍峨

海静

更加辽阔

心静

映照无我

静

是人生佳境

静看滚滚红尘

这个世界太简单

只有天地人

千万年浮浮沉沉

安静的人

就是自己的神

像佛祖一样

拈花微笑

瞬间明了

秋色赋

秋色，是深沉的激情
在都市的一角
静静地汹涌澎湃
忘情地酣畅淋漓
在阳光下风情万种
释放生命的赤诚

秋色，不只是层林尽染
也不只是落木萧萧
一丛平凡的秋叶
也足以散发别样的风格
因为这世界
最美的境界
就是平分秋色

归去来兮

归去来兮
归回田野
归回我心灵的家园
归回我生命的原点
归回我的童年

归去来兮
归回大海
归回那海天一色
归回远航的帆船
归回海浪的狂猖

归去来兮
归回草原
归回我梦里的绿色
归回羊群的温暖
归回白云的缱绻

归去来兮
归回深山
归回明月
归回清泉
归回柴门的悠然

归去来兮
归去来兮

裸婚

就那样
我没脸没皮去找她
看看能不能发生奇迹

突破陌生的藩篱
从此锁定终身伴侣

千里走单骑
火车汽车接力
空空的行囊满载爱情
敲开了命运的门
不怕被拒绝
只要心意真
身无分文的年代
我就是要裸婚

如今伴侣成为老伴
岁月准备编织皱纹
在一年一年的轮回中
我顽强地抵抗衰老
一遍遍回想当年的剧情
原来最美的就是裸婚
足以让你永葆青春

导师与师娘

一眼望去
导师如巍巍昆仑
天下的男人瞬间渺小
您精神的崇高不可企及

秒杀追名逐利的人们

您那满头银发

就是思想的旗帜

更如春蚕吐出的丝

织出了四个大字

实事求是

敬爱的师娘

您的微笑最真

连您端来的茶水都那么真诚

您只要一出现在客厅

学生就感到空气也很优美

尽管人间已无您的踪影

可是您的慈善化为日月星辰

照亮了一颗颗学生的心

郑老师，您的背影我的目光
——写给我的导师郑兴东教授

此刻，世纪城的黄昏

驶过南来北往的车辆

今天，我穿过大半个京城来看您

听您父亲般语重心长

您谈笑风生，神清气爽

一如年轻时的模样

郑老师，您的背影我的目光

我的目光孕育这首诗
我的手指正让心灵滚烫
这首诗我酝酿了整个冬天
快要在内心疯狂
它拥堵我的记忆和怀想
它徘徊在人大校园
它飘忽在北国天空
它伴随朝阳和晚霞
以及您亲手传递的茶香

此刻并没有
我抒发情感熟悉的月光
就见人行道红灯笼的背景
可诗意如春风拂在脸上
郑老师，您的背影我的目光
今天有弟子深情的问候
今天有诗神抚摩我的心房
郑老师，您的背影我的目光
您缓缓踱步，面容慈祥
我为您祈祷健康
我也决不让您失望

永不放弃一个学者的理想
尽管命运阴晴莫测
平静，如同这个午后
天幕下总有生命的迹象
郑老师，您的背影我的目光

我，一个追求真理者的目光

赠郑兴东老师

您的鹤发童颜
是弟子们心中的图腾
您的慈祥微笑
抹平了岁月年轮
无论帝王还是明星
都代替不了您的神圣
我们爱您
就像爱太阳月亮和星星
今生今世的师生情啊
同宇宙一样永恒……

蜡烛赞
——悼人民教师杜了凡

  杜了凡老师，湖北省松滋二中最受欢迎的课堂教学老师之一。他是以优秀的老高中生资格留校教高中生的特殊教师，文科、理科均能驾轻就熟，教过物理课，也教过语文课。他桃李满天下，深受学生爱戴。2015年底，他因病在北京住院治疗，我曾到医院探视，师生相谈甚欢。2016年1月17日，他突发脑出血猝然离世，享年76岁，永远离开了他的亲人和学生们……

——题记

蜡烛灭了
光还在闪耀
照亮着我的心
蜡烛成灰了
可是薪火相传
火种仍然燃烧

老师，你已化为无形
这世界膜拜英雄
甚至膜拜土豪
没有人膜拜蜡烛
但，我膜拜你

我潸然泪下
祭奠你的音容笑貌
为了我青春的岁月
为了你无私的教导
我敬你一瓣心香
替你的亡灵默默祈祷

哀悼你，就是珍惜真醇
哀悼你，就是敬仰师道
哀悼你，就是怀念苦难
清贫的老师与贫穷的学生
曾经一起谱写童话
遨游在知识的波涛
你的讲台是诺亚方舟

我的课桌是踏向梦想的桥

谁说，你只是蜡烛
谁说，你的光芒太渺小
你分明是火炬
映红了我生命的天空
当我回眸
看见你在天空的微笑

致朋友们

如果，没有朋友
我就只是一块孤独的石头
是群山一样逶迤的朋友
赋予我风景中的风流
也许，无用的顽石
也能成为艺术的不朽
友情的手指点石成金
不负我千年的守候
朋友，是今生的缘
一路上咱们一起走过
喜怒哀乐相互感染
得失荣辱彼此关联
朋友，是血缘之外的亲人
敞开心扉，永不藏奸
彼此嘘寒问暖

或者不需要任何语言
最珍贵的，是朋友中的朋友
高山流水遇知音
渔樵卑微，心灵高贵
在江湖中惺惺相惜
管他什么谁主沉浮
只要精神的酣畅淋漓
在空旷中聆听心灵的演奏
啊，朋友
让我们握紧信任的双手
把人生的苦难抛在身后
直到那一天，生命走到尽头
来世再做好朋友
我们相逢在浩渺的宇宙

2017 岁末感怀

又是一年春花秋月
又是一轮日出日落
在世上我来来往往
我的真人秀已然落幕
一个人的演出无须鼓掌
人生没有剧本
一切都是即兴的出场
天空与大地就是我的布景
每一个表情都是自然的亮相

我不是英雄

也不是狗熊

我只是在草木上舞蹈的风

我的目光看着自己的婆娑

生命随着心跳而律动

在天人合一的频率

我的情绪奔涌

将爱的语言播送

我不伟大

但可以感受别人的伟大

我不怯懦

因为君子坦坦荡荡

一切的狂欢与震撼

一切的郁闷与困惑

都如隔夜的残茶

倒掉后再将清香斟满

芬芳了头发花白的年华

我思故我在

我爱故我在

我活故我在

这，就是我的风采

我的别样豪迈

这，就是我的生命之诗

我的自白

何必奢求面朝大海

只要内心春暖花开

关于时代

不知道为什么
我很遗憾没有赶上沙龙时代
在贵妇名媛的客厅高谈阔论
陶醉于典雅时尚的文化光彩
而今天只有虚拟的微信群
七嘴八舌却找不着北
没有音乐与饮料的实体陪伴
更没有《闻香识女人》的经典时刻
浪漫的精灵无处释怀
在物质主义的世纪
一切是那么俗不可耐
人们异化为物体
欲壑难填而又魂飞魄散
急功近利且精神微贱
从天到地都躁动不安
几百年
一千年后
我们这个时代有什么
能让后人心驰神往
产生穿越的梦想
我真的很担心
我们留给后代的
是模糊不清的图景

既没有《清明上河图》
也没有《富春山居图》
有的也许只是房价排行榜
与汇率走势图
我希望
我们创造一个伟大的时代
除了经济神话
更要创造精神的故乡
在时空隧道永放光芒

书法之诗

象形的中华
从远古到如今
在笔迹里默契
一笔一画都是写意
演奏无声的旋律
让喜怒哀乐
尽情地挥洒
笔毫与墨汁
共赴千年之约
美在刚柔相济
雅在朴拙飘逸
趣在任性疯狂
承载着灵魂的秘密
演绎生命的传奇
金石与纸张

散发神奇的魔力
像棋盘一样
排兵布阵
汉字变得生龙活虎
带着兵马俑的气息
岁月赋予它永恒的意义

新

老树发芽
是新
枯草泛绿
是新
婴儿降生
是新
朝阳升起
是新
一切的一切
只有新生最美
假如没有了新
世界就是死寂
连呼吸都是陈旧
生命的激情
也成为文物
自然的新
是万物欣欣向荣
时代的新

是希望的葱茏

在走向未来的道路上

我们张扬喜新厌旧的面孔

一个个灵魂被激活

每个细胞在燃放焰火

照亮了梦想的夜空

踏过厚厚的落叶

我们拥抱新的芳芬

穿过历史的隧道

我们迎接新的光明

一个新时代

已经在含情脉脉

让我们荡漾春心

抛下一路风尘

初心

第一个梦想

最纯最真

牵引脚步向前奋进

踏平一路的崎岖

走过艰难的泥泞

第一个誓言

最善最美

来自内心的渴望

迸发生命的激情

伴随无悔的终身

也许有过郁闷
怀疑远方山穷水尽
也许有过诱惑
沉湎于欲望的虹霓
最初的意志总要苏醒

初心就是鲜艳的红领巾
也是第一次闻到的书香
或者是朦胧的恋情
难忘的故乡山影
以及偶像的神圣

不忘初心
就是不忘根本
岁月可以苍老
心灵永远年轻
浮华褪去留下真醇

让初心成为底色
画出人生的珍品

嫁：一个父亲的自白

不要说只有土家族才会哭
也不要说只有女人爱哭

今天汉族男人也流泪了

不是因为伤心

而是因为喜悦

极端的爱不会笑

只会哭

这就是喜极而泣的标注

谁说嫁女儿是难过

我只是换了一种表情符

其实内心荡漾着幸福

是舍不得爱女吗

我舍不得那些记忆

舍不得岁月相伴的朝朝暮暮

舍不得血肉相连的原生态情景

舍不得一起走过的那些道路

舍不得一家人的立体结构

舍不得我曾经的心疼

舍不得小棉袄的温度

今天，一个父亲的大爱

就是让一切舍不得成为舍得

放飞心爱的小鸟

去追寻飞翔的弧度

遐想

既定的程序已经设置

只待精子与卵子的相逢

于是你成为一个生物制品
带着遗传密码与个性化面孔
在特点的时间和特定的地点
你的诞生就是一次完美的推送
你身不由己地来到人间
生命旅程被神秘的意志启动
吃喝拉撒睡不过是规定动作而已
性爱也只是程序的偶然触碰
你可以半自动化自我操作
但终极的指令来自宇宙
你随时可以被断电和死机
变成回收的废物与垃圾
你的妄想与痴念
都是毁坏自身的病毒
直到把你的肉体蛀空
无论你在哪里
你的存在都只是幻影
太阳星星和月亮也许永恒
可你实在只是一个过程
当然你可以挥霍这个过程
也可以享受这个过程
比如你贪恋美食美酒与美人
你追求名利的喜悦与满足
像屎壳郎一样滚动粪球
把渺小的成功当作伟大的功勋
只要自我陶醉就好
何必在乎程序终止后的寂静

在有限的时空里

你完成了你独特的使命

命运之手会把你清零

仿佛一切都没有发生

瞬间（之一）

瞬间只是一瞥

却如闪电定格

胜过人生无数的时刻

瞬间只是一秒

可永远不再重复

只能印在记忆深处

瞬间是生命的彩虹

以完美的色彩

让苍白的岁月如梦

瞬间是母亲在村口的送别

是第一次远行时牵挂的眼泪

那温热的鸡蛋温暖你的骨髓

瞬间是火车启动的沉重

兄长的背影分外亲切

故乡的云烟变得朦胧

瞬间的含义是如此的丰富

需要你用一生去解读

有的瞬间让你心痛

有的瞬间使你甜蜜

还有某些瞬间如同密码

永远无法解密
那也许就是命运之谜

瞬间（之二）

揣着六个温热的鸡蛋
我走出了母亲的视线
而母亲的泪光打湿了
我眼里的村庄与农田
仿佛那是昨天
我依旧是那个破天荒的大学生
一个十六周岁的少年

而今母亲只活在我心里
白发的我在异乡怀念
多想岁月定格在那个瞬间
游子蓦然回首
看见母亲依依不舍的脸

中秋寄台湾同胞

秦汉的月亮
在海峡泛起波光
神州宝岛的同胞啊
共享着月宫桂花的清香
美丽的嫦娥翩翩起舞

为中华儿女祈祷吉祥
在这团圆的时刻
我想化作清辉
到日月潭去深情荡漾

雨中即景

洁白的玉兰花
兀自静静地开放
牵引我审美的目光
心中喜悦在荡漾
我在雨中撑着伞
撑起一个匆匆过客的形象
忽然一个流浪的老翁
刺伤了我的心
他披着一块破塑料纸
在窄窄的楼檐下躲雨
两个肮脏的袋子在身旁
心酸的泪刹那间湿润了
我审美的眼眶
因为我似乎想起生前的老父
那卑微的贫下中农
为什么无人来拯救这雨中的无名者
春雨多么美
可又多么让人彷徨

秋思

天地退烧了
犹如退烧的人生
不追求热烈奔放
只在沉静中清醒

叶儿黄得高雅
红得单纯
花朵不求灿烂
唯愿最晚枯萎
一株劲草也挺直腰杆
把成熟伸向蓝天

阳光与微风的配方
像养生的药剂
把阴阳一起调和
化解了心头的浮躁
让灵魂如秋水般透明
息了波涛淡了涟漪

在秋天里
我孤独的身影
刻画为自己的风景

孤独

一尊雕像的孤独
那是思想者的姿势
裸体的思想
在每一块肌肉中
像血液流淌

人类没有思想者
就是迷惑的群盲
孤独者的头颅
那是理性分娩的产房

你听见思想诞生的啼哭吗
那是人类的希望
而孤独者在阵痛中
依然孤独

无主题变奏曲

好想与外星人邂逅
尤其与外星美女相爱
完成一个地球人的追求
这个梦永远只是梦

我在地球的边缘徘徊
星系爱情搁浅在宇宙
死讯天天传来
活人惊吓如猴
谁是挨宰的下一只猴子
全看死神高兴与否
渺小的人类
时刻在悬崖边颤抖
职务职称的诱惑
如羽毛的挑逗
在你的感觉上漫游
激发一阵阵的骚动
无论行与不行
你都期待高潮的节奏
节气绑架了我们
规定了每年的喜怒哀乐
难道就不能高飞远走
在世外去自娱自乐
忘记时间忽略春节中秋
按照个体的生物钟
爱我所爱忧我所忧
在庙堂与江湖之间
无数的人费心筹谋
十年的人生难题
或许让你一夜白头
其实何必如此焦虑
你只需选择苏轼的风流

另一种思考

飞翔，是鸟儿的自由

归巢，是为了飞得更久

嚎叫，是狼的属性

无声，也是一种筹谋

在本能的教科书里

隐含着真理的不朽

低头，未必就是保守

高调，其实是毁灭的节奏

无我，天地之间写满了大我

膨胀，也许会片甲不留

在人生的舞台上

就看谁笑到最后

又见草原

眼前抹去了繁华的高楼

无边的原野连着我的胸口

我爱这袒露的荒芜

草原的风吹散了一切的忧愁

野花开得自自然然

胜过牡丹月季的娇柔

我不是牧民

也不是牧民的儿子

可我与草原一见钟情
再见已是一往情深
在无遮无拦的性情中
我与草原完成了千年的缘分

再别内蒙古

穿越时空隧道
我找回了失踪的年华
收藏在灵魂深处
用时光的琥珀封存
成为永恒的文物

雪夜爱情

雪，不期而至
你，如约而来
一样的惊喜
让我充满感激
感激你们都来自天外
雪是爱情的舞者
你是下凡的天使
降落到我的胸怀
这如梦的雪夜
在冬季里
春暖花开

隔离

让我们歇歇吧
停下匆忙的脚步
回到亲人的目光里
来一次身心的复苏
不要再说什么奖金
也不要想什么职称职务
今天我们只希望体温不烧
内心也不要骚动
最好是绝对不要咳嗽
禁闭原来是如此美好
寂静中听自己的心跳
世界很大也很小
最安全的还是自己的门户
在这场静悄悄的战斗中
人类需要谦卑
不要挑衅那看不见的病毒
我们隔离在单兵战壕里
请求那王冠者的宽恕

晒太阳

我是一条鱼
在阳光下暴晒

晒去了腥味

杀灭了病毒

变成一道美味的菜

可是谁来吃呢

上帝说你可以复活

给你新鲜空气

洁净的水

允许你自由自在

但你要远离人类的伤害

病毒自白

人们啊

曾记否有一句名言

在拿枪的敌人消灭以后

不拿枪的敌人依然存在

我就是你们不拿枪的敌人

一夜之间，我就到处破坏

让人类以为来了妖怪

孙悟空也只能抓耳挠腮

金箍棒不知道往哪里砸

火眼金睛变成了睁眼瞎

我无招胜有招

一个个将你们放倒

你们的武器竟然只是酒精与口罩

我只要耐心潜伏

就会酝酿致命的发烧

你们的一个喷嚏
就替我广为传播
你们的每一次触摸
都是自掘坟墓
想要阻击我吗
其实很简单
人们啊，不要太嘴馋
请记住你们的古训
百病从口入
如果掌握这个口诀
我就只好远远地滚蛋

我已经很久没笑了

最珍贵的已经不是黄金
除了生命以外
就是开心的笑
而我已经很久没有笑了
我努力想笑
可脸皮比牛皮还僵硬
笑不出来的时候
比打不出喷嚏还矫情
偶尔只有各种成分的泪
不期而至
冲毁我的笑影

我那狂放的笑呢

我那没有遮拦的笑呢

我那会心的笑呢

都逃到哪里去了

我是如此幸运

没有被病毒缠身

应该窃喜

可我为什么不高兴

酒肉穿肠过

难道还有什么心理阴影

哦，是的

我的笑被幽灵囚禁

这幽灵正是人性的狰狞

挺住，让我们活下去

朋友，你心烦了吗

你厌倦人生了吗

你分分钟就要亲吻死神吗

你以为自杀可以终结一切吗

错错错，莫莫莫

那是你误解了人生的真相

你是懦夫所以你选择投降

你要早点明白活着需要勇气

人这一辈子就是一场考验

九九八十一难必须过关

你要畏惧，就不配称作人

任何人中途主动退场就算输了

除非碰巧死神掐住你

否则只要有一口气都要活下去

不蒸馒头也要争一口气

莺歌燕舞时我们且歌且舞

风声鹤唳时我们严阵以待

日月放光时我们灿烂

黑暗笼罩时我们点亮心灯

生命只有一次所以昂贵

我们自己就是生命的消费者

谁笑到最后谁就是胜利者

谁挺得住谁就此生无悔

朋友，来吧

我们为活着干杯

自己为自己陶醉

三愿

我愿

空中只有自由的鸟儿飞来飞去

没有杀戮的导弹与轰炸机

难道云层之上

真有不作为的上帝

为什么不消除来自天空的恐惧

我愿

海里只有鱼类在那里游来游去

没有致命的潜艇与航空母舰

难道波涛之下

海神与龙王也无能为力

蓝色海洋竟不再涌动诗意

我愿

大地只有生命共享阳光与风雨

没有藏在暗处的核武器

难道国家之间

人类非要同归于尽

地球将一片死寂

悟道

如果，你是喇叭花

就不要攀比玫瑰牡丹与兰花

你只要恣意开放你自己

你也有你的芳华

如果，你是普通的核桃

就不要羡慕苹果荔枝芒果

你就是独特的你自己

有人就喜欢你这一号

如果，你是廉价的土豆

就不必向往菠萝哈密瓜

你其实不可替代
你也不只属于寻常百姓家

如果，你是一个平凡的人
就不需要迷恋人间奢华
拥有明月清风吧
再续上一杯淡淡的茶

阶级与阶层

一棵树自有树种
一朵花自有风情
一个人竟然很复杂
价值难以确定
从出生那天起
你的门第就是标签
影响你的终身
这世上原本只有男人与女人
却活生生分出了阶级与阶层
有的是富人
有的是穷人
有的是中产阶级
有的是贵族阶层
更多的是芸芸众生
有的人一言九鼎
大多数是人微言轻

一样生老病死

不一样的是人生风景

都在地球上陪着公转自转

为什么要分三六九等

都是吃喝拉撒睡

凭什么要有高低贵贱

人类真可悲啊

为虚幻的等级奋斗

最后归于虚无

只有神秘的存在

宇宙中给人类投来

一瞥的怜悯

饮酒歌

性情的流觞

让魏晋风度溢出酒香

唐宋的豪放

让明月微醺而又迷茫

千年的风流啊

凭借酒力永久回荡

假如没有酒与酒杯的抚慰

无数灵魂该如何安放

知音不只有高山流水

更有令人沉醉的美酒

同消万古的惆怅

来吧，让我们一起痛饮

管它春夏秋冬

今朝有酒今朝醉

人生何必太清醒

且把人间的一切存在

倾入酒中一饮而尽

五十八之诗

那年我十八

我在珞珈山下赏樱花

樱花惆怅了我的青春

也点燃我梦想的朝霞

那年我二十有八

我在喻家山下意气风发

思想在讲台上衬托西装革履

任我将文化的雨露挥洒

那年我三十又八

一脚踹开二十一世纪大门

大鹏展翅飞来飞去

怀抱理想纵横天下

那年我四十加八

满头满脸都是人生的灰沙

一壶浊酒慰风尘
心上写着压力山大

今朝我五十满八
最迷恋的不是江山美人
而是汉字书法的笔画
灵动着空空道人的骨架

我的 2020

春天被隔离
我差点疯了
病毒没有上身
却刺激了我的神经
他人怀疑我
我怀疑他人
口罩是唯一的屏障
保护着脆弱的生命
美女们亲切地叫我名字
我问你是谁
因为我只能看到眼睛
难以识别面部的表情

这一年，活着就是一切
可无数的人在微信斗争
仿佛敌我非要拔出利刃

我临阵当了逃兵
不愿做出无谓的牺牲
我本江湖游子
藐视这人间的纷争

在心动过速的时刻
我知道最该呵护的是我的心
于是我让心跳恢复平静
再也不让心脏如野马狂奔
唐宋的阳光映照我的书窗
我用祖先的毛笔写字
在远古的符号中沉浸
不管谁是特朗普
也不管谁是拜登

过年

杨白劳一根红头绳
要给喜儿扎起来
那是往昔穷人的年
辛酸了几代人的心怀

如今穷根已经拔了
过年不再是一种无奈
神州大地换了人间
春意炒出幸福的菜

身心是我们真正的私有财产
伴随发酵了一年的温暖与爱
在微醺的氛围里增值
让生命的鲜花盛开

落叶之歌

谁说落叶象征生命的悲惨
回归大地难道不是一种圆满
曾经在春风中羞怯地嫩绿
在夏季恣意地与阳光撒欢
在秋天增添成熟的分量
如今在冬夜告别天空的梦幻
活过了，这就是一切
生于自然死于自然
这就是无言的浪漫

我的 2021

这一年很激动
建党百年追剧追英雄
在《觉醒年代》里觉醒
在《大决战》中决战
还《跨过鸭绿江》去冲锋
一面刷微博微信赞叹
一面感受梦想与光荣

这一年很丰收
我与天斗与地斗与文字斗
在专业的责任田当老黄牛
为他人犁地也为自己成就
偶尔在大学当当教授
给答辩的研究生评差或评优

这一年很平安
我战胜了咳嗽变异哮喘
也避开了疫情的纠缠
一天天正常地上下班
既不伟大也不渺小
更不卷入躁动的争端

这一年很神奇
我早上骑车摔个嘴啃地
傍晚即公示我要晋级
哪里跌倒就哪里爬起
同事投票与组织任命
我从副职变为正职
职业生涯因此而华丽
一棵老树冒出点绿意

这一年很自在
我依然与月季花恋爱
我是她的御用摄影师
朝朝暮暮拥有她娇艳的风采

无论阴晴圆缺

不管得失荣辱

花容月貌伴我面向未来

欢乐颂

欢乐是春风

吹皱一池春水

让心灵荡起幸福的涟漪

它那么自自然然

让我们感到生活之美

不需要金钱的交易

更不必强颜欢笑

我欢乐，我愿意

欢乐是酒杯

该醉就要醉

何苦哭丧着脸

哪管压力山大

人生就这一回

再累也不能心累

来吧，为快乐干杯

电梯

男人上来了

我没感觉
女人出去了
我还是没感觉
因为别人对我
也没感觉
匆匆之间
人不停歇
电梯也不停歇

也许
地球也是一部电梯
在宇宙中毫无表情
各个时代的人
上上下下
进进出出
生生死死
匆匆之间度完一生
最终销声匿迹

2022 心语心愿

愿病毒与人类讲和
你不要再变来变去
你已经闹够了
新年请让人类休养生息
我们渴望自由旅行
想去哪里就去哪里

愿人间少一些仇恨与戾气
更不要轻言发射核武器
这个地球经不起毁灭
同归于尽是恐怖的结局
虽然没有永恒的朋友
可终究是命运共同体

愿城乡走向共同富裕
乐土遍布神州大地
物质与精神比翼双飞
天下更多一些公平正义
当人们不再疲于奔命
浪漫的炊烟才会袅袅升起

愿桃花依旧笑春风
愿阳光唤醒沉睡的枯枝
愿月下仍有唐朝的乡思
愿开心的欢笑多于哭泣
愿平凡的生活充满诗意
愿梦想将现实的荒山染绿

老虎的自白

虎年被亿万人祝福
老虎因此不再凶神恶煞
画家们让我成为萌猫
似乎谁都可以把我抱抱

除了那个黑眼圈的国宝
我也成为明星印上了邮票
人们忘记了我吃过李逵的老娘
给粗心的"黑旋风"上了一课
还被醉酒的武松打断了虎腰
成就了他一世的英豪
如今一些坏人被称为"老虎"
给我们贴上了腐败分子的符号
其实这是天大的误会
他们应该是《诗经》里的硕鼠
鼠辈哪能冒充老虎
只有硕鼠偷吃偷喝偷拿
我们老虎都是自然捕猎
不屑于当不劳而获的强盗
最爱在月夜的深林长啸
向世界庄严宣告
我们老虎在此
请勿骚扰

时间与空间

童年在故乡山顶远眺
猜想着未来与远方
今天在北京的大楼回望
分明看见了童年的模样
时间之手在空中画圆
把我的人生虚化为一种幻象

时间与空间像两个巫师

我只是它们的玩具

一个小孩被玩老了

被玩得遍体鳞伤

它们并不在意

我却不能找它们算账

有人问时间都去哪儿啦

我却不会明知故问

我知道时间的别名叫沧桑

它就显示在我脸上

分明是一脸沧桑

如老唱片储存着岁月的回响

空间则可大可小

大得浩瀚无边云海苍茫

小得只是容身之地

与心相连的是异地与故乡

最残酷的莫过肉体消亡

但空间依然熙熙攘攘

时刻准备着，退休

年少时我们挺起胸膛

时刻接受祖国的挑选

年老了我们收拾好行囊

准备去山水间流浪

曾经少年壮志不言愁

如今纷纷规划何处游

去年他退今年你退

明年我们一拨人要退

不论是否高官厚禄

也不管混得咋地

到站了就要让位

不然后来者哪有机会

舞台的中央轮番亮相

人生的盛宴总要散场

也许大踏步地后退只是转折

化整为零开启单兵作战

不要番号，不需平台

每个人要做真的英雄

以最成熟的智慧当筹码

再创新的辉煌

那么让我们坦然地迎接未来吧

切莫以为退休就是等死

歌德八十写情诗

齐白石九十仍春心荡漾

年龄不过就是四季轮回罢了

只要心不死亡

就永远是精神的少年模样

请扔掉那些职务职称的铠甲

去跟随苏东坡的踪影

驾一叶扁舟浪迹天涯

当倒计时开始……

从第一声啼哭开始
人生就已经启动了倒计时
所谓职场的退休
不过是再次提醒
你的一切终将成为过去
每个人的生命其实都不属于自己
神秘的力量预设了你运行的程序
这期间你有权折腾与放肆
也可以尽情地游戏
但孙悟空跳不出如来佛的掌心
纵有金箍棒十八般武艺
佛微笑着将你回收
就像玩弄一只蚂蚁
听见时间的嘀嗒声了吗
在周而复始的轮回中
你要与时间赛跑
完成你来到人间的使命
千万不要只盯着房子车子票子
你最值钱的实际就是你的身子
躯壳这个租来的玩具
在期限内靠你自己珍惜
几十年或一百年很短
你无论沉醉与留念
或是渴望解脱

租期一到你就被屏蔽

从此世上将再也

看不到你

古人今读（组诗）

1. 读庄子

你仰望青天

将心灵自由放飞

思想的高度进入无限

你俯察大地

从自然中感悟玄机

发现万物蕴含的秘密

你冷眼看人

为亡妻鼓盆而歌

庆祝生命走完旅程

坦然迎接死神之吻

你在人世间逍遥而游

穿越存在与虚无的鸿沟

创造一个精神的宇宙

你的诗意与浪漫

为真理披上华丽的衣衫

让哲学从此妩媚迷人

2. 读孔子

你集毁誉于一身

成为永不消失的千古幽灵

暴君憎恨你

因为你妨碍他们的苛政

后人挖苦你

因为要你负中国挨打的责任

世风日下的时候

人们想起你的教训

——仁义礼智信

听吧，世人对你的公论

"天不生仲尼，万古如长夜"

孔子，你是东方的一盏明灯

你是不朽的引路人

3. 读陶渊明

你啜饮着田园风光

在微醺中幻想

桃花源的时间静止了

你的世界没有虎豹豺狼

只有袅袅炊烟和偶尔的鸡鸣犬吠

奏响你生命的乐章

也许你没有忘记折腰的屈辱

心中的呐喊闪现剑的雪亮

可你东篱下采菊的浪漫

已将你定格为隐士的肖像

4. 读李白

透过李白的醉眼

我看到江山如此朦胧

仿佛不能聚焦的镜头

将一切风景虚化为梦

不管是皇家还是将帅

他们的身影都那么空洞

李白的视野就是毕加索的画

真相隐藏在变形的艺术中

而他的创作原料就是美酒

只要豪饮三百杯

思想的翅膀即开始振动

向世界展示精神的鲲鹏

5. 读苏轼

你在宦海泛舟

披一蓑风雨

浪淘尽你的激情与忧愁

你是宋朝月夜的孤魂

挥洒着千古风流

你的英雄梦淡入禅意

宁为居士不觅封侯

在佛的慈悲中你终于获得了自由

三句诗（组诗）*

妈

我回家了

---

* 三句诗是作者2020年春节期间在湖北隔离时"憋"出来的新体裁。
在碎片化传播时代，这种极短语句的诗歌颇耐人寻味。

您在哪里

寒风像巫婆的鹰爪
在我脸上乱抓
我脸皮厚她抓瞎

新年的阳光
像婴儿一样清新
因为我有一颗婴儿的心

野猫凄厉的叫春
刺破黑夜的沉默
它们不顾人类的惶惑

插翅难飞九头鸟
日复一日苦煎熬
病毒抓我来坐牢

爷爷死前说外面有病毒
六岁孩子的人生第一课
也许从此怀疑美好的教科书

春天幼稚的喙
顽强啄破寒冬的硬壳
开始唱出希望的歌

肺能让活人憋死
但思想如果不能呼吸

心灵的跳动也将停止

朴素的口罩成为盾牌
阻挡隐形敌人的攻击
勇敢地取代了人类的高科技

假如火星没有病毒
我想去那个干净的地方
但被病毒附体的人类也许带去肮脏

我困在湖北
湖北困在中国
中国困在病毒的掌握

被抹黑的白发
终将露出真相
这，就是时间的力量

头脑清醒地不能呼吸
这种惨死是什么仇什么冤
病毒，你这个毒枭杀人不眨眼

不要把别人的死
当作一种传说与故事
他们其实在替你离去

当我眼里淌出辛酸的泪
我不能用手去擦拭

据说病毒在手上摆好了姿势

大地呀谁夸你厚德载物
你好坏不分德从何来
偏偏要承载杀人的病毒

那些杀医者们
请放下你心中的怨恨
白衣天使是最可爱的人

我想醉我想睡
清醒活着真太累
世间何处无魔鬼

结膜炎啦，结膜炎啦
哎呀，该不是那啥
红霉素眼膏治好了

我偶尔咳嗽一声
就自我怀疑一次
没有咳嗽则如醉如痴

一只打鸣的公鸡
鸣叫中泄露秘密
死亡成为它的结局

我庆幸
爹娘躲开了瘟疫

因为他们已经提前离去

别人的小目标是挣一个亿
我的小目标是活下去
病毒离我远远地

小时候盼过年穿新衣
今天盼退休远离热闹
脱下一切虚伪的外套

我想重走儿时去舅舅家的路
踏过溪流上的岩石
到达那山林下的瓦屋

非典新冠经此生
大难不死再逢春
来世愿做天上星

鱼儿离不开水瓜儿离不开秧
男人离不开女人生命的配方
太阳月亮组成最美的光芒

当假话成为护身符
我宁愿成为哑巴
在寂寞中享受孤独

醒来依然呼吸
肉体躲过病毒的袭击

可我的心再也难以欢愉

劫后庆余生
且把杯中酒
对空祭亡灵

独自饮下三杯酒
一杯祭奠青春
二杯三杯庆贺劫后余生

420/422这是另册的符号
无形的尖刀切割湖北人的心
谁有脸还说什么与子同袍

谁折断九头鸟的翅膀
将神话坠落在地
英雄故事变成了悲剧

气温体温的度数
代替不了心灵的温度
热心与寒心如此模糊

骨灰墓地无言
人间口舌强辩
死神暗自挥剑

我们来到这世上
并非自己的愿望

离开也不知去向何方

如梦如梦
千里辗转如梦中
再做京华春梦

肉体可能死于病毒的袭击
但灵魂也许是真正的僵尸
我悲悯的是那些可怜的偏执

春雷春雨春宵
楚天喜育春苗
天明依旧戴口罩

别惹我
我是湖北佬
我脾气不好

谁说人生如梦
梦比现实美好
我愿在梦中逍遥

斑鸠不知人间苦
犹自咕咕唱欢歌
春来羁旅奈若何

我今解封日
全球惶恐时

楚天春来迟

不用刀不用枪
病毒致命如虎狼
贵族平民都恐慌

不需要面朝大海、春暖花开
我只想独自在地球边缘徘徊
将来自宇宙的召唤等待

母亲临终的告别
是昏迷中眼角的一滴泪
这泪滴让我永远心碎

故乡的阳光与蝉鸣
在我的童年里封存
惆怅了我的梦醒时分

我最盼望
赤脚走在田埂上
脚心亲吻泥土的芬芳

年年元宵今又元宵
庚子口罩，辛丑口罩
何时仰天可大笑

活着活着就散了
活着活着就老了

活着活着就不见了

我一不小心
踩了一个女子的脚
可惜她长相不太好

一个皮肤雪白的女子
低头看她的手机
我一个趔趄招来她一个笑意

你骂、我骂、他骂
骂人成为文化
一个时代骂得不再伟大

你不是我的女人
我也不是你的男人
但我们都是有意思的人

老婆老婆我陪你
我练书法你弹琴
各自睡到自然醒

人们低头看手机
头上监控一览无余
这就是人类的布局

依然是唐宋的阳光
映照我宁静的书房

身为过客何须万古流芳

我曾经崇拜的伟人死了
我的父母死了
我的同事与朋友也死了

夜里我洒了几滴男士香水
不为讨好任何女人
只希望自己独处也不是臭男人

你踏着爱情的步伐
在我荒芜的心上
步步莲花

假如我活到九十九
我也要当爱情的俘虏
我的宗教就是爱神的温柔

不管东南西北风
我都追随历史的主流
这就是我的时代风流

睁开眼，闭上眼
都是你的秀发与脸庞浮现
难道爱情开始灵验

梦中少女牵我手
泥水田里向前奔

醒来方知不可能

一个寂寞的古装女
地铁里一袭霓裳羽衣
与手机亲密，偶尔抬抬眼皮

夏天热情的温度
一层层扒掉我的外衣
犹如剥洋葱一样刺激

你的美丽性感
犹如盛夏的温度
不经意间让我中暑

为什么我心里爬满蚂蚁
让我心乱如麻却空着急
哦，原来是因为我爱上了你

白鸽从白云下飞过
白云从蓝天悠悠而过
我的眼神从窗外闪过

初恋是一场实习
充满了差错与事故
青春岁月一片狼藉

那年，有个冷艳的她
长辫子在课桌前晃得我眼花

如今啊，她在老年大学练书法

十八岁的爱情
脆如嫩黄瓜
一掰就断了

时光如漏斗里的流沙
分分秒秒从指缝滑落
直到漏尽生命的沙漠

眨眼白头翁
回首曾幼童
人生一场梦

又闻斑鸠咕咕声
当知春意不可禁
休管人间多不幸

谁说二月春风似剪刀
分明是善解人意的剃刀
剃去了我心头的烦恼

中卷

《诗经》国风新译

周南

关雎

【原文】

关关雎鸠，在河之洲。窈窕淑女，君子好逑。

参差荇菜，左右流之。窈窕淑女，寤寐求之。

求之不得，寤寐思服。悠哉悠哉，辗转反侧。

参差荇菜，左右采之。窈窕淑女，琴瑟友之。

参差荇菜，左右芼之。窈窕淑女，钟鼓乐之。

【新译】

爱情鸟儿深情地歌唱，

缠绵悱恻在河心岛上。

婀娜多姿的好姑娘啊，

我要与你成为新郎新娘。

那河畔的鲜野菜哦，

顺流采摘总也采不够。

那美丽温柔的姑娘啊，

让我日夜思念在心头。

你的倩影啊若即若离，

害我长夜相思枉费心机。

爱如潮水将我淹没，

我孤枕难眠翻来覆去。

那任性生长的荇菜哦，
我要去把它采摘。
貌美如花的佳人啊，
我要琴声幽幽向她表白。

那叶儿娇嫩的荇菜啊，
就是我篮子里的菜。
我的梦中情人啊，
我要奏乐娶你到家来。

葛覃

【原文】

葛之覃兮，施于中谷，维叶萋萋。黄鸟于飞，集于灌木，其鸣喈喈。

葛之覃兮，施于中谷，维叶莫莫。是刈是濩，为绤为绤，服之无斁。

言告师氏，言告言归。薄污我私，薄浣我衣。害浣害否，归宁父母。

【新译】

葛藤啊葛藤长又长，
山谷里蔓延满山岗，
叶儿茂盛一片片。
快乐的黄鸟飞呀飞，
一群群栖息在灌木上，

声声鸣叫把歌唱。

葛藤啊葛藤长又长，
山谷是它生长的好地方，
绿叶丛丛肥又壮。
割罢葛藤火上煮，
抽出葛麻织衣裳，
粗布细布变时装。

女佣女佣你听我讲，
我就要启程回家乡。
快快洗洗我内衣，
外套也要去清洗。
洗与不洗别混啦，
我要清清爽爽见爹娘。

卷耳

【原文】

采采卷耳，不盈顷筐。嗟我怀人，寘彼周行。
陟彼崔嵬，我马虺隤。我姑酌彼金罍，维以不永怀。
陟彼高冈，我马玄黄。我姑酌彼兕觥，维以不永伤。
陟彼砠矣，我马瘏矣。我仆痡矣，云何吁矣。

【新译】

苍耳叶儿采呀采，

采来采去不满筐。
心中都是他的影，
筐子干脆放路旁。

想他登高险又危，
马儿无力难迈腿。
且将酒壶浇乡愁，
酒不醉人人自醉。

想他骑马上高冈，
马儿昏昏眼无光。
还是斟满牛角酒杯吧，
暂且忘却内心的悲伤。

想他攀爬的山路多崎岖，
马儿疲惫喘粗气。
随从的仆人奄奄一息，
漫漫征途真叫人心急！

樛木

【原文】

南有樛木，葛藟累之。乐只君子，福履绥之。
南有樛木，葛藟荒之。乐只君子，福履将之。
南有樛木，葛藟萦之。乐只君子，福履成之。

【新译】

南山樛树高又高，
葛藤将它来缠绕。
喜气洋洋新郎官，
吉祥如意福星照。

南山樛树雄赳赳，
葛藤掩映风景幽。
喜气洋洋新郎官，
福禄伴你永不愁。

南山樛树姿态奇，
葛藤相拥不分离。
喜气洋洋新郎官，
幸福临门永不弃。

螽斯

【原文】

螽斯羽，诜诜兮。宜尔子孙，振振兮。
螽斯羽，薨薨兮。宜尔子孙，绳绳兮。
螽斯羽，揖揖兮。宜尔子孙，蛰蛰兮。

【新译】

蝈蝈振翅一群群飞啊，
愿你家子孙排成队啊。

蝈蝈振翅嗡嗡响啊，
愿你家族子孙旺啊。

蝈蝈振翅一帮帮啊，
愿你的子孙聚满堂啊。

桃夭

【原文】

桃之夭夭，灼灼其华。之子于归，宜其室家。
桃之夭夭，有蕡其实。之子于归，宜其家室。
桃之夭夭，其叶蓁蓁。之子于归，宜其家人。

【新译】

看那桃林密又密，
桃花朵朵真艳丽。
如花美眷新嫁娘啊，
给咱家带来好运气。

看那桃树壮又壮，
枝头仙桃大又甜。
我家这位新媳妇啊，
让我家光景一年胜一年。

看那桃园青又青，
桃叶春意喜煞人。

我娶的这个好娘子啊，
聪明贤惠兴门庭。

兔罝

【原文】

肃肃兔罝，椓之丁丁。赳赳武夫，公侯干城。
肃肃兔罝，施于中逵。赳赳武夫，公侯好仇。
肃肃兔罝，施于中林。赳赳武夫，公侯腹心。

【新译】

猎场布下天罗地网，
到处传来打桩的声响。
威武之师的战士们，
正是保卫侯爷的武装。

猎场布下天罗地网，
道路封锁野兽哪里可逃。
威武之师的战士们，
正是侯爷的好保镖。

猎场布下天罗地网，
那山林深处也严密布阵。
威武之师的战士们，
正是侯爷依靠的亲信。

芣苢

【原文】

采采芣苢，薄言采之。采采芣苢，薄言有之。

采采芣苢，薄言掇之。采采芣苢，薄言捋之。

采采芣苢，薄言袺之。采采芣苢，薄言襭之。

【新译】

车前子儿采起来，

大家都来采呀采。

车前子儿采起来，

快快动手去采摘。

车前子儿采起来，

快手快脚齐采摘。

车前子儿采起来，

顺手一捋就下来。

车前子儿采起来，

提起衣襟揣起来。

车前子儿采起来，

拎起裙裾包回来。

汉广

【原文】

南有乔木，不可休思；汉有游女，不可求思。

汉之广矣，不可泳思；江之永矣，不可方思。

翘翘错薪，言刈其楚；之子于归，言秣其马。

汉之广矣，不可泳思；江之永矣，不可方思。

翘翘错薪，言刈其蒌；之子于归，言秣其驹。

汉之广矣，不可泳思；江之永矣，不可方思。

【新译】

南边有树高入云，

没有阴凉留行人。

美女汉水来游玩，

求之不得空费神。

汉水悠悠两岸阔，

有心泅渡怕水深。

江水滔滔向远方，

木排过江也难成。

漫山遍野灌木生，

砍柴割草忙不停。

幻想你要嫁给我，

喂马娶你到家门。

汉水悠悠两岸阔，
有心泅渡怕水深。
江水滔滔向远方，
木排过江也难成。

满山杂草青又青，
割下白蒿嫩又嫩。
梦想你要嫁给我，
喂饱小马去迎婚。

汉水悠悠两岸阔，
有心泅渡怕水深。
江水滔滔向远方，
木排过江也难成。

汝坟

【原文】
遵彼汝坟，伐其条枚。未见君子，惄如调饥。
遵彼汝坟，伐其条肄。既见君子，不我遐弃。
鲂鱼赪尾，王室如毁。虽则如毁，父母孔迩。

【新译】
汝河堤岸是我唯一的活路，
沿路砍柴为了全家的生计。
又没能望见我的郎君啊，

内心的焦虑如渴似饥。

顺着汝河大堤我走来走去，
树上的枝条我砍来又砍去。
终于盼回了我的夫君啊，
请你不要再离我远去。

河里的鳊鱼尾巴红，
官家催命如火冲。
哪怕他烈火烧眉毛，
也要顾咱爹娘的痛。

麟之趾

【原文】

麟之趾，振振公子，于嗟麟兮！
麟之定，振振公姓，于嗟麟兮！
麟之角，振振公族，于嗟麟兮！

【新译】

麒麟的脚真不凡哪，
王孙公子贵不可言哪，
哎哟哟，珍贵的麒麟啊！

麒麟的额真高贵呀，
公子哥儿天生富贵呀，

哎哟哟，神兽麒麟啊！

麒麟的角真祥瑞呀，
望族的后代高人一等呀，
哎哟哟，了不起的麒麟啊！

召南

鹊巢

【原文】

维鹊有巢，维鸠居之；之子于归，百两御之。
维鹊有巢，维鸠方之；之子于归，百两将之。
维鹊有巢，维鸠盈之；之子于归，百两成之。

【新译】

喜鹊筑爱巢，
布谷当阿娇。
新娘出嫁了，
车队迎亲到。

喜鹊筑爱巢，
布谷来同居。
新娘出嫁了，
车队已远去。

喜鹊筑爱巢，
布谷占满堂。
新娘出嫁了，
车接入洞房。

采蘩

【原文】

于以采蘩？于沼于沚。于以用之？公侯之事。
于以采蘩？于涧之中。于以用之？公侯之宫。
被之僮僮，夙夜在公。被之祁祁，薄言还归。

【新译】

白蒿白蒿哪里采？
在那泽畔沙洲上。
为啥辛苦为啥忙？
侯爷祭祀派用场。

白蒿白蒿哪里采？
山沟沟里一丛丛。
采来白蒿干啥用？
侯爷的家庙要供奉。

干净整洁巧打扮，
起早贪黑为公干。
公仆云鬓真庄严，

祭祀完毕把家还。

草虫

【原文】

嘤嘤草虫，趯趯阜螽。未见君子，忧心忡忡。亦既见止，亦既觏止，我心则降。

陟彼南山，言采其蕨。未见君子，忧心惙惙。亦既见止，亦既觏止，我心则说。

陟彼南山，言采其薇。未见君子，我心伤悲。亦既见止，亦既觏止，我心则夷。

【新译】

秋虫唧唧在草丛，
蚱蜢跳跃避我踪。
不见郎君他身影，
怎奈这忧心忡忡。
只要我能见到他，
只要我俩在一起，
心中愁绪即消融。

来春登上南山顶，
采摘蕨菜遍山野。
不见郎君他身影，
我心沉重真寂寞。
只要我能见到他，

只要我俩在一起，
我心即刻就喜悦。

夏天登上南山顶，
采摘薇菜盼君归。
不见郎君他身影，
我心凄凄满伤悲。
只要我能见到他，
只要我俩在一起，
幸福就到我心里。

采蘋

【原文】

于以采蘋？南涧之滨。于以采藻？于彼行潦。
于以盛之？维筐及筥。于以湘之？维锜及釜。
于以奠之？宗室牖下。谁其尸之？有齐季女。

【新译】

何处可采蘋？
南山涧水滨。
何处能采藻？
小溪水中漂。

拿啥来盛放？
方筐与圆筐。

用啥煮祭品？
炊具全用上。

供桌放哪里？
祠堂明窗下。
何人来祭祀？
素雅美少女。

甘棠

【原文】

蔽芾甘棠，勿翦勿伐，召伯所茇。
蔽芾甘棠，勿翦勿败，召伯所憩。
蔽芾甘棠，勿翦勿拜，召伯所说。

【新译】

那棵伟岸的棠梨树啊，
请不要用刀斧伤害它，
因为召公曾在此驻扎。

那棵茂盛的棠梨树啊，
请不要弄断它的枝叶，
因为召公曾到此停歇。

那棵葱绿的棠梨树啊，
请不要随便去碰它，

因为召公的踪迹留下了。

行露

【原文】

厌浥行露，岂不夙夜？谓行多露。
谁谓雀无角？何以穿我屋？
谁谓女无家？何以速我狱？
虽速我狱，室家不足！
谁谓鼠无牙？何以穿我墉？
谁谓女无家？何以速我讼？
虽速我讼，亦不女从！

【新译】

浓重的露水浸湿了荒野的道路，
我难道不想趁早去寻求自由？
只怕那道上的露水阻止我的脚步。

谁说鸟雀的嘴不尖利？
那野鸟怎么就闯进我的宅第？
谁说你不是已经娶妻？
你怎么还与我纠缠死不讲理？
即便你满嘴诬告毁我名誉，
你也休想逼我嫁给你！

谁说老鼠没有牙齿？

它怎么就在我墙上打洞?
谁说你没有成婚?
干吗还倒打一耙来诉讼?
你哪怕告到天上去,
我也坚决不屈服你这个害人虫!

羔羊

【原文】

羔羊之皮,素丝五紽。退食自公,委蛇委蛇!
羔羊之革,素丝五緎。委蛇委蛇,自公退食!
羔羊之缝,素丝五总。委蛇委蛇,退食自公!

【新译】

身穿羔羊皮,
丝线逢得密。
公家开小灶,
悠然真得意。

身穿羔羊袄,
做工很精细。
踱着小方步,
免费吃饭去。

身穿羔羊服,
针线显华丽。

没事闲溜达，
到点就餐去。

殷其雷

【原文】

殷其雷，在南山之阳。何斯违斯，莫敢或遑？振振君子，归哉归哉！

殷其雷，在南山之侧。何斯违斯，莫敢遑息？振振君子，归哉归哉！

殷其雷，在南山之下。何斯违斯，莫或遑处？振振君子，归哉归哉！

【新译】

隐隐雷声天边响，
回响在南山的南方。
你干吗要在此时远行，
走得如此匆忙？
我那忠心耿耿的夫君啊，
你还是早回温柔乡！

隐隐雷声天边响，
回响在南山边上。
你为啥非要踏征程，
不敢有空闲的时光？
我那憨厚朴实的夫君啊，

你快快回到我身旁！

隐隐雷声天边响，
回响在南山脚下。
你为什么冒雨出门，
多待会儿都不行？
我那勤劳勇敢的夫君啊，
为妻盼你平安回家！

摽有梅

【原文】

摽有梅，其实七兮。求我庶士，迨其吉兮。
摽有梅，其实三兮。求我庶士，迨其今兮。
摽有梅，顷筐塈之。求我庶士，迨其谓之。

【新译】

梅子熟了，
一颗一颗悄然落地。
我的心上人啊，你在哪里？
妹子盼你快捎来求婚的聘礼。

梅子熟了，
已经落满一地。
我的那个他呀，你咋还不着急？
妹子今天就可以属于你。

梅子熟了，
即将装满我的簸箕。
懂我的情哥哥呀，
只要你点头，妹子就扑向你。

小星

【原文】

嘒彼小星，三五在东。肃肃宵征，夙夜在公。寔命
不同！

嘒彼小星，维参与昴。肃肃宵征，抱衾与裯。寔命
不犹！

【新译】

黎明的天空星光微微闪亮，
三颗五颗点缀在东方。
我急匆匆行走在路上，
没日没夜为公家奔忙。
我就这苦命与别人不一样！

头顶上遥远的星星眨着眼睛，
那是参星和柳星在发光。
天没亮我就要赶路，
告别了温暖的睡床。
怨只怨命运没有别人强！

江有汜

【原文】

江有汜，之子归，不我以！不我以，其后也悔。

江有渚，之子归，不我与！不我与，其后也处。

江有沱，之子归，不我过！不我过，其啸也歌。

【新译】

江流溃堤又迂回，
你高高兴兴出嫁了，
却再也不要我相随！
你没有我相陪呀，
你今后必定要后悔。

江心有那小沙洲，
你成为幸福的新娘，
却把我留在家乡！
你不带我走啊，
将来你必有忧愁。

江水滔滔分水流，
你风风光光嫁为人妻，
却再也不与我一起度过！
你不与我一起过呀，
将来你会带着哭腔想念我。

野有死麇

【原文】

野有死麇，白茅包之。有女怀春，吉士诱之。
林有朴樕，野有死鹿。白茅纯束，有女如玉。
舒而脱脱兮！无感我帨兮！无使尨也吠！

【新译】

野外射死一头獐，
哥用茅草来包装。
阿妹春心正荡漾，
哥献礼物求圆房。

森林灌木藏猎物，
一箭射杀一只鹿。
哥用茅草来捆扎，
如玉妹子请笑纳。

"请哥不要起蛮心，
不能轻易碰围裙！
小心狗叫惊乡亲！"

何彼襛矣

【原文】

何彼襛矣！唐棣之华！曷不肃雍？王姬之车。

何彼襛矣！华如桃李！平王之孙，齐侯之子。

其钓维何？维丝伊缗。齐侯之子，平王之孙。

【新译】

谁这么浓妆艳抹巧打扮？

像棠棣花儿那样绚烂。

为啥就不安静低调？

王姬出嫁的车马真壮观。

谁这么艳丽出色风华绝代？

犹如桃红李白花儿正盛开。

人家那可是周平王的孙女，

齐公子将掀起她的盖头来。

鱼在水中如何被钓出水面？

靠就靠那合股的细细丝线。

齐公子真是好钓手啊，

居然钓到美人鱼王姬。

驺虞

【原文】

彼茁者葭，壹发五豝，于嗟乎驺虞！

彼茁者蓬，壹发五豵，于嗟乎驺虞！

【新译】

在那茂密的芦苇荡，

有成群的小母猪在生长。

啊，这要赞美畜牧者的好心肠！

在那茂盛的蓬蒿丛，

小野猪们其乐融融。

啊，这是不杀生者的保佑！

邶风

柏舟

【原文】

泛彼柏舟，亦泛其流。耿耿不寐，如有隐忧。微我无
酒，以敖以游。

我心匪鉴，不可以茹。亦有兄弟，不可以据。薄言往
愬，逢彼之怒。

我心匪石，不可转也。我心匪席，不可卷也。威仪棣棣，不可选也。

忧心悄悄，愠于群小。觏闵既多，受侮不少。静言思之，寤辟有摽。

日居月诸，胡迭而微？心之忧矣，如匪浣衣。静言思之，不能奋飞。

【新译】

柏木小船自漂流，
顺水推舟上下游。
彻夜难眠心不定，
满腹忧愁不能休。
举杯浇愁愁更愁，
信步遨游遣我忧。

我心不是青铜镜，
世上万物都容忍。
有兄有弟又如何，
关键时刻不疼人。
本想前去诉诉苦，
偏偏遇其发雷霆。

我心并非石头子，
不可搬来又搬去。
我心不是软垫席，
不可卷来又卷去。
人格尊严显威仪，

不可侮辱受委屈。

心情沉重愁难消，
陷于小人心绪糟。
遭遇痛楚多又多，
受到侮辱真不少。
安静下来仔细想，
抚心捶胸气疯了。

仰望太阳月亮啊，
为何都失去光明？
我的心如此忧虑，
犹如没洗的脏衣。
我在寂静中沉思，
恨不能奋起高飞。

绿衣

【原文】

绿兮衣兮，绿衣黄里。心之忧矣，曷维其已！
绿兮衣兮，绿衣黄裳。心之忧矣，曷维其亡！
绿兮丝兮，女所治兮。我思古人，俾无訧兮！
绵兮绤兮，凄其以风。我思古人，实获我心！

【新译】

这绿色的服装啊，让我一遍遍端详，

凝视那外绿里黄的色彩，我不禁陷入怀想。
无言的手指在衣服上划过内心的忧伤，
啊，何时才能止住泪水湿润我的眼眶？

绿衣啊绿衣，我的世界充满了绿色，
在绿色的另一面，我看到了那内衬的暖黄。
奔涌而来的悲痛啊，占据了我的心房，
啊，何时我才能将你遗忘？

绿色的丝线缝得整整齐齐，
你一针一线巧手无人能及。
你的永别留给我不尽的思念，
你的美德曾经纠正我多少过失！

夏日的葛布衣裳粗粗细细，
在凄清的秋风中已不合时宜。
绿色的秋装让我想起你，
你才是我心灵永恒的绿衣！

燕燕

【原文】

燕燕于飞，差池其羽。之子于归，远送于野。瞻望弗
及，泣涕如雨。

燕燕于飞，颉之颃之。之子于归，远于将之。瞻望弗
及，伫立以泣。

燕燕于飞，下上其音。之子于归，远送于南。瞻望弗及，实劳我心。

仲氏任只，其心塞渊。终温且惠，淑慎其身。先君之思，以勖寡人。

【新译】

燕子飞来又飞去，
翅膀划着轻盈的轨迹。
我的心上人出嫁了，
我一程程送到野外。
直到远眺也看不到踪影，
我不禁泪落如雨。

燕子飞来又飞去，
忽上忽下不解我愁绪。
我的心上人出嫁了，
我目送她消失在天际。
再也看不见她的身影，
我久久伫立而哭泣。

燕子飞来又飞去，
欢乐的鸣叫忽高忽低。
我的心上人出嫁了，
我远远送到南郊外。
视野茫茫，
我心悲戚。

我的任姓妹子呵，
她的心思如海深。
性情温柔又贤惠，
洁身自好品德纯。
先王曾经有谋划，
让她做我的贤内助。

日月

【原文】

日居月诸，照临下土。乃如之人兮，逝不古处。胡能有定？宁不我顾。

日居月诸，下土是冒。乃如之人兮，逝不相好。胡能有定？宁不我报。

日居月诸，出自东方。乃如之人兮，德音无良。胡能有定？俾也可忘。

日居月诸，东方自出。父兮母兮，畜我不卒。胡能有定？报我不述。

【新译】

太阳月亮多么明亮，
大地沐浴着无私的光芒。
可世上竟有这样的人啊，
热情化作冰冷的心肠。
我的心情怎么可能平静啊？
你为什么把我冷落在一旁？

太阳月亮你落我出，

大地迎来朝朝暮暮。
可人间竟然有这种人啊，
改变初衷不再爱我。
我心欲碎哪能安定啊?
你为什么不理解我的痛苦?

太阳月亮多么明亮，
永恒地升起在东方。
可身边竟有这个人啊，
言行不一成为恶狼。
我心头流血哪能淡定啊?
真想喝一杯忘情水使我不再忧伤!

太阳月亮你落我出，
出自东方永远如故。
我的爹呀娘呀，
我被那人抛弃在半途。
我悲伤的心哪能平复啊?
他不可理喻难以描述!

终风

【原文】

终风且暴，顾我则笑。谑浪笑敖，中心是悼。

终风且霾，惠然肯来。莫往莫来，悠悠我思。

终风且曀，不日有曀。寤言不寐，愿言则嚏。

曀曀其阴，虺虺其雷。寤言不寐，愿言则怀。

【新译】

狂风大作一整天，
想起你曾经的笑脸。
你纵情欢娱不收敛，
却让我今天顾影自怜。

大风阵阵起尘埃，
你曾心甘情愿到家来。
如今你对我不理不睬，
我把你深深思念难释怀。

风劲吹阴云低垂，
总是那么暗无天日。
心事重重难以入睡，
喷嚏连连我好累。

阴暗的天空云起云飞，
天边响起隐隐的闷雷。
孤枕难眠已憔悴，
默然怀想何日君再来。

击鼓

【原文】

击鼓其镗，踊跃用兵。土国城漕，我独南行。

从孙子仲，平陈与宋。不我以归，忧心有忡。
爰居爰处？爰丧其马？于以求之？于林之下。
死生契阔，与子成说。执子之手，与子偕老。
于嗟阔兮！不我活兮！于嗟洵兮！不我信兮！

【新译】

催征的战鼓镗镗响，
当兵的男儿舞刀枪。
宁愿当一名建筑工，
可偏偏让我去南方。

跟着咱统帅孙子仲，
武力来平定陈与宋。
一直不让俺回家去，
真害得我忧心忡忡。

哪里能停下来安居？
何处跑丢了我战马？
我找呀找呀到处找，
原来它跑到树林下。

生死相依永不分离，
我与你曾山盟海誓。
我要握你亲爱的手，
夫妻俩相爱到白头。

哎哟，两地分居苦啊！

不允许咱俩相处啊！
哎呀，阔别时间久啊！
爱的誓言变忧愁啊！

凯风

【原文】

凯风自南，吹彼棘心。棘心夭夭，母氏劬劳。
凯风自南，吹彼棘薪。母氏圣善，我无令人。
爰有寒泉？在浚之下。有子七人，母氏劳苦。
睍睆黄鸟，载好其音。有子七人，莫慰母心。

【新译】

惠风和畅自南来，
酸枣芽儿乐开怀。
孩儿茁壮如嫩苗，
全赖妈妈她操劳。

惠风和畅自南来，
酸枣枝丫已成柴。
妈妈贤良又慈善，
可叹我辈无好汉。

清凉泉水在哪里？
饮水思源在浚城。
家有七个不孝子，
竟让妈妈快累死。

黄鸟鸣叫多婉转，
声声入耳真好听。
七个儿子口舌笨，
不懂安慰妈妈心。

雄雉

【原文】

雄雉于飞，泄泄其羽。我之怀矣，自诒伊阻。
雄雉于飞，下上其音。展矣君子，实劳我心。
瞻彼日月，悠悠我思。道之云远，曷云能来？
百尔君子，不知德行。不忮不求，何用不臧？

【新译】

看那野公鸡自由飞翔，
翩翩扇动美丽的翅膀。
我不由得心怀悲伤，
自我难遣满腹惆怅。

看那野公鸡自由飞翔，
欢叫声在空中时下时上。
我那远方诚实的夫君啊，
你已经成为我去不掉的心病。

眼巴巴望着日出月落，
牵动我无限的思念。
山川阻隔道路遥远，

你何时才能回家团圆？

那些发号施令的官僚，
哪知道什么叫德行？
无欲无求的老实人，
为何得不到好报？

匏有苦叶

【原文】

匏有苦叶，济有深涉。深则厉，浅则揭。
有弥济盈，有鷕雉鸣。济盈不濡轨，雉鸣求其牡。
雍雍鸣雁，旭日始旦。士如归妻，迨冰未泮。
招招舟子，人涉卬否。人涉卬否，卬须我友。

【新译】

秋天的葫芦叶儿枯了，
济河的渡口涨水了。
水深的时候绑上葫芦，
水浅就提起衣裳蹚过河。

济河的水一望无际，
野鸡的叫声此伏彼起。
济水满满没有淹没车轮，
野鸡双双发出求偶的信息。

鸿雁南飞一路欢唱，

红日东升天已大亮。
有心娶妻的男人啊，
要抓紧冰封前的好时光。

船夫划桨忙摆渡，
别人上船我踌躇。
人们过河我不急，
我等情人接我去！

谷风

【原文】

习习谷风，以阴以雨。黾勉同心，不宜有怒。
采葑采菲，无以下体。德音莫违，及尔同死。
行道迟迟，中心有违。不远伊迩，薄送我畿。
谁谓荼苦，其甘如荠。宴尔新昏，如兄如弟。
泾以渭浊，湜湜其沚。宴尔新昏，不我屑以。
毋逝我梁，毋发我笱。我躬不阅，遑恤我后。
就其深矣，方之舟之。就其浅矣，泳之游之。
何有何亡，黾勉求之。凡民有丧，匍匐救之。
不我能慉，反以我为仇。既阻我德，贾用不售。
昔育恐育鞫，及尔颠覆。既生既育，比予于毒。
我有旨蓄，亦以御冬。宴尔新昏，以我御穷。
有洸有溃，既诒我肄。不念昔者，伊余来塈。

【新译】

风雨大作乌云飞，

沉甸甸的心情真悲催。
夫妻本应同甘共苦心连心，
你反而翻脸无情暴跳如雷。

蔬菜根叶要分清，
你却抛弃土里的宝贝。
当年山盟海誓同生死，
如今你出尔反尔露原形。

在路上我一步一回头啊，
心事重重实在想不开。
不奢望你送我多远，
你居然不愿跨出家门槛。

谁说只有苦菜的味道苦啊，
与我相比已经是美味的荠菜。
瞧你们喜气洋洋庆新婚，
像亲人一样那样亲密。

那新娘就是渭河一样蹚浑水呀，
我与她泾渭分明清者自清。
你们欢声笑语办喜事呀，
却对我不屑一顾当外人。

河里拦鱼的堤坝你们别去呀，
我的鱼篓子你们别用啊。

唉，我自身已被赶出门，
哪还顾得上那些事？

想当年我帮你渡难关，
深水摆渡浅水摆平。
大事小情无论如何，
我千方百计去做成。
乡亲们遇到灾难，
我拼命也去尽一份心。

你不但不尽丈夫情，
反倒把我当仇人。
你对美德如此冷漠，
你就是那不识货的东西。

忆往昔担惊受怕又一贫如洗，
日子再苦我也与你共同承担。
眼看苦尽甘来幸福在望，
你居然把我当毒虫一样嫌弃。

我费心储存了好多美食，
准备抵御严寒的冬季。
你俩兴高采烈进洞房，
却让我一无所有去流浪。

你洪水滔天、气急败坏，

把我当苦役，完了还把我一脚踹。
你难道就做不到不忘初心？
曾经的我们是多么相爱！

式微

【原文】

式微，式微！胡不归？微君之故，胡为乎中露！
式微，式微！胡不归？微君之躬，胡为乎泥中！

【新译】

夜幕低垂，天色已黑！
为什么还不让人把家回？
若不是官老爷的缘故，
怎会加班加点踏露珠？

夜幕低垂，天色已黑！
为什么还不让人把家回？
就是那官大人耍威风，
害得咱们陷泥中！

旄丘

【原文】

旄丘之葛兮，何诞之节兮？叔兮伯兮，何多日也？

何其处也？必有与也！何其久也？必有以也！
狐裘蒙戎，匪车不东。叔兮伯兮，靡所与同。
琐兮尾兮，流离之子。叔兮伯兮，褎如充耳。

【新译】

山丘上的葛藤藤，
为何纠结蔓延啊？
那些老少爷们儿啊，
为啥许久不帮咱们？

他们为什么按兵不动？
一定是有同谋。
为何长期不理我们？
肯定有难言之隐。

身穿裘皮毛茸茸，
他们乘车不往东。
那些老少爷们儿啊，
与咱想法就不同。

我们这些贱民啊，
都是无家可归的人。
那些老少爷们儿啊，
充耳不闻难民的悲鸣。

217

简兮

【原文】

简兮简兮，方将万舞。日之方中，在前上处。

硕人俣俣，公庭万舞。有力如虎，执辔如组。

左手执龠，右手秉翟。赫如渥赭，公言锡爵。

山有榛，隰有苓。云谁之思？西方美人。彼美人兮，
西方之人兮。

【新译】

看那猛士真威武啊真威武，

眼前就要上演盛大的群舞。

正值太阳当空照耀，

我青睐的他已经开始领舞。

舞师高大又魁梧，

率众在公庭上热舞。

气势恰如猛虎，

驾驭缰绳好似织布。

他此刻左手握笛，

右手持野鸡尾羽。

瞧他满脸兴奋得通红，

君王一樽美酒表赞许。

山上的榛树啊高又高，

洼地的苓草在招摇。
多情的我在想念谁?
就是那位异乡的帅哥哥。
他可真英俊啊,
来自西方的领舞者!

泉水

【原文】

毖彼泉水,亦流于淇。有怀于卫,靡日不思。娈彼诸姬,聊与之谋。

出宿于泲,饮饯于祢。女子有行,远父母兄弟。问我诸姑,遂及伯姊。

出宿于干,饮饯于言。载脂载辖,还车言迈。遄臻于卫,不瑕有害?

我思肥泉,兹之永叹。思须与漕,我心悠悠。驾言出游,以写我忧。

【新译】

泉水呀泉水流不尽,
也许流向老家的淇水。
怀念卫国俺故乡,
日日夜夜欲断肠。
随嫁的女子都漂亮,
姑且相聚细商量。

当年夜宿在泲地,

举杯饯行在祢水。
女子出嫁到异乡，
从此远离父母兄弟。
告别了诸位亲姑姑，
还有家族的堂姐妹。

设想回国宿干邑，
把酒饯行在言地。
车轴抹油跑得快，
驾车远行踏归程。
一路奔驰到卫国，
平平安安无危殆。

故国旧地名肥泉，
让我在无尽的思念中长叹。
还有那须城与漕邑，
牵动我的相思绵绵。
还是驾车去兜风吧，
暂且发泄我满心的烦忧。

北门

【原文】

出自北门，忧心殷殷。终窭且贫，莫知我艰。已焉哉！天实为之，谓之何哉！

王事适我，政事一埤益我。我入自外，室人交遍谪我。已焉哉！天实为之，谓之何哉！

王事敦我，政事一埤遗我。我入自外，室人交遍摧我。
已焉哉！天实为之，谓之何哉！

【新译】

跑腿公干出北门，

满怀愁绪心不平。

位卑还兼收入低，

没人知道我艰辛。

唉，拉倒吧！

天意要我这样糟，

我到哪里讨公道？

上面的事情派给我，

机关的杂活都压给我。

我从外边回到家，

家人尽说难听的话。

唉，去他的！

老天爷要我趴下，

我也只能当傻瓜！

上面的任务逼我做，

机关的事务都甩给我。

下班回到家里面，

屋里人都把我埋怨。

唉，算了吧！

天道实在不公，

人又如何不认命？

221

中卷 《诗经》国风新译

北风

【原文】

北风其凉，雨雪其雱。惠而好我，携手同行。其虚其邪？既亟只且！

北风其喈，雨雪其霏。惠而好我，携手同归。其虚其邪？既亟只且！

莫赤匪狐，莫黑匪乌。惠而好我，携手同车。其虚其邪？既亟只且！

【新译】

北风那个吹，

雪花那个飘。

我的好朋友呀，

我们携手快走吧。

哪还有时间犹豫啊？

再不走就晚啦！

北风呼啸，

大雪飞扬。

我的好朋友呀，

我们一起出国吧。

哪还有时间彷徨啊？

再不走就来不及啦！

没有狐狸不红毛，

没有乌鸦不黑色。

我的好朋友呀，

我们一块儿驾车跑吧。

哪还有时间迟疑啊？

再不走就危险啦！

静女

【原文】

静女其姝，俟我于城隅。爱而不见，搔首踟蹰。

静女其娈，贻我彤管。彤管有炜，说怿女美。

自牧归荑，洵美且异。匪女之为美，美人之贻。

【新译】

恋人柔美赛天仙，

约我幽会在城边。

等啊等啊无踪影，

我抓耳挠腮团团转。

小妹妹呀清又纯，

送我小荑表爱心。

草茎如电放光辉，

定情信物勾我魂。

这郊外采来的野草啊，

从她的手心传递到我的心际。
为什么一棵草也那么绚丽？
因为爱的眼神创造了奇迹。

新台

【原文】

新台有泚，河水弥弥。燕婉之求，蘧篨不鲜。
新台有洒，河水浼浼。燕婉之求，蘧篨不殄。
鱼网之设，鸿则离之。燕婉之求，得此戚施。

【新译】

河岸的新台堂皇富丽，
黄河的流水浩荡湍急。
原以为缔结美满姻缘，
哪知道丑八怪来劫持！

河边的新台高高耸立，
黄河的波涛漩涡连连。
原以为嫁给如意郎君，
竟然是面目可憎的人！

张开那渔网要捕大鱼，
钻来蛤蟆让人空欢喜。
原以为嫁给如意郎君，
驼背老汉将洞房占据！

二子乘舟

【原文】

二子乘舟，泛泛其景。愿言思子，中心养养。
二子乘舟，泛泛其逝。愿言思子，不瑕有害？

【新译】

兄弟乘舟行，
漂流渐远影。
慈母思念儿，
心中怎安宁？

两子同乘舟，
河水天际流。
慈母思念儿，
前途安全否？

鄘风

柏舟

【原文】

泛彼柏舟，在彼中河。髧彼两髦，实维我仪。
之死矢靡它。母也天只！不谅人只！
泛彼柏舟，在彼河侧。髧彼两髦，实维我特。

之死矢靡慝。母也天只！不谅人只！

【新译】

柏木小船任漂泊，
中流扬波渡爱河。
发型飘逸一小伙，
就是我的情哥哥。

死心塌地爱上他。
娘啊娘啊我的天，
为何不懂我的心？

柏木小船顺水流，
沿着河岸慢慢走。
秀发齐眉好后生，
就是我的心上人。

打死我也不变心。
妈呀我的上帝呀，
为何阻止这份情？

墙有茨

【原文】

墙有茨，不可扫也。中冓之言，不可道也。所可道也，
言之丑也。

墙有茨，不可襄也。中冓之言，不可详也。所可详也，言之长也。

墙有茨，不可束也。中冓之言，不可读也。所可读也，言之辱也。

【新译】
墙上蒺藜扎呀真扎人，
要想清除就会让你疼。
宫里的那点儿绯闻呀，
可不能乱说呀。
万一说出来，
那是丑死人哪！

墙上蒺藜在疯狂生长，
用手去拔很艰难呀。
宫里的那点儿秘密呀，
可不能到处传扬啊。
如果要说明白，
几天几夜也讲不清呀！

墙上蒺藜一簇簇，
根本没法大扫除。
宫里那些恶心事呀，
说起来让人就想吐呀。
假如仔细道长短，
人人感觉很耻辱呀！

君子偕老

【原文】

君子偕老，副笄六珈。委委佗佗，如山如河，象服是宜。子之不淑，云如之何？

玼兮玼兮，其之翟也。鬒发如云，不屑髢也。玉之瑱也，象之揥也，扬且之皙也。胡然而天也？胡然而帝也？

瑳兮瑳兮，其之展也。蒙彼绉絺，是绁袢也。子之清扬，扬且之颜也。展如之人兮，邦之媛也！

【新译】

白头偕老王侯妻，
首饰闪耀珠宝气。
雍容华贵款步行，
山高水长形貌异，
一身礼服很得体。
可你性情太风流，
谁人能够驾驭你？

你的时装多华丽，
上面绣着一野鸡。
一头秀发黑如云，
无须遮掩弄虚假。
美玉叮当垂耳边，
象牙簪子插发髻，

前额生得好白皙。
难道真是天仙女?
怎么好像帝家姬?

你的装束真绚丽,
透明薄纱如蝉翼。
细细葛布披在身,
隐约透露白内衣。
眉清目秀含绝色,
天庭饱满有魅力。
可叹你这美人坯,
国色天香无人敌!

桑中

【原文】

爱采唐矣?沫之乡矣。云谁之思?美孟姜矣。期我乎桑中,要我乎上宫,送我乎淇之上矣。

爱采麦矣?沫之北矣。云谁之思?美孟弋矣。期我乎桑中,要我乎上宫,送我乎淇之上矣。

爱采葑矣?沫之东矣。云谁之思?美孟庸矣。期我乎桑中,要我乎上宫,送我乎淇之上矣。

【新译】

菟丝菟丝哪里采?
沫邑野外采啊采。

你猜我在思念谁？
姜家那个大美人。
秘密相约桑树林，
邀我房中相缠绵，
送我送到淇水边。

麦穗麦穗哪里采？
沫邑北方采啊采。
你猜我在思念谁？
弋家那个漂亮妞。
秘密相约桑树林，
邀我房中相缠绵，
送我送到淇水边。

蔓菁蔓菁哪里采？
沫邑东方采啊采。
你猜我在思念谁？
庸家那个俏佳人。
秘密相约桑树林，
邀我房中相缠绵，
送我送到淇水边。

鹑之奔奔

【原文】

鹑之奔奔，鹊之彊彊。人之无良，我以为兄！

鹊之彊彊，鹑之奔奔。人之无良，我以为君！

【新译】
鹌鹑相伴一对对，
喜鹊配偶共飞翔。
道德败坏的人啊，
哪有资格当兄长？

喜鹊配偶共飞翔，
鹌鹑相伴一对对。
道德败坏的人啊，
岂能把你当善类？

定之方中

【原文】
定之方中，作于楚宫。揆之以日，作于楚室。树之榛栗，椅桐梓漆，爰伐琴瑟。

升彼虚矣，以望楚矣。望楚与堂，景山与京。降观于桑，卜云其吉，终焉允臧。

灵雨既零，命彼倌人。星言夙驾，说于桑田。匪直也人，秉心塞渊。騋牝三千。

【新译】
当定星定位当空，
我们在楚丘修建新宫。

根据日影测量东西南北，
新都在楚丘正式开工。
宫殿周围种下榛树和栗树，
还有椅桐梓漆这四个特殊的树种，
来年制作琴瑟来把美好的生活歌颂。

卫君啊，你曾亲自登临故城，
以深谋远虑的目光朝楚丘遥望。
你远眺楚丘和堂邑，
目测大山与高冈。
你走向田野间农桑，
占卜求天说吉祥，
终于选定楚丘这好地方。

好雨下了一夜，
你要车夫准备车辆，
在晴朗的早晨驾车下访，
到田间地头去鼓励种桑产粮。
你是多么伟大啊，
胸怀深如海洋。
因为你，良马三千国富民强！

蝃蝀

【原文】

蝃蝀在东，莫之敢指。女子有行，远父母兄弟。

朝跻于西，崇朝其雨。女子有行，远兄弟父母。
乃如之人也，怀昏姻也。大无信也，不知命也！

【新译】

艳丽的彩虹挂在黄昏的东方，
谁也不敢指点这暧昧的天象。
有个姑娘私奔到外地，
远离她的父母和兄弟。

早晨的彩虹悬在西天，
一个上午都阴雨绵绵。
有个姑娘私奔到远处，
离别了她的兄弟和父母。

居然有这样一个不肖女，
破坏了婚姻大事的规矩。
太不遵守礼仪啊，
真不懂父母之命啊！

相鼠

【原文】

相鼠有皮，人而无仪！人而无仪，不死何为？
相鼠有齿，人而无止！人而无止，不死何俟？
相鼠有体，人而无礼！人而无礼，胡不遄死？

【新译】

瞧瞧老鼠还有一张皮,
某些官人却不顾礼仪!
假如做人不顾礼仪,
那还不快点死去?

瞧瞧老鼠还有牙齿,
某些老爷却没有羞耻!
如果人没有羞耻,
不死还等啥呢?

瞧瞧老鼠还有四肢,
某些大人却毫不讲礼!
做人居然不讲礼,
为何不赶紧去死?

干旄

【原文】

孑孑干旄,在浚之郊。素丝纰之,良马四之。彼姝者
子,何以畀之?

孑孑干旟,在浚之都。素丝组之,良马五之。彼姝者
子,何以予之?

孑孑干旌,在浚之城。素丝祝之,良马六之。彼姝者
子,何以告之?

【新译】

牦尾旗杆举大旗，
浚城郊外显威仪。
白色丝线镶旗边，
良马四匹赠给你。
那位贤良的君子，
你拿什么来回礼?

鹰旗飘扬在风中，
仪仗已近浚城下。
白色丝线绞旗边，
良马五匹赠给你。
那位贤良的君子，
你拿什么来报答?

旌旗羽毛来装饰，
招贤车队进浚城。
白色丝线缝旗边，
良马六匹赠给你。
那位贤良的君子，
你拿什么显忠心?

载驰

【原文】

载驰载驱，归唁卫侯。驱马悠悠，言至于漕。大夫跋涉，我心则忧。

既不我嘉，不能旋反。视尔不臧，我思不远。既不我嘉，不能旋济。视尔不臧，我思不閟。

陟彼阿丘，言采其虻。女子善怀，亦各有行。许人尤之，众稚且狂。

我行其野，芃芃其麦。控于大邦，谁因谁极？大夫君子，无我有尤。百尔所思，不如我所之。

【新译】

我驾车一路奔驰，
回国去吊唁卫侯。
纵马跑过迢迢归途，
到达故地漕邑。
许国的大夫追踪而来，
让我心添忧愁。

你们即使责怪我，
我也不会立即回返。
我看是你们良心太坏，
哪是我考虑不周全？
既然怪罪我，
我也绝不就此罢休。
你们自己不是好人，
哪是我疯癫？

我权且登上高岗，
采摘贝母草治疗我的忧伤。

女人多愁善感，
各有各的思路。
许国人埋怨我，
你们才是又蠢又狂。

我在田野上徘徊，
茂盛的麦苗在春风里起伏。
我要去向大国陈词，
谁会与我亲近，发兵来援？
许国的大夫贵人们，
不要胡搅蛮缠。
你们说一千道一万，
都不如我英明果断。

卫风

淇奥

【原文】

瞻彼淇奥，绿竹猗猗。有匪君子，如切如磋，如琢如磨。瑟兮僴兮，赫兮咺兮。有匪君子，终不可谖兮。

瞻彼淇奥，绿竹青青。有匪君子，充耳琇莹，会弁如星。瑟兮僴兮，赫兮咺兮。有匪君子，终不可谖兮。

瞻彼淇奥，绿竹如箦。有匪君子，如金如锡，如圭如璧。宽兮绰兮，猗重较兮。善戏谑兮，不为虐兮。

【新译】

瞧那淇水湾边，
绿竹修长伟岸。
那位文雅君子，
如切磋的工艺，
似琢磨的玉器。
气度真不凡啊，
威仪真超群啊。
有范儿的君子呀，
让人永远想念。

瞧那淇水湾边，
绿竹茂密青青。
那位文雅君子，
两耳玉饰晶莹，
帽檐宝石如星。
气度真不凡啊，
威仪真超群啊。
有范儿的君子呀，
让人永远想念。

瞧那淇水湾边，
绿竹重重叠叠。
那位文雅君子，
如金属般精密，
似圭璧般珍稀。
他器宇轩昂啊，

他倚车伫立啊。
他谈笑风生啊，
他绝不伤人啊。

考槃

【原文】

考槃在涧，硕人之宽。独寐寤言，永矢弗谖。
考槃在阿，硕人之薖。独寐寤歌，永矢弗过。
考槃在陆，硕人之轴。独寐寤宿，永矢弗告。

【新译】

隐居在山涧，
高人心自宽。
朝夕吐真言，
此心永不变。

隐居在山坡，
高人独自乐。
晨昏可唱歌，
誓言在心窝。

隐居在山丘，
高人且悠游。
终日自相处，
绝不惧孤独。

硕人

【原文】

硕人其颀，衣锦绤衣。齐侯之子，卫侯之妻，东宫之妹，邢侯之姨，谭公维私。

手如柔荑，肤如凝脂，领如蝤蛴，齿如瓠犀，螓首蛾眉，巧笑倩兮，美目盼兮。

硕人敖敖，说于农郊。四牡有骄，朱幩镳镳，翟茀以朝。大夫夙退，无使君劳。

河水洋洋，北流活活。施罛濊濊，鳣鲔发发。葭菼揭揭，庶姜孽孽，庶士有朅。

【新译】

那女子身材高挑真美丽，
锦绣衣衫套披风好飘逸。
她可是齐王的掌上明珠，
高贵的公主、卫王的娇妻，
她是齐国太子的小妹妹，
邢国国王称呼她小姨子，
谭国之君是她的亲姐夫。

她的纤纤玉手柔如嫩芽，
皮肤如同凝脂温润光滑，
脖颈像蝤蛴灵活而白净，
皓齿恰似瓠籽匀称无瑕，

她的前额饱满眉毛细长，
嫣然一笑嘴角魅力四射，
双眸顾盼秋波溅起浪花。

那女子身材高挑真美妙，
婚嫁的车队停歇在城郊。
四马并驾显示高贵雄姿，
马嚼上红绸布风中飘飘，
装饰华丽的婚车快到了。
大臣们已经退朝安排好，
让君王早入洞房莫操劳。

远看那黄河流水波连波，
一路向北唱着欢乐的歌。
近看打鱼的渔网在劳作，
活蹦乱跳的鱼儿已捕获。
河岸的芦苇正随风摇曳，
陪嫁姑娘个个高大妖冶，
随行汉子排着整齐队列。

氓

【原文】

氓之蚩蚩，抱布贸丝。匪来贸丝，来即我谋。送子涉淇，至于顿丘。匪我愆期，子无良媒。将子无怒，秋以为期。

乘彼垝垣，以望复关。不见复关，泣涕涟涟。既见复关，载笑载言。尔卜尔筮，体无咎言。以尔车来，以我贿迁。

桑之未落，其叶沃若。于嗟鸠兮，无食桑葚。于嗟女兮，无与士耽。士之耽兮，犹可说也；女之耽兮，不可说也！

桑之落矣，其黄而陨。自我徂尔，三岁食贫。淇水汤汤，渐车帷裳。女也不爽，士贰其行。士也罔极，二三其德。

三岁为妇，靡室劳矣。夙兴夜寐，靡有朝矣。言既遂矣，至于暴矣。兄弟不知，咥其笑矣。静言思之，躬自悼矣。

及尔偕老，老使我怨。淇则有岸，隰则有泮。总角之宴，言笑晏晏。信誓旦旦，不思其反。反是不思，亦已焉哉！

【新译】
想当初你一脸笑嘻嘻，
怀抱麻布来换蚕丝。
哪里是来换蚕丝啊，
你就是来勾引我呀。
俺送你渡过淇河，
一直到顿丘目送你归去。
不是俺拖延婚期呀，
是你没找个好媒人来提亲。
俺好说歹说劝你别生气，
到了秋天俺就嫁给你。

登上断墙俺望眼欲穿，

盼你尽快托人把婚书回还。
求婚的信儿迟迟不来，
害得俺眼泪汪汪心情好乱。
终于等到媒人送来了信函，
俺才露出幸福的笑脸。
你让媒人占卜说俺俩是绝配，
选择吉日良辰要来接俺出村。
你娶亲的婚车终于到俺家门前，
载上俺的嫁妆你就成了新郎官。

茂盛的桑树好比俺俩初婚的生活，
你蚕食了俺桑叶一般青春的肥沃。
唉，俺就像那斑鸠鸟啊，
真不该贪吃那容易沉醉的桑葚。
唉，女人啊女人，
切莫与男人沉迷于爱情。
男人说爱就爱了，
说不爱就不爱了。
可怜女人喝了爱情的迷魂汤，
就再也不能轻易苏醒了。

美好的时光转眼如桑树的衰败，
爱情的桑叶一片片坠落。
自从俺嫁到你这个穷窝窝，
长年累月就在苦难里蹉跎。
这苦日子就像那淇河的波涛，
打湿了我奔向幸福的车幔。
女人啊没做错什么，

只是男人难以捉摸。
男人实在靠不住啊，
反复无常违背爱的承诺。

俺当你多年的贤妻，
家里一切都是俺操劳啊。
没日没夜勤扒苦做，
从来就没有休息过一朝啊。
你自己开心过了，
翻脸无情施家暴啊。
娘家兄弟哪知俺命苦，
俺回去诉说被嘲笑啊。
俺只能静下来思前想后，
怪只怪自己当初瞎胡闹啊。

曾经幻想与你白头偕老，
今儿个俺恨死你了再也不想后半生。
淇河的水流再宽也有河岸，
沼泽地陷得再深也有边缘。
曾经青梅竹马两小无猜，
往昔的岁月如在眼前。
你的山盟海誓还在耳边，
今天你不再回心转意忆当年。
既然你如此铁石心肠没心肝，
那就再见了好聚好散。

竹竿

籊籊竹竿，以钓于淇。岂不尔思？远莫致之。
泉源在左，淇水在右。女子有行，远兄弟父母。
淇水在右，泉源在左。巧笑之瑳，佩玉之傩。
淇水滺滺，桧楫松舟。驾言出游，以写我忧。

【新译】

手持细长的竹竿，
垂钓在淇水岸边。
这往昔的欢乐怎不思念？
可叹路远不能把家还。

左边的泉水清又清，
右边的淇河波连波。
那年姑娘我出嫁了，
从此远离兄弟父母亲。

淇水在我右边流淌，
泉水在我左边欢歌。
它们围绕着明眸皓齿的找，
一身佩玉多么婀娜。

遥想淇水悠悠天边流，

与那桧木船桨松木舟。
如今我姑且驾车去出游，
排解我心中深深的乡愁。

芄兰

【原文】

芄兰之支，童子佩觿。虽则佩觿，能不我知。容兮遂
兮，垂带悸兮。

芄兰之叶，童子佩韘。虽则佩韘，能不我甲。容兮遂
兮，垂带悸兮。

【新译】

萝摩兰草发新枝，
少年早早挂角饰。
虽然装扮大男子，
你却不懂我心思。
瞧你那得意样儿，
衣带飘飘摆姿势。

萝摩兰草长绿叶，
少年早早佩指环。
虽然伪装懂骑射，
不解风情一处男。
瞧你那轻狂样儿，
衣带拖地真难看。

河广

【原文】

谁谓河广？一苇杭之。谁谓宋远？跂予望之。

谁谓河广？曾不容刀。谁谓宋远？曾不崇朝。

【新译】

谁说黄河水面宽？

苇筏就可渡天险。

谁说宋国太遥远？

踮脚眺望看得见。

谁说黄河跨越难？

枯水时期不容船。

谁说宋国太遥远？

早晨就能到彼岸。

伯兮

【原文】

伯兮朅兮，邦之桀兮。伯也执殳，为王前驱。

自伯之东，首如飞蓬。岂无膏沐？谁适为容？

其雨其雨，杲杲出日。愿言思伯，甘心首疾。

焉得谖草？言树之背。愿言思伯，使我心痗。

【新译】

夫君夫君真英武，
邦国军中最杰出。
手握长矛很勇敢，
为王冲锋当前驱。

自从夫君奔向东，
我的头发乱蓬蓬。
难道没有润发乳？
梳洗打扮为谁容？

祈祷老天快下雨，
偏偏太阳照屋里。
宁愿日夜想念他，
想得头疼也乐意。

哪里去找忘忧草？
我要种在屋北边。
叫我如何不想他，
满腹忧愁沉甸甸。

有狐

【原文】

有狐绥绥，在彼淇梁。心之忧矣，之子无裳。
有狐绥绥，在彼淇厉。心之忧矣，之子无带。
有狐绥绥，在彼淇侧。心之忧矣，之子无服。

狐狸缓缓结伴行，
在那淇河石坝上。
目睹此景我忧愁，
担心那人缺衣裳。

狐狸缓缓结伴行，
在那淇河浅滩畔。
目睹此景我忧愁，
担心那人衣带缓。

狐狸缓缓结伴行，
在那淇河流水边。
目睹此景我忧愁，
担心那人难御寒。

木瓜

【原文】

投我以木瓜，报之以琼琚，匪报也，永以为好也。
投我以木桃，报之以琼瑶，匪报也，永以为好也。
投我以木李，报之以琼玖，匪报也，永以为好也。

【新译】

阿妹送我一木瓜，
哥送美玉来报答。

这哪是物质的交换啊，
哥想终身来爱她。

阿妹送我一木桃，
哥送玉佩来示好。
这不是我炫富啊，
哥只想与妹爱到老。

阿妹送我一木李，
哥送玉石表心迹。
这份礼物非回报啊，
哥要与妹成夫妻。

王风

黍离

【原文】

彼黍离离，彼稷之苗。行迈靡靡，中心摇摇。知我者谓我心忧，不知我者谓我何求。悠悠苍天！此何人哉？

彼黍离离，彼稷之穗。行迈靡靡，中心如醉。知我者谓我心忧，不知我者谓我何求。悠悠苍天！此何人哉？

彼黍离离，彼稷之实。行迈靡靡，中心如噎。知我者谓我心忧，不知我者谓我何求。悠悠苍天！此何人哉？

【新译】

田野黍谷一垄垄，

高粱苗儿一丛丛。
我的脚步如此沉重，
只因为忧心忡忡。
知音懂我为啥发愁，
不懂的人以为我奢求。
我只能仰望苍天，
天道何在啊？

田野黍谷一行行，
高粱穗儿在摇摆。
我步履艰难走在田埂上，
心如醉酒愁满怀。
知音懂我为啥发愁，
不懂的人以为我奢求。
我只能仰望苍天，
天道何在啊？

田野黍谷一片片，
高粱米儿沉甸甸。
我两条腿迈不开步，
心中痛苦如鲠在喉。
知音懂我为啥发愁，
不懂的人以为我奢求。
我只能仰望苍天，
天道何在啊？

君子于役

【原文】

君子于役，不知其期。曷至哉？鸡栖于埘，日之夕矣，羊牛下来。君子于役，如之何勿思！

君子于役，不日不月。曷其有佸？鸡栖于桀，日之夕矣，羊牛下括。君子于役，苟无饥渴？

【新译】

夫君服役离家乡，
长年累月音渺茫。
究竟何时能回家？
散养的鸡已归窝，
此刻满目正斜阳，
映照归来的牛羊。
夫君服役离家乡，
叫我如何不想他？

夫君服役离家乡，
欲问归期未有期。
何时夫妻能团聚？
鸡们按时回笼了，
此刻满目正斜阳，
映照归来的牛羊。
夫君服役离家乡，
他是否饥渴无恙？

君子阳阳

【原文】

君子阳阳，左执簧，右招我由房，其乐只且！

君子陶陶，左执翿，右招我由敖，其乐只且！

【新译】

郎君满脸喜洋洋，

左手握着乐器簧，

右手招我一起狂，

快乐歌舞自欢畅。

郎君开怀乐陶陶，

左手挥舞羽毛扇，

右手招我同舞蹈，

夫唱妇随到高潮。

扬之水

【原文】

扬之水，不流束薪。彼其之子，不与我戍申。怀哉怀哉！曷月予还归哉？

扬之水，不流束楚。彼其之子，不与我戍甫。怀哉怀哉！曷月予还归哉？

扬之水，不流束蒲。彼其之子，不与我戍许。怀哉怀哉！曷月予还归哉？

【新译】
眼前的河水啊缓缓流，
载不动那捆柴犹如我心。
与我久别的那口子啊，
不能随我来申地当兵。
想死我啦，想死我啦，
猴年马月我能回家门？

眼前的河水啊静静流，
载不动那捆荆条似我愁。
与我久别的那口子啊，
不能随我来甫地驻守。
想死我啦，想死我啦，
哪年哪月再见她的眼眸？

眼前的河水啊默默流，
载不动那捆蒲柳让我忧。
与我久别的那口子啊，
不能随我来许地团聚。
想死我啦，想死我啦，
何年何月回到我的家乡去？

中谷有蓷

【原文】

中谷有蓷，暵其干矣。有女仳离，慨其叹矣。慨其叹矣，遇人之艰难矣。

中谷有蓷，暵其脩矣。有女仳离，条其啸矣。条其啸矣，遇人之不淑矣。

中谷有蓷，暵其湿矣。有女仳离，啜其泣矣。啜其泣矣，何嗟及矣。

【新译】

山谷生长着益母草，
可是快要被太阳晒干了。
有个女人被休了，
长吁短叹愁死了。
长吁短叹愁死了，
嫁人嫁错难死了。

山谷生长着益母草，
烈日下快要枯萎了。
有个女人被休了，
放声大哭哀号了。
放声大哭哀号了，
嫁给混蛋惨透了。

山谷生长着益母草，
已经被阳光晒蔫了。
有个女人被休了，
泣不成声哽咽了。
泣不成声哽咽了，
后悔结婚也晚了。

兔爰

【原文】

有兔爰爰，雉离于罗。我生之初，尚无为；我生之后，逢此百罹。尚寐无吪！

有兔爰爰，雉离于罦。我生之初，尚无造；我生之后，逢此百忧。尚寐无觉！

有兔爰爰，雉离于罿。我生之初，尚无庸；我生之后，逢此百凶。尚寐无聪！

【新译】

兔子优哉游哉，
野鸡难逃罗网。
我出生那会儿，
盛世百姓不忙。
我生之后倒霉，
各种遭遇赶上。
干脆闭眼装相！

兔子优哉游哉，
野鸡陷入机关。
我初来到人世，
并无太多苦难。
我生之后变天，
遇到无数忧患。
但愿永远睡眠！

兔子优哉游哉，
野鸡落入网中。
我出生的时候，
劳役并不繁重。
等我出生之后，
恰逢百般祸凶。
不如睡里装聋！

葛藟

【原文】

绵绵葛藟，在河之浒。终远兄弟，谓他人父。谓他人
父，亦莫我顾。

绵绵葛藟，在河之涘。终远兄弟，谓他人母。谓他人
母，亦莫我有。

绵绵葛藟，在河之漘。终远兄弟，谓他人昆。谓他人
昆，亦莫我闻。

【新译】

葛藤遍地蔓延，
伸到大河水边。
远离故乡兄弟，
改口认人作父。
虽然当人儿子，
也得不到照顾。

葛藤遍地蔓延，
在那大河岸边。
兄弟骨肉离散，
异乡称人母亲。
虽然嘴甜叫妈，
依然难得温暖。

葛藤遍地蔓延，
布满大河河滩。
兄弟天各一方，
陌生人当兄长。
虽然认了大哥，
也是冷若冰霜。

采葛

【原文】

彼采葛兮。一日不见，如三月兮。

彼采萧兮。一日不见，如三秋兮。
彼采艾兮。一日不见，如三岁兮。

【新译】
她采葛的倩影啊，
让我朝思暮想，
一日不见，如隔三月啊。

她采蒿的倩影啊，
让我朝思暮想，
一日不见，如隔三秋啊。

她采艾的倩影啊，
让我朝思暮想，
一日不见，如隔三年啊。

大车

【原文】
大车槛槛，毳衣如菼。岂不尔思？畏子不敢。
大车啍啍，毳衣如璊。岂不尔思？畏子不奔。
穀则异室，死则同穴。谓予不信，有如皦日！

【新译】
你赶着牛车缓缓前行，
青白色冬衣牵引我的目光。

我哪是真的不想你啊，

我只是怕你没有爱的胆量。

你赶着牛车吱吱呀呀，

红色冬衣在我眼里如玉般温存。

难道是我不思念你吗?

我只是怕你不与我私奔。

今生今世哪怕活着不能同居，

就是死了也要与你在一个墓穴成亲。

你要是不相信我，

那闪耀的太阳代表我的心!

丘中有麻

【原文】

丘中有麻，彼留子嗟。彼留子嗟，将其来施施。

丘中有麦，彼留子国。彼留子国，将其来食。

丘中有李，彼留之子。彼留之子，贻我佩玖。

【新译】

山丘那片麻地，

是留子嗟与我幽会的圣地。

留子嗟啊留子嗟，

我期盼着你前来的步履。

山丘那片麦地，

是留子国与我相爱的天地。
留子国啊留子国，
我期待你再与我欢愉。

山丘那片李树林，
留哥哥与我在那里定情。
留哥哥呀留哥哥，
赠我佩玉定终身。

郑风

缁衣

【原文】

缁衣之宜兮，敝予又改为兮。适子之馆兮；还予授子
之粲兮。

缁衣之好兮，敝予又改造兮。适子之馆兮；还予授子
之粲兮。

缁衣之席兮，敝予又改作兮。适子之馆兮；还予授子
之粲兮。

【新译】

夫君你穿上黑色制服真得体啊，
破旧了我再给你做新衣呀。
你安心去办公室上班吧，
你回家的时候就能换新装啦。

夫君你穿上黑色制服真帅呀，
破旧了我再亲手给你做吧。
你照常去办公室工作啊，
你回家就能换新衣啦。

夫君你穿上黑色制服好潇洒啊，
破旧了我再重新给你缝吧。
你先去办公室公干吧，
下班了就能旧貌换新颜啦。

将仲子

【原文】

将仲子兮，无逾我里，无折我树杞。岂敢爱之？畏我
父母。仲可怀也，父母之言，亦可畏也。

将仲子兮，无逾我墙，无折我树桑。岂敢爱之？畏我
诸兄。仲可怀也，诸兄之言，亦可畏也。

将仲子兮，无逾我园，无折我树檀。岂敢爱之？畏人
之多言。仲可怀也，人之多言，亦可畏也。

【新译】

哥呀，你听我说，
请你千万莫跨入我的住地，
小心折断杞树，暴露了踪迹。
外面的杞树我并不在意，
我只怕父母生气。

哥呀，你已经在我心里，
爹娘的责骂我也难以抵御。

哥呀，你听我说，
请你千万不要翻墙，
小心折断桑树，声音太响。
我哪是心疼桑树啊，
我只怕惊动了我的兄长。
哥呀，我真的很爱你，
可兄长的怪罪会让我发慌。

哥呀，你听我说，
请你千万不可潜入我的家园，
小心折断檀树，真相难以隐瞒。
我真不是吝惜院子里的檀树，
我只担心邻居们悄悄地议论。
哥呀，我也很想很想你，
但乡亲们的话语也将伤我的脸面。

叔于田

【原文】

叔于田，巷无居人。岂无居人？不如叔也。洵美且仁。
叔于狩，巷无饮酒。岂无饮酒？不如叔也。洵美且好。
叔适野，巷无服马。岂无服马？不如叔也。洵美且武。

【新译】

叔叔去打猎，
里巷空无人。
哪是没人啊，
都不如叔强。
真帅又善良。

叔叔打猎去，
里巷不饮酒。
哪是不饮酒，
豪情不如叔。
真帅有风度。

叔叔往野外，
里巷不骑马。
哪是不骑马，
没人赛过他。
真帅本事大。

大叔于田

【原文】

叔于田，乘乘马。执辔如组，两骖如舞。叔在薮，火烈具举。袒裼暴虎，献于公所。将叔勿狃，戒其伤女！

叔于田，乘乘黄。两服上襄，两骖雁行。叔在薮，火烈具扬。叔善射忌，又良御忌。抑罄控忌，抑纵送忌。

叔于田，乘乘鸨。两服齐首，两骖如手。叔在薮，火烈具阜。叔马慢忌，叔发罕忌。抑释掤忌，抑鬯弓忌。

【新译】
大叔出门去打猎，
驷马奔驰真英武。
手握缰绳如织布，
两边马儿踏舞步。
大叔到达狩猎场，
点火烧荒驱猎物。
赤膊上阵打老虎，
打死老虎献官府。
大叔不要太大意，
小心受伤于猛虎。

大叔出门去打猎，
四匹黄马真风光。
两匹辕马往前闯，
两匹副马如雁行。
大叔来到狩猎场，
火烧草木驱虎狼。
大叔射术真一流，
马术也数他最强。
勒马姿势称一绝，
信马由缰也漂亮。

大叔出门去打猎，

四匹彩马毛色好。
辕马齐头往前走，
副马协调如双手。
大叔进入狩猎场，
四面点火驱野兽。
大叔缓辔骑马行，
射箭频率近尾声。
打开筒盖收箭了，
手中的弓入囊了。

清人

【原文】

清人在彭，驷介旁旁。二矛重英，河上乎翱翔。
清人在消，驷介麃麃。二矛重乔，河上乎逍遥。
清人在轴，驷介陶陶。左旋右抽，中军作好。

【新译】

清军驻守彭区，
驷马披甲驰骋。
车上二矛饰缨，
河岸兜风逞能。

清军驻守消区，
驷马披甲狂飙。
二矛挂满羽毛，

河边游戏逍遥。

清军驻守轴区，
驷马披甲猛跑。
左冲右刺作态，
主帅俨然自豪。

羔裘

【原文】

羔裘如濡，洵直且侯。彼其之子，舍命不渝。
羔裘豹饰，孔武有力。彼其之子，邦之司直。
羔裘晏兮，三英粲兮。彼其之子，邦之彦兮。

【新译】

身穿温润的羔羊皮袄，
真是表里如一形象好。
他就是这样的人啊，
矢志不渝忘我操劳。

身穿豹纹袖口的羔羊皮衣，
显得那样英武那样神气。
他就是这样的人啊，
为国效力监督执纪维护法律。

羔羊皮袄色彩真鲜艳啊，

装饰的边纹真耀眼啊。

他就是这样的人啊,

国家栋梁民族精英啊。

遵大路

【原文】

遵大路兮,掺执子之祛兮。无我恶兮,不寁故也!

遵大路兮,掺执子之手兮。无我魗兮,不寁好也!

【新译】

追你追到大路上,

急得我一把抓住你衣裳。

求求你不要讨厌我啊,

往日旧情不要忘!

跟你跑到大路口,

我死死拽住你的手。

请你不要嫌我丑啊,

往昔恩爱不要丢!

女曰鸡鸣

【原文】

女曰鸡鸣,士曰昧旦。子兴视夜,明星有烂。将翱将翔，弋凫与雁。

弋言加之，与子宜之。宜言饮酒，与子偕老。琴瑟在御，莫不静好。

知子之来之，杂佩以赠之。知子之顺之，杂佩以问之。知子之好之，杂佩以报之。

【新译】

"公鸡叫啦！"娇妻枕边轻声叫了。

"还早还早，"夫君劝她不要闹了，

"你起来看啊，启明星亮闪闪。"

—— "鸟儿要飞啦，

快去逮野鸭和大雁啊。"

—— "捕猎野味好加餐，

我要你舒舒服服尝尝鲜。

配上美酒把盏欢，

咱俩开开心心到老年。"

夫妻默契真和谐，

岁月静好，奏响爱的音乐。

—— "你的关心感我怀，

我赠珠宝谢谢你的爱。

你的温柔我懂得，

聊以珠宝增玉色。

你的深爱我动情，

珠宝代表我的心。"

有女同车

【原文】

有女同车，颜如舜华。将翱将翔，佩玉琼琚。彼美孟
姜，洵美且都。

有女同行，颜如舜英。将翱将翔，佩玉将将。彼美孟
姜，德音不忘。

【新译】

丽人与我驾车行，
颜值鲜艳如木槿。
马车飞奔似翱翔，
玉佩增色气质佳。
姜姓名门大姑娘，
外貌美丽又优雅。

美女与我并排坐，
容颜好比木槿花。
马车飞奔似翱翔，
佩玉如铃响叮当。
大家闺秀姜姑娘，
美德让我记心上。

山有扶苏

【原文】

山有扶苏，隰有荷华。不见子都，乃见狂且。
山有乔松，隰有游龙。不见子充，乃见狡童。

【新译】

大树有靠山，
荷花出泥潭。
不见美男子，
偏遇轻薄汉。

山上立劲松，
泽畔长草丛。
帅哥没踪影，
滑头来起哄。

萚兮

【原文】

萚兮萚兮，风其吹女。叔兮伯兮，倡予和女。
萚兮萚兮，风其漂女。叔兮伯兮，倡予要女。

【新译】

秋叶落地沙沙响，

清风徐来似伴唱。
叫声郎君听我讲，
你唱情歌我对唱。

片片黄叶舞飞扬，
风来助兴一起狂。
叫声郎君听我讲，
咱俩歌舞齐欢畅。

狡童

【原文】
彼狡童兮，不与我言兮。维子之故，使我不能餐兮。
彼狡童兮，不与我食兮。维子之故，使我不能息兮。

【新译】
那个小帅哥呀，
不搭理我呀。
怪你怪你就怪你，
害我整天没食欲啊。

那个小帅哥呀，
请你吃饭也不来呀。
怪你怪你就怪你，
让我彻夜不安眠啊。

褰裳

【原文】

子惠思我，褰裳涉溱。子不我思，岂无他人？狂童之狂也且！

子惠思我，褰裳涉洧。子不我思，岂无他士？狂童之狂也且！

【新译】

假如你真的爱我，

就立即挽起衣裳蹚过溱河。

你要是不真的想我，

难道就没有别人追我？

你这最傻最笨的小哥哥！

假如你真的爱我，

就立即挽起衣裳蹚过洧河。

你要是不真的想我，

难道就没别人想娶我？

你这个最傻最笨的小哥哥！

丰

【原文】

子之丰兮，俟我乎巷兮，悔予不送兮。

子之昌兮，俟我乎堂兮，悔予不将兮。
衣锦䌹衣，裳锦䌹裳。叔兮伯兮，驾予与行。
裳锦䌹裳，衣锦䌹衣。叔兮伯兮，驾予与归。

【新译】
你一表人才美姿容啊，
耐心等我在小胡同啊，
如今后悔没与你携手与共啊。

你体魄多么健壮啊，
耐心等我在厅堂啊，
如今后悔没与你成双啊。

锦绣衣裳穿身上，
披风在肩装扮新嫁娘。
我的如意郎君啊，
盼你驾车来做我的新郎。

麻纱外套当风衣，
锦缎裹身显美丽。
我的心上人啊，
你驾车来我就属于你。

东门之墠

【原文】
东门之墠，茹藘在阪。其室则迩，其人甚远。

东门之栗，有践家室。岂不尔思？子不我即。

【新译】
东门外，山坡边，
茜草在原野蔓延。
哥哥啊，你家近在眼前，
可你却犹如远在天边。

东门外，有一片栗林，
整齐的宅第在林中掩映。
哥哥啊，哪是我不想念你呀，
只是你不来约我啊！

风雨

【原文】
风雨凄凄，鸡鸣喈喈。既见君子，云胡不夷！
风雨潇潇，鸡鸣胶胶。既见君子，云胡不瘳！
风雨如晦，鸡鸣不已。既见君子，云胡不喜！

【新译】
室外风雨凄清，
耳畔声声鸡鸣。
终于与君相见，
心情有何不平？

户外风雨呼啸，

只听阵阵鸡叫。
终于与君相见，
心病有何不好？

窗外风雨阴晦，
鸡鸣此起彼伏。
终于与君相见，
哪能不觉幸福？

子衿

【原文】

青青子衿，悠悠我心。纵我不往，子宁不嗣音？
青青子佩，悠悠我思。纵我不往，子宁不来？
挑兮达兮，在城阙兮。一日不见，如三月兮。

【新译】

你青青的衣领拴住了我的眼神，
悠长的思念让我这颗心不再宁静。
分别的日子纵使我难以前去探望，
你难道就不能托人捎一个口信？

你青青的佩带缠绕着我的影子，
朝天边牵引着我漫长的相思。
纵然我身不由己难以去见你，
你啊你啊，怎么就不快点再来？

徘徊复徘徊，我好焦急啊，
在城头，我眺望远方。
哪怕只是一天不与你幽会，
也像煎熬了三个月啊。

扬之水

【原文】

扬之水，不流束楚。终鲜兄弟，维予与女。无信人之言，人实迋女。

扬之水，不流束薪。终鲜兄弟，维予二人。无信人之言，人实不信。

【新译】

河水缓缓流，
荆条捆捆流不走。
咱家兄弟少，
只有你我同舟。
不要相信他人话，
他们其实把你忽悠。

河水缓缓流，
柴火捆捆流不动。
咱家兄弟少，
只有我俩生死与共。
不要相信他人话，

他们其实把你哄。

出其东门

【原文】

出其东门，有女如云。虽则如云，匪我思存。缟衣綦巾，聊乐我员。

出其闉阇，有女如荼。虽则如荼，匪我思且。缟衣茹藘，聊可与娱。

【新译】

春风送我出东门，
如云的美女花眼睛。
彩云朵朵飘呀飘，
哪有云影荡我波心？
只有那朴素无华的姑娘哦，
青色头巾勾我魂。

人流如潮满城郊，
女子多如白茅草。
那漫山遍野的野草哦，
不能覆盖我春天的沙漠。
只有那红色佩饰的素衣女呀，
在我的心田种上了爱的根苗。

野有蔓草

野有蔓草，零露溥兮。有美一人，清扬婉兮。邂逅相
遇，适我愿兮。
野有蔓草，零露瀼瀼。有美一人，婉如清扬。邂逅相
遇，与子偕臧。

【新译】
野草蔓延到天边，
圆圆露珠挂草尖。
绝色美女款款来，
眉清目秀好身段。
路上偶遇真太巧，
一见钟情如梦幻。

遥望野草连天碧，
身边露水沾衣裳。
婀娜多姿一丽人，
柔美多情眼放光。
不期而遇今世缘，
与你一定要成双。

溱洧

【原文】

溱与洧，方涣涣兮。士与女，方秉蕳兮。女曰观乎？士曰既且，且往观乎？洧之外，洵讦且乐。维士与女，伊其相谑，赠之以勺药。

溱与洧，浏其清矣。士与女，殷其盈兮。女曰观乎？士曰既且，且往观乎？洧之外，洵讦且乐。维士与女，伊其将谑，赠之以勺药。

【新译】

溱水欢唱洧水盈盈，
春天的河流涨满了激情。
从寒冬醒来的姑娘小伙，
手持兰草来相亲。
一位勇敢的姑娘对我发出邀请，
我与她再次汇入欢乐的人群。
我俩索性纵情远足，
宽宽的洧河那边最多情。
哥哥妹妹笑脸迎，
欢欢笑笑不陌生，
芍药送给意中人。

溱水深深洧水清，
春水流淌着春天的风景。
阿哥阿妹来踏青，

处处奔放着野性的青春。

美丽的姑娘走近我，

我心照不宣与她去撒欢。

洧水哗哗天际流，

广阔天地播种着爱情。

男男女女来相聚，

眉来眼去真开心，

赠一束芍药定终身。

齐风

鸡鸣

【原文】

鸡既鸣矣，朝既盈矣。匪鸡则鸣，苍蝇之声。

东方明矣，朝既昌矣。匪东方则明，月出之光。

虫飞薨薨，甘与子同梦。会且归矣，无庶予子憎！

【新译】

妻："公鸡打鸣，快起床吧，

早朝的人排成行啦。"

夫："那不是公鸡打鸣，

只是苍蝇飞不停。"

妻："东方已经天亮啦，

上朝的人挤满了。"

夫："那不是东方发亮，

只是窗外的月光。"
妻："就算是虫飞嗡嗡，
我愿与你酣然入梦。
可是早朝要散了，
希望不被批判啊！"

还

【原文】

子之还兮，遭我乎猺之间兮。并驱从两肩兮，揖我
谓我儇兮。

子之茂兮，遭我乎猺之道兮。并驱从两牡兮，揖我
谓我好兮。

子之昌兮，遭我乎猺之阳兮。并驱从两狼兮，揖我
谓我臧兮。

【新译】

哥们儿你真潇洒啊，
遇我在猺山的山洼啊。
一起追捕两只大猎物啊，
作揖把我的本领夸啊。

哥们儿你真是仪表堂堂啊，
遇我在猺山的路上啊。
一起追捕两只雄野兽啊，
作揖恭维我技术强啊。

哥们儿你真是壮汉啊，
遇我在猺山的南边啊。
一起追捕两只狼啊，
作揖称赞我不一般啊。

著

【原文】

俟我于著乎而，充耳以素乎而，尚之以琼华乎而。
俟我于庭乎而，充耳以青乎而，尚之以琼莹乎而。
俟我于堂乎而，充耳以黄乎而，尚之以琼英乎而。

【新译】

郎君迎我在门屏，
素丝垂耳好清新，
美玉配饰亮晶晶。

郎君迎我在庭院，
青丝垂耳挂帽檐，
美玉配饰真耀眼。

郎君迎我在厅堂，
黄丝垂耳特鲜亮，
美玉配饰闪光芒。

东方之日

【原文】

东方之日兮。彼姝者子，在我室兮。在我室兮，履我即兮。

东方之月兮。彼姝者子，在我闼兮。在我闼兮，履我发兮。

【新译】

东方红，太阳升。
那位妹子美煞人，
来我卧室当女神。
来我卧室当女神，
亦步亦趋与我好亲近。

东方亮，月儿圆。
那位妹子美又甜，
进我房门真温暖。
进我房门真温暖，
浓情蜜意好缠绵。

东方未明

【原文】

东方未明，颠倒衣裳。颠之倒之，自公召之。

东方未晞，颠倒裳衣。倒之颠之，自公令之。
折柳樊圃，狂夫瞿瞿。不能辰夜，不夙则莫。

【新译】
东方天没亮，
慌忙穿衣裳。
颠倒手脚乱，
官家叫起床。

东方黑漆漆，
颠倒乱穿衣。
倒来又颠去，
老板催得急。

柳条扎篱笆，
监工瞪眼骂。
哪能睡好觉，
昼夜被压榨。

南山

【原文】
南山崔崔，雄狐绥绥。鲁道有荡，齐子由归。既曰归
止，曷又怀止？
葛屦五两，冠緌双止。鲁道有荡，齐子庸止。既曰庸
止，曷又从止？

　　蓺麻如之何？衡从其亩。取妻如之何？必告父母。既曰告止，曷又鞠止？

　　析薪如之何？匪斧不克。取妻如之何？匪媒不得。既曰得止，曷又极止？

【新译】

南山高大雄伟，
雄狐鬼鬼祟祟。
通鲁道路平坦，
齐女由此婚配。
已然嫁作人妻，
为何不忘旧情？

葛布鞋一双双，
帽带垂两耳旁。
通鲁道路宽广，
齐女成为新娘。
既然远嫁他乡，
为何还要放荡？

种麻应该咋种？
先要精耕细作。
娶妻应该咋弄？
先要告知父母。
既然已说明白，
为何还要放纵？

砍柴需要如何？
没有斧头不行。
娶妻需要如何？
没有媒人不成。
既然明媒正娶，
为何还有私情？

甫田

【原文】

无田甫田，维莠骄骄。无思远人，劳心忉忉。
无田甫田，维莠桀桀。无思远人，劳心怛怛。
婉兮娈兮，总角丱兮。未几见兮，突而弁兮。

【新译】

耕田不要耕大田，
有心无力草蔓延。
爱人不要爱游子，
满腹忧愁难排遣。

耕田不要耕大田，
庄稼总被杂草荒。
思念不要思浪子，
忧心如焚空幻想。

遥想当年美少年，

发髻翘翘惹人恋。
几天不见再相逢，
转眼就成男子汉。

卢令

【原文】

卢令令，其人美且仁。
卢重环，其人美且鬈。
卢重鋂，其人美且偲。

【新译】

黑毛猎狗铃铛响，
主人英俊又善良。
黑毛猎狗环佩环，
主人帅气又勇敢。
黑毛猎狗双环套，
主人颜值智商高。

敝笱

【原文】

敝笱在梁，其鱼鲂鳏。齐子归止，其从如云。
敝笱在梁，其鱼鲂鱮。齐子归止，其从如雨。
敝笱在梁，其鱼唯唯。齐子归止，其从如水。

【新译】

拦鱼坝的鱼篓破破烂烂，
鳊鱼鲲鱼来去游得好欢。
已嫁的齐女又回娘家了，
一路随从如云风光无限。

拦鱼坝的鱼篓漏洞百出，
鳊鱼鲢鱼往来不受约束。
他人妻的齐女又回国了，
真是随从如雨洒满道路。

拦鱼坝的鱼篓形同虚设，
鱼儿自由出入毫无阻隔。
鲁人国母回齐国省亲了，
随从如水漫过齐鲁山河。

载驱

【原文】

载驱薄薄，簟茀朱鞹。鲁道有荡，齐子发夕。
四骊济济，垂辔沵沵。鲁道有荡，齐子岂弟。
汶水汤汤，行人彭彭。鲁道有荡，齐子翱翔。
汶水滔滔，行人儦儦。鲁道有荡，齐子游敖。

【新译】

马车狂奔震耳膜，

竹帘挡门红皮裹。
齐鲁大道多宽广,
文姜早晚去会哥。

四匹黑马步伐齐,
缰绳松紧好驾驭。
齐鲁大道多宽广,
文姜一路真得意。

汶水浩荡翻波浪,
行人往来在路上。
齐鲁大道多宽广,
文姜一路真张扬。

汶河奔流水滔滔,
行人匆匆多如潮。
齐鲁大道多宽广,
文姜一路真逍遥。

猗嗟

【原文】

猗嗟昌兮,颀而长兮。抑若扬兮,美目扬兮。巧趋跄兮,射则臧兮。

猗嗟名兮,美目清兮。仪既成兮,终日射侯,不出正兮,展我甥兮。

猗嗟娈兮，清扬婉兮。舞则选兮，射则贯兮，四矢反兮，以御乱兮。

【新译】

嗨嗨他真靓啊，
高大又修长啊。
前额多帅气啊，
眼睛多明亮啊。
步伐多灵活啊，
射术多精良啊。

嗨嗨他真俊啊，
眼睛好清爽啊。
动作好规范啊，
整天只射箭啊，
箭箭中靶心啊，
真是好儿郎啊。

嗨嗨他真美啊，
眉清又目秀啊。
舞蹈属一流啊，
射箭能穿透啊，
四箭中靶心啊，
杀敌本领强啊。

魏风

葛屦

【原文】

纠纠葛屦，可以履霜？掺掺女手，可以缝裳？要之襋
之，好人服之。

好人提提，宛然左辟，佩其象揥。维是褊心，是以
为刺。

【新译】

鞋带缠绕的葛布鞋，
寒凉天气咋能踏霜？
奴婢瘦弱的一双手，
为啥替别人缝衣裳？
小心翼翼托着新装，
让那大美女套身上。

细腰美女怡然自得，
向左扭身爱理不理，
往头发插象牙簪子。
因为这人太不厚道，
于是在此对她讽刺！

汾沮洳

彼汾沮洳，言采其莫。彼其之子，美无度。美无度，
殊异乎公路。

彼汾一方，言采其桑。彼其之子，美如英。美如英，
殊异乎公行。

彼汾一曲，言采其藚。彼其之子，美如玉。美如玉，
殊异乎公族。

【新译】

在那汾河岸边的低谷，
我采撷着酸酸的野莫。
想起我那个心上的人，
他真是美得盖过多数。
美得没有衡量的尺度，
他完全美过上班一族。

在那汾河岸边的地方，
小妹独自采啊在采桑。
想起我那个心爱的人，
他真是美得像花一样。
俊美如花的一个帅哥，
比公家人更仪表堂堂。

在那汾河的河湾一隅，
我采摘水沓菜回家去。
想起我那个意中的人，
他真是美如纯洁的玉。
美如玉一样表里如一，
他远远超过那些贵族。

园有桃

【原文】

园有桃，其实之肴。心之忧矣，我歌且谣。不我知者，
谓我士也骄。彼人是哉？子曰何其？心之忧矣，其谁知
之？其谁知之，盖亦勿思！

园有棘，其实之食。心之忧矣，聊以行国。不我知者，
谓我士也罔极。彼人是哉？子曰何其？心之忧矣，其谁知
之？其谁知之，盖亦勿思！

【新译】

园林里生长着鲜桃，
那是我的美味佳肴。
心中深藏无尽忧伤，
我长歌当哭且吟啸。
那些不了解我的人，
评说我这书生骄傲。
世人的看法很对吗？
本人又该如何表白？

我这满腹的哀愁啊，
何人能够完全知晓？
何人能够完全知晓，
索性放下不再思考！

园林生长着酸枣棘，
纯天然果实当粮食。
忧愁满怀无处排遣，
姑且说走就走旅行。
那些不了解我的人，
批评我行为无规律。
世人的看法很对吗？
本人又该如何辩解？
我这满腹的哀愁啊，
何人能够完全知悉？
何人能够完全知悉，
索性放下不再顾虑！

陟岵

【原文】

陟彼岵兮，瞻望父兮。父曰："嗟！予子行役，夙夜无已。上慎旃哉！犹来无止。"

陟彼屺兮，瞻望母兮。母曰："嗟！予季行役，夙夜无寐。上慎旃哉！犹来无弃。"

陟彼冈兮，瞻望兄兮。兄曰："嗟！予弟行役，夙夜必偕。上慎旃哉！犹来无死。"

【新译】
登上高高的青山，
遥望父亲的容颜。
老父似乎在叨念：
"唉！我儿在服役，
日夜辛苦不停息。
你要多加小心啊！
赶紧回家莫迟疑。"

登上陡峭的秃岭，
远眺母亲的身影。
慈母仿佛在呼唤：
"唉！小儿在服役，
昼夜不能够休息。
你要多加小心啊！
回吧不要无踪迹！"

登临那座山岗上，
远望故乡的兄长。
兄长焦急地说话：
"唉！我弟在服役，
日夜与人卖苦力。
你要多加小心啊，
回来不要死外地！"

十亩之间

【原文】

十亩之间兮，桑者闲闲兮，行与子还兮。
十亩之外兮，桑者泄泄兮，行与子逝兮。

【新译】

瞧咱这十亩田园哦，
采桑人儿好悠闲哦。
我与你一起回家咯。

瞧十亩田园那边呀，
采桑姑娘缓下来啦。
咱俩一起把家还呀。

伐檀

【原文】

坎坎伐檀兮，置之河之干兮。河水清且涟猗。不稼不
穑，胡取禾三百廛兮？

不狩不猎，胡瞻尔庭有县貆兮？彼君子兮，不素
餐兮！

坎坎伐辐兮，置之河之侧兮。河水清且直猗。不稼不
穑，胡取禾三百亿兮？

不狩不猎，胡瞻尔庭有县特兮？彼君子兮，不素食兮！

坎坎伐轮兮，置之河之漘兮。河水清且沦猗。不稼不

穑，胡取禾三百囷兮？

不狩不猎，胡瞻尔庭有县鹑兮？彼君子兮，不素飧兮！

【新译】

伐檀声声传很远啊，

伐倒的檀树放置在河边啊。

眼前清清河水波浪翻呀。

有人耕种收割都不干啊，

为什么所有粮草往你家搬啊？

有人从来不狩猎啊，

为何看到你庭院挂猪獾啊？

那些所谓的"君子"啊，

真是不白吃饭啊！

砍伐檀树作车辐啊，

木料放置河水边啊。

河水清清河床直呀。

有人耕种收割都不做啊，

为啥一捆捆庄稼送你家啊？

有人从来不狩猎啊，

为何看到你庭院挂猎物啊？

那些所谓的"君子"啊，

真是不白吃饭啊！

砍伐檀树作车轮啊，

河边堆满檀树身啊。

河水清清起波纹啊。
有人耕种收割都不做啊，
为啥你家的庄稼一捆捆啊？
有人从来不狩猎啊，
为何看到你庭院挂鹌鹑啊？
那些所谓的"君子"啊，
真是不白吃饭啊！

硕鼠

【原文】

　　硕鼠硕鼠，无食我黍！三岁贯女，莫我肯顾。逝将去
女，适彼乐土。乐土乐土，爰得我所。
　　硕鼠硕鼠，无食我麦！三岁贯女，莫我肯德。逝将去
女，适彼乐国。乐国乐国，爰得我直。
　　硕鼠硕鼠，无食我苗！三岁贯女，莫我肯劳。逝将去
女，适彼乐郊。乐郊乐郊，谁之永号？

【新译】

胖老鼠胖老鼠，
别吃我的黍谷！
多年做你奴仆，
你却如此残酷。
坚决逃离你府，
到达远方乐土。
乐土我的乐土，

那才是我归宿。

胖老鼠胖老鼠，
别吃我的小麦！
几年将你伺候，
对我你没关爱。
发誓离你而去，
到达我的乐园。
乐园我的乐园，
那才值得我待。

胖老鼠胖老鼠，
别吃我的禾苗！
常年为你辛苦，
你一点不慰劳。
决心与你决裂，
走向我的乐郊。
乐郊我的乐郊，
哪有内心哭号？

唐风

蟋蟀

【原文】

蟋蟀在堂，岁聿其莫。今我不乐，日月其除。无已大康，职思其居。好乐无荒，良士瞿瞿。

蟋蟀在堂，岁聿其逝。今我不乐，日月其迈。无已大康，职思其外。好乐无荒，良士蹶蹶。

蟋蟀在堂，役车其休。今我不乐，日月其慆。无以大康，职思其忧。好乐无荒，良士休休。

【新译】

蟋蟀进入厅堂，
一年已到岁暮。
现在我不行乐，
光阴即将虚无。
娱乐不能太狂，
还得惦记职务。
乐也敬业不忘，
君子自我约束。

蟋蟀进入厅堂，
岁月匆匆逝去。
现在我不行乐，
光阴似箭飞快。
娱乐不要太爽，
业余也需勤快。
行乐敬业不忘，
君子时不我待。

蟋蟀进入厅堂，
车辆停止秋收。

现在我不行乐，
光阴难以挽留。
娱乐何须张扬，
还得为国分忧。
嬉戏务必节制，
君子张弛有度。

山有枢

【原文】

山有枢，隰有榆。子有衣裳，弗曳弗娄。子有车马，弗驰弗驱。宛其死矣，他人是愉。

山有栲，隰有杻。子有廷内，弗洒弗埽。子有钟鼓，弗鼓弗考。宛其死矣，他人是保。

山有漆，隰有栗。子有酒食，何不日鼓瑟？且以喜乐，且以永日。宛其死矣，他人入室。

【新译】

山坡坡上生刺榆，
洼地地里长白榆。
你有华丽的衣裳，
却从不穿戴整齐。
你家有豪车宝马，
舍不得路上驰驱。
一旦你撒手而去，
财富让别人欢喜。

山坡坡上生栲树，
洼地地里长檍树。
你有院落与房屋，
也从不洒扫庭除。
你家有钟鼓乐器，
却从不敲钟打鼓。
一旦你撒手而去，
一切被他人占据。

山坡坡上生漆树，
洼地地里长栗树。
你家有美酒美食，
何不天天奏琴瑟？
欢天喜地且为乐，
天天高兴度一生。
一旦你撒手而去，
别人成为新主人。

扬之水

【原文】

扬之水，白石凿凿。素衣朱襮，从子于沃。既见君子，
云何不乐？

扬之水，白石皓皓。素衣朱绣，从子于鹄。既见君子，
云何其忧？

扬之水，白石粼粼。我闻有命，不敢以告人。

【新译】

河水激荡波连波，
白石鲜明多磊落。
身穿红领素色衣，
跟随领导去曲沃。
见到桓叔老前辈，
内心哪能不快乐？

滔滔河水涌激流，
白石洁净无尘垢。
身穿素衣红领袖，
跟随领导去鹄地。
见到桓叔有何忧？

浩浩河水清又清，
白石粼粼在河心。
我已得到一密令，
不敢泄密给他人。

椒聊

【原文】

椒聊之实，蕃衍盈升。彼其之子，硕大无朋。椒聊且，
远条且。

椒聊之实，蕃衍盈掬。彼其之子，硕大且笃。椒聊且，
远条且。

【新译】

花椒籽儿成熟了，
满树满枝摘满升。
那个白富美女子，
体健貌端超众人。
花椒啊花椒，
清香四溢真好闻。

花椒籽儿一嘟噜，
满树满枝一捧捧。
那个出众的女子，
身材健美品德馨。
花椒啊花椒，
清香四溢真好闻。

绸缪

【原文】

绸缪束薪，三星在天。今夕何夕？见此良人。子兮子兮！如此良人何！

绸缪束刍，三星在隅。今夕何夕？见此邂逅。子兮子兮！如此邂逅何！

绸缪束楚，三星在户。今夕何夕？见此粲者。子兮子兮！如此粲者何！

【新译】

柴薪捆得紧又紧，
天上星星明又明。
今夜是啥好日子？
让我见到心上人。
哎呀哎呀你呀你！
如何对待这人儿？

青草捆得牢又牢，
星星对着房屋角。
今夜是啥好日子？
我与爱人相见了。
哎呀哎呀你呀你！
不知如何将她抱！

荆条捆得粗又粗，
星星映照我门户。
今夜是啥好日子？
让我见到俏佳人。
哎呀哎呀你呀你！
如何爱这俏佳人？

杕杜

【原文】

有杕之杜，其叶湑湑。独行踽踽。岂无他人？不如我同父。嗟行之人，胡不比焉？人无兄弟，胡不佽焉？

　　有杕之杜，其叶菁菁。独行睘睘。岂无他人？不如我同姓。嗟行之人，胡不比焉？人无兄弟，胡不佽焉？

【新译】

　　一棵孤立的棠梨树，
　　尚有枝叶密密团聚。
　　我形单影只在路途。
　　路上哪是没有别人？
　　他们不如兄弟热乎。
　　可叹这道上的行人，
　　为啥没有真情流露？
　　兄弟们不在我身边，
　　为啥陌生人不相助？

　　一棵孤立的棠梨树，
　　叶儿繁茂成为风景。
　　我茕茕独行孤零零。
　　路上哪是没有别人？
　　陌路哪会有手足情？
　　可叹这道上的行人，
　　为啥没有温暖的心？
　　兄弟们不在我身边，
　　为啥陌生人不相亲？

羔裘

【原文】

羔裘豹祛，自我人居居。岂无他人？维子之故。

羔裘豹褎，自我人究究。岂无他人？维子之好。

【新译】

瞧你身穿豹皮袖口羔羊袄，

牛气冲天对我们十分骄傲。

难道这世上就没别的朋友？

只不过好歹咱们也算故交。

你豹袖羔皮的官服真华贵，

你小人得志真是自我陶醉。

难道世上就没别的朋友了？

我们毕竟曾多年与你相随。

鸨羽

【原文】

肃肃鸨羽，集于苞栩。王事靡盬，不能蓺稷黍。父母

何怙？悠悠苍天，曷其有所？

肃肃鸨翼，集于苞棘。王事靡盬，不能蓺黍稷。父母

何食？悠悠苍天，曷其有极？

肃肃鸨行，集于苞桑。王事靡盬，不能蓺稻粱。父母何尝？悠悠苍天，曷其有常？

【新译】
沼泽群雁振羽毛，
纷纷落在栎树梢。
官家徭役多又多，
田园荒芜不耕作。
咱爹咱妈靠啥活？
天啊天啊老天爷，
何时我能回老窝？

湿地野雁颤双翅，
纷纷落在酸枣棘。
国王征战无止息，
不能回家去种地。
老父老母吃啥呢？
天啊天啊老天爷，
何时结束苦日子？

水中大雁扇翅膀，
成群结队桑树上。
徭役征伐太漫长，
没有时间种稻粱。
谁去赡养我爹娘？
天啊天啊老天爷，
何时能够归正常？

无衣

【原文】

岂曰无衣七兮？不如子之衣，安且吉兮！
岂曰无衣六兮？不如子之衣，安且燠兮！

【新译】

我的衣服多又多哪是无衣啊？
可都没有你送的衣服有意义，
你缝制的衣服合身又吉利啊！

我的衣服多又多哪是无衣啊？
但都没有你送的衣服可我心，
你缝制的衣服妥帖又温暖啊！

有杕之杜

【原文】

有杕之杜，生于道左。彼君子兮，噬肯适我？中心好
之，曷饮食之？
有杕之杜，生于道周。彼君子兮，噬肯来游？中心好
之，曷饮食之？

【新译】

高高的棠梨树啊，

在大路东边挺立。

我那个心上人啊，

可愿意与我相聚？

我满心喜欢他呀，

何不来享受甜蜜？

高高的棠梨树啊，

在大路西边招手。

我那个心上人啊，

可想到与我同游？

我多么爱恋他呀，

何不来将我拥有？

葛生

【原文】

葛生蒙楚，蔹蔓于野。予美亡此，谁与？独处？

葛生蒙棘，蔹蔓于域。予美亡此，谁与？独息？

角枕粲兮，锦衾烂兮。予美亡此，谁与？独旦？

夏之日，冬之夜。百岁之后，归于其居。

冬之夜，夏之日。百岁之后，归于其室。

【新译】

葛藤缠绕着灌木，

荒野蔓延着蔹草。
我的爱人葬于此。
这里谁陪伴他呀?
地下只有他独处?

葛藤缠绕着荆棘,
蔹草覆盖了墓地。
我的爱人葬于此。
这里谁陪伴他呀?
九泉下独自安息?

枕着光鲜的角枕,
盖着斑斓的锦被。
我的爱人葬于此。
这里谁陪伴他呀?
他在黑暗中独睡?

夏日冬夜我想你,
漫长日子多孤寂。
只待生命到尽头,
我来与君再相聚。

冬夜夏日苦相思,
时光难熬岁月迟。
我愿死后来陪你,
墓穴之中永不离。

采苓

【原文】

采苓采苓，首阳之巅。人之为言，苟亦无信。舍旃舍
旃，苟亦无然。人之为言，胡得焉？

采苦采苦，首阳之下。人之为言，苟亦无与。舍旃舍
旃，苟亦无然。人之为言，胡得焉？

采葑采葑，首阳之东。人之为言，苟亦无从。舍旃舍
旃，苟亦无然。人之为言，胡得焉？

【新译】

采呀采呀采药苓，
在那首阳山之顶。
有人背后传谣言，
听者不要随便信。
这种谣言要舍弃，
哪能够信以为真？
造谣生事的人啊，
最后可以得到啥？

采呀采呀采苦菜，
到那首阳山下来。
有人背后传谣言，
莫要再传瞎参与。
这种谣言要舍弃，
确实不可假乱真。

造谣生事的人啊，

最后得到什么呢？

采呀采呀采蔓菁，

在那首阳山之东。

有人背后传谣言，

不要听从乱起哄。

这种谣言要舍弃，

不要听风就是雨。

造谣生事的人啊，

能有何好结果吗？

秦风

车邻

【原文】

有车邻邻，有马白颠。未见君子，寺人之令。

阪有漆，隰有栗。既见君子，并坐鼓瑟。今者不乐，

逝者其耋。

阪有桑，隰有杨。既见君子，并坐鼓簧。今者不乐，

逝者其亡。

【新译】

驾车路上辚辚行，

白额宝马显至尊。

拜访君子待谋面，

且让小厮去通禀。

漆树生长在山坡，
栗树挺立在湿地。
登堂入室见君子，
弹琴鼓瑟并排坐。
当下不乐何时乐?
人生苦短老将至。

桑林种在山坡上，
杨柳依依洼地旁。
我与君子相见欢，
并坐吹笙真酣畅。
此时不乐何时乐?
不知哪天见阎王。

驷驖

【原文】

驷驖孔阜，六辔在手。公之媚子，从公于狩。
奉时辰牡，辰牡孔硕。公曰左之，舍拔则获。
游于北园，四马既闲。辖车鸾镳，载猃歇骄。

【新译】

四匹黑亮的骏马并驾齐驱，
总揽六根缰绳君王好威仪。

君王的亲信们跟随在左右，
前呼后拥伴君狩猎真神气。

应景的公鹿已经放入猎场，
苑官把猎物养得膘肥体壮。
君王对随从们大喊往左边，
刹那间发射利箭命中十环。

打猎收场后到北园再放松，
四匹马溜溜达达享受从容。
轻车缓缓行走，铃儿响叮当，
长短嘴儿的猎犬高坐车上。

小戎

【原文】

小戎俴收，五楘梁辀。游环胁驱，阴靷鋈续。文茵畅毂，驾我骐馵。言念君子，温其如玉。在其板屋，乱我心曲。

四牡孔阜，六辔在手。骐骝是中，騧骊是骖。龙盾之合，鋈以觼軜。言念君子，温其在邑。方何为期？胡然我念之？

俴驷孔群，厹矛鋈錞。蒙伐有苑，虎韔镂膺。交韔二弓，竹闭绲滕。言念君子，载寝载兴。厌厌良人，秩秩德音。

【新译】

兵车厢浅宜战斗，

皮带五根束辕头。
套环灵活任前驱，
闪亮铜环牵皮具。
虎皮坐垫车向前，
黑白骏马跑得疾。
思念远方的夫君，
他对我温润如玉。
遥想他住木板房，
我不禁心旌摇曳。

四马高大雄赳赳，
六根缰绳控在手。
青赤宝马跑中间，
黑黄二马配两边。
龙纹双盾同保驾，
铜环揽辔顶呱呱。
思念远方的夫君，
遥想他驻在营地。
啥时才能回家园？
为何让我空想念？

四马披甲齐进军，
锋利长矛镶铜柄。
盾牌纹饰真醒目，
虎皮弓囊好华丽。
两弓交叉放囊中，
战后弓架捆得紧。

思念远方的夫君，
辗转反侧总半醒。
我那和善的丈夫，
优秀人品传美名。

蒹葭

【原文】

蒹葭苍苍，白露为霜。所谓伊人，在水一方。溯洄从
之，道阻且长。溯游从之，宛在水中央。

蒹葭萋萋，白露未晞。所谓伊人，在水之湄。溯洄从
之，道阻且跻。溯游从之，宛在水中坻。

蒹葭采采，白露未已。所谓伊人，在水之涘。溯洄从
之，道阻且右。溯游从之，宛在水中沚。

【新译】

晨曦里，我踏着残梦，看那芦苇苍茫，
一夜的露水如我的心事凝结成秋霜。
啊，我亲爱的姑娘，
仿佛就在秋水盈盈的远方。
我朝着河流奔来的天际追寻，
一路坎坷，满怀惆怅。
我逐流而下，纵目遥望，
恍惚中看到仙女就在水中央。

眼前的芦苇在晨风中摇曳，

清露犹如我未干的泪滴。
啊，我那心上的人儿，
仿佛在彼岸静静地伫立。
我来来回回去找她，
道路艰险无踪迹。
我上上下下去求她，
她水中的倩影又遥不可及。

密密的芦苇丛婆娑起舞，
露水犹存，就像我心中的希望。
啊，我的梦中情人，
仿佛踏浪仙子在水上游荡。
我追随着她的影子东奔西跑，
阻碍重重，我迷失了方向。
蓦然回首凝眸处，
水中小岛又见她美丽的模样。

终南

【原文】

终南何有？有条有梅。君子至止，锦衣狐裘。颜如渥
丹，其君也哉！

终南何有？有纪有堂。君子至止，黻衣绣裳。佩玉将
将，寿考不忘！

【新译】

终南山上何所有？
山楸楠木郁葱葱。
君子登临众山小，
锦衣狐裘露尊容。
面如丹霞颜值高，
君王福相大不同！

终南山上何所有？
杞柳棠梨满山岗。
君子现身森林中，
华衣绣服不寻常。
佩玉声声响叮当，
祝愿君王寿无疆。

黄鸟

【原文】

交交黄鸟，止于棘。谁从穆公？子车奄息。维此奄息，百夫之特。临其穴，惴惴其栗。彼苍者天，歼我良人！如可赎兮，人百其身。

交交黄鸟，止于桑。谁从穆公？子车仲行。维此仲行，百夫之防。临其穴，惴惴其栗。彼苍者天，歼我良人！如可赎兮，人百其身。

交交黄鸟，止于楚。谁从穆公？子车针虎。维此针虎，百夫之御。临其穴，惴惴其栗。彼苍者天，歼我良人！如可赎兮，人百其身。

【新译】

黄雀声唧唧，
歇脚酸枣枝。
谁陪穆公去?
名子车奄息。
奄息啊奄息，
百人难匹敌。
走近活埋地，
人们心颤栗。
老天啊老天，
为啥杀好人?
如能替他死，
百人愿抵命。

黄雀声唧唧，
在那桑树上。
穆公谁陪葬?
名子车仲行。
仲行啊仲行，
他比百人强。
走近活埋地，
人们心惶惶。
老天啊老天，
逼我好人亡!
如能替他死，

百人把命偿！

黄雀声唧唧，
群集在荆树。
谁伴穆公墓？
名子车针虎。
针虎啊针虎，
百人也不如。
走近活埋地，
人们心发怵。
老天啊老天，
好人何被诛？
如能替他死，
百人献头颅！

晨风

【原文】

　　𩾃彼晨风，郁彼北林。未见君子，忧心钦钦。如何如何，忘我实多！

　　山有苞栎，隰有六驳。未见君子，忧心靡乐。如何如何，忘我实多！

　　山有苞棣，隰有树檖。未见君子，忧心如醉。如何如何，忘我实多！

【新译】

鹰击长空，

飞向茂密的北林。

见不到爱人，

我忧心如焚。

咋办咋办？

你已很久没与我亲近！

山上栎树一丛丛，

洼地榆树一棵棵。

见不到爱人，

我愁绪满腹难快乐。

奈何奈何？

难道你真的忘记我？

山坡生棣树，

洼地长山梨。

见不到爱人，

忧心如醉意。

这是为什么啊为什么？

你莫非将我抛弃？

无衣

【原文】

岂曰无衣？与子同袍。王于兴师，修我戈矛。与子同仇。

岂曰无衣？与子同泽。王于兴师，修我矛戟。与子偕作。
岂曰无衣？与子同裳。王于兴师，修我甲兵。与子偕行。

【新译】
难道我们没有军装？
兄弟们一同披战袍。
君王发兵攻打强敌，
让我们修理戈与矛。
团结一致同仇敌忾。

难道我们没有军装？
贴身的内衣都穿上。
君王发兵攻打强敌，
让我们修理矛与戟。
兄弟我与你都奋起。

难道我们没有军装？
下半身也同样遮挡。
君王发兵攻打强敌，
我们修理盔甲兵器。
兄弟一起奔向战场。

渭阳

【原文】
我送舅氏，曰至渭阳。何以赠之？路车乘黄。

我送舅氏，悠悠我思。何以赠之？琼瑰玉佩。

【新译】
我送别舅舅，
渭北告别吧。
赠送啥礼物？
送轻车黄马。

我送别舅舅，
亲情如水流。
赠送啥礼物？
送宝石佩玉。

权舆

【原文】
於我乎，夏屋渠渠，今也每食无余。于嗟乎！不承权舆！
於我乎，每食四簋，今也每食不饱。于嗟乎！不承权舆！

【新译】
哎呀呀，我啊，
曾身居豪宅，
如今吃得没剩菜。
嗨嗨！
已无当初的厚待！

哎呀呀，我啊，
每顿饭曾摆满桌，
如今餐餐都挨饿。
唉唉！
真是今不如昔啊！

陈风

宛丘

【原文】

子之汤兮，宛丘之上兮。洵有情兮，而无望兮。
坎其击鼓，宛丘之下。无冬无夏，值其鹭羽。
坎其击缶，宛丘之道。无冬无夏，值其鹭翿。

【新译】

你热烈地舞蹈啊，
在那宛丘之上啊。
我真的爱慕你啊，
可是这不可能啊。

鼓声响咚咚，
宛丘山下在舞动。
不管春夏秋冬，
白鹭羽毛不离身。

瓦缶声声响，
舞在宛丘大道。
不管寒来暑往，
头上总戴羽毛。

东门之枌

【原文】

东门之枌，宛丘之栩。子仲之子，婆娑其下。

穀旦于差，南方之原。不绩其麻，市也婆娑。

穀旦于逝，越以鬷迈。视尔如荍，贻我握椒。

【新译】

东门外宛丘上，
白榆柞树一行行。
子仲家的姑娘啊，
林间起舞真漂亮。

吉日良辰已选定，
南边广场去相亲。
放下绩麻的手工活，
集市上跳舞人看人。

好日子趁早去聚会，
川流不息挤满道。
我把你当作锦葵花，

你偷偷送我一把花椒。

衡门

【原文】

衡门之下，可以栖迟。泌之洋洋，可以乐饥。
岂其食鱼，必河之鲂？岂其取妻，必齐之姜？
岂其食鱼，必河之鲤？岂其取妻，必宋之子？

【新译】

寒门陋室且为家，
栖身度日无牵挂。
门前泌水流不尽，
饮水充饥能保命。

吃鱼难道要挑剔，
黄河鳊鱼非要吃？
娶妻难道要高攀，
非要齐国姜姓女？

吃鱼难道要讲究，
黄河鲤鱼必须吃？
娶妻难道要豪门，
非要宋国大公主？

东门之池

东门之池，可以沤麻。彼美淑姬，可与晤歌。
东门之池，可以沤纻。彼美淑姬，可与晤语。
东门之池，可以沤菅。彼美淑姬，可与晤言。

【新译】
东门之水，
可以泡麻秆。
那位美女，
可与对歌玩。

东门之水，
可以泡苎麻。
那位美女，
可与说情话。

东门之水，
可以泡芦荻。
那位美女，
可与她谈心。

329

东门之杨

【原文】

东门之杨，其叶牂牂。昏以为期，明星煌煌。

东门之杨，其叶肺肺。昏以为期，明星晢晢。

【新译】

东门杨树林，

风吹叶儿沙沙响。

人约黄昏后，

却见启明星闪烁在天上。

东门杨树林，

叶儿风中低吟。

人约黄昏后，

抬头却见闪烁的启明星。

墓门

【原文】

墓门有棘，斧以斯之。夫也不良，国人知之。知而不已，谁昔然矣。

墓门有梅，有鸮萃止。夫也不良，歌以讯之。讯予不顾，颠倒思予。

【新译】

酸枣乱枝挡墓门，
利斧劈下清理净。
某人不是好东西，
国民心知又肚明。
知道他坏能怎样？
早就如此难改正。

坟前长棵酸枣树，
上面栖息猫头鹰。
某人不是啥好人，
唱支歌儿给他听。
你唱他照样不听，
是非不分胡乱行。

防有鹊巢

【原文】

防有鹊巢，邛有旨苕。谁侜予美？心焉忉忉。
中唐有甓，邛有旨鹝。谁侜予美？心焉惕惕。

【新译】

枋树有个喜鹊窝，
苕草生长在山坡。
谁对我爱瞎捉摸？
害我心情太难过。

庭院砖道任徘徊，
山坡绥草花正开。
谁对我爱搞破坏？
害我心乱愁满怀。

月出

【原文】

月出皎兮，佼人僚兮，舒窈纠兮，劳心悄兮！

月出皓兮，佼人懰兮，舒忧受兮，劳心慅兮！

月出照兮，佼人燎兮，舒夭绍兮，劳心惨兮！

【新译】

月出东方多么皎洁啊，
月下的佳人多娇美啊，
款步徐行婀娜多姿啊，
让我魂不守舍陶醉啊。

皓月当空多么明亮啊，
我爱的玉女多妩媚啊，
步态优雅身材柔美啊，
让我暗自倾慕心碎啊。

月儿清辉照耀大地啊，
我的女神多么漂亮啊，
轻盈窈窕真是绝色啊，

我心烦意乱翻波浪啊。

株林

【原文】

胡为乎株林？从夏南。匪适株林，从夏南。

驾我乘马，说于株野。乘我乘驹，朝食于株。

【新译】

为啥要去株林呀？

找夏姬的儿子夏南。

不是为了去株林，

是为了找夏南去玩。

驾着我的宝马疾驰，

在株林的郊野到站。

乘着我的快车狂奔，

赶到株林去吃早餐。

泽陂

【原文】

彼泽之陂，有蒲与荷。有美一人，伤如之何！寤寐无

为，涕泗滂沱。

彼泽之陂，有蒲与蕑。有美一人，硕大且卷。寤寐无

为，中心悁悁。

彼泽之陂，有蒲菡萏。有美一人，硕大且俨。寤寐无为，辗转伏枕。

【新译】

看水泽岸边好风景，
菖蒲青青荷叶亭亭。
比风景更美的美女，
让我无可奈何伤心！
日日夜夜难以入眠，
涕泪滂沱谁知此情。

在那片水泽与岸边，
菖蒲摇曳伴着青莲。
附近有个绝色美人，
身材高挑秀发微卷。
害我昼夜自我摧残，
忧愁在心无法排遣。

波心水边风光如画，
蒲草依依恋着荷花。
那儿住着如花美女，
亭亭玉立端庄娴雅。
让我彻夜不能入睡，
翻来覆去满眼是她。

桧风

羔裘

【原文】

羔裘逍遥，狐裘以朝。岂不尔思？劳心忉忉。
羔裘翱翔，狐裘在堂。岂不尔思？我心忧伤。
羔裘如膏，日出有曜。岂不尔思？中心是悼。

【新译】

你身穿羔羊皮袄乐逍遥，
你裹着狐皮裘服去听朝。
岂能不为你的做派深思？
我为国家前途担忧烦恼。

你身穿羔羊皮袄四处逛，
你裹着狐皮裘服坐朝堂。
岂能不为你的做派深思？
我为社稷江山暗自忧伤。

羔羊皮袄洁白如同脂膏，
阳光下闪耀夺目的光芒。
岂能不为你的做派深思？
我心中充满忧患与哀悼。

素冠

【原文】

庶见素冠兮，棘人栾栾兮，劳心慱慱兮。
庶见素衣兮，我心伤悲兮，聊与子同归兮。
庶见素韠兮，我心蕴结兮，聊与子如一兮。

【新译】

幸好看见了戴素色帽子的你，
你瘦骨嶙峋人憔悴，
脸上写满心中的忧郁。

幸好看见了身穿素衣的你，
我的心里涌出无限的伤悲，
但愿能与你一路同去。

幸好看见了围着素色护膝的你，
我愁绪满怀心有千千结，
宁愿与你有一样的结局。

隰有苌楚

【原文】

隰有苌楚，猗傩其枝。夭之沃沃，乐子之无知。

隰有苌楚，猗傩其华。夭之沃沃，乐子之无家。
隰有苌楚，猗傩其实。夭之沃沃，乐子之无室。

【新译】
洼地生长猕猴桃，
枝叶繁茂多自在。
生机勃勃真光鲜，
羡慕你无知状态。

洼地生长猕猴桃，
花瓣秀姿展芳华。
生机勃勃真光鲜，
羡慕你无家牵挂。

洼地生长猕猴桃，
硕果累累惹人爱。
生机勃勃真光鲜，
羡慕你露在野外。

匪风

【原文】

匪风发兮，匪车偈兮。顾瞻周道，中心怛兮。
匪风飘兮，匪车嘌兮。顾瞻周道，中心吊兮。
谁能亨鱼？溉之釜鬵。谁将西归？怀之好音。

【新译】

耳边大风呼呼吹，
眼前车马往来飞。
回望来时的大路，
我心如何不伤悲？

听那旋风声声响，
看那车马奔驰忙。
回首来时故乡路，
心中充满了悲伤。

谁能烹调美味鱼？
我当帮手备炊具。
有谁回到西边去？
为我捎上好消息。

曹风

蜉蝣

【原文】

蜉蝣之羽，衣裳楚楚。心之忧矣，於我归处。
蜉蝣之翼，采采衣服。心之忧矣，於我归息。
蜉蝣掘阅，麻衣如雪。心之忧矣，於我归说。

【新译】

蜉蝣透明的双羽，
犹如光鲜的衣服。
我不禁忧心忡忡，
何处是我的归宿？

蜉蝣轻薄的双翼，
仿佛服装的美丽。
我不禁忧心忡忡，
我的归宿在哪里？

蜉蝣从土中起飞，
身披雪白的麻衣。
我不禁忧心忡忡，
我将向哪里回归？

候人

【原文】

彼候人兮，何戈与祋。彼其之子，三百赤芾。
维鹈在梁，不濡其翼。彼其之子，不称其服。
维鹈在梁，不濡其咮。彼其之子，不遂其媾。
荟兮蔚兮，南山朝隮。婉兮娈兮，季女斯饥。

【新译】

小喽啰啊小喽啰，

肩扛长戈与竹棍。
再瞧那些上等人，
三百之众不干活。

鹈鹕休闲在堤梁，
吃鱼无须湿翅膀。
看看那些贵族们，
德不配位还装相。

鹈鹕安居在堤岸，
鸟嘴不湿有鱼餐。
那些达官贵人们，
得宠还能有几天。

云蒸霞蔚又一天，
南山朝云起山峦。
想念家中娇娇女，
忍饥挨饿真可怜。

鸤鸠

【原文】

鸤鸠在桑，其子七兮。淑人君子，其仪一兮。其仪一兮，心如结兮。

鸤鸠在桑，其子在梅。淑人君子，其带伊丝。其带伊丝，其弁伊骐。

鸤鸠在桑，其子在棘。淑人君子，其仪不忒。其仪不忒，正是四国。

　　鸤鸠在桑，其子在榛。淑人君子，正是国人。正是国人，胡不万年?

【新译】

布谷栖息桑树上，
护佑七子在身旁。
道德君子人中王，
始终如一好形象。
始终如一好形象，
意志坚定信念强。

布谷栖息桑树上，
幼鸟撒欢梅花桩。
道德君子人中王，
丝带束腰好模样。
丝带束腰好模样，
皮帽玉佩响叮当。

布谷栖息桑树上，
酸枣丛里幼鸟藏。
道德君子人中王，
仪表堂堂不变样。
仪表堂堂不变样，
领衔列国受敬仰。

布谷栖息桑树上，
幼鸟游戏榛树旁。
道德君子人中王，
国民领袖真高尚。
国民领袖真高尚，
怎不祝他万年长？

下泉

【原文】

冽彼下泉，浸彼苞稂。忾我寤叹，念彼周京。
冽彼下泉，浸彼苞萧。忾我寤叹，念彼京周。
冽彼下泉，浸彼苞蓍。忾我寤叹，念彼京师。
芃芃黍苗，阴雨膏之。四国有王，郇伯劳之。

【新译】

泉水凛冽彻骨寒，
丛丛野草生荒滩。
夜不成寐徒哀叹，
思念周室心难安。

地下泉水凉冰冰，
蓬蓬蒿草水中浸。
夜不成寐长叹息，
怀念周朝好光景。

冷泉地下涌暗流，
处处菁草占田亩。
夜不成寐心忧愁，
长吁短叹思圣周。

茂盛黍苗长势好，
时雨滋润助王道。
诸侯共有周天子，
郇伯施政有功劳。

豳风

七月

【原文】

七月流火，九月授衣。一之日觱发，二之日栗烈。无衣无褐，何以卒岁！三之日于耜，四之日举趾。同我妇子，馌彼南亩。田畯至喜。

七月流火，九月授衣。春日载阳，有鸣仓庚。女执懿筐，遵彼微行，爰求柔桑。春日迟迟，采蘩祁祁。女心伤悲，殆及公子同归。

七月流火，八月萑苇。蚕月条桑，取彼斧斨。以伐远扬，猗彼女桑。七月鸣鵙，八月载绩。载玄载黄，我朱孔阳，为公子裳。

四月秀葽，五月鸣蜩。八月其获，十月陨萚。一之日于貉，取彼狐狸，为公子裘。二之日其同，载缵武功。言私其豵，献豣于公。

五月斯螽动股，六月莎鸡振羽。七月在野，八月在宇，九月在户，十月蟋蟀入我床下。穹窒熏鼠，塞向墐户。嗟我妇子，曰为改岁，入此室处。

六月食郁及薁，七月亨葵及菽。八月剥枣，十月获稻。为此春酒，以介眉寿。七月食瓜，八月断壶，九月叔苴，采荼薪樗，食我农夫。

九月筑场圃，十月纳禾稼。黍稷重穋，禾麻菽麦。嗟我农夫！我稼既同，上入执宫功。昼尔于茅，宵尔索绹，亟其乘屋，其始播百谷。

二之日凿冰冲冲，三之日纳于凌阴。四之日其蚤，献羔祭韭。九月肃霜，十月涤场。朋酒斯飨，曰杀羔羊。跻彼公堂，称彼兕觥，万寿无疆！

【新译】

大火星七月偏西，
九月为公缝冬衣。
冬月朔风在呼啸，
腊月严寒将人逼。
穷人却衣不蔽体，
如何才能过冬季？
正月里头修农具，
二月举步去耕地。
妻子儿女同上阵，
饭菜送到田垄去。
农官见状心欢喜。

大火星七月偏西，
九月为公缝冬衣。
二月春光大地暖，
黄莺声声田野欢。
女子背着深竹筐，
款款走在小路上，
伸手采摘头道桑。
春日迟迟暖洋洋，
众人采蒿忙又忙。
少女之心多伤悲，
担心公子强带回。

大火星七月偏西，
芦苇收割八月里。
三月修剪陌上桑，
取来斧头手中扬。
砍伐斜枝促生长，
牵引枝条采嫩桑。
七月伯劳鸟儿喧，
八月开始纺麻线。
丝线染色黑又黄，
朱色鲜亮最闪光，
要为公子做衣裳。

草药远志四月熟，
五月蝉鸣在枝头。
八月庄稼获丰收，

345

中卷 《诗经》国风新译

十月落叶随风走。
冬月狩猎抓丘貉，
连带狐狸一起捉，
裘皮献给公子哥。
腊月聚众摆阵势，
继续围猎野猪群。
小猪留给自家吃，
大猪进贡上面人。

五月蚂蚱腿生响，
六月振翅纺织娘。
七月蟋蟀在野外，
八月迁移屋檐下，
九月转到家门口，
十月潜入床下来。
打扫房屋熏老鼠，
塞窗糊门防寒风。
可叹妻子与儿女，
年关来了且过年，
栖身寒舍当新屋。

六月吃李子葡萄，
七月葵与豆来嚼。
八月树上打红枣，
十月收割黄金稻。
红枣稻米酿春酒，
来年祝福求寿高。

七月瓜类任你吃，
八月葫芦也摘了，
九月采来秋麻籽，
还挖野菜与打柴，
农家日子真无奈。

九月平整打谷场，
十月庄稼要归仓。
黍谷高粱早晚稻，
小米芝麻与豆麦。
可怜农民真是忙！
地里活儿刚干完，
又被摊派筑宫墙。
白天要去割茅草，
连夜搓绳长又长，
赶快修盖自家屋，
百谷春播不能忘。

腊月凿冰阵阵响，
正月冰窖已入藏。
二月取冰来祭祀，
摆上韭菜与羔羊。
九月秋高又气爽，
十月净场备庆祝。
两樽美酒敬天地，
宰杀羔羊来共享。
众人登堂又入室，

高举酒杯齐祝福，
口称美言寿无疆！

鸱鸮

【原文】

鸱鸮鸱鸮，既取我子，无毁我室。恩斯勤斯，鬻子之闵斯。

迨天之未阴雨，彻彼桑土，绸缪牖户。今女下民，或敢侮予。

予手拮据，予所捋荼。予所蓄租，予口卒瘏，曰予未有室家。

予羽谯谯，予尾翛翛，予室翘翘。风雨所漂摇，予维音哓哓。

【新译】

猫头鹰呀猫头鹰，
你已害死我宝贝，
不能再把我家毁。
我呕心沥血育儿，
如今落得心破碎。

趁着老天未下雨，
在桑树根剥点皮，
把家的门窗修理。
如今那些人们啊，

也许会将我袭击。

伤痕累累两爪疼，
还得弄些茅草絮。
衔来杂草垫窝底，
累得嘴巴难继续，
鸟窝仍然不满意。

我的羽毛稀疏疏，
我的尾巴干枯枯，
我的鸟窝悬乎乎。
雨打风吹摇晃晃，
我的惊叫传远方。

东山

【原文】

我徂东山，慆慆不归。我来自东，零雨其濛。我东曰
归，我心西悲。制彼裳衣，勿士行枚。蜎蜎者蠋，烝在桑
野。敦彼独宿，亦在车下。

我徂东山，慆慆不归。我来自东，零雨其濛。果裸之
实，亦施于宇。伊威在室，蟏蛸在户。町畽鹿场，熠耀宵
行。不可畏也，伊可怀也。

我徂东山，慆慆不归。我来自东，零雨其濛。鹳鸣于
垤，妇叹于室。洒扫穹窒，我征聿至。有敦瓜苦，烝在栗
薪。自我不见，于今三年。

我徂东山，慆慆不归。我来自东，零雨其濛。仓庚于飞，熠耀其羽。之子于归，皇驳其马。亲结其缡，九十其仪。其新孔嘉，其旧如之何？

【新译】
自我行军到东山，
长年累月不回还。
而今终于自东归，
蒙蒙细雨天阴晦。
东边踏上回家路，
心儿已经向西飞。
我要换上百姓装，
不再衔枚去打仗。
野蚕屈伸向前爬，
总有桑林成它家。
而我缩身野外宿，
只能倚靠车轮下。

自我行军到东山，
长年累月不回还。
而今终于自东归，
蒙蒙细雨天阴晦。
或许瓜蒌自生长，
藤蔓延伸到屋檐。
或许土鳖满屋窜，
或许门户蛛网缠。
或许鹿蹄印场地，

或许磷火夜空闪。
此情此景不怕吗？
纵然如此也牵挂。

自我行军到东山，
长年累月不回还。
而今终于自东归，
蒙蒙细雨天阴晦。
鹳雀声声鸣土堆，
怨妇叹息在空房。
洒扫庭除堵鼠洞，
远行的人将重逢。
圆圆瓠子无人理，
搁在柴堆长寂寂。
离家不见旧时物，
至今已经满三年。

自我行军到东山，
长年累月不回还。
而今终于自东归，
蒙蒙细雨天阴晦。
遥想当年黄莺飞，
鲜亮翅膀多么美。
我娶新娘到我家，
黄红毛色驾骏马。
娘亲为女结佩巾，
结婚仪式多用心。

那时新婚很美好，
如今旧人当如何？

破斧

【原文】

既破我斧，又缺我斨。周公东征，四国是皇。哀我人
斯，亦孔之将！

既破我斧，又缺我锜。周公东征，四国是吪。哀我人
斯，亦孔之嘉！

既破我斧，又缺我銶。周公东征，四国是遒。哀我人
斯，亦孔之休！

【新译】

斧口已破损，
斨刃亦残缺。
周公去东征，
四国肝胆裂。
叹我这些人，
幸亏命未绝。

斧口已破损，
凿锋也变钝。
周公去东征，
四国又称臣。
叹我这些人，

结局好得很。

斧口已破损，
锹又毁坏了。
周公去东征，
四国已安定。
叹我这些人，
总算没牺牲。

伐柯

【原文】

伐柯如何？匪斧不克。取妻如何？匪媒不得。
伐柯伐柯，其则不远。我觏之子，笾豆有践。

【新译】

如何砍削斧头柄？
没有斧头就不行。
怎样才能娶新娘？
没有媒人就不成。

修斧柄啊修斧柄，
这个道理很明显。
我与新娘成婚配，
杯盘碗盏办喜宴。

九罭

【原文】

九罭之鱼，鳟鲂。我觏之子，衮衣绣裳。

鸿飞遵渚，公归无所，於女信处。

鸿飞遵陆，公归不复，於女信宿。

是以有衮衣兮，无以我公归兮，无使我心悲兮！

【新译】

我待贵客去撒网，

细密网眼捕鳟鲂。

眼前贵人不寻常，

一身官服真鲜亮。

鸿雁顺着沙洲飞，

大人要往哪里归？

多住两夜也很美。

鸿雁顺着河岸飞，

大人一去不再回，

再住一晚也无悔。

因此把官服藏起，

不让贵人回家去，

不让我心怀悲戚！

狼跋

【原文】
狼跋其胡，载疐其尾。公孙硕肤，赤舄几几。
狼疐其尾，载跋其胡。公孙硕肤，德音不瑕。

【新译】
衰狼前足踩上自己的双下巴，
后退又绊着自己拖地的尾巴。
那个公孙大腹便便装模作样，
脚穿红鞋走来走去显摆奢华。

衰狼后退时绊着拖地的尾巴，
往前走又踩上自己的双下巴。
那个公孙大腹便便装模作样，
可是人们口碑评价实在很差。

散文

乡情与亲情

故乡的风

风过无痕。然而，风却可以搭配为诸多风景，比如"风雨""风雪"；也能够显示它的强度，比如"微风""疾风"；更能显示其温度，比如"春风""寒风"。但只有一种风是不可替代的，那就是"故乡的风"。

故乡给我印象最深、最美的"风景"，是风吹过田野金黄的油菜花、金黄的麦浪与稻浪。乡村的农作物，在风的抚摸下，风情万种，带给人由衷的喜悦。庄稼与风的缠绵，诞生真正的"农家乐"。

夏夜的风，是最善解人意的风。如果微风徐来，那就是解除酷暑的天然空调。睡在屋前的竹床上，一面仰望天上的星星，一面与家人闲聊，不觉夜半。屋旁的竹林，传来风的婆娑，似乎那就是夏夜安宁的催眠曲。

然而，严冬的寒风，曾经让我的手裂开了口子，让我的脚生出冻疮。即便如此，我也要忍住疼痛上山去打柴，不然家里生火做饭就成问题。有一年的除夕上午，我哥哥为了激发我奋发有为的意志，居然命令我必须上山打柴才能回家吃团年饭！我在凛冽的寒风中，用伤口累累的双手挥刀砍柴，对命运进行反思。为什么富人之子可以享受温暖，而穷人的后代就必须受苦？必须被寒风肆虐？这种人生课程，直达心灵，可谓刻骨铭心。我明白，我不是天之骄子，是必须自食其力的农民的儿子，寒风就是我的教科书，激励我去追求人生的春天。

在一年四季中，不管东南西北风，也无论春风与秋风，故乡的风都不仅是自然的风，更是陪伴我成长的无形的朋友。我不是温室里的花朵，而是荒野的草木，自生却没有自灭，既没有随风倒，也没有期盼"好风凭借力，送我上青云"。因为我扎根大地，所以我也不当"风派人物"。感谢故乡的风，尤其感谢故乡的寒风，锻造了我的风骨。

且听风吟，我自风中漫步！

故乡的花

没有玫瑰，没有牡丹，也没有月季，记忆中故乡的花除了桃花、油菜花，就是木槿花与紫云英了。

油菜花由于是油料作物的花，在农民眼中，那不是花，是必须呵护而不可损害的宝。儿童如果掐了油菜的嫩茎放在嘴里吃，那是破坏行为，会受到呵斥与阻止。在极左时期，这类小事可能被当作破坏集体财产的大事来对待，甚至"六亲不认"。我哥哥小时候掐了一根油菜嫩茎吃了，被人告发，当时的生产队队长是我们的亲叔叔，据说，他在社员大会上予以严厉批判，并扣了我家的工分。公私分明，是时代精神。维护集体的一草一木，是当然要求。因此，不要仅仅用今天浪漫的眼光去欣赏那金灿灿的油菜花！

木槿花主要生长在菜园的篱笆附近，那艳丽的颜色，虽然很俗气，但也惹人爱。多年后，我在城市的园林再看见此花，居然有老友重逢之感。不过，与玫瑰、牡丹、月季相比，我就明白其层次之低了。然而，这普通的花，毕竟也是我记忆中的花。

要说最壮观的花海，当属紫云英（俗名"红花苕子"），它是专门用于水稻的植物肥料。这种植物可以喂猪，但是猪不能多吃，因为它容易影响猪的肠胃健康。在人民公社时期，社员也不能割集体地里的这种花草去喂自家的猪。紫云英很低贱，可是大片大片的确实好看。我小时候没有摄影的条件，也不懂欣赏农田的美，肚子都经常挨饿呢，哪顾得上欣赏田园风光啊？近些年清明节回乡扫墓，才有眼光审视这些平凡的美。习以为常的事物，蕴含着不可磨灭的乡愁。

夜里，我居然毫无征兆地梦见了故乡的桃花与桃子。真美呀！看来，我又回到童年了！

故乡的雪

江南，松滋。下雪的时候是什么景象呢？

我的童年与青少年记忆，直接与乡村关联。因此，故乡的雪，就是那名字叫"栗林子"的雪。与人民公社时期的"锦明大队"这一称呼相比，我更愿意记住"栗林子"这个老地名。至于后来村村合并后的"新生村"，我也只是当作一个基层行政建制。我降生与成长在栗林子这个弹丸之地，但那曾经是我的全部。

要描写故乡的雪，先要说一说栗林子的地理特征。其背后是一座只能算是丘陵的山，山上有松树，一条弯弯曲曲的山路通向远方。山腰有水渠环绕，那是人工形成的灌溉渠，夏天有清流通过。水渠的下方有一个水库。堤坝下面是农田，农田围绕的就是我家所在的栗林子。传说，这里曾经有很多栗树，我家的竹林里就有一些这样的树。可惜在大炼钢铁时，栗树林被砍伐。村头曾经还有一棵要四到五人合抱的巨大枫树，由于修建小学需要木材，也被砍掉了。我的家，曾经是茅草屋，后来成为土砖瓦屋。屋前是稻场，不远处是一方池塘。这就是我故乡的地形。

在不知道责任为何物的童年，我单纯地体验过下雪的快乐。我吃雪，也吃冰凌，喜欢那凉凉的刺激。在冰雪融化的时刻，我爱听屋檐下的滴答声。说不出的慵懒，仿佛世界此刻最美。

在下雪多日的时期，农家最担忧的是猪吃什么。这时候，我也要出去在雪地里寻猪草，实际就是白雪覆盖的草皮。可怜猪吃了如此粗劣的草皮，竟然会脱肛！养猪是农民除了养鸡以外的主要财产所在，没有猪就意味着一无所有。而雪天，就是猪缺少饲料的日子，人都还挨饿呢，哪还有谷糠之类的喂猪啊？

面对实际的生活，雪的美丽有时候就变成了"雪灾"。唯一能够安慰人心的，就是"瑞雪兆丰年"这句俗语。我没有资格体会"踏雪寻梅"的境界，更不可能产生"千里冰封，万里雪飘"的豪情。

记得我有一年在大学寒假时正好遇到大雪。我独自在屋后的田野伫立，望着白茫茫的一片，发呆了很久。不知道为什么，我很忧郁。在城乡的思维切换中，我的内心沉重，因为我的家与家人的生活很艰难，父母、兄弟姐妹期待着我改变家族的命运。然而，这个过程很漫长。雪，让我沉思自我存在的意义，也思索农民的苦难。在那寂静的白雪世界，我没有堆雪人、打雪仗的心情，我用心感受着土地的厚重。乡村的雪一点也不浪漫。

雪，如何才能成为审美对象呢？今天的我已然超脱当年的情境，不再局限于"生存"这样的低层次，在时空的距离中遥望岁月的雪景，于是我能够陶醉于如诗如画的雪野之美。我已经从"小我"中走出，故乡的雪不是仅仅属于房前屋后那片天地，而是属于"千里冰封，万里雪飘"的一角，属于天地之大美。

雪本无情物，飘落有情心。不管北国江南，洁白的天地间都有一个大写的"不以物喜，不以己悲"的"人"。

这个人，难道不是我吗？

故乡的月光

不知道为什么，一想到故乡的月光，我的心就温柔起来了，甚至美好起来了。

那是江南的月光，乡村的月光。我的童年，我的少年，我的青春岁月，都曾经在月光下沐浴，是那样的纯洁无瑕，那样的质朴无华，那样的古色古香。

我与小伙伴们在月光下玩扑克，在月光下看书，在月色里行走在田埂上，也在月下成长。

记得某年的正月十五之夜，月光特别透明，伴有几分清寒。少女时代的姐姐与她的女伴们神秘地玩一种叫作"请七姑"的巫术，她们鬼鬼祟祟地用筷子请"七姑"，还不让男孩子看。我当时感到了一种难以言述的恐怖，似乎某种神灵让我害怕。后来我才知道，"七姑"是汉族地区普遍信仰的神明，是旧时泉州刺绣业所崇拜的行业神祇之一。汉族民间认为其主厕事，兼司问祸福，占妇女之事。湖北民间也信奉"七姑"。在"文化大革命"期间，这种迷信活动被禁止，所以我姐姐她们只能偷偷摸摸敬奉神祇。这一幕让我终生难忘。

夏季的乡村月夜，最惬意的是躺在户外的竹床（也称作凉床）上聊天。父亲用艾草的烟熏走了蚊子，于是我们可以一直闲聊到半夜。在没有电灯的年月，月亮就是我们的灯。我的母亲讲述洪荒时代仅剩的兄妹如何繁衍了人类，以及梁山伯与祝英台的爱情传说，也讲她自己的苦难童年。一家人暂时忘记了白天的辛劳和贫穷、饥饿，在月光下享受最简单的家人团聚。

中秋之夜，圆月下，一家人分享最劣质的小小月饼，那一点点的甜味，也让我觉得奢侈。喝粗茶，品月饼，其乐融融。

冬天雪霁后的月光，照着山峦与田野的白雪，是那样的凄美。我的青春，有了淡淡的忧伤。

也许，在离家八里路的中学校园的月下徘徊，是我青春萌动的开始。那些日子，我紧张地准备着高考，又要安抚自己的心灵。月色朦胧，我的心情很惆怅。

故乡的月光啊，把我这个阳光儿童、阳光少年、阳光青年浸染得多愁善感，直到我成为一个偶尔有几分忧郁的中年，都是因为月光的柔情与朦胧，洒满了我的心空！

月是故乡明……

363

故乡的云

费翔演唱的歌曲《故乡的云》一直打动我的心，让我不能不产生共鸣。云，只是一种象征，一种人生的意象。

故乡的云难道不也只是天象而已吗？为什么偏偏比其他地方、其他天空的云要牵动人的情感？

伤感，是故乡的云蕴含的基调。在我未曾离开故乡的那些日子里，我最郁闷的是"何日云开见日头"。阴沉的乌云，遮住了我希望的太阳。处于社会最底层的少年，不知道未来的前景是什么，望云兴叹。我已经跟随篾匠哥哥走村串户学手艺了，为谋生而"备份"。当一辈子修补地球的农民，我体力不行。有一回出早工为生产队挑土砖，我突然受不了，就将砖扔到沟里，引发小队长严厉批评。工分自然是没有了，我母亲也为我如此表现很生气。我才十几岁，不仅肩膀嫩，腰部力量也还很弱，干重活很勉强。这次挑砖导致我的一根胸椎受伤，成年后体检发现有弯曲。我完全就不是一个天生的干粗活儿的人，因此在农村必定走投无路。然而，在城乡差别巨大、户口难以迁移的情况下，我不知道哪一片云会为我下雨。

我在山上眺望远方，看云影飘移，彷徨、茫然。

时代风云终于吹散了我心头的乌云。这就是恢复高考！1979年，我成为新中国成立后当地第一个正规大学生，而且上的是名牌大学武汉大学。李白的诗句"天生我材必有用"似乎就是对我命运的注解。

坐上火车离开故乡的那一天，我感到自己虽然已经"腾云驾雾"飞向远方，但我的亲人们依然还在地上苦苦挣扎。我的责任重大，不能只顾自己获得"自由与解放"。这就是沉重的翅膀，想飞也飞不高。我的心依然在故乡的云层徘徊。

多年以后，我生活在省城、京城，不知道为什么对"暮霭沉沉楚天阔"

这一词句感慨良多。这里面含义太深，难以言传。

出生地会影响人一辈子。天注定的生命原色，无可改变。因此，我尽管定居外地，却心怀故乡。曾经的乌云，也变成了我的背景。忧郁与感伤过后是欢笑，破云的日出最辉煌、最美丽。

故乡的云，伴我走天涯，也时时呼唤我回归！

故乡的"年"

湖北松滋属于荆楚大地，那是祭祀风俗浓厚的一方土地。在年味儿越来越淡的今天，我不禁回忆起童年和少年时期在故乡经历的"年"。

在老家，过年是非常隆重的仪式。腊月的准备期就很有气氛了。

第一个大项目和大动作是"杀年猪"。家家户户将喂养了一年的猪宰杀，以便获得各类猪肉食品，比如香肠、猪下水、猪头肉等。我儿时看杀猪就像看大戏。专门的屠夫有一个椭圆形的木盆，是用来将杀死的猪以开水浇遍以后刮猪毛的。最惊心动魄的时刻是把猪捆绑住后放在长条木凳上开始动尖刀捅它的咽喉。猪凄厉的惨叫，响彻云天。屠夫捂住猪嘴，防止动刀时猪血从它嘴里涌出来。一刀进去，血流如注。

老家在腊月关于过年的准备还有四个重要项目，一是用荞麦面制作豆皮，一是把糯米蒸熟以后晒干，再用热沙子炒米花，一是做鱼糕，一是做豆腐。做豆皮，必须把大铁锅反扣过来，以旺火烧得锅里发烫，再设法翻过来摊豆皮。米花的主要用途是做米花糖。红薯熬出的稀糖浆与米花调和，用锅盖压平，冷却后切成小块。

此外，请裁缝到家里缝制过年新衣，曾是荆楚地区的大事。在计划经济年代，买布凭布票。腊月里，乡民买布回家，就请裁缝给全家人缝制过年的棉衣。小孩子最盼望新衣服。裁缝是大爷，家家预约，缝纫机的响声就是年的声音。

腊月三十的那顿饭具有祭祀的宗教仪式感。先用猪头祭天，再祭地、祭祖宗，磕头，敬酒，然后才能入席。太神圣了！

还有句话是"三十的火，十五的灯"。除夕之夜，堂屋的火坑（用土砖围成一个四方形）燃烧木柴，火上面挂一个水壶烧水，用来沏茶。沙罐先烤热，茶叶也可放在沙罐里烤热，再加开水，茶香四溢。全家人围坐在一起说话，最好是通宵。小孩子熬不住了就先去睡觉。

过年的另一个重要仪式是除夕上坟，给已故的亲人点灯、烧纸、放鞭炮。生者不忘死者，阳间问候阴间。活着的人要继续活下去，一年年，一代代，重复或者超越。

走亲戚是过年的社交项目。父系与母系的亲戚都必须登门拜访，而且可以过夜，玩几天。在那些贫穷的岁月，亲情比金子还宝贵。中国人就靠这血缘关系坚持了几千年，生生不息，延绵不绝。再苦、再累、再残酷，有亲情在，就有人间的温暖。

为啥贫穷年代的年味儿更浓？因为有期盼。平时没什么可吃的、好穿的，就等过年改善了。过年是一种奖励，让痛苦了一年的人感受生的乐趣。而今，吃穿基本不是问题，过年主要是放假，特别是上班族，都有一种逃离办公室的快感。

一位大德高僧说，"问清风何处是家乡，清风说，本无故乡，处处故乡。问流云哪里是去处，流云说，去了又来，相遇相忘。清风为友，白云为伴，活一回实实在在的洒脱"。在人口流动加快的时代，故乡也许只能存在于记忆中了，而那些有关故乡的记忆将越来越清晰。无论身在何处，我们总有一份深情的感动。故乡的年味儿，回味悠长，如美酒，越陈越醇厚，让你陶醉不已！

忧郁与故乡

原生家庭对人的性格影响巨大，同样，故乡对人的影响也是难以磨灭的！也许，其影响是多方面的，但最大的影响是形成了我难以排遣的忧郁。

为什么？因为，故乡曾经对我来说意味着苦难、贫穷、愚昧、闭塞、落后、争吵、打骂等等，负面的阴影一度过于强大。虽然也有春风秋月的诗情画意，但狭小天地带来的种种痛苦，如今有一种"不堪回首"的感觉。

"何日云开见日头？"这是我曾经仰望苍天时的感叹。这不只是对命运的质问，也是对当时生存环境的发自胸腔的哀号。

从肉体到灵魂的挣扎，化为了一道道无形的伤痕，即便结痂了，也会在不经意的时候隐隐疼痛。这种层层叠叠的伤痛，在岁月的积累中形成了精神的忧郁。

如果说，那些"下乡知青"只是"体验"了一段时间的中国乡村的生活，就足以受到终身影响，那么童年与青少年时期就出生与成长于某个命中注定的村落的人，所受到的影响就是刻骨铭心、深入骨髓的。哪怕是上了大学、进了大城市，过去生活的烙印也是不可能磨灭的。这就是宿命！

我时常观察那些"土著"北京人，发现他们真没有"小地方"人的痛苦，他们天生就在皇城根下，什么都不在乎，什么都不放在眼里，因此也很少有生存压抑导致的忧郁。就是那些"京骂"，也透露出与生俱来的"劲儿"，显出"食物链"上端的优势。

我作为60后，该经历的必然无可逃避。忧郁挥之不去，也可以转化为林黛玉式的忧郁之美。她的"葬花"行为艺术，意味深长。男人，不一定要"葬花"，却可以"葬草"，把那些蔓生的痛苦的野草一并埋葬。

此生不可逆转，来世我要出生在别的星球，当一回"外星人"，乘着UFO来地球空间"巡天遥看一千河"。什么忧郁，去它的！

我与栗林子村

栗林子，顾名思义是一片栗树林子。但那只是一个"过去时"的概念，我根本就没见到成片的栗树林，只是在我家的竹园里见过几株栗树。以栗林子来作为一个村的名字，是在人民公社解散以后，锦明大队也随之更换为老地名，显示历史又回到原点。无论是锦明大队还是栗林子村，对于我而言，都已经成为记忆。

我在这个地方出生，在这个地方生长了十六年。我的童年、少年以及青春初期，与这个村子不可分割。我，作为一个农民子弟，曾经是农业户口，生下来就注定了"泥腿子"的命运。有人曾扬言，村里的人谁也不要想"转关系"，都只能在这里生活一辈子。所谓"转关系"，当时就是指将户口转为非农业户口，进城吃"商品粮"。而当我第一个考上大学进城以后，这个不可能"转关系"的定论就被打破了。

在我成功实现"转关系"之前，栗林子村就是一个不可逾越的宿命，一个苦难、狭隘的微观世界。人们不知道外面的世界究竟有多大，甚至对县城都没什么概念，只是对附近的小镇有切身感受，上街买点小日用品就算是奢侈了。每到交售"公粮"的季节，一辆辆独轮车推着一麻袋一麻袋的稻谷到镇粮管所，就是实现农民价值的时刻。除此以外，就是伴随鸡鸣狗吠的叫骂声和咆哮声。我至今也不明白，栗林子村的人为什么特别喜欢打架，几乎为一点儿小事就可以恶毒咒骂，动手斗殴。这种恶习使我对这个村子充满了厌恶。

尤其不可理喻的是，这个村子的人基本都姓赵，居然都像仇人一样缺少宽容和温情。少数人的匪气多于人性，完全是没有教化的野蛮人。在这个闭塞的角落，只有暴力才是唯一的主宰。为什么这里没有淳朴的民风呢？我一直解不开这个疑问。人们回忆故乡一般都满怀眷恋，可我却深感痛苦。后来，我从佛性的角度来领悟，得出一个结论：身处恶劣的环境，这是一种修行与磨炼。"宝剑锋从磨砺出，梅花香自苦寒来。"也许，野蛮是催我奋进的助推器，恶毒是滋养我成长的养料。真正的田园牧歌可能消磨我的意志，地狱般的狰狞反而激发我去远行。在我刻苦学习、备战高考的那些日子，正是改变环境的渴望给了我力量。"越狱"，"越狱"！我以囚徒的沉默，完成了一次生命的跨越。从这个意义上而言，我要感谢那些恶人，是他们的反作用力把我送进了大学校园。

栗林子村是我的人生第一课堂。在这里，我体验了贫穷、饥饿，还感受了死亡。二哥的早逝，出生不久就送人的小弟弟的夭折，在我的心灵深处种下了悲凉。生命的脆弱，生死边界的近在咫尺，早早为我酝酿了悲天悯人的宗教情怀。外在环境的恶劣固然是考验，兄弟的生离死别更是对我灵魂的雕刻，无形的伤痕为我的生命打上深深的烙印。我虽忧伤，但我顽强！我在自己的泪水中寻找着前进的方向。

在那十六个春秋，我还学会了劳动，放牛、打柴、挑担、扯秧、割谷、施肥、拔草、除虫……赤脚走在田埂上，赤膊挥汗烈日下，那一份艰辛，其实也是对我的锤炼。与此同时，在水塘和水渠里的游泳，闲暇时的垂钓，也给过我乐趣。篱笆上的木槿花和夏夜的星空，也留给我美好的瞬间。过年穿新衣的期盼和吃团年饭时候的爆竹声，就是我农村岁月的幸福时光。

"文化大革命"时期，有一句针对"黑五类"子女的话，"出身不由己，道路可选择"，那是阶级成分论下的"给出路论"。我是贫下中农家庭出身，不是阶级斗争的对象，然而当农民的出路是不可改变的。如果不是恢复高考，我今天也许就是千万农民工中的一员，在哪个建筑工地或者工厂打工。因此，我离开栗林子村，进城当了市民，要感谢的人必然是那个决定恢复高考的伟人——邓小平。伟人的伟大之处，就是改变别人的命运，尤其是改变像我这样的世代农民的子女的命运。

如果说我是一棵小树苗，那么是邓小平的巨手把我从栗林子村移栽到了城市。经过了几十年的风雨，我更加坚强，年轮里已然饱含沧桑。

过去，已经成为历史。栗林子，就是一张发黄的老照片而已。

而我自己，也终将老去，带着久远的记忆！

街河市忆

街河市镇，曾经是我心目中的纽约，是近在咫尺的幸福彼岸，是只能仰望的明月。而我生活的农村，人民公社时期的锦明大队、改革开放时期的栗林子村和新生村，是拱卫街河市镇的星星之一。关于城乡的直接感受，无疑是街河市镇给予的，在我的童年、少年以及青春时期打下了深深的烙印。

赶集，在农村人的嘴里被说成"上街"。天刚蒙蒙亮，在鸡叫声中就要出发，无论是上街买油盐等日用品，还是挑担去街上卖什么农产品，都要赶早。即使在计划经济时代，集镇的城乡交易都没有中断。记得儿时我有一次随母亲上街，居然与母亲走散了，我在某条僻静的小街哭得很伤心，母亲终于找到了我，批评我怎么还走丢了呢。这一场景我终生难忘，幸亏那时候没有拐卖儿童的，否则我有可能被人贩子骗去卖了。一个乡下孩子，还没有方向感，居然在集镇上也会失散，可见人生起点是多么低啊！

那年月，农产品价格很低廉，有一件事让我记忆犹新。我家有一个巨大的冬瓜，自己舍不得吃，二哥与我抬到街上去卖，最后只以每斤两分钱的价格卖给了一个食堂。今天想起来都觉得太便宜了，可是为了换取油盐钱，不卖也得卖。一个鸡蛋也才五分钱呢，农民手中什么也没有，拿什么去交换？后来，分田到户，粮食丰收了，我帮大哥推车到粮管所卖粮，有时候还因为干湿度检测不达标，必须临时在地上晒，让收粮的人满意了才能卖掉。农民们为争晒粮食的地盘还会发生冲突。我当时在沉默中暗想，从耕田、播种到打下粮食，直到卖粮食，农民多苦啊。这里面的艰辛，让我感觉心里沉甸甸的。今天，我满含热泪，那金灿灿的稻谷似乎就在我的眼前，在我的情感空间闪光。

街河市镇也曾经是我的文化滋养地，记忆中有两件事情让我终生难忘。

有一次，我从电影礼堂的大门缝隙眯着一只眼睛偷看电影，对我的视力造成巨大影响，后来配近视眼镜的时候，发现左右眼视力差距是一百度。显然，是偷看电影的那只眼睛受到损害了。还有一次，我拿着一元钱到镇上去理发，却鬼使神差地到新华书店买了一本书，书名我还记得，是《雁翎队的故事》，那是关于抗日的文学类小书。我边走路回家边看书，完全忘记了理发这回事。在精神食粮匮乏的年代，镇上的一点文化"米糠"就可以满足如饥似渴的我。

在街河市中学（松滋二中）读高中的岁月里，我开始与街上吃"商品粮"的同学近距离接触，尤其是对于街上那些打扮得花枝招展的漂亮女同学有十分复杂的心情。有的农村男生与我背地里悄悄议论她们，并挨个儿进行点评，但是词汇很贫乏，只有一个标准，就是看谁是否"清爽"。我很自卑，觉得彼此之间是天上地下的关系，乡巴佬哪有资格想入非非？她们再"清爽"也与我无关。我考上武汉大学离开街河市镇以后，就与那些"清爽"者永远失之交臂了，因为时空的转换已经把年少的心灵躁动装进了我人生的行囊。

而最让我痴心不改的，却是对于农村的怀念。街河市镇的农村是我真正的故乡，我永远爱它！

美的发现：故乡再认识

以前，故乡留给我的记忆是贫穷、落后，甚至让我产生"叫声故乡太沉重"之感。因为我的童年与少年直至部分青春时期，深刻地体验了饥饿以及生存危机，其中包含着弱肉强食的痛苦。我羡慕过煤矿工人与小镇上吃"商品粮"的人们，感受过作为农民后代的被歧视。总而言之，我为我的身份而困惑、苦闷！

为了改变身份与命运，我发奋苦读，凭考试到省城、京城，可是我始终没有摆脱苦难岁月的阴影。为此，我经常没有理由地忧郁。我永远也不可能像富贵子弟那样骄傲与轻松，我背负着沉重的十字架。几十年来，我一个人在战斗，时而疯狂、时而沉寂，就是没有发自内心的喜悦。

故乡，让我百感交集！

当我步入中年，乃至于年过半百，我的心境逐渐变得澄澈与宁静，如清潭一样开始有了故乡"美"的倒影。人只有真正超脱了，才会有审美的意识。

丁酉清明回故乡之行，我突然发现美就在那里存在。我理想中的"小国寡民"式的自然与社会状态，其实就在我的故乡。天空与田野、鸡鸣犬吠、一花一草，都是如此切合我心。"富贵于我如浮云。"子虚乌有的关于富贵的空想，其实就是名缰利锁，将人的快乐囚禁。当基本的物质生活满足以后，精神的愉悦就是最珍贵的财富。人的自由是自己赋予的，不必外求于他人。心象变了，世界也就变了。心是地狱，世界就是地狱；心是天堂，世界就是天堂。

这就是故乡给我的"心经"。故乡，已经是我心中的天堂！

朋友，你想知道我故乡的名称吗？请记住四个字：湖北松滋。

修家谱感言

昔三闾大夫屈原吟《离骚》，开篇即言明身世："帝高阳之苗裔兮，朕皇考曰伯庸。摄提贞于孟陬兮，惟庚寅吾以降。皇览揆余初度兮，肇赐余以嘉名。名余曰正则兮，字余曰灵均。"屈子追溯其祖宗源流并叙述其名字之由来，此乃尊崇家族谱系之一例也。

家谱乃中华文化之一端，有如长江黄河之水滔滔东流，延绵不绝。修谱以序长幼、续人伦，表彰懿德，古今皆然。姓氏乃中华大家庭各派成员之标识，世代沿袭，久传不辍，犹四季之更替也。孟子曰："老吾老，以及人之老；幼吾幼，以及人之幼。"姓氏虽有别，仁爱共珍之。

赵姓源远流长，几千年来繁衍播迁，遍布海内外。特别是先祖赵匡胤建立宋朝，使赵姓居于《百家姓》之第一，此后，凡我赵姓人士，莫不倍感荣耀。

赵姓人才辈出，各领风骚数百年。赵姓有君王、宰相、能臣、武将，也有文人雅士和行业精英。我最崇拜的赵姓人有三：一是"半部《论语》治天下"的赵普，一是"万人敌"的赵云，一是书法家赵孟頫。诚然，赵姓精英远不止此，千百年来杰出人物众多，即使编一部《赵氏群英谱》也难尽述。

赵姓子孙，无论是名人还是庶民，都同宗共祖、血脉相连。今鄂湘两地撇开地域限制，共修家谱，则如长江九派，终将汇入海洋也。族人共襄盛举，德莫大焉！

诗云："生年不满百，常怀千岁忧。"又云："人生代代无穷已，江月年年望相似。"人生苦短，江山依旧，唯愿后人切莫数典忘祖，须知我辈之苦心。赵氏门庭之兴旺，且以德、孝为宗旨，方不负此贵姓矣！

赵宋文化薪火相传

赵宋王朝不杀士大夫与上书言事者这一"祖宗家法"，使得宋朝文人的地位远超汉唐。历史学者刘浦江之《祖宗之法：再论宋太祖誓约及誓碑》云："宋代士大夫阶层的一个重要变化，就是从对皇权的完全依附，到相对独立人格的建构。"今天看来，没有宋太祖赵匡胤立下的政治规矩，就没有宋朝文化的鼎盛，也不可能有苏东坡。文人发表不同政见，顶多遭到贬谪，却不会因文字狱而被杀头。

我的赵姓因为这一"祖宗家法"而具有特殊的意义。虽然网络上有人凭借鲁迅《阿Q正传》中的一句"你哪里配姓赵"而讽刺所谓"赵家人"，但是只从姓氏传承的角度来看，我依然要认祖归宗。据1938年（民国二十七年）刻印的松滋《赵氏族谱》记述，我所在的赵族是宋太祖赵匡胤次子——燕王赵德昭的后裔，为避金元战乱而从江西丰城迁居湖北松滋。由于继承了赵宋的文脉，我们家族一直坚持"耕读为本"，再穷也要读书。作为贫寒的农民家庭，我的父母宁可自己累死累活，也支持我读书二十年！我的父亲对我说的话，现在看来都是至理名言。比如，他说过"官高必险"，"宰相的爹死挤破门，宰相死了无半人"，用俗语揭示了官场的无情。所以，我并没有去抱谁的大腿，不加入任何帮派。他多次提醒我要写好毛笔字，仅仅写好钢笔字还不行。如今我热爱书法，不为名利，只是谨遵父训而已。

历史是一面镜子。皇帝与皇权不存在了，可好的经验是可以借鉴的。赵宋尊重读书人的理念与做法，用邓小平的说法就是"尊重知识、尊重人才"，对于国家与民族有百利而无一害。在人民当家做主的时代，我们要把"家法"上升为"国法"，把科教兴国战略落到实处。科学技术是第一生产力，文化是软实力，那么我们要让专业技术人员成为"贵人"。

"九州生气恃风雷，万马齐喑究可哀。我劝天公重抖擞，不拘一格降人才。"这首诗是清代龚自珍《己亥杂诗》组诗中的一首，总能唤起读者的共鸣。1976年粉碎"四人帮"后，这首诗曾经给知识分子带来精神鼓励，陈景润能够成为时代楷模，"臭老九"翻身得解放，戴眼镜者与戴校徽者可以优先得到姑娘的爱情。

2019年是农历己亥年，我们重温此诗，联想到宋朝不杀士大夫与上书言事者的开明誓约，感觉言有尽而意无穷。传统文化热浪滚滚，尤其是古典诗词战胜了流行歌曲，说明文化与文人的价值进一步提高。中华文明，包括宋代文明，再次发扬光大，我们这个时代可否涌现苏东坡一样的文化精英呢？

松滋精神源远流长

一个地方的精神表述犹如学校的校训，是其价值观与自身特点的高度浓缩，与形象宣传语有联系也有区别。精神重内，形象主外，前者在于凝聚力，后者在于影响力。

松滋，属于荆州，也属于湖北，更属于中国，其精神要有一定的普遍性；然而，中国、湖北、荆州只有一个不可替代的松滋，其精神又应该体现一定的独特性。文字上要通俗易懂，争取让绝大多数人理解，含义也不必太深奥。

我作为土生土长的松滋人，经过认真思考，在此奉献我草拟的"松滋精神"：崇礼尊学、朴实勤勉、厚土重迁、行稳致远。

一、崇礼尊学

"松滋人，礼性大"云云，说明松滋人颇有古风，特别讲礼。这既有人际交往的礼仪，更有传统文化的仁义礼智信之"礼"。崇礼，是松滋文明的古今传承，不是一朝一夕能够造就的，而是几千年熏陶出来的。这种精神，是松滋人的人文根基，必须发扬光大。当然，要取其精华、去其糟粕，保留其雅致的一面，淘汰其世俗化的一面。彬彬有礼、互相尊重可以；停留在烟酒茶表面的"礼"则要约束。

耕读为本，尊崇教育与学问，是松滋精神十分高尚的内涵。苦竹与甘泉的传说，象征了松滋文脉永续。今天，松滋人砸锅卖铁也要让孩子读书的风气仍然兴盛。尊师重教，是松滋第一价值取向。

二、朴实勤勉

松滋人的人品普遍较为朴实，不花哨、少虚伪、信得过、靠得住；做人做事都很勤勉，穷则思变、锦上添花。这样的品质与精神，使得松滋人口碑不错。松滋人老老实实做人、认认真真做事，必然会赢得事业成功。

三、厚土重迁

松滋人特别热爱家乡，即便远走天涯也是故土情深。总体上，这块地方风调雨顺，没有地震、泥石流等恶劣的自然灾害，具有世外桃源的韵致。爱家乡，就会想方设法把它建设好、守护好，里里外外的松滋人都会让松滋的明天更美好。

四、行稳致远

在前面几种精神的积累过程中，松滋人能够将生活与理想完美结合。脚踏实地，而不好高骛远；热爱故土，也能走遍世界。总之，在各方面都能够行稳致远。这种境界符合党中央的要求，也是获得幸福的法宝。

我的父亲母亲与中国社会

我的父亲生于1923年正月，2006年夏天去世，享年83岁零6个月，可以说是活了84岁；母亲生于1930年十月，2014年正月去世，也应当说是在世84岁。两个老人都是寿终正寝，可以说是得以善终！

现在，当我从失去父母的悲伤中沉静下来，理性地思索他们的人生与命运，我感到他们的身上完全折射出了中国农民的生存状态与社会内涵。过去，他们是典型的社会底层平民，无法主宰自己的命运，只能含辛茹苦、逆来顺受，靠忍耐及自我疗伤来度过艰难岁月。

父亲年轻时曾被国民党军队"抓壮丁"，却因为生病被抛弃在野外。他一路乞讨着回家，最后实在体力不支倒在路边，饿得奄奄一息，浑身都是虱子，幸亏碰到几个老乡，把他抬回老家，才保住性命。这个故事，我小时候多次听说，想象父亲那衣衫褴褛、骨瘦如柴的模样，我很本能地痛恨国民党军队。再加上小学阶段就经常参观"阶级斗争"与"忆苦思甜"的展览，对国民党军队强"抓壮丁"的行为感到极为愤怒。后来，只要在电影上看到国民党兵败如山倒的情景，我就很解气。

父亲因为"苦大仇深"而总是被当作贫下中农代表出现在"斗地主"的大会上。他似乎就是一个斗争道具，作为一种符号而被需要。他的破烂衣服与砍柴刀也被拿去展览，似乎这是穷人的"光荣"，也是地主剥削农民的罪证。

在人民公社时期，他是生产队的饲养员，负责给集体喂牛。有一天，某一头被骗过的牛突然疯狂地将他顶倒在地，用牛角扎得他遍体鳞伤，一只眼睛被牛角挑瞎，另一只眼睛侥幸还剩下一点光亮。据说这头牛是记仇，兽医骗它时没有蒙住它的眼睛，而它看到了我父亲，于是记恨在心了。不管怎样，父亲是因公受了重伤。可是，农民没有保障，家里只能用贷款给他治疗。多年后，这笔贷款居然还是由个人偿还。父亲以残疾之身继续干活儿，不但不受到照顾，反而只按照八折来给他记工分。也就是说，他的劳动报酬要少拿20%。为了养家糊口，父亲只能利用空余时间搓草绳、麻绳及制作扫帚，卖给生产队来赚一点零钱，有时候还要把谷糠和荸荠等东西挑担到集镇上去卖。他喜欢在屋前屋后种芋头、红薯、烟叶，在我印象中，他几乎什么都会种植。他除了在土地上谋生，不可能有别的出路。

父亲与集体的"命运交集"中还曾经发生一件"严重的小事"。他为了给可怜的饭桌增加一点营养，就到池塘去钓鱼，本指望钓几条小鱼就可以。有一次居然差点儿钓到一条大鱼，可是这条鱼咬钩后又带着钓鱼钩跑了，结果过了几天死了，漂在水面上。有人告密说看见我父亲钓鱼了，于是生产队干部如临大敌，不仅开会斗争，还把我家里的家具、粮食全部搬空了。一条死鱼导致倾家荡产，这在今天看来就是匪夷所思的小说情节。在人民公社解散以后，那些曾经八面威风的生产队干部再也神气不起来了，有的居然只能靠捡拾废品为生。

我的父亲获得做人的尊严还是在我1979年考上大学以后。在封闭、落后的农村，你要获得人们的尊敬，要么你家里有能打架的青壮年，要么你家里"出人"了！所谓"出人"，就是"出人才"。祖祖辈辈的农民家庭，突然破天荒冒出个重点大学的学生，这是当地的轰动性事件。不过，由于我读大学、读硕士生和博士生花时间较长，我父亲忍受的贫穷也延长了，直到我博士毕业，他才进入安度晚年的阶段。这期间，仍然有些短视、势利的乡间小人欺负过他，父亲也曾经为我长年累月地上学感到很纠结，他既为我骄傲，又为我没有立即给家里带来明显的改变而失望过。特别是我硕士研究生毕业后当大学老师的那几年，乡里人都认为我没有进党政机关去做官也就没啥了不起。他们只瞧得起能够主宰自己命运的官员，而看不起阳光下最崇高的职业——教师。这种价值观直接影响到他们对我父亲乃至家人的态度，那就是表面尊敬你，实际不在乎你。但是，在我博士毕业进入国家新闻单位当记者以后，情况就改变了，他们觉得记者虽然不是官员，但比教师厉害，于是对我的社会评价又升级了。我父亲被我接到城里养老后，脱离了乡村的利益圈子，也摆脱了那些忽冷忽热的所谓"态度"。直到他去世，他终于有了"享福"的感觉。

下面，让我说说我母亲的故事。与母亲相关话题之一是"妇女能顶半边天"这句话是否需要修改为"让妇女从沉重劳动中解放出来"。

我母亲是一个真正的"女汉子"，她虽然是文盲，可是特别能干，挑重担不比男人差，是人民公社的好社员。由于长期挑担，后来拍片显示她的脊椎都弯曲了。实行"联产承包责任制"以后，我母亲的体力劳动才由家人分担而略有减轻。当然，插秧、割谷、养鸡、喂猪等活儿还是要干。母亲真正从体力劳动中解放，还是在我把她与父亲一起接到城里赡养以后。兄弟姐妹们都予以照顾，我主要负责提供养老金，在经济上全力支持。从农村养老这个角度来看，如果不是依靠子女，老人就很难过，有的老人八九十岁了还要干活儿，辛苦一辈子，晚年也没享什么福。

与母亲相关话题之二是"贫穷不是社会主义"这个认识来得太晚。为什么呢？在我印象中，母亲从我记事起就一直在为缺衣少吃而发愁。她告诉过我，我的姑姑就是饿死的。种粮的农民却没有饭吃，这是曾经的社会悲剧。我于1962年出生，是在所谓"三年自然灾害"之后得以来到这个世界的。虽然躲过了大规模的饥饿，可是吃不饱饭的问题伴随了我的童年和少年时期，直到我考大学的时候还很缺粮。要不是我哥哥从邻县公安县设法弄来"返销粮"，我还真的不能安心读书。我记得母亲经常去找亲戚和乡亲借粮，然后再掺杂野菜或者红薯、南瓜，勉强让全家不挨饿。至于穿衣服，只有过年才能换新的，平时都是将就，旧衣补丁度日月。所幸我哥哥有篾匠手艺，有时候能够通过给人家编织簸箕、竹篮、躺椅等篾器而获得一点活钱补贴家用，否则日子还真没法过，新衣服想也别想。但在集体生产时期，他是被严格限制的人，生产队队长困住他，不给他自由。整个六七十年代，我们家很贫穷，我的母亲就是真正的"贫困母亲"。

与母亲相关话题之三是"人多力量大"到底该如何评价。在实行计划生育以前，生儿育女是完全自由的。中国经过全面抗战、解放战争以及解放初期的抗美援朝战争，再加上"大跃进"造成的"非正常死亡"，人口需要补充，而且"要准备打仗"的战争动员也很占上风，鼓励生育几乎就是一种政治与军事需要。在自由生育的社会背景下，我母亲生了八个孩子，其中夭折和早逝了三个，剩下我们今天的五个兄弟姊妹。我们这个大家庭非常团结，具有捆绑在一起同甘共苦的家风。母亲生病住院和去世的时候，儿孙们给了她源源不断的关怀，绝对不是冷冷清清、无人问候。这一点显示了子女多的优势。

总结我的父亲母亲的一辈子，就是四个字：苦尽甘来！他们的苦，与社会有关；他们的甘，也与社会有关。今天，为了让更多的父亲母亲幸福地生活，我们要消灭绝对贫困，减少相对贫困，特别是让广大的农村老人活得更有质量，享有更多的权益，真正老有所养，体现全社会的人文关怀。

写给母亲的信

亲爱的妈妈：

您在天堂还好吗？您是否足踏祥云，飘然若仙？您在凤凰涅槃、获得新生之后，是否还记得尘世的一切？

我不知道为什么偏偏是您成为我的生母，也不知道今后我是否能与您在天堂相遇，我只懂得此生此世的母子情已经化为血脉，无声地流淌……

我分明还听见您在窗口声声呼唤我的名字，那是我大学暑假回家，您喊我起床"过早"，居然把我当贵客，给我做了红糖水鸡蛋！您对我的疼爱，尽在其中。因为这是一个贫穷母亲所能拿出的最珍贵的食品。

我更记得儿时我玩水滑入池塘在水中扑腾时，您在那个早春三月的日子奋不顾身跳入水中，抓住我的头发将我捞出水面，救了我的命！没有您的舍命相救，我早已夭折！

当然，我也记得您痛打我、教训我的一幕幕往事，只因我时常做错事，惹得乡亲们登门告状，您气愤难以排遣。而我居然学医生开处方给您开了"打人片""骂人片"的"药方"，以表达我的抗议，一时成为村里笑谈！

妈妈，您曾在夏夜乘凉时在星空下讲述了洪荒时代人类繁衍的神话故事，也叙述了梁祝化蝶的传说。这些神奇的故事与传说，激发了我的想象力，也感动了我的一颗童心。

妈妈，您曾一面在锅台忙碌，一面给我点亮煤油灯，让我在灯下做作业。那一刻，我感到您是多么慈爱！

妈妈，您也曾因我被村里比我大的人欺负而去找人说理，维护我的自尊。在那个有点儿野蛮的角落，您受到了屈辱。

妈妈，您辛苦种植的菜园总是那么碧绿，让我的童年也充满了绿色。

妈妈，您知道吗？我最后悔的是20世纪90年代初您到武汉帮我照看孩子，吃了苦，受了罪，我没有让您舒心，反而让您消瘦。我错了，我应该向您致歉！

我最大的遗憾是没有实现接您到北京看一看的愿望。您健康时，我们在京城打拼，没有条件安顿您；我们具备条件时，您却生活不能自理了。我应该在您健康时创造一切条件接您到北京看看天安门、故宫、长城和毛主席纪念堂。儿子无能，没有完美尽孝！

妈妈，我对您的思念无穷无尽，我对您的忏悔也刻骨铭心。也许您听不到我说话了，我只愿您在天国不再有贫穷、饥饿、苦难、屈辱和疾病。愿您得到尘世所没有的幸福与安乐！

贺寿辞
——为母亲八十大寿而作

母亲郑令英1930年（庚午年）10月16日出生，至2010年（庚寅年）满八十大寿。国庆节期间的10月4日，灿烂的阳光下，亲人们在荆州提前为她举行了隆重的拜寿仪式。有感于母亲生平的苦难和她晚年的幸福，儿献辞以贺！

——题记

长江之波兮缱绻，楚天之云兮绚烂；南国桂子兮盈香，古城秋色兮芬芳。狮舞献吉祥，锣鼓声锵锵。众亲拥寿星兮，跪拜敬尊长；友人来贺兮，把盏诉衷肠。

国有大庆兮，举国欢畅；家有福瑞兮，子孙满堂。毫釐泽被草木兮，苗裔承恩为栋梁。礼义教子兮有方，仁厚待人兮无妨。含辛茹苦兮劳作，勤俭持家兮德彰。邻里同甘兮布施，感天动地兮寿长。

松柏有品兮，岁寒而后凋；母仪有范兮，气质自坚强。风雨八十，经历天下兴亡；春秋四季，阅尽人间沧桑。平民不输兮富贵相，观音在世兮劝善良！

颂曰：岁当百年，源远流长；苍天福佑，吉人天相！

母亲逝世八周年祭

壬寅正月，二十九日。心香一瓣，望天遥祭。阴阳相隔，已然八载。

别梦依稀，音容宛在。

嗟乎！生亦何欢，死亦何惧，生死乃自然之道也！尘世偷生，白驹过隙；离苦得乐，方为永恒。无瘟疫之伤害，无战乱之惊恐，无名利之缠身，无同类之相迫，无贫富之区分，吾母仙游天宇，吾何忧之有？

善哉！幸赖慈颜护佑，子孙平安，不求闻达于诸侯，但随日月度春秋。夜伴琴音，三月何须知肉味；晨迎彩霞，四季只管闻花香。母德懿行，如佛光普照；遗传基因，似爱心密码。形已销而神不散，吾母之谓也！

吁嘻！明星闪烁，母之慧眼也；白云舒卷，母之灵魂也。

夫复何言，儿叩拜！

清明时节悼亡父

呜呼，苍天！吾父何在？其身已殒，其魂犹存。梦影依稀见，音容阻关山。邈邈不可及，阴阳两重天！日月兮千里，风云兮缱绻。江南细雨里，老父可耕田？

忆昔蓬户瓦舍，时运维艰。朝牵黄牛去，暮披蓑衣归。草鞋踏泥泞，弯腰谋稻糠。烈日蒸汗水，赤膊地里忙。蚂蟥吸血，蚊虫叮咬，受尽人间苦，忍辱负重，柔中有刚！

劳作岂可畏，命运叹无常。"国军"捉壮丁，吾父几命丧，重病弃山野，乞讨回家乡。壮年又遭难，疯牛致其伤，一目全失明，半目略有光。家贫徒四壁，哪堪噩运降。次子身最强，暴病一夜亡！吾父哭无泪，吞咽此悲怆。黑云当头兮，星月亦无光；大地无言兮，何忍失栋梁！人身不由己，贫民无吉祥。

极左猖狂日，吾父亦遭殃。闲暇偶垂钓，有鱼脱钩亡。村吏得密报，兴师来捆绑。家具全搬空，批斗作榜样。小鱼比人贵，"队长"似虎狼。名义为"集体"，实则欺善良。唯有小民苦，吃鱼乃奢望！

荒唐岁月里，吾父未绝望。盼来新时代，邓公有主张。万类竞自由，百姓得解放。高考炸春雷，寒门见曙光。吾父勤劳作，供应读书郎。两子皆中榜，陋室破天荒。晚年得幸福，进城品蜜糖。八旬享太平，无疾升天堂！

嗟乎！有父如此，吾知人生之多艰，且永无悔矣！天道无常兮，人世沧桑；穷达有数兮，富贵于我如浮云。

吾父永生！

我写高考作文

何以宝玉
——论独创及其他

《红楼梦》匾额题名的故事情节告诉我们，贾宝玉独创的"沁芳"二字更为新雅，就连长辈贾政也不得不点头默许。显然，贾宝玉胜出，他的境界与文采高于他人。为什么呢？因为文如其人、诗品出于人品、诗言志等等，这些有关文学艺术的常识已经说明了个性修养决定作品创造的高下与雅俗。而贾宝玉的过人之处就在于他不俗，这也是林黛玉爱他的重要原因。读过《红楼梦》的人都知道，贾宝玉对于功名利禄看得很淡，甚至不愿意走科举的老路，思维异于常人。正因为他的为人与思维不落入窠臼，再加上具备文学才华，所以他能够想出"沁芳"这样情景交融的绝妙好辞。

由此我们还想到，东晋宰相谢安咏雪联句试才的典故。某一天，大雪骤至，他问："白雪纷纷何所似？"侄子谢朗回答："撒盐空中差可拟。"侄女谢道韫则说："未若柳絮因风起。"谢安大乐。显然，侄子用撒盐来比喻下雪只是"形似"，才女谢道韫用随风飘舞的柳絮来形容雪花则是"神似"，富于联想，因此具有较高的艺术性。这同样告诉我们，打破惯性思维和肤浅的认识，才能出新出彩。

我们再联想到当代毛泽东《沁园春·雪》这首词。为什么别人竭尽全力也写不出毛主席的大气磅礴？关键在于他的人格与境界高于一般人，他的志向很少有人能及，当然其风华绝代也是重要因素。我们平常人能否通过努力而形成创新思维呢？答案是肯定的。

比如，在学习上，我们不能停止在死记硬背的层次，要学会举一反三，让知识为我所用，而不是当知识的奴隶。所谓天才，不就是站在前人的肩膀上有新的创造、新的发明和新的突破吗？书本知识是已有经验的总结和汇集，我们发挥主观能动性，才能秉承"学而思"的正确路径，超越前人。

从大处来看，国家建设与社会发展也不能落入"俗套"，必须经常性地进行思想解放，避免墨守成规。曾经，对立思维阻挡了改革开放的步伐，是通过思想解放才有了"中国特色社会主义"这一神来之笔，在世界独树一帜。

总之，无论是个人还是民族，都要学习典范人物的独立思考与创新精神，不当那些照搬照抄、随声附和的人，这样我们才能对人类文明有更大的贡献。

守正创新　巧始于拙

棋之道，有正规下法的"本手"、精妙下法的"妙手"和平庸下法的"俗手"。即便是高明的棋手也必须始于"本手"，基础扎实以后方能进入"妙手"的层次。至于"俗手"，也许基础不错，但是没有创新思维，也只能落入俗套。

这个道理，可以"放之四海而皆准"，对于我们为人处事很有启迪。其中，"务本"为要。从做人的角度而言，我们只有首先做老实人、办老实事，恪守本分，才有资格和能力承担重任，成为行业的"高人""能人"，投机取巧的人最后反而失败；从做事的方面来看，熟能生巧，只有在打下基础后掌握规律，才能不断超越，进入"自由王国"。一言以蔽之，只有守正才能创新，大巧寓于拙。本为"正"，妙为"奇"。敬畏原理和规则，然后可能出奇制胜。好高骛远、急于求成或者哗众取宠，都是我们应该避免的。

古今中外无数事实证明，那些在科学创造、艺术创新方面取得卓越成就的杰出人物，都是从"本手"成为"妙手"的。

我们不妨以与棋理相通的书法为例来进一步阐释。书法的"本手"是线条与笔画，今人只有通过临帖才能学习到传统书法的精髓，逐步成为能够独立创作的书法高手。而有些人不屑于临帖，自己随意写，并以伪劣狂草来掩盖基础的欠缺。在行家看来，那不是书法，只能贻笑大方。

推而广之，士兵走正步、排队列、学瞄准，乃至于野营拉练，那是军事的"本手"，战略战术、谋略制胜，那是战争的"妙手"。一步就想成为常胜将军，那是白日做梦。

因此，我们需要端正心态，尊重事物发展的规律。在打基础的阶段，必须有耐心守正，这是增长本领的不可逾越的过程。从我个人的切身体验来感悟，我确实懂得这个道理并非虚言。我在初入文学门径之际，就梦想一夜成为诗人和作家，到处投稿，却到处遭遇退稿。我后来意识到走捷径没门儿！然后静下心认真阅读，进行文学积累，不再以发表为目的，渐渐地，我进入了"妙手"的境界，"读书破万卷，下笔如有神"，诗文写作明显进步，作品频频刊发。

那么，在由"本手"到"妙手"之后，要避免成为平庸的"俗手"，就只能不断超越自我、砥砺前行，并提升自己的格局，从平凡走向非凡。

岁月静好与太平盛世

烟火气，是岁月静好的一种状态，也是太平盛世的"最美风景"。千家万户的寻常烟火，是国泰民安的象征。家的温馨与温暖，必须以国的和平安宁为前提。我想到了唐代杜甫的诗篇《春望》："国破山河在，城春草木深。感时花溅泪，恨别鸟惊心。烽火连三月，家书抵万金。白头搔更短，浑欲不胜簪。"诗人在"安史之乱"中颠沛流离，感受山河破碎、家书抵万金的离乱痛苦，哪有什么岁月静好的烟火气？

由此，我想到近代以来中国的命运与人民的忧乐，更加珍惜当今的幸福生活。历史告诉我们，中国曾经饱受列强欺凌，尤其是日本侵略者给中国人民带来了深重的灾难。外敌被赶跑以后，内战又开始，人民渴望和平安宁的愿望仍未实现。中国共产党领导人民前赴后继，成立了新中国，正百废待兴之际，抗美援朝战争爆发。和平年代却发生了"文化大革命"，粉碎"四人帮"以后，中国终于迎来了改革开放的新时期。中国在几十年的时间里成为世界第二大经济体，人民生活发生根本变化。如今高铁、网购等成为日常生活方式，虽然存在城乡、地区发展不均衡的问题，但人民总体上由温饱进入了小康时代。仓廪实而知礼节，有了物质生活的基础，烟火气才能持久。我们由衷感叹，"这盛世如你所愿"，是一代代仁人志士的奋斗与牺牲换来了江山永固；"贫穷不是社会主义"，邓小平的坚定话语成为人们走向未来的至理名言。特别是在强大国防的保卫之下，人民有安全感。东方大国，就是我们十四亿人民幸福的家园。

眼下，我们期待疫情消失，在政府以及医务人员的努力下，中国必将回归正常烟火生活。我的耳边已经响起了一首《又见炊烟》的歌曲旋律，一股暖流已经遍布全身。我甚至幻想着祖国处处都是陶渊明的桃花源，人们在青山绿水中享受着高质量的慢生活，不仅物质生活上呈现着寻常烟火，而且精神家园也找到了归宿，男女老幼在人世间和谐相处，是真正的岁月静好……

时间是真理的磨刀石

时间，看不见摸不着，它不是有形的物质，却有一个近亲名词，那就是"历史"。

它很短暂，短得只能以分秒计；它也很漫长，需要用"岁月""年代"甚至"远古"来度量。从大自然来感受时间，它就是日出日落、四季轮回；而从人类社会来衡量时间存在的意义，它直接关系到我们对事物价值的认识，特别是对真理的认识。

人们常说，历史是一面镜子，能够让我们看清事物的本质。换言之，就是时间会证明某些事物的价值。虽然，实践是检验真理的唯一标准，但实践也需要时间，甚至是漫长的时间。

即便是对于客观存在的事实，人类的正确认知也需要时间。今天，地球围绕太阳转这一常识已经家喻户晓，可是历史上的"地心说"与"日心说"曾经长期存在争议，有人为此付出生命的代价。布鲁诺反对"地心说"、宣传"日心说"，被宗教裁判所判为"异端"烧死在罗马鲜花广场，成为捍卫真理的殉道者。真理的发现，需要一代代人的接力。时间是真理的磨刀石，这个过程就是追求真理的过程，犹如屈原所说："路漫漫其修远兮，吾将上下而求索。"

格言"失败是成功之母"，就包含了实践与时间的双重因素。我们知道，马克思主义是真理，可是它必须与中国革命的具体实践相结合，否则就成为教条主义或本本主义，就会造成惨痛的失败与牺牲。攻打中心城市、取得一省或数省的胜利，这种照搬俄式经验的思路与做法，曾经导致革命遭受严重挫折。毛泽东坚持的"农村包围城市"的主张，被实践证明是正确的，没有毛泽东，中国革命还会在黑暗中摸索更长的时间。毛泽东"山沟沟里的马克思主义"是中国革命取得胜利的关键。

时间能让人们修正错误，还真理本来面目。比如给刘少奇、彭德怀平反，给"搞错了"的"右派"平反，给坚持真理的人恢复名誉，这都是拨乱反正的结果。时间也证明，中国共产党具有自我纠偏的能力。

就普通人而言，很多人的认知具有片面性，如今的社群撕裂现象即源于此。我们也要相信，时间会证明一切，真理就是真理，而谬误永远不会成为真理。

论强弱

　　毛泽东在《新青年》发表的《体育之研究》一文，富于哲理，发人深省。

　　如果仅仅局限于身体的强弱与体育锻炼的关系来理解此文，那就流于表面，而未能达于心智。常识也告诉我们，体育锻炼确实可以让弱者变强，而身体本来很强的人如果不注意养生也可能会转弱。为什么在平均寿命大幅增长的今天，我们还要重温毛泽东早年的这篇文章呢？那就不只是体育范畴的问题了。

　　我们知道，近代中国成为被帝国主义欺凌的弱国，中国人也被西方列强辱称为"东亚病夫"。落后挨打的局面让无数仁人志士感到激愤，人们热切地寻找救国救民之道。《新青年》杂志就是为了唤醒民众、启迪民智而创办的。青年毛泽东喜欢"中流击水"，而且提倡冷水浴。他强其体魄的目的是"干革命"，体现了他行动派的特有意志。一言以蔽之，"身体是革命的本钱"，不可等闲视之。

　　更值得让我们引申开来思考的是事物的强弱转换。比如，中国共产党开始很弱小，国民党反动派很强大，但是后来情势发生逆转，中国共产党及其队伍日益壮大，带领人民打垮和消灭了国民党的八百万军队，直至成为执政党。一穷二白的落后国家，在艰苦奋斗与改革开放之后终于成为世界第二大经济体，中国由站起来、富起来到强起来，足以证明弱可以变强。这个过程与体育相通的道理就在于坚持。体育锻炼会使得人的身体天天变化，"目不明可以明，耳不聪可以聪"。如果一曝十寒，或者半途而废，体育的效果就难以体现。一个政党、一个国家也要长期坚持奋斗与发展，否则不可能创造由弱到强的奇迹。

　　需要高度警惕的是，强也可以变弱。从体育角度来看，强者如果滥用其强，即使是至强者，最终也可能会转为至弱，因此，强者不必沾沾自喜。对于政权与国家而言，难道历史上由盛转衰的例子还少吗？秦二世而亡，汉唐均有盛世变衰弱的过程。天下兴亡，似乎难逃所谓"历史周期率"，这就是"其兴也勃焉，其亡也忽焉"。如何跳出这个周期率？我们只要将人民当家做主的理念贯穿始终，并将"人民至上"落到实处，就会永远强大。

由是观之，体育之研究乃哲学之研究也！

论得失

得与失，也许是某种事实或者境遇，但与心态密切相关。那些把得与失看成终点的人，显然过于悲观；把得与失看成新起点的人，比较乐观；而把得与失看成过程的人，可谓达观。

患得患失可能是常人较为普遍的一种心态。这实际是境界不高的表现，不仅影响幸福感，也难成大事。假如是为名利的得失而烦恼，就会心有焦虑、面带愁容，人际关系也可能紧张。相反，看淡得失，只管耕耘，不问收获，反而会水到渠成、事业成功。在学习上，一次考试失败了，不等于就没有希望了，只要继续努力，一定会取得进步。即使高考失败了，也仍然可以重新开始，发扬"铁杵也能磨成针"的精神，完全可能实现自己的愿望。尤其是我们青年人，人生道路还很漫长，假如经不起得与失的考验，将难以走向远方。有些学生遇到考试受挫就气馁，遇到失恋就轻生，应该是没有领悟得与失的道理，轻易就选择了"绝望"与"终点"，令人惋惜。

我曾经看到一张让我震撼的照片。有一家人的房子失火，火势凶猛已经不能施救，他们居然就在大火面前拍照留念，脸上还带着笑容，一点儿也没有沮丧之感。也许，他们觉得房子失去了，还可以重建，只要留得青山在，就不愁没柴烧，人不绝望，就有希望。我很钦佩这样乐观的人。

面对意外的损失，选择淡定，是一种健康的心态。而那些能够领悟"舍得"真谛的人，主动或者敢于失去一些东西，那就是大智慧了。有舍有得，不舍不得，一切都围绕某个高远的目标而取舍，此乃战略上的格局。解放战争初期，国民党将领胡宗南的几十万大军扑向延安，毛主席与党中央毅然决定主动放弃延安，让胡宗南得到一个空城。仅仅几年后，共产党就赢得了中国。这难道不是战略上得与失的例子吗？它对我们的启示在于，要获得最后的胜利就必须失去一些坛坛罐罐，不要计较暂时的得失，眼光要放长远。

我们在平凡的人生中，虽然不一定有战略上的得失选择，但应该铭记一句话：笑在最后才是笑得最好的。斤斤计较，得到的是蝇头小利和他人的轻蔑；只有具备平常心，才能够得到切实的幸福。试看那些什么都想得到的贪腐者，最后失去了一切，难道不发人深省吗？

"也无风雨也无晴"，这就是我们应该修炼的"心学"。

人生理想与我的职业梦想

心理学家马斯洛的需求层次理论认为，人有五个层次的需求，即生理、安全、社交、尊重和自我实现。其中，自我实现是人的最高层次的需要，也就是实现个人理想和抱负的过程。

人之为人，除了那些基本生存的需要，最重要的人生目标就是内心的理想。

古人的理想，奉行的是"修身、齐家、治国、平天下"。"修身、齐家"是基础条件，是为了"治国、平天下"。而"治国、平天下"实际就是"大义"，为公众与社会服务。

我们今天的青年人，或许不必"治国、平天下"，理想可以多样化，甚至可以具体化为某个理想的职业，如科学家、作家、教授、医生等等。但不管理想是什么，都离不开个人与社会的关系。要做一个对社会有用的人，这就是我们的人生理想。

我是一个农民子弟，我的理想就是学成以后为农民服务。我哪怕不是农学院的学生，也不一定成为第二个袁隆平，但也要用一个文科生的专业为农民做贡献。

我想成为一名记者，专门采访、报道农民的生活实况，为这个最庞大的群体发声。我要深入村庄、田间、炕头，与农民交朋友，听他们的真心话。他们的权益如果受到损害，我就要行使记者舆论监督的职责，揭露真相，推动问题的解决，直到农民满意。

我想成为一名诗人，毕生抒发我对乡村和农民的感情，让我的诗句进入农民的心里，温暖亿万农民朋友。

我想成为作家，写出像《白鹿原》《平凡的世界》那样的长篇小说。我要写出农民的苦难命运，写出他们的梦想。

我想成为电影导演，专门为农民拍摄电影，树立中国的农民形象，并让他们走向世界。

……

为了实现这样的理想与梦想，我必须到大学的中文系、新闻系深造，到电影学院去学习导演。

孙中山先生曾经鼓励青年要立志做大事，不要立志做大官。所以，我不会将做大官当作人生理想与职业追求。

当我实现自己的记者梦、诗人梦、作家梦、导演梦中的某个梦想时，我就可以说没有虚度光阴。然而，无论是理想还是梦想，都不是空想，必须认认真真地读书学习，只有具备了真才实学，理想与梦想才有实现的可能，理想之箭才能射中目标！

论生逢其时

时，即时代与历史时期。每个人都离不开特定的时代或历史时期，在短暂的人生中，生命的意义、价值必然被打上时代的烙印。不同时代的人有不同的命运；同一时代的人也有迥然不同的人生。可是，我们无法选择自己的时代，只能在出生的偶然性与生命的必然性中找到个人的坐标。

我们可以羡慕时代的宠儿，卫青、霍去病在雄才大略的汉武帝时代建功立业，青史留名；我们也可以同情时代的受难者，同样是在汉武帝时代的司马迁却遭遇宫刑。我们也许为浪漫的李白生逢盛唐而慨叹，也为沉郁的杜甫遭遇乱世而悲悯，更纠结于陈子昂的"前不见古人，后不见来者。念天地之悠悠，独怆然而涕下"……

诚然，发思古之幽情是为了鉴古而知今。我们不能穿越到过去，只能活在当下。那么，我们今天这个时代是什么时代？毫无疑问，是一个崭新的时代。我们乘坐高铁，用着智能手机，使用移动支付，每日每时都在发生新的变化，而不是千篇一律的静止岁月。我们享有最丰富的生活方式，幸福指数早已超越历代帝王。这个时代的主题是"中华民族的伟大复兴"，因此，我们所处的正是一个复兴的时代。复兴，不是复古，而是新陈代谢，创造新事物，开创新气象。

"海阔凭鱼跃，天高任鸟飞。"生逢新时代，当有新作为。我们作为华夏儿女，不仅要守护好、治理好这大好河山，还要为人类社会做出较大的贡献。历史在记载我们这个时代的价值时，一定会浓墨重彩、大书特书，因为我们开辟了亘古未有的新的历史！

可是，也有人认为，这个时代是街头智慧大于书本道理的时代，是一个写字楼高于象牙塔的时代，是有人一日三餐吃着洋芋、有人喂狗吃战斧牛排的时代……甚至还有人套用英国小说家狄更斯《双城记》开篇的话来形容一个充满矛盾的时代："这是一个最好的时代，也是一个最坏的时代。"我们要懂得，任何时代都不是童话世界，都存在时代的局限与阴暗面，关键要看清时代的主流是什么。我们要说，这是一个改革进入深水区的时代，是一个百年未有之大变局的时代，生在这个需要攻坚克难的勇气与智慧的时代，我们应该共同努力，让生活变得更加美好。能与不能，行与不行，都只有依靠当代人自己，而不可能依靠神仙、皇帝！难道不是吗？

笔锋与人生智慧

汉字的毛笔书法，是我们的国粹，体现了独特的东方智慧。其中的笔锋，即运笔的规律与艺术，不仅是书法的笔法，更具有中国人做人的哲学。

"逆锋起笔，藏而不露"，即欲顺还逆，将锋芒掩藏，以显得起笔不轻飘、不浮躁。诚如人生要走好第一步，基础要扎实，脚步要稳重。即便胸有大志，也要沉住气，适当"藏锋"，以免一开始就伤人害己。现在很多人都认同"不要输在起跑线上"，其实大谬不然。生活中那些还未出道就咄咄逼人的人，不仅给别人带来不适之感，而且自身的形象也不那么优雅，很可能因为张牙舞爪而显得面目可憎。所以，起笔是蓄势待发，亦为人生的走向储备能量。

"中锋用笔，不偏不倚。"在调整好笔锋的走向以后，为了使得线条力透纸背，就要用力运笔，这就是中锋的作用。同理，人们在努力拼搏、奋力前行的阶段内，也不要企图走邪门歪道。而且，要吸取"中庸"的古训，为人要不偏不倚。那些行而致远的成功者，不仅步伐稳健，而且遵守社会规则，达到人生与事业的自由王国。

"停滞迂回，缓缓出头。"出锋也是书法艺术的微妙之处。如果出锋太急或者太草率，就会虎头蛇尾，缺乏整体的美感。人，越是快要出头了、要大功告成了，越要稳定心神，体现君子之风。也许，这个过程有反复，犹如黄河迂曲，但回旋是为了控制流速，更显大气。功成身退，方有完美人生。

简单的"人"字，一撇一捺竟然饱含哲理，这就是书法的奥秘，也是人生的禅意。领悟了"藏"与"露"之道，乃智者。君以为然否？

然而，确实有人不以为然。因为这样活着也太累了，倒不如随心所欲、顺其自然。何况，书法还有行云流水的草书呢，藏锋与露锋未必那么精准，只要表达性情就好。窃以为，书法有法，可不必太刻板，个性需要张扬；为人有度，但何须画地为牢？该潇洒就得潇洒。生活中的王羲之、苏东坡，不也有放飞自我的时候吗？适度的疯狂，也许比伪君子更可爱。在中国，做一个性情中人更需要智慧，这叫作"大智若愚"！你说呢？

用人之道与天下兴亡

孔子称颂管仲，司马迁赞扬鲍叔，而我要对齐桓公竖起我的大拇指。

为什么呢？管仲虽然贤能，但他毕竟也有粗心大意的时候，居然被小白装死给骗了；鲍叔即使举贤不避友，再怎么出于公心，但齐桓公有"一票否决权"，假如齐桓公心胸狭隘，坚决不用管仲，鲍叔的好意也实现不了。因此，齐桓公的王者风范、成就伟业的气度，才是真正值得推崇的。

我们从管鲍之交与桓公用人的历史故事可以悟出一个道理：用人之道与天下兴亡有直接的关系，这是大局，也是格局。多大的格局成就多大的事业，得人才者得天下（与"得民心者得天下"并不矛盾）。周文王破格起用垂钓于渭水的姜尚，让他成为首席智囊，此后，姜太公辅佐武王消灭商纣，建立周朝；秦穆公用五张黑羊皮从市井之中换回奴隶百里奚，使之成为一代名相，而百里奚使秦国成为春秋五霸之一，为秦国最终统一六国奠定了牢固基础……反之，战国时期的楚怀王听信谗言而流放关键人才屈原，没有采纳他"联齐抗秦"、由楚国统一天下的战略与策略，最终亡国。此类经验教训不胜枚举，今人当以史为鉴，让历史智慧用之于当代伟业。

我们回顾中国共产党的历史，有些人物故事也能给人以深刻的启发。只要不是阴谋家、野心家，只要是光明磊落的人，最后站稳立场就可用。同时，有过特殊经历的人，只要信仰坚定，也是不可多得的人才。

那么，在谋求中华民族伟大复兴的新时代，我们如何聚天下英才而用之？如何海纳百川？如何用好关键人才？这是一个重大的时代主题。一方面，要坚决破除"小圈子""团团伙伙"，反对成为"家臣"，避免用人上的"逆淘汰"；另一方面，我们要建立科学的、现代的选人用人机制，真正做到"野无遗贤"。如此，民族复兴大业可期，无数的人才定然托举起中国成为不可撼动的东方巨人。

绿水青山图

夜里做了一个美梦。我梦见十八岁就绘有千古杰作《千里江山图》的北宋天才画家王希孟与我同游。

他是大宋潇洒绝伦的翩翩少年，而我是新时代的十八岁高考生，我们两个同龄人穿越时空，在梦境相遇了。我邀请他到我的故乡湖北松滋去游览国家森林公园洈水风景区，并希望他以丹青妙手描绘一幅《绿水青山图》。

我们俩乘坐高铁在荆州站下车，然后乘坐专线旅游巴士经快速直达的一级公路来到了洈水风景区。他一到此处就惊呆了："啊！没想到宋之后居然还有如此的绿水青山！"我发挥了同游兼地主的职能，向他介绍洈水风景区的来历。洈水位于湘鄂两省交界之处，20世纪60年代，人们在洈水河出山口修筑了一条高90米、长8968米的混凝土双曲拱坝，从而形成了一座大型人工水库，洈水大坝是亚洲第一大人工大坝。洈水风景区整体面积286平方公里，其中核心景区面积52平方公里，属山水湖泊溶洞型自然风景区。洈水湖中分布大小岛屿数百个，港汊蜿蜒交错，形成"水上迷宫"。我兴致勃勃地解说，王希孟听得入神，他以画家之眼审视这里的一切，似乎有灵感在心中波动。我提议，我们不妨乘坐快艇在洈水湖面兜风，感受一下碧波荡漾的快感。他大喜，连说"好啊，好啊"。于是，一艘快艇载着两个不同时代的朋友在众多绿色岛屿中破浪前行，风吹着王希孟的宋代长发与长袍，真乃神人也！而我则穿着新时代服装，还戴一副近视眼镜，少了古风，多了时尚。我们均有飘飘欲仙之感。速度与激情交汇，草木与碧水辉映，真乃乐以忘忧也！湖中心有一个桃花岛，上面种植了橘树，还有土家族的吊脚小楼，那是情侣欢度良宵的好地方。有些岛上还有当地人的农家屋，牛在低头吃草。

快艇停靠在一个码头后，我们登上"南山观岛"的白云阁，纵览满目山水，俨然借"诗仙"李白之眼，醉看人间美景。王希孟已然成竹在胸，在白云阁即兴挥毫泼墨，不多时就画出了巨幅《绿水青山图》。

俄顷，我梦醒了，王希孟不知所踪。那幅画，已然刻印在我的心中，又成为中华大地的缩影。

大自然的语言你懂吗

丰富多彩的大自然中蕴含着不可言说的语言，需要用你的心去懂它。

诚然，花自语，鸟有语。处处都有语言，不需要翻译，你的灵魂就是最好的译者。

我时常陷入某种窘境，也许与人无法交流，却与大自然心心相印。我曾经在东湖边日日夜夜流连忘返，因为它可以为我疗伤。在风和日丽的时候，我双脚泡在水里，朗读莎士比亚的戏剧作品或者拜伦、普希金、徐志摩的诗句，让感情挥洒在湖面；当风浪涌起，涛声入耳，我的心也随之震撼，其中的力量冲刷着我的颓废；偶尔，我狂放地投入湖水中裸泳，放任天性，无忧无虑。我的孤独，只有东湖能够抚慰，不需要只言片语，它接纳我，我依恋它。

我也曾为花狂，几为"花痴"。某个黄昏，我偶尔用手机拍摄了五月的月季花，以某个奇奇怪怪的建筑为背景。没想到，这幅随手拍的照片在北京举办的世界月季花摄影大赛中获奖。于是，我痴迷上了月季花，每年都与她无声地约会。即使她的枯萎，也能引发我的怜爱。我似乎懂她，无论是在烈日下，还是在阴雨中。

有时候，雨后的斑鸠声声居然能诱发我的乡愁。因为这声音如此熟悉，让我的思绪不禁回到乡下，心栖息在故乡的树丛。难道是我太多愁善感了吗？其实是斑鸠的语言直达我心的柔软处，让我情难禁。

我明白，李白的"举杯邀明月，对影成三人"是月语；欧阳修的"泪眼问花花不语，乱红飞过秋千去"是花语；《诗经》的"关关雎鸠，在河之洲"是鸟语；辛弃疾的"稻花香里说丰年，听取蛙声一片"是蛙语；秦观的"纤云弄巧，飞星传恨"是星语……物我与情景之间，存在着一种特殊的语言，叫作"审美"。我们所处的世界，不仅处处有语言，而且处处有美感，只要你具有审美的能力，就会掌握一门让你诗意栖居的"暗语"。

如今，人们多为物质利益而浮躁，很少有人懂得大自然的语言。哪怕是在旅游过程中，也主要是忙于拍照留念，而不能静心去感受"大美无言"的境界。久而久之，我们的内心已经是一片荒芜。

由此看来，探寻人生的终极意义，只能用"此中有真意，欲辨已忘言"来形容了。在众声喧哗中，君不见"落花人独立，微雨燕双飞"？

吁！我心依旧。

时代　奋斗　接力
——写给2035年成人的你

亲爱的朋友：

当你打开"时光瓶"看到我的这封信时，祝贺你，我们成为真正的"忘年交"了。

我们都属于21世纪，并且属于人类新千年的历史范畴。然而，你成年的2035年对于今天的我而言，却还是一个梦想。"基本实现社会主义现代化"，这个梦想也是我们今天的一个奋斗目标，确切地说，是新时代的奋斗目标。我要告诉你的是，别小看这个"基本"目标，它可是经过科学预测与科学规划而制定的宏伟蓝图。你知道吗？为了描绘这一蓝图，我们国家在我成长的这些年，已经在下大力气做基本的功课了，如2013年公路"村村通"接近完成，"精准扶贫"开始推动，这是在大地上做实事。还有"天宫一号"首次天空授课，中国已经成为互联网大国，科技的现代化初见端倪。我们在天地之间向着未来疾驰，从"站起来"、"富起来"向"强起来"努力奋斗。然而，与世界发达国家相比，差距还很大，2020年全面建成小康社会以后，接下来的目标就是，你成人之时，即现代化基本实现之日。

我说这些大道理，你可能觉得太抽象了，我给你说说我当前的体验吧。我骑共享单车上下学，出远门乘坐高铁，在手机上用支付宝和微信支付购物，已经过上了"半现代化"的生活。高铁、支付宝、共享单车、网购，被称为中国的"新四大发明"。不知道这些到了2035年还算"酷"吗？

我想象一下2035年的现代化基本实现到什么程度吧！我觉得，这让人紧张的高考会变得很轻松了，90%以上的学生可以上大学了；城乡差别彻底消失了，一张身份证就可以走天下；住房、医疗都不困难了，老百姓没有压力了；空气新鲜了，水质更清澈了，食品都安全了，等等。

朋友，当你看我这封信的时候，我的这些梦想一定已经成真，我不是预言家，只是表达愿望罢了。我相信，基本实现社会主义现代化也只是中华民族伟大复兴的一个阶段，我们仍然需要继续奋斗，当中华人民共和国成立一百年的时候，几代人的接力，必将建设成一个强大的中国！

泉的遐思

泉，没有江河湖海的波澜壮阔，也没有滔滔洪水的破坏力，但是它具有沁人心脾的特质，也能给人富于生命力的美感。于是，当我还是一名大学生时，我毅然给自己取了一个笔名——仙泉。

我爱泉的纯洁。它来自大地深处，经过土壤与岩石的层层过滤，沉淀了无数杂质，只剩下最甘洌的成分，给干渴的人们带来生命的给养。特别是在茫茫沙漠，泉水不但能带来绿洲，更能救人性命，以其稀有，更见珍贵！君知否，敦煌的月牙泉就是天赐的"仙泉"！在水污染严重的今天，纯净的自然泉水赛过黄金。

我爱泉的深沉。在黑暗的地表之下，在漫长的岁月里，当没有人知道它存在的时候，它耐心地积聚着一点一滴的水分，逐渐增加自身的能量，耐心等待喷涌的时刻。也许，它永远也不知道何时能见天日，甚至并不知道自己何去何从，然而它的沉默不是死寂，恰恰是内涵所在。深沉，是它特有的蕴藉。

我爱泉的热烈。在某个奔放的时刻，泉水汩汩而出，或者用力喷向天空，忘情地表达自我的喜悦。这是经历无数忍耐、寂寞与磨难之后的欢乐，它是热烈的音符，唱出了动人的歌谣。如果它是对人健康有益的温泉，那它的热烈就会化为温情，给疲劳的人们带来幸福的感受；如果它是音乐喷泉，那它愿让人假泉之名而营造节日的氛围，将快乐的情绪与美的张力完美结合，激荡世人的心灵。

我爱泉的境界。泉是自然的精华，独处底层也不混浊，始终保持纯净的本色；成为潺潺小溪，也不慕浮华，泉水叮咚，低调地奔向远方！它以自己的一分子，汇入了"大江东去"的合唱，成就了"海上升明月"的壮美！

泉如斯，泉水如斯，人亦如斯。我是仙泉，我的人生经历了艰苦的农村岁月，忍受过饥饿与贫穷，甚至屈辱与不平。可我没有失去自我，坚信贝多芬的名言"扼住命运的咽喉"和普希金的诗句"相信吧，快乐的日子将会来临！心儿永远向往着未来；现在却常是忧郁。一切都是瞬息，一切都将会过去；而那过去了的，就会成为亲切的怀恋"。个人的命运转机要等候时代的泉眼，一旦时机到来，喷涌而出的，不是眼泪，而是你的激情、你的幸运！而我的泉眼，就是高考，是它改变了我这个农民后代的命运！

如今，我的内心依然保留着泉的纯洁、泉的深沉、泉的热烈，它们赋予我优秀的品质，使我在源远流长的启迪中获得了生命的永恒！

我能帮你吗

"May I help you？"这句英语口语应该是生活中的常用句了，即使是陌生人，在任何场景下也都可能用到这个句子。它体现了人与人之间的一种温暖与博爱。

人，与非洲大草原上弱肉强食的野生动物不同，除了自身需要别人的帮助，出于本能与修养，也经常有被需要与想帮忙的心理，这表明了其作为生命个体的社会存在价值。马克思主义认为，"人的本质不是单个人所固有的抽象物，在其现实性上，它是一切社会关系的总和"。可见，人除了生命的自然属性，更重要的是具有社会属性。这就是被需要的社会心理的本质所在。

需要与被需要，不仅是心理，也是伦理。中国传统文化一方面劝诫人们"己所不欲，勿施于人"，另一方面要求人们"老吾老，以及人之老；幼吾幼，以及人之幼"，要把爱播撒到整个人间，共同维护和谐社会。每个人都要自觉释放心中的善意，互相帮助，这是形成古道热肠、侠义精神的心灵之约。今天，各种社交媒体的活跃，恰恰说明被各种"围墙"隔绝的人们，仍然在网络上演绎需要与被需要的交往诉求。你发的微信朋友圈，没有人点赞，你是不是很郁闷？别人发的微信朋友圈，你也不点赞，那又如何？

在被需要的范畴中，也许只有一种情况比较特殊，那就是一般人都害怕别人向自己借钱。与自愿捐款不同，借钱是债务关系，似乎没有人公开宣布"我钱多，都来借"。现实中，借钱导致亲人朋友反目成仇的并不少见。可见，被需要也是有条件和基础的。

在宏观的价值层面，被国家需要是一个人最大的荣耀。国家需要你保家卫国，需要你当航天英雄，需要你发明芯片，需要你拿奥运会金牌，需要你当接班人……总之，你被需要的价值越大，你生命的意义就越重要。

我们大多数人是普通人，能当一个好人就不错了。在单位是好员工，在家里是好成员，在社会上是好公民。无论是在职场上、在家庭里，还是在社会上，你有被需要的价值，你活着就有价值。

最后，我们要向那些志愿者和义工致敬，因为他们体现了人之为人的良知与奉献精神。

朋友，你需要我吗？

指尖上的中国

"忽如一夜春风来，千树万树梨花开。"以此形容科技进步给中国以及中国人带来的生活方式变化，应该是确切的。在短短几年间，以互联网为载体的移动支付就让"指尖上的中国"蔚为大观。便捷与速度，服务与效率，构成完美的链条，极大地提升了国人的生活质量。

也许，我们的一天会这样度过：先用手机订购前往某个城市的高铁票，然后对准附近共享单车的二维码扫描，就可以骑车赶往离家不远的地铁，前往乘坐高铁的火车站。不需要使用现金，一切都只需要用指尖来操作。而以前，你必须要到火车站排队买票，骑自家自行车到地铁站，还要担心车放在那里会不会丢失。有了移动支付功能之后，一部手机就可以搞定相关的事。网络，把整个社会的领域都关联在一起，没有做不到，只有想不到，网络为中国人的智慧插上了翅膀。鸡生蛋、蛋生鸡，彼此循环；或者如老子《道德经》所说："道生一，一生二，二生三，三生万物。"中国人能够把符合事物发展规律的"道"发挥到极致。这就是有过"四大发明"的文明古国在新时代不断领先世界、创造新生活的文化原动力。

"移动支付""共享单车""高铁"这三个词，在《康熙字典》上没有，在《辞海》《词源》《说文解字》上也不存在。21世纪的中国，实现了大跨越式的发展，正形成"大众创业、万众创新"的热潮。"互联网＋"为人们的探索与发明指明了方向。在古老的中国，生产力获得了极大解放，根本上是人自身获得了解放。科技进步源自改革开放良好的社会环境，一点一滴的改变，每一个细节的改变，都在改变中国！

　　朋友，如果你还以为中国是印象中落后的中国，是"吃不起茶叶蛋"的中国，是跟着发达国家亦步亦趋的中国，那你的刻板印象就需要改变了。一位美国女作家在《美国人不了解的中国》一文中说，"美国老百姓对中国的认知已经陈腐过时了"；"人们乐于使用百度、微信和滴滴，它们是中国版的谷歌、脸书和优步。距我们上次探访也就一年的时间，手机支付已经普及"。她还写到，"从高铁上看到的是大型农业综合企业，机械化程度很高"；"中国正在迅速城市化，政府对新机场、公路和高铁的投资力度之大令人难以置信"。作家的亲身感受，或许不是天方夜谭吧！

　　一个"在指尖上移动"的中国，正在为世界这个大屏幕点开一片美丽神奇的风景。

且说"君子不器"

　　子曰："君子不器。"[1]孔子的观点到底是什么？历来有不同理解。或说，君子应该是通才而不是用途单一的器具；或说，君子不应该做具体事情。《礼记·学记》云："大道不器。"《易经·系辞》曰："形而上者谓之道，形而下者谓之器。"这就很明确地将"道"与"器"作为一组概念树立起来了，而且高下已分。

---

　　[1]　出自《论语·为政》。

403

下卷 散文

我们今天来分析"君子不器"的观点，应该将"君子""道""器"这三者联系起来，作为整体来认识，不应该望文生义、简单臆测。君子，是儒家推崇的最高人格，往往与小人相对。"富贵不能淫，贫贱不能移，威武不能屈，此之谓大丈夫"，也就是理想的君子，是天地之间大写的"人"，道德完善的人。与见利忘义的小人相比，君子是超越世俗利益的真正的"文明人"。他不一定是科长、处长、局长、部长之类，也不一定是博导、导演、董事长，他可能就是一介布衣，却照样顶天立地。因为，他心中有"道"。这个"道"，是天地正气，是最高的"善"。中国哲学最玄妙的就是这种模糊性，只可意会，不可言传。你说"道"就是真理也好，是某种规律也好，甚至是"天道"也好，总之，它是一种物质与精神合一的存在。它确实是一种"心学"，是永恒的、最高的裁判。心中有"道"的人，不屑于成为形而下的"器"。肉眼所见的，都是"器"，而"器"的容量是有限的。君子的胸怀包容万物，与宇宙等量齐观，天人合一，哪能被器具局限呢？一个处长、局长或者一个头衔就能包容万物吗？非也！房子、车子就能让君子满足吗？非也！

如此看来，"君子不器"说的就是一种境界、一种价值观。"器"，也不是完全不要，但那不是君子的标准。我们要在形而下的凡俗生活中，保持形而上的精神。物质世界与世俗存在犹如"器"一样容易毁灭、毁坏，而形而上的精神是不朽的。人的肉体也不过是灵魂之器而已，有不坏的肉体吗？

"天不变，道亦不变。"我们看不见、摸不着的"道"，与日月同辉，以无形的手掌握着朗朗乾坤。

幸福指数的高与低

曾几何时，中国人见面必问："你吃了吗？"因为"民以食为天"，尤其是亿万人经历过挨饿的日子，吃饭、吃饱饭是头等大事。

而近年，电视记者在街头"海采"，逢人就问："你幸福吗？"以至于有不明就里的老大爷回答："我姓曾。"在温饱问题基本解决以后，幸福指数又成为社会的心理预期和现实追求。人们要求生活质量提高，不仅在物质层面"奔小康"，更要在精神层面感受到真正的幸福！

在贫穷的岁月里，物质生活水准若从55分提高到61分，能够跨越及格线，人们就非常满意了，内心的怨怼转变为脸上的微笑。改革开放之初，从农村兴起的联产承包责任制使得粮食产量迅速增长，国人的温饱问题得到解决。肚子不挨饿以后，原来清一色的蓝黑灰服装开始变得五颜六色，老百姓的穿衣水平逐步提高，中华民族不再灰头土脸，也爱美、爱时尚。20世纪80年代，人们的生活幸福指数迅速飙升，几乎达到了100分。这个100分包含了思想解放、个性自由与精神浪漫，包括了诗歌与舞蹈的奔放，歌曲与爱情的纯真……那是一个生动活泼的时代，是一个幸福的时代。

然而，随着贫富差距逐步拉大，拜金主义日益严重，教育、医疗、住房等民生问题日益突出，尤其是理想信念出现迷茫，人们的幸福指数下降了。哪怕只下降2分，但是分摊到14亿中国人身上，也是一个"大数据"。人们不满司法不公，不满城管暴力执法，不满野蛮拆迁，不满办事求人，不满环境污染……这些不满都是在满足温饱以后，对于民主法制、社会秩序的更高要求。社会只能进步，不能退步，否则老百姓也不答应。人们在微博、微信上发声，实际就是在给各级政府管理者打分，即"谁不为人民服务，就让他脸上留下老百姓舆论的手掌印"，舆论真的可以让某些腐败、懒政、怠政的官员脸上无光。

且喜社会主义核心价值观、中国梦正在深入人心，一个幸福的新时代正呼之欲出。不求100分，但求整个社会实实在在地进步！

诗与远方

宁波纪行

宁波，著名的历史文化名城，一直让我心向往之，但是由于俗务缠身，总没机会成行。2012年国庆假期，终于有时间满足这一愿望了！

10月4日，我们一家三口从北京飞抵宁波。此行是提前多日预定，机票、酒店及行程都通过网络办妥，所以一切顺利。当天中午入住位于海曙区马园路的海俱大酒店以后，我们就急不可耐地外出游览了。下午，我们步行到月湖公园附近的尚书桥，忽然看到一组很有特色的古建筑群落，走近一瞧，原来是两座十分精致的、私家庭院式的庙宇，号称"居士林"，看来都是居士们的道场。我们继续漫步，到城隍庙商业步行街附近溜达了一会儿，再往天一广场去逛逛。其实，这天一广场就是宁波的王府井和西单，对于北京的游客来说，吸引力不算很大。于是，我们直奔宁波的标志性景点天一阁。乘出租车到了位于长春路的天一阁，才发现天一阁离我们下榻的海俱大酒店不远。看来，事先不好好看看地图就信步而行还是要走弯路的。

天一阁作为明代以来的私家藏书楼，树立了宁波"书藏古今"的形象。我们在这里随着游人参观，也只能走马观花，难以深入了解。不过，有个故事很让我感动。天一阁主人、明代兵部右侍郎范钦给两个儿子的遗产，一是藏书，一是银子，大儿子继承了藏书，小儿子继承了银子。小儿子一辈子衣食无忧，大儿子只能以书为伴。可是，大儿子留下了好名声，赢得了人们的尊敬。书香缕缕，延绵至今，范家的家族品牌竟然成就了宁波的城市品牌，功莫大焉！

次日早上7:50，我们按照计划参加了宁波周边一日游的散客旅游团，出发到奉化去游览雪窦山和溪口蒋氏故里。在雪窦山景区，主要参观蒋介石的别墅妙高台、张学良幽禁地和弥勒佛道场。

妙高台是蒋介石在北伐胜利后所建，解放战争时期，他在此遥控指挥国军与我军淮海决战。这里的条件虽不显得豪华，但比延安窑洞还是强多了，毕竟是别墅啊。

在张学良幽禁地，我们看到的房子是复建的，据说这里曾发生大火，后来他被转移到了黄山。我对赵四小姐的雕像很感兴趣，可惜她的脸部被弄脏了，没有进行维护。至于张学良的塑像，那是相当的帅。我们似乎看到张学良与赵四小姐一起漫步，享受监禁下的两人世界。据说，他当年的自由出行范围是周围六十公里。

在毗邻张学良幽禁地的弥勒佛道场，最引人注目的当然是花费三亿元铸造的巨大弥勒佛像。据说弥勒佛是"未来佛"，很受信徒爱戴。他的笑，让人宽慰。他的大肚子，教导我们要容得下难容的人和事。看到他，一切烦恼都会消除。

下午，我们进入溪口的蒋氏故里游览。宋美龄住过的文昌阁，蒋经国住过的小洋房，蒋介石九岁后住过的丰镐房，以及他出生的玉泰盐铺，都挤满了游人。因此，要想仔细参观，还真不行。在剡溪边的长街上，到处是打着蒋氏第三十代或者第三十一代之类招牌的商铺。

晚上回到宁波市区，我们在三江口和老外滩观赏夜景之后，通过手机GPS定位寻找到品味宁波小菜的餐厅"贴阁碧"的所在，美美地吃了一顿。吃当地有特色的美食，是旅游的题中应有之义。

10月6日6:30，我们又随团去普陀山游览。经过金塘大桥等五座跨海大桥，然后乘坐海船抵达普陀山。上岸后，就看到了题词"海天佛国"。普陀山是著名的观音菩萨道场，来这里的游客除了观风景，主要就是祈求平安和健康，当然也有求子和求姻缘的。据说，这里的观音特别灵验，某年观音铜像开光的时候，观音"显灵"了23分钟。成千上万的善男信女从四面八方来到普陀山，虔诚地敬香、跪拜、祈祷，使得海岛充满了浓厚的宗教气息。我们也在观音铜像前烧香拜佛，祈求平安和健康。普陀山还有个历史悠久的寺庙普济禅寺，这个寺庙有个奇怪的现象，就是正门紧闭，只有两个侧门供进出。传说，过去只有皇帝来了才能打开正门，与此对应的是门前有三座桥，中间的富贵桥专供皇帝通过，左右两座桥分别是长寿桥和平安桥。尤其是平安桥，又被称为老百姓走的"平民桥"。佛门与俗世之间的关系似乎没有做到"众生平等"，我们作为旅游者只能以平常心来对待这个传说。

最后，我们来到了海边，任凭清新的海风吹拂，看海潮奔涌，心情异常轻松。大自然很真实，不像佛门那样虚幻。

10月7日上午，我们为了不影响下午去机场，就没有再到距离远的景点去游览，只到就近的月湖公园散步。没想到这个免费公园的风景还真美，楼台亭阁与依依岸柳，每一移步都是画面。没有了如潮的人流，显得十分宁静。一些本地市民在亭子里唱越剧或流行歌曲，吹拉弹唱，好不开心！其实，这就是我们喜欢的场景，享受生活的馈赠，把压力抛弃，不就是旅游的目的吗？

中午，我们再次去"贴阁碧"享受宁波美食，心满意足地结束了这次假日之旅。虽然还有很多景点没有来得及参观游览，但是也为日后再次来宁波留下了念想。

总之，不虚此行，宁波为我们洗尘，为我们释放了桂花的馨香！我们爱宁波。

人文之旅：山西游记

山西，没有大海的浪漫，也没有草原的狂野，却有厚重的历史文化，更有宗教的氛围，不仅属于观光的范畴，还能够为游客提供穿越时空与净化心灵的难得机会。因此，在国庆期间，我从众多可供选择的线路中最后选择了山西。需要说明的是，十多年前，我的工作单位曾经组织同事们赴山西游览，而这次依然选择山西有两个理由：一是我夫人没有去过山西，我作为家庭游伴陪同她，尽一个老公的义务；二是山西离北京比较近，不需要乘飞机，只坐高铁就可以到达。为了避免自驾车出行的堵塞，我们就跟随旅行团了。

一、晋祠怀古

晋祠，以晋命名，实际上却是中国历史的一个缩影。作家梁衡的散文《晋祠》对这里的风物与典故有过详细描绘。它与孔子最崇敬的周朝及中国最繁荣的唐宋王朝有直接和密切的关系。周成王姬诵的弟弟姬虞被封到唐国（今山西）做诸侯，姬虞的儿子后来继位，因晋水之名而将唐国改为晋国。晋祠就是专门为缅怀和纪念唐国诸侯姬虞而建的，这就是晋祠的由来。而李渊和他的儿子李世民在此反隋兴唐，宋太宗赵光义于斯灭掉北汉政权，结束唐亡后形成的五代十国分裂局面，再次统一中国。

我对晋祠最感兴趣的是它的古树。一棵有三千年历史的柏树，被称为"周柏"，它毕竟太高龄了，树干躺倒而不死，有点卧看人间的意味。

至于其他的几棵古树，导游说也有八百多年历史了。我不禁联想到人生短促，竟然不如树的久远。多少王朝兴废，时光飞逝，一切都行迹全无，唯有古树作证，令人遐思。游晋祠，固然可以欣赏古建筑和泉水，但是感悟"历史周期率"则是最高境界。奠定中国礼仪制度的周朝、辉煌的唐宋王朝都由盛而衰，为什么？难道真的走不出历史循环的怪圈吗？

我不禁将目光投向晋祠的天空，发出我的"天问"。

二、五台山礼佛

无论你是否信佛，到山西旅游都必然去五台山览胜。五台山是我国的佛教圣地之首，是文殊菩萨的道场。清朝顺治皇帝在这里出家，康熙五次亲临此地礼佛。这些传说，为五台山增添了"灵验"的非物质力量，更加吸引无数的人前来朝拜。

由于时间有限，这次五台山之行我们只参观了广化寺、菩萨顶、显通寺。印象最深的当然是菩萨顶，108级台阶的衬托使得这座位于灵鹫峰上的喇嘛庙显得非同一般。这里视野开阔，有点俯瞰尘世的感觉。当晚，在观看情景演出《又见五台山》之后，我们夜宿山中民居。在北京受够了闹市嘈杂，体验一下原生态的生活，也算是特殊的收获吧。

尤其是次日清晨，因为要去五爷庙烧香而起早，抬头看到清朗的天空众星捧月的美景，所有人都惊叹不已。心中的尘埃，被荡涤了，名利之心和诸多烦恼似乎都得到化解。五台山的磁场，能够改造俗人。

五爷庙清晨烧香点灯的盛况，几乎就是芸芸众生的又一场竞赛。拥挤的人流，许愿祈福都唯恐落后，反衬了生存的不易。家家有本难念的经，人人都有想表达的内心情怀，渴望得到超自然力量的拯救或者协助，得以转危为安、化险为夷。真是人间诸般苦，佛祖一笑间！

三、辽塔与悬空寺远望

在离开五台山前往大同云冈石窟的过程中，我们的旅行团队稍做停留，顺道远观了应县的辽代木塔和浑源县恒山翠屏峰峭壁间的悬空寺。

为什么说是远观呢？参观木塔是临时增加项目，算是一种意外收获。时间匆匆，来不及细看，大家就近照相留影就可以了。900多年历史的木塔，没有被战火或者雷击破坏，已经是奇迹。我想到辽宋交战的历史，想到传奇女人萧太后，觉得今后有空还是要了解一下当时的史实。读万卷书，行万里路，然后还是要通过读书来提高认识。

悬空寺在节日期间实行限流措施，再加上进山之路严重堵塞，导游建议大家坐当地老百姓的摩托车进去看看就好了。摩托车在崎岖坎坷的土路上抄近道将我们送到悬空寺附近，在我们拍照留影后又将我们送回到旅游大巴停车的地方。"游击队"在关键时刻发挥作用，市场经济在旅游领域也充分体现。

这回参观悬空寺之前，导游小姐说悬空寺的设计者从蜘蛛倒吊着织网的情景中获得灵感，从悬崖顶端将凿壁者用绳索下放到峭壁，进行凿石挖洞的作业，然后将经过桐油处理的木头搜入壁中，人为搭建能够修庙的平台。这种危险建筑举世罕见，堪称奇观。不怕做不到，就怕想不到。古人的聪明与勇气，令人佩服。

四、云冈石窟探秘

大同云冈石窟是与帝王灭佛行为进行抗争的杰作。导游告诉游客，北魏皇帝拓跋焘因为推崇道教而贬斥佛教，采取了杀僧行动，只有与太子交好的高僧昙曜和尚得以逃生。拓跋焘认为太子不忠，挥剑杀死太子。等到拓跋焘死后，他的孙子即位，又推崇佛教，于是寻找回来了昙曜和尚。这昙曜和尚意志顽强坚定，开始了浩大的凿壁造佛像的工程。此为云冈石窟的背后故事。

今人游览云冈石窟，可以采取远景、中景和特写的视角来观看与欣赏。远景要看它的总体面貌，在大脑中形成大致印象；中景要看佛像的布局与具体洞窟；特写要看佛像的表情与雕刻细节。宗教意义与艺术表现的统一，是云冈石窟与敦煌壁画、龙门石窟的共同特点。

宗教信仰是一种力量，是人类区别于动物的高级精神活动。在信仰的支配下，再硬的石头也不过是创作的原材料而已。我们参观石窟、看佛像，可以重新思考一下，今天我们该信仰什么？如何坚持自己的信仰？

五、乔家大院访财神

晋商的象征不仅仅是高挂的红灯笼，而是一整套的经商理念。乔家大院的建筑不一定雄伟壮观，只是庭院深深罢了。我注意的是里面处处可见的文字牌匾之类的东西，那里透露了很多思想和观念。比如，"克己复礼""见贤思齐"，以及"结交官府""义气用人"等等。

我还特意参观了几个书房，改变了我对商人的偏见。在乔家大院，我看到了商人的书卷气，也就是"儒商"的另一面。诚信的理念，谦和的人品，宽容的胸怀，灵活的处事态度，是晋商成功的奥秘吗？今天，大家都来乔家大院好好研究一下经商之道，或许能得到有益的启示。

六、平遥古城还原古代中国

你想看看中国古代内陆县城是什么样子？平遥古城能够满足你的愿望。城内没有高楼大厦，街道、小巷与院落，很符合"人居"的要求。节假日期间，主要街道游人如织，有点像赶庙会。倒是那些小巷子可以供人悠闲漫步，越是有点破败的地方越真实。

我对县署古迹的感觉是，一点儿也没有今天的楼堂馆所华丽气派，太朴素了！古代的县衙其实很简陋，县令的最高境界是"当官不为民做主，不如回家卖红薯"，内涵就是"为人民服务"，而且行政办公与司法审判，他一人就干了，效率很高。

在平遥古城，我边走边思考，如何对待几千年的历史？如何对待祖先？如何对待传统文化？古代中国的精华要继承，糟粕要舍弃，同时要与时俱进，革故鼎新，中国人的生活质量一定会更高。

当然，平遥的牛肉与醋也很诱人！

洈水之恋

仁者乐山，智者乐水。醉翁之意不在酒，在乎山水之间也。

荆楚大地，松滋境内，有名洈水，国家级森林公园，不仅能满足你的"醉翁之意"，也不仅能证明你是仁者与智者，在环境问题日益严重的今天，它更是比黄金还宝贵的稀缺资源，其价值怎么估计也不过分。你如果能有幸亲近洈水，在这里愉悦身心，享受一种欢乐的山水醉意，那就是高级的审美过程了！

我是松滋人，但离开家乡已经三十多年了。我在闯荡江湖、游历国内外诸多名胜以后，"蓦然回首，那人却在灯火阑珊处"，发现家乡的洈水才是天生丽质、出水芙蓉，没有浮华的包装与矫饰，就像绝代佳人的"酒窝"，让你春心荡漾，陶醉于她的"巧笑倩兮，美目盼兮"，不觉已经与她身心融合，成为超越尘世的"风流人物"。

甲午清明期间，我回乡扫墓踏青，与亲朋同游洈水，一扫京城带来的疲惫，也卸去正月里丧母之痛造成的巨大精神抑郁，登上"南山观岛"的白云阁，纵览满目山水，俨然借"诗仙"李白之眼，醉看人间美景。飘飘欲仙之际，我不禁朗声大笑与歌唱，洈水成为我的知音，包容我，接纳我，爱护我，让我这个年过半百的"老顽童"返璞归真，找回遗失已久的赤子之心。一对武汉来的老夫妻，受到我的情绪感染，也高兴极了，尤其是那位颇有宋美龄之风的女士，居然在南山上与我一起唱《纤夫的爱》，后来交谈得知他们是老年合唱团的。我放声歌唱，自然引发了他们的欢乐。

与"南山观岛"相对的是"生态岛"。岛上的红色樱花盛开，没想到洈水风景区也有樱花！联想到我的母校武汉大学的樱花，以及春节期间在台北市郊三芝乡看到的樱花，特别是清明节这天在松滋二中校园也看到了怒放的樱花，我感到樱花的美丽犹如蝴蝶的翅膀，在哪里都可以停留，在哪里都可以存在。美丽无边界，属于所有爱美的人们！美丽有境界，也属于所有爱美的人们！洈水，不但山美、水美，花也美，而这种美也能唤醒人们心灵的美。

登高抒怀与踏青赏花以后，最放松的时刻就是乘快艇在岛屿间劈波斩浪，速度与激情交汇，草木与碧水辉映，真乃乐以忘忧也！此刻，无关庙堂与江湖之辨，亦无关"君""民"之别，更罔顾人生沉浮，唯有欲仙欲死之快感。如果说苏轼赤壁泛舟，"诵明月之诗，歌窈窕之章"，是一种潇洒与浪漫，那么我等洈水飞舟则为"老夫聊发少年狂"，让心灵飞起来，做一回御风而行的"水上神仙"。

洈水风景区还有"桃花岛"和溶洞"颜将军洞"等景点。此前，我曾夜宿"桃花岛"，感受静谧与安宁，也到神奇的溶洞参观过。传说洈水系春秋战国的巴国遗址，巴国战时失利，颜将军率余部逃入溶洞中，以巨石封口御敌。敌退，欲出其洞，遍寻其出口而不得，终为饥寒所毙，"颜将军洞"由此而得名。近年来，由于交通更加便利，前来洈水旅游的人逐渐多了，滗水正从"养在深闺人未识"走向知名度与美誉度不断提升的佳境。在城市喧嚣侵蚀人心、人们渴望无污染的空气与水之际，滗水无疑是一处洗净铅华的天然氧吧。我为家乡松滋有这样的一片净地而感到骄傲！

回到北京，在雾霾深锁高楼的日子里，我想念滗水，就像想念深山里风姿绰约、肌肤若雪的"处子"，让我神思飞扬……

土耳其、波兰、俄罗斯纪行

2015年8月，我继2002年到阿曼苏丹国、2008年到日本与韩国以后第三次走出国门。与那些走访了一百多个国家的旅行达人相比，我仍然是一个孤陋寡闻的"乡巴佬"。在地球村时代，出国的神秘感已经不存在，但是亲自前往实地踏勘一番，还是比"神游"要有收获。人这一辈子去若干个国家和地区感受一下不一样的风土人情，很有必要！有人把房子卖了、工作辞了也要环球走走看看，我很佩服。这叫作"潇洒走一回，到老不后悔"。土耳其、波兰、俄罗斯的浮光掠影之行，对于我而言，也是终生难忘的经历。

一、伊斯坦布尔印象

在中学地理课上，老师讲到土耳其的伊斯坦布尔是世界上唯一横跨亚欧大陆的国际大都市，尤其是著名的博斯普鲁斯海峡，战略地位十分重要，自古以来就是兵家必争之地。我心想，一定要亲眼看看那里到底是什么样子。

第一眼看到博斯普鲁斯海峡以及横跨亚欧大陆的公路桥，确实有惊艳之感。对于饱受雾霾困扰的北京居民来说，那城市上空透亮的蓝天白云和穿过城市的蔚蓝的海水，特别是自由飞翔、毫无畏惧的海鸥，美不胜收。在岸边的露天高台喝茶，那种惬意，不亚于神仙。即使后来在雨中看海峡，也有自然与人文交汇的特殊韵味。以清真寺建筑群为特征的城市风貌，混合着间或传来的高音喇叭播放的伊斯兰教祈祷腔调，视觉与听觉的画音同步，都深深地进入了记忆之中。

在中国，不到长城非好汉。在伊斯坦布尔，不看一看圣索菲亚博物馆就等于没来这里。它是一座气势宏伟的长方形石头建筑，上面巨大的穹顶，直径31米，离地面55米。底部四周有40个大玻璃窗，4座雄伟的拱门，是典型的拜占庭建筑。它曾经是罗马帝国时期的基督教堂。1453年，拜占庭帝国灭亡后，信奉伊斯兰教的土耳其人在教堂外修建了4座宣礼塔，将这座千年历史的大教堂改为清真寺。1935年，土耳其共和国将它改为博物馆。这个博物馆具有历史与宗教、战争与和平的化石一般的意义。

此外，老皇宫、新皇宫也是必看的景点。其中的新皇宫是"填海而造的花园"，里面的陈设极尽奢华，显示了奥斯曼帝国的辉煌。这是伊斯坦布尔第一座欧式宫廷。我参观新皇宫的时候，正逢下大雨，在里面感受了宫里的富丽堂皇，再来到外面，从雨中看皇宫，觉得它很普通，实在看不出里面藏有那么多宝物。

我对伊斯坦布尔的人比较关注，发现这里真是一座国际大都市，金发碧眼的西方美女与戴头巾的美女还真多。但是，我还发现男人们似乎比较懒散，三三两两在街道边闲聊，总体上没有急匆匆的人流与人海。看来，这是一座休闲的城市，幸福指数比较高。但是，恐怖主义的阴影算是笼罩这里的不和谐因素吧。所幸我在这里的时候，一切安好！

二、华沙印象

华沙，一座不温不火的城市，如今在世界上绝对不是热点，既不红得发紫，也不惹是生非，仿佛与世无争。这里给我印象最深的是：第一，几乎没有高楼大厦，基本都是矮楼，据说大多数是二战后重建的；第二，马路宽阔，而且自行车道与人行道在一起，远离机动车道；第三，公交车站就设置有充值设备，不需要到定点的地方去办理。

此外，哥白尼、居里夫人、肖邦这三大世界级名人为华沙增色不少。我感到奇怪，这里的风水难道对于培育名人有利？那么，现在它为什么不出啥名人了呢?

我还了解到，越南人移民到这里的比较多。越南留学生把自己的亲戚都弄到这里来。缓慢的生活节奏，过日子还是很不错的。

我对这里的一个细节感到不太满意，就是上厕所收费。北京早就不收费了，这说明北京的社会经济发展状况比华沙要好得多。

三、圣彼得堡印象

圣彼得堡始建于1703年，至今已有300多年历史，市名源自耶稣的弟子圣徒彼得。1712年，彼得大帝迁都圣彼得堡，一直到1918年的200多年的时间里，这里都是俄罗斯政治、经济、文化的中心。1924年为纪念列宁而更名为列宁格勒，1991年又恢复为圣彼得堡。

圣彼得堡历史中心及其相关古迹群成为联合国教科文组织认定的世界遗产。圣彼得堡在地理上处于大涅瓦河和小涅瓦河汇聚的三角洲地带，在18世纪初，这里还是一片沼泽。彼得大帝从瑞典人手里夺得这块地盘以后，随着圣彼得堡市的建造，人工运河在市内纵横交错，这些运河是在叶卡捷琳娜二世时期开凿的，以舒缓因芬兰湾水浅而倒灌进入圣彼得堡的海水。圣彼得堡共有42个小岛，由423座桥梁连接。所以，这里是名副其实的水城。这里还是一座文化之城，许多俄国著名诗人及作家，比如普希金、莱蒙托夫、高尔基等人都曾在此生活和从事创作。

与莫斯科相比，圣彼得堡更具皇家风范，市中心的冬宫是当时沙皇的皇宫。十月革命就是从停泊在涅瓦河上的"阿芙乐尔号"巡洋舰炮轰冬宫开始的。圣彼得堡因其风格鲜明的俄罗斯古典建筑享有盛名。这座城市以其独特的风格吸引着不同国家的来客。著名的名胜古迹有彼得保罗要塞、彼得保罗大教堂等。彼得大帝的幽灵，在圣彼得堡回荡。

二战后修复的冬宫，是一座蔚蓝色与白色相间的建筑，高三层。冬宫宽敞明亮的展厅里，共有各类文物约270万件，其中绘画约1.5万幅，雕塑约1.2万件，版画和素描约62万幅，出土文物约60万件，实用艺术品约26万件，钱币和纪念章约100万枚。藏品分原始文化史、古希腊罗马文化与艺术、东方民族文化与艺术、俄罗斯文化、西欧艺术史、钱币、工艺7个部分，并按地域、年代顺序陈列在350多间展厅里，展览线路加起来有30公里，因而有世界最长艺廊之称。参观冬宫，饱览艺术品最有价值。女王的高雅品位，体现了真正的贵族气质。

在这里，街头的浪漫婚礼，令人大开眼界。幸福的感觉，弥漫在城市的空气里。这是一座能够吸引"回头客"的城市，需要再三仔细地品味。虽然我在这里丢了一件羊毛衫，挎包也被小偷拉开了拉链，但我还是迷恋这里独特的风采。有机会我一定重访圣彼得堡。

杜甫草堂与书法艺术

20世纪80年代，我参观杜甫草堂的时候，没有太注意里面的书法展示，因为那时我没有练习书法。而2017年端午假期再次踏访，则完全被琳琅满目的书法迷住了，因为我已经是书法爱好者。

杜甫是"诗圣"，如果书法与诗歌相结合，那简直就是美丽的搭配。用传统书法写杜甫的诗歌，或者用书法来表达对杜甫及其草堂的赞美，是一件相当风雅的事。

在草堂展示的书法作品中，既有赵孟頫、吴昌硕、伊秉绶、于右任、章炳麟、叶圣陶、马叙伦等大家的墨宝，也有郭沫若、陆定一、邓拓等人的手迹。至于碑刻作品，由于拍摄时候有反光，效果不佳，辨认比较困难。

这些书法作品给我很大的启发，用自己擅长的书体来书写古典诗词，将是非常有意义的工作。要将诗意与书法的气息融合，给人以特别的审美享受。我相信，我可以做到！我当大学讲师的时候，教授古典文学课程，对于历代诗歌作品都很熟悉。我可以在文人书法领域有所作为。

至于杜甫的草堂，我现在的想法是，那种冬暖夏凉的住房其实很好，关键要做结实，不能总被"秋风"所破。

寒士是否俱欢颜，也不是仅看有没有住房，让灵魂有家园才是最高境界与最高追求。

青城山问道

2017年端午期间，我慕名登临位于成都境内的道教发祥地——青城山，感受名山的清幽。作为自然风景与道教文化相融合的旅游胜地，青城山与张道陵密不可分。

道教以老子为教主和最高信仰，以追求长生不死和成仙为最高境界。道教创始人张道陵，字辅汉，传说是西汉宰相张良的八世孙，七岁便读通《道德经》。为洛阳太学书生时，博通"五经"，后来叹息道："这些书都无法解决生死的问题啊！"于是弃儒改学长生之道。二十五岁，曾官拜江州令。汉和帝赐为太傅，又封为冀县侯，三次下诏，他都婉拒了，对使者说："人生在世，不过百岁，光阴荏苒，转瞬便逝。父母隆恩，妻妾厚爱，也随时而消失。君臣之恩，谁见长久？请转告圣上，只要清静寡欲，无为而治，天下自然大定，要我何用？我志在青山中！"传说在世一百二十三岁，白天羽化升天。

我对于张天师辞官不做的态度很敬仰。我相信他绝对不是故作清高，而是确实有精神与信仰的追求。道教是中国的本土宗教，如果完全没有道理，也不会有与佛教分庭抗礼的资格。在中国传统文化中，儒道佛是内核。而作为学派的老庄道家，与作为宗教的道教不是一回事。

游览青城山，先做点儿文化背景常识的功课很有必要，不然只会"到此一游"而已。青城山最重要的景点是天师洞。张天师在这洞里弘扬道教，传道授业。他放着县令与太傅不做，不愿意享受那些级别待遇，宁愿到深山洞穴探求道术与仙术，让我等俗人汗颜。

至于顶峰的老君阁，由于2008年地震被破坏，属于重修，古迹的感觉已经荡然无存。因此，费尽九牛二虎之力一步步登上来，也仅仅是为了完成登顶的愿望罢了。放眼四顾，青城山果然隐隐有仙气，真是一个隐居的极好场所！

在登山的过程中，获悉张大千、徐悲鸿曾经到青城山居住并进行艺术创作。特别是徐悲鸿在这里依据屈原的《国殇》与《山鬼》进行了绘画创作，可见艺术创作不需要在办公室进行，最好在山野之中。

对于青城山的书法艺术，我给予了特别的关注。在中国的人文景区，书法是一个重要组成部分。如果忽略了这一点，旅游的含义就大打折扣了。

离开青城山，绿意在心中。至于是否成仙得道，我觉得只要有仙心和道心就够了，不要在俗世中陷入太深。

都江堰怀古

都江堰，不是古战场，不是皇家园林或藏宝之地，它只是一个利国利民的水利工程，却成为可以多元解读的"活教材"，给我们深刻的启迪。

丁酉端午期间，我怀着极大的兴致探访了作为旅游景点的都江堰。在我的中学地理课堂上，我第一次知道它的存在，几十年后方实地参观，也算是了结一个心愿。整个参观过程，从南桥始，到南桥终。首先从古色古香的牌坊走到南桥上，立刻就被桥两侧浩荡的激流震撼了。那河水给我强大的视觉冲击力，让人感觉那是一种奔腾不息的生命的存在。第一印象很不一般，犹如一本书的封面激发了读者阅读的欲望，我的心情开始进入访古的状态。然后凭门票从南桥附近的景区入口处正式进入都江堰的核心景点宝瓶口与鱼嘴。

宝瓶口，实际就是把河水的主流逼入南桥方向的河道的关键河口。据说，当年的蜀郡太守李冰及其儿子主持修建都江堰工程时，将此处的山劈开，硬是将主流引入"瓶口"，滔滔而下灌溉川西平原，水害变为水利，使得蜀地成为"天府之国"。而宝瓶口另一侧的河道成为自然河道,发生洪水时就可以分流。距离宝瓶口不远的上游地带,则是将岷江分为内江、外江的主体工程——鱼嘴。在河中心,修建一个形状如鱼嘴那样扁平的固体延伸至水中,迫使河水一分为二。为此,李冰总结出治水的著名六字格言——"深淘滩,低作堰"。其精妙之处在于顺应水性,绝不企图阻挡水流,而是给水以出路和撒野的条件,在深与浅的辩证关系上做文章,并根据季节的水涨水落来自然调节。两千多年前,人文精神与水利工程就完美结合了,不得不令人叹服。

鱼嘴与宝瓶口是互相衔接的配套工程,这是名副其实的"千年大计",绝不是什么"政绩工程""形象工程",更不是牟取利益的"豆腐渣工程"。李冰父子造福于民,是"为人民服务"的典范。他们不需要高喊动人的口号,只需要实实在在的行动。今天的人民公仆们要学习他们一心一意干实事、干好事、干大事的精神。而且,做事一定要讲科学,不能蛮干、瞎干,不能目光短浅、急功近利、留下隐患。我想,各级党校、干部学院是否应该把课堂延伸到都江堰这类经得起历史和时间考验的地方呢?

最后,我要说,我们不能搞历史虚无主义,自我全盘否定就是数典忘祖。中华民族一代代传递下去,对人类的贡献是不容抹杀的!

潭柘寺访古

潭柘寺名气很大,因为那句"先有潭柘寺,后有北京城"的说法,似乎这个寺庙具有很高的历史地位,如果你不去拜访,必定是一大遗憾。而我从1993年考博进京,居然一直没有下决心去访问。2017年11月11日,我终于感觉缘分到了,趁着天气清朗,前往拜谒。

说真的,我对庙宇建筑本身的兴趣不是放在第一位的,最感兴趣的是相关故事与传说。那里面,有值得品味的内涵。

潭柘寺给我印象最深的是"帝王树""神虎""公主脚印"。所谓"帝王树",就是唐代栽种的、已有1300多岁的银杏树。清代乾隆皇帝御封为"帝王树"。相传清代每有一代新帝登基,此树的根部都会长出一枝新干来,以后逐渐与老干合为一体。与"帝王树"东西相对的还有一棵古银杏,是为了给"帝王树""配对"而后来补种的,因此被称为"配王树"。然而,这两棵树都是雄性,不能结果。

我对于自然之树被赋予皇权色彩并不认同。银杏树确实是"活化石",树龄极长,可是王朝的更迭说明帝王们并不能江山永固、皇运长久。帝不如树,形成绝妙讽刺。我想,这古老的树木还不如叫"中华树"更合适。银杏树的顽强生命力,恰恰能够象征中华民族的性格。

至于"神虎",因为我的属相为虎,所以我特别注意。这是一个佛教传说,僧人们讲经修道的时候,一只老虎也来听讲,真乃神虎也,可见佛法无边啊!用佛教的轮回理论,老虎也想去西方极乐世界,摆脱轮回之苦。即便是人,也可能轮回为禽兽,难脱苦海。吃人的老虎可以变善,那些比老虎还凶恶的坏人还有什么理由不变好呢?放下屠刀,立地成佛,是也!

最让我感动的,是忽必烈之女妙严公主的深深脚印。她为了救赎父亲滥杀无辜的罪孽,甘愿在潭柘寺跪拜,念佛诵经。时间久了,或者说是功夫深了,她在石砖地面上居然留下两个文物级别的珍贵脚印。无论真伪,这故事本身特别有内涵。她的心够虔诚了,可是忽必烈的灵魂是否得到救赎,就不知道了。黑格尔认为,恶是历史发展的动力。我们今天来看待元朝征服世界的历史,不能简单地以对错来评价。

潭柘寺还曾经有一位直接参政的高僧,名字叫姚广孝,他帮助朱棣得了天下,功成身退,又回到寺庙继续当和尚。以出世的心,做入世的事,又归于出世,堪为当今为人处世的教材。有些人当阴谋家、野心家,贪恋权力,后果很严重。

站在潭柘寺的后山坡上鸟瞰,只见远山朦胧,一切尽在不言中。

421

新星村探访记

2018年是改革开放四十周年，也许最好的纪念是看事实。"事实胜于雄辩"，一些理论问题，与其争论不休，不如"请看事实"。基于这样的认识，我在2018年8月18日这个风和日丽的好日子探访了湖北松滋新农村建设的典型之——新星村。

村如其名，这个山村可谓一颗名闻遐迩的新星，早就让我有了一探究竟的愿望，只是一直难得有时间去看一看。恰逢松滋二中1978届同学毕业四十年怀旧聚会，我就抽空来到了新星村。

这个村子属于街河市镇，离我的老家新生村很近。特别是该村的党支部书记、70后的赵业胜是我的侄辈，算是真正的"赵家人"，我对他的创业过程有所了解，知道他来之不易。

不巧的是，我进村的这天他在武汉有事，他让妻子小吴接待我们。小吴也是土生土长的本村人，与赵业胜育有一女，女儿已经是武汉大学的研究生了。他们这个家曾经也很困难，一个哥哥在外从事泥瓦匠工作时不幸从高处坠落而丢命。赵业胜为了改变家族命运，依然从泥瓦匠起步，凭借艰苦奋斗，逐步成为建筑行业的工程承建人，与一些大型建筑企业有合作。他致富以后，拿出私人的三百万元给村里修建了公路。道路改善了，与外界的交通方便了，养猪场、养鸡场以及农产品合作社相继建成。除了村部以外，他还借用古代"驿站"这一概念，建设了"新星驿站"，方便南来北往的客商与旅客在此停留小憩。尝村酿美酒，吃地道的农家菜，就着田园风光露天品茶，是一种精神上的愉悦。城里人会很喜欢这种休闲的氛围，一切内心压力与人世纷争都会化解。世外桃源的感觉，真的妙极了。

其实，赵业胜绝不是钻进"钱眼儿"的目光短浅者。他作为以先富带后富、走共同富裕道路的基层党员干部，既讲政治，"不忘初心、牢记使命"，又讲文化，努力营造文化氛围。乡规民约、传统文化，成为村民的言行守则。富裕，不仅是物质富裕，精神也要富裕。"一切向钱看"，不是新星村的价值追求。

赵业胜的善举，如愚公移山感动上帝一样，也让更多的善行向这里汇聚。新星村得到了各方面的关注与扶持，进入了良性循环。关键在于，他致富后回馈社会、带领乡亲们共同致富的行为，符合改革开放的时代潮流。也正是由于觉悟高、得民心，他才被推举为党支部书记。与某些地方出现"村霸"祸害村民的情形完全相反，赵业胜以他的大善与大德赢得了口碑，他自己也成为一颗闪亮的新星。

当晚霞出现在西天，我们带着心灵的氧气离开了新星村。我甚至想，什么时候有空了再到"新星驿站"安安静静待几天，投入我的诗文写作，那一定是接地气、带露珠的。

祝愿更多的新星村出现在中国大地，也希望更多因为改革开放而致富的人们为中国做一些实事，让国与家都变得更美好！

泰国清迈、清莱双城游略记

2019年春节期间，我在网上报名参加了中青旅的"泰国清迈、清莱7日游"。这次随团旅游让我度过了一个愉快的春节，比国内单一的过年有趣多了。尤其是沐浴在泰国热烈的阳光下、呼吸清新的空气，可以说是有益身心，躲过了过年时中国内陆冬春之交的寒冷天气，真的太值了。哪怕只有短短的几天卸去冬装，都是一种释放，而且让视觉、听觉、嗅觉、味觉、触觉全部转换，虽说有点马不停蹄，却也乐在其中。

本来，此次出行开始选择的是越南、柬埔寨方向，后来决定先去泰国。选择清迈、清莱，就是为了传说中的清静。我不喜欢所谓繁华、热闹，更

423

下卷 散文

愿意踏上人文与自然交融的旅程。在清迈街头，我看到一些西方人三三两两自由溜达，那种状态就是我向往的。自由行需要自己解决交通问题，旅行团则可以不操心用车事宜，还可以认识组团的新朋友，只要旅游项目有吸引力，也是可以接受的。自由行的深度体验，或许可以牺牲一点。

吃住很重要，然而最重要的还是旅行项目。泰国作为一个佛教国家，宗教建筑当然有其特色，"看庙"不可避免。我印象最深的是"脱鞋"这一环节，游人进入庙堂必须脱鞋，这比中国的寺庙要求严格。而且将龙凤一体的长龙融入庙宇建筑体系，也是泰国的一大特征。泰国人在当和尚与还俗之间可以自由切换，少年当和尚很正常，是人生的必修课。某些顽劣孩子经过和尚教育的矫正就变好了。这说明，佛教的教化作用不可低估。

旅行中最有趣的是骑大象过河与爬山。这有点儿"真人秀"的感觉，改变了被动游山观景的呆板。别看大象慢腾腾，它要求游客的腰部必须无暗疾，否则可能造成疼痛。骑在大象高高的背上，感受它的脚步，这个体验很独特。

此行触动我情感的是参观歌星邓丽君在清迈居住过的美萍酒店总统套房。我在20世纪80年代迷恋过邓丽君的歌声，是她感化了我那颗"革命"的心。传说邓丽君演唱的《小城故事》就是与清迈有关。她在这里因病去世，生命停止在42岁芳华。我为了表达对她的怀恋，在客车上即兴唱了一曲《甜蜜蜜》。

旅行也是增长见识的过程。参观位于"金三角"的鸦片博物馆，我第一次获知了罂粟花的传说。一个美丽的姑娘，有七个男人追求她，然而她并没有来得及嫁人就因病死亡了，神奇的是她的墓上长出了一枝艳丽的花，就是诱人的罂粟花。没有想到美女会化身"恶之花"，令人唏嘘不已。

当地导游杨先生是泰籍华人，他的爷爷是1949年溃退到泰国边境的云南籍国民党军队士兵。他曾经带爷爷赴北京看了万里长城，爷爷激动得流泪了。我们听到这个故事，也禁不住很感动，忽然湿润了眼眶。

"双清"之旅，不虚此行，为了避免记流水账，其他行程在此就不赘述了。最后，我要说，泰国的芒果糯米饭好吃！

中秋贵州行记略

美丽中国，贵州就是美丽之一。己亥中秋之际，我前往心仪已久的贵州初探尊容，真是不虚此行。虽然在中秋当天突然急性腹泻，我也只当是清肠消毒了。也许是我"罪孽"太深，需要到贵州脱胎换骨、重新做人吧！贵州的山水与空气，可以荡涤污浊；贵州的人文与历史，让人神思飞越。

青岩古镇是此行的第一个景点。在蓝天白云下，漫步古镇、徜徉时空，一下子就觉得身心轻松了不少。不仅眼前景物令人目不暇接，更有古今人物故事与故居值得探寻。巧的是，古镇的两个清代名人是与我同姓的赵家人。一个是赵公祠的赵国澍，一个是状元故里的赵以炯。查阅资料获知，他们是父子关系。在赵国澍死于战乱以后，其夫人陈氏含辛茹苦抚育一女四男。女赵以兰有才，教诸弟读书，赵以炳中经魁，赵以炯、赵以焕、赵以煃皆进士，而赵以炯为贵州第一位状元。看来，咱赵家人真厉害！

黄果树瀑布、陡坡塘瀑布以及大小七孔的瀑布群等水景观赏，则是贵州之行的重头戏。其中的黄果树瀑布，拜秋汛所赐，水量很大，蔚为大观。陡坡塘瀑布次之，但由于1986版电视剧《西游记》片尾取景于此处，其吸引力也不小。小七孔与大七孔的诸多瀑布，如"翠谷瀑布""断桥飞瀑""拉雅瀑布"等则以个性取胜，倒也颇有人缘。游客亲历的项目还有小七孔"水上森林"踏步、大七孔乘船游览两岸风景。

至于去黄果树瀑布之前游览的水上石林、天然盆景之"天星桥盆景园"，算是山水穿行的热身体验吧！

西江千户苗寨是山水游之后具有民族风情的特色游项目。虽然由于行程限制，未能去更有名的镇远古镇，但西江千户苗寨也足以满足我对于民俗游的期待了。无论是日景还是夜景，这里都有"独立王国"的感觉。中国之大，真有包容性啊！据说苗族经历了五次大迁徙，乃蚩尤的后裔。上古部落的战争，使得炎黄与蚩尤在民族形成上留下了历史的脉络，但如今都是属于中华民族大家庭。

除了直接接触风景，还有两个文化项目成为中青旅安排的行程内容。一个是看苗族歌舞《蝴蝶妈妈》，讲述苗族的始祖传说；另一个是到创意园展览馆参观贵州少数民族的器物。这样的项目算是旅游插曲。

第一次到贵州，依靠旅行社是为了在交通、住宿等环节省得自己操心，以后有机会再去，就可以自由行了。贵州的空气质量好，温度舒适，真的很宜人。

多彩贵州，再见！

传媒与影视观察

新媒体：庶民的胜利

借用李大钊的"庶民的胜利"这一表述来形容新媒体浪潮的革命性意义十分贴切。

尽管目前传统媒体与新媒体并行不悖，而且传统媒体中的电视媒体仍然有着强劲的生命力和影响力，但是新媒体已经势不可挡，其最大的吸引力就在于普通民众具有了信息发布权，而不是仅仅具有知情权。

传统媒体的信息采集、选择、编辑、审查、发布，有严格的程序与规则，体现媒体意志与价值观。面对丰富多彩的现实生活，媒体难以照镜子式地还原，深度与广度都是有限的。记者、编辑等专业新闻工作者，各司其职，守土有责，只有重点聚焦的信息才会被关注。然而，新媒体时代的信息传播是井喷式的，信息流巨大，不再是"让你知道，你才知道"，而是"互相知道""大家知道"。每个个体都有在微博、微信等渠道发布信息的权利，只要在法律容许的前提下发布真实的信息而不是谣言，"人人都是记者"的局面就是客观存在的。从这个意义上来说，"记协"这样的传统媒体标志就要改进，不能故步自封。

庶民的狂欢与胜利是社会进步。即便在封建社会，街谈巷议等民间传播行为也是存在的，如今的街谈巷议被随时搬上新媒体了。从理论上来说，"媒体融合"这个命题其实是一个伪命题，媒体革命才是实质。传播技术的普及与颠覆，其革命性意义仍然在产生裂变。

我们要明确地说，每个人都是媒体。只有从"人"出发，才能看到新媒体的终极意义。

人类的新时代开始了！

新媒体与发表欲

在铅字时代，有"铅字崇拜"，哪怕是报刊"豆腐块"也能让人沾沾自喜。

汉字实行计算机录入以后，报刊更多，发表文章的机会更多，但是也要过编审关。所谓"见报""刊发"，对于纸媒而言，仍然有许多环节。能够发表，也说明了被官方媒体认可。

如今，新媒体时代，微博、微信、博客、论坛等各种平台的文字、图片、视频的发布基本上是"一触即发"，手指一点就发出去了。但是，违规的或者有敏感词的内容也会被删除或屏蔽。违法的要追究法律责任。

不过，在满足发表欲方面，新媒体确实达到历史最高峰。可以说是亿万人每时每刻在发表，没有门槛，没有门票，所有人都是记者和作者。

网络时代的特点，就是看谁能够吸引眼球。海量的信息与观点，让人应接不暇，来不及思考，也来不及沉淀，总体上流于肤浅。

这就提出了一个问题：发表欲充分满足以后，人类文明向何处去？

新媒体时代，还能产生东方的孔子、西方的亚里士多德或柏拉图吗？换言之，新媒体时代能够成为伟大的时代吗？能够孕育伟大的哲人与思想家吗？

新闻出版、广播电视、高等教育、科研机构等都被新媒体或者互联网的浪潮拍打得晃晃悠悠、晕三倒四，权威被解构，垄断被打破，渠道被改写。沧海横流之下，谁是真的英雄？

时间会证明一切，目前还是先享受"发表"的狂欢吧！

手机怎么就革了媒体的命

手机本来只有通话与发短信的基本功能，是相对于固定电话的移动电话而已。最开始出现时被称为"大哥大",外形像砖头,是炫耀的资本。

可是,那时候谁也没有料到电话中的"大哥大"有朝一日变成了多媒体终端,居然革了传统媒体的命!

当带宽问题不再是问题,手机就成为信息高速公路上奔驰的"私人轿车",颠覆了原来的媒体格局,并且改变了人与人的关系、人与社会的关系、人与世界的关系。

实际上,手机革命就是人本主义的胜利!而且,个体存在的个人受到技术的重视,不再仅仅是被媒体控制的被动接受者,让传统的新闻理论与传播理论立即"散架"了!凡是没有最终到达手机终端的信息,或者说,不被单个个体注意、接收的信息就很可能无效!当然,传统媒体依然可以影响一部分受众,可是对那些选择主动逃避报刊、广播电视的受众而言,舆论工具形同虚设。

手机毕竟只是硬件,关键是移动互联网这个"灵魂附体",让手机成为"魔盒"。因此,使用手机的人就是"与魔鬼打交道"的人。

其实,人类就是不断打开"魔盒"从而让自己着魔。接下来,"智能"二字还将释放更多的"魔鬼"出来,更多的"命"要被革了!

信息接受与情绪干扰

不管你是否乐意,与你毫不相干的信息总是被不断地灌输给你,影响你的心态,干扰你的情绪,逼迫你产生某种感受。除非你不听、不看、不问,躲进深山老林,与世隔绝,不然你就不得不充当信息的奴隶。

"流浪大师"与你何干?但是,你也不能不看那些视频,并做出自己的判断。名人饭局发飙骂人,与你何干?可你也要对此有感受。远在欧洲的巴黎圣母院失火,如此重大的信息,你不受影响?有人联想起英法联军火烧圆明园的历史。你怎么看?

人类与动物界的不同就在于，除了吃喝拉撒睡那点儿事，人类还被动或者主动地关心环境、关心他人，不论远近，地球上的事都要关心。在媒体全球化时代，我们每个人都可能与不相干的人和事通过信息传播而关联，并引发喜怒哀乐。如今，要做到"不以物喜，不以己悲"还真不容易。

既然信息传播环境下的人无处可逃，那就只能接受了。我的应对办法就是自己该干吗就干吗，该练书法就练书法。我的情绪，我做主！

网络强国与广电"新绿地"

中国从网络大国向网络强国迈进，这是一个顺应时代趋势的大战略。习近平总书记亲任中央网络安全和信息化委员会主任，对中华民族面临的千载难逢的历史机遇有着深刻的认识，并对网络强国的建设作出了周密的部署，提出了一系列明确要求。这对于传统的广电行业而言，是新的发展机遇，面向新媒体的转型时不我待；以互联网思维与手段提升传播力、引导力、影响力、公信力，是不可逆转的正确道路。

加快提升我国对网络空间的国际话语权，充分利用互联网的全球传播特性，表达中国立场、讲好中国故事、发出中国声音，为共建人类命运共同体营造良好的国际舆论环境，此乃我国传媒界包括广电行业义不容辞的国家使命。不仅要做好传统广播电视媒体进入西方主流社会的工作，而且要在互联网上改变"西强我弱"的局面，充分利用Facebook（脸书）、Twitter（推特）这些影响广泛的平台吸引更多的国际粉丝，也要凭借自主平台扩大国际用户规模，不断推出跨文化的新媒体爆品。

加强网上正面宣传，培育积极健康、向上向善的网络文化，用社会主义核心价值观和人类优秀文明成果滋养人心、滋养社会，做到正能量充沛、主旋律高昂，为广大网民特别是青少年营造一个风清气正的网络空间。这是主流媒体义不容辞的社会责任。在网上，广电新媒体要发挥视听优势，多生产、多传播让网民爱不释手的视听新品，润物细无声，用正能量改善网络生态，驱散那些乌烟瘴气。特别是针对意识形态领域在网上的价值观混乱，广电新媒体要发挥"压舱石""定音锤"作用，不给错误思想观点留余地，根据网民匿名化的特点，以有效的技术手段进行正确的舆论引导，决不能让互联网成为传播有害信息、造谣生事的平台。

建设网络强国，需要培养高水平的创新团队，特别是要对传统的广电人才进行培训，使之快速掌握互联网与新媒体技能。广电行业一直都是人才较为密集的行业，但是确实存在新媒体人才青黄不接的问题。大多数广电人才在某个岗位工作了十几年、几十年，是广播电视的行家里手，可是对互联网的了解还不深，对新媒体的流程不那么熟悉。而建设国际一流的新型媒体集团不能等、不能靠，转型势在必行，这就要求电台、电视台在深入向内挖潜的同时，开展广泛的社会合作，善于汇聚资源，力争"弯道超车"。

中央广播电视总台成立以来，以"台网并重，先网后台"为战略方针，践行网络强国的理念，重大举措接连不断，以开放的姿态拥抱互联网，创新亮点纷呈。这说明只要雷厉风行干起来，广电行业一样可以做得风生水起，不但能够"补短板"，还可以凭借已有品牌开辟"新绿地"，找到新的增长点。视听新媒体、新闻新媒体以及其他媒体集群，必将传播新时代的"总台之声"最强音，在国际、国内都将发挥独特的作用。

地方广电媒体，无论是省市还是县级的，也都在积极探索"融合传播"规律，打造融媒体产品，甚至将政务、商务、民生服务与新闻传播融合在一起，已经体现出社会效益与经济效益。尤其是作为国家战略的县级融媒体中心建设，方兴未艾，更是网络强国的"神经末梢"，直通"最后一公里"，社会生活发生了深刻变革。

我们相信，随着5G时代的到来，网络强国的目标又往前迈进了一大步。技术自主权的掌控与信息基础设施的建设，可谓"技术搭台，文化唱戏"，各行业，包括广电行业必将创造新天地，结出新硕果。

我看媒体人的"四力"

在2018年8月的全国宣传思想工作会议上，习近平总书记在强调"坚持提高新闻舆论传播力、引导力、影响力、公信力"的同时，还明确要求"宣传思想干部要不断掌握新知识、熟悉新领域、开拓新视野，增强本领能力，加强调查研究，不断增强脚力、眼力、脑力、笔力，努力打造一支政治过硬、本领高强、求实创新、能打胜仗的宣传思想工作队伍"。脚力、眼力、脑力、笔力这"四力"与新闻舆论传播力、引导力、影响力、公信力的"四力"是相辅相成的，前者是实现后者的根本途径，后者是追求的目标。

关于脚力、眼力、脑力、笔力的各种解说已经很多了。本人既有亲身当记者的经历，又是新闻学专业人士，对此也应该有"一家之言"，不必重复别人的话语。韩愈所说的"惟陈言之务去"，就是要求写作应去掉陈词滥调。

窃以为，在新媒体时代重新强调媒体人的四种能力很有必要。为什么？网络时代最大的问题是复制、粘贴、转发太方便，传统的新闻采编受到挑战，能力有弱化趋势。每天打开不同的App（应用程序），发现雷同的新闻太多，独家新闻很少。一窝蜂炒作热点、蹭热点，成为新闻舆论的一个痼疾。即便是传统媒体，对于以前转发"纸馅包子"假新闻的教训，并没有完全吸取，人云亦云的现象仍然存在。

那么，主流媒体的工作人员就应该做出表率。脚力，就是要走向生活实际，不能仅仅依靠网络获得信息；眼力，就是要有敏锐的观察力，发现一般人忽略或者没有捕捉到的新闻价值；脑力，就是要宏观思维与微观思维结合，具备职业的判断力与思想深度；笔力，就是不管哪种媒体的人都要有倚马可待、下笔成文的本领。子曰："言之无文，行而不远。"文字水平与语言艺术，怎么要求也不过分！

在人人都有"麦克风"、人人都能发布信息的今天，专业的新闻传播者要体现出不同的职业水准，只能在独特性与深度上下功夫了，脚力、眼力、脑力最终要落实到笔力上。这个"笔"包括了传统的笔，也包括了话筒与摄像机，不同媒体的传播方式都要体现出专业的力度。

如何增强四种能力？正如习近平总书记所说："不断掌握新知识、熟悉新领域、开拓新视野。"专业的媒体人不能吃老本，要终身学习。有些人几十年干一个岗位与工种，遇到新挑战反而手足无措，问题就出在没有前瞻性，没有做到未雨绸缪。永远站在时代前列，嗅觉要十分灵敏，行动要快半拍，这样才不会落伍乃至于被淘汰。

除了培训原来的"旧人"，还要面向全社会选拔新人与能人，这是人力资源管理的新常态。高手在民间，有些人已经是非常优秀的人才了，拿来就可以用。可以通过试用与竞赛，把真正具备"四力"的人才选拔出来。

我们这个时代，仍然需要斯诺那样划时代的记者与新闻人，也需要梁启超那样的笔杆子。千军易得，一将难求，媒体亦是如此。当然，我们需要更多的名记者、名编辑、名评论员、名主持人，还有适应新媒体的"网红"与产品经理人。

媒体融合与全能记者

媒体融合要求采访、拍摄、写作、编辑、制作、文字/图片/视频使用都要熟练，而且要特别精通新媒体的传播全流程。媒体的界限已经被打破，如今《人民日报》、新华社也做短视频，中央广播电视总台也做文字（如《央视快评》），十八般武艺都可以自由运用。以前有一种说法，广电媒体的人，文字能力差，普遍不会写作，但是现在改变了。新闻评论不再只是《焦点访谈》式的"用事实说话"（实际是用视频说话），中央广播电视总台也有了文字产品。而传统的文字媒体利用新媒体平台也不断推出短视频爆品，寻找到了新的增长点。在上级机构的调配下，几家央媒经常在时政短视频领域开展合作，进行优势互补，提升了传播合力。

新媒体时代的记者，不仅要具备马克思主义新闻观，遵循党性原则，遵守宣传纪律，而且要会移动直播与短视频，会运营微信公众号，会倚马可待地写评论；对于人工智能技术也要懂得，时刻关注与掌握不断出现的传播技术。当然，传统媒体"消亡"以前，扛得住市场冲击的报刊要出版，广播电视要播出，传统的采编与出版、播出仍然要维持，只是要"一鸭多吃""一羊多吃"，新旧媒体同时分发而已。在新旧融合期间，记者要喜新不厌旧，适应从"你中有我、我中有你"到"我就是你、你就是我"的转变。

全能记者如何培养？对于目前已经在职的记者而言，就是要加强培训，掌握新的技能。对于高等院校的新闻传播类学子而言，必须打通专业体系，强化实习环节，与各类媒体对接。

虽然新媒体的市场属性很鲜明，或者说新媒体的"基因"与传统媒体差异很大，但是"主流媒体"这个概念仍然存在。而且，主流媒体要发挥"压舱石""定音锤"的作用，这说明记者身份在主流媒体不会消失。目前，并没有给哪个自媒体"网红"授予记者头衔，记者证也不会发给哪个抖音用户。"记者"，仍然属于专业语汇。

当然，没有记者证的人，可能发挥民间"意见领袖"的特殊作用。新媒体只是一个平台，关键看社会效果。全能记者除了技能全会，最重要的是能否挖到"独家新闻"，这个功夫才是真功夫。

技能服务于价值观，这是底牌。

时间：传媒市场争夺的资源

最近，在观看视频的时间分配上，我领悟到了一个新的命题——争夺（传播）市场，实际就是争夺消费者（受众）的时间。时间是个人资源，也是社会资源，如何分配，主动权在个人。

我因为集中时间观看了《虎啸龙吟》，就不得不放弃观看其他也并不差的视频。这里隐含着一个概念——"时间值"。受众（个人）优先选择并为之付出时间的产品（作品），具有更大的时间值。当然，不同的人有不同的选择，时间值具有相对性。

有资料显示，观看短视频的时间段主要集中在19:00—22:00这个黄金时段。那么，这是不是就意味着，此时段观看传统电视的观众的时间值在向短视频倾斜？换句话说，该时段的电视在贬值？

我们再进一步思考，争夺或者购买个人的时间值，是不是传媒市场竞争的本质？越是较少赢得时间值的产品（作品），竞争力越是降低。

可见，"时间值"的概念比传统的"收视率""阅听率"概念更加体现个体的生命价值。因为时间就是生命，付出生命的单元——时间，还有比这更珍贵的吗？

我们要清醒地看到，整体上，卖方市场在向买方市场转移。在信息泛滥、供应过剩的时代，时间就是黄金，或者说要用黄金购买用户（受众）的时间，相应地，供应者的优质产品也会收获黄金。非优质产品，或者被时间排除的产品，没有价值。

媒介竞争的残酷时代已经来临。优胜劣汰，这个规律以新的面目出现了。

微信群的是与非

自从微信飞速发展和扩张以来，特别是移动互联网日益取代电脑端的互联网以来，原来QQ群内的人们大多转移到微信群了。各种微信群几乎像20世纪80年代大学里的学生社团，难以计数。任何人都可以成立微信群，三五成群，目前较大的群是五百人群。

微信群是新事物，改变了人们的通信方式和交流方式。其积极面主要有以下几点：

首先，我们要肯定它的便利。比如，在天各一方的情况下，家庭群就能够让家人及时报平安、说家事，把家庭成员紧密联结在一起；单位部门的同事工作群可以用来布置工作、交流工作信息，无纸化办公。

其次，我们要肯定它的开放。一些综合性的社交群，可以将天南海北、素不相识的人召唤在一起，打破地域与行业的界限，拓宽交际面。

最后，我们要肯定它的能量。它具有无限多的可能性，可以满足你的各种需要。你要团购吗？有团购群，可以给你优惠信息，并能线上线下兑现。你要寻求同学、老乡的情感慰藉吗？有同学群、老乡群给你不可替代的温暖。你酷爱读书，需要以书会友吗？有读书群，你可以交流读书心得。你要做微商吗？有各种各样的商业群，你可以念你的生意经……总之，你可以学孙悟空，分身有术，让你有七十二变。你属于不同的族群，身份划分随机随意。

但是，微信群也存在一些消极面，姑且总结如下：

一是鱼龙混杂。特别是那些人数众多的大群，认识水平、价值观、经历、阅历都不一样，导致立场、言论混乱。

二是窜群成风。一个人在多个群出现，经常转发同样的信息，但是效果并不一样。每个群的性质不同，信息的雷同会增加信息垃圾和泡沫。

三是红包驱动。微信群抢红包成为最大的驱动力，有的群如果没有红包抛出，就不能活跃气氛。有的人只专心抢红包，一直"潜水"，与群员并无交流。

四是破坏关系。一些同学群、老乡群，现实中的熟人却在微信群里掐架，一言不合就恶语相加。

其他消极面还有若干，此不赘述。尤其需要注意的是，在工作性质的微信群不要传送涉密信息；在社交微信群不能进行人身攻击。否则，后果很严重。

关于"媒体融合"的非学术思考

媒体融合是一个热门话题，相关学术著作与论文已经铺天盖地了。其实，事情并不复杂，只是很多人不愿意当那个《皇帝的新装》里说真话的男孩。玩概念、玩玄虚，就是不点明关键问题。

传统媒体的痼疾在哪里？新媒体的优势在哪里？直面这两个问题，媒体融合就不再是云遮雾罩的难题了。

表面上看，报纸已经基本没人看了，报纸订阅主要靠公费；电视观看的方式也改变了，通过电视机看电视的观众流失较为严重；除了交通广播，一般广播也几乎没有影响力了，尤其是通过收音机听广播的接触方式已经很古老了。传统媒体勉强维持，有的不得不依靠财政扶持，情况确实不乐观。但是，毕竟仍然有人在看报纸、看电视、听广播，没有放弃多年养成的习惯。尤其是每逢重大事件，电视直播与报道仍然具有不可替代的作用。传统媒体的官方地位依然存在。

然而，舆论的主战场毕竟转移到互联网上了，传播方式中的移动传播占优势了。"泛受众"的概念不灵了，精准到达与个性化选择成为大趋势。网络的海量集纳功能与综合传播特性，使得一机在手，应有尽有。手机显然就是最人性化的终端，24小时陪伴每一个个体。网络的公平性在于，不管是官方还是非官方，谁传播的内容有吸引力，谁就是赢家。

简言之，网络就是公共传播渠道，把传统媒体原有的传播渠道消解，非同质化的内容被投放到网络，就可以像血液一样流通到个体接受者，产生影响力和传播力。传统媒体犹如实体店，货物堆积如山也没有用，消费者大量通过网购来选择心仪的产品，实体店如果不适应网购的变革，最后就会亏本或者关门。

行文到此，可以揭开笔者的观点底牌了。传统媒体必须去行政化、机

437

关化，对自己"痛下杀手"，把媒体改造为互联网组织与单元。原有的传播渠道只能当作实体店为惯性的老顾客服务，主要的设计与布局要全部转战互联网传播。所以，融合绝对不是旧瓶装新酒，深度融合就是向网络融合，不是向"旧瓶子"融合。

有识者与决策者们要有媒体革命的勇气与决心，不能瞻前顾后了。

广电人守正创新漫谈

广播电视已然成为传统媒体，这是不争的事实。那么，广电人怎么办？除了转行跳槽，就只能被动迎接新媒体的挑战？

守正创新是正确的选择。守正是前提，落脚点是创新。无论媒体环境如何变化，某些原则或价值观是不会改变的，这就是守正。比如，媒体的党性与人民性的统一，以正面宣传为主的舆论导向等，都是必须坚守的理念与实操规范。然而，怎么创新就是一个比较复杂的话题了，不是仅仅拍脑袋就能够出新出彩，让整个广电行业翻身。

笔者认为，广电行业整体上首先要深入学习互联网相关知识，掌握网络传播的规律与范式，让广电这辆资深"运输车"进入网络"快车道"。在态度上要放低身段，虚心接受互联网的传播优势。传播科技已经更新换代，广电人必须从学习新技术开始，以读"夜校"与"识字班"的精神从外行变为内行，使广电业成为互联网的"网友"，进而产生"化学反应"。一个个高大上的传统广电人，也要"老夫聊发少年狂"，拥抱互联网这个新的"恋人"。

同时，老店、老品牌也要创造新口味。犹如大白兔奶糖出了同品牌的口红一样，要适应新的消费需要而开拓新市场，取得新成效。广播电视的潜能依然很大，绝对不是资源枯竭的矿藏，而是还存在尚未发光的钻石。广播电视作为一种传播媒介，你是让它停留在婚庆公司的水准，还是提升为国家大剧院、维也纳音乐厅的品质，完全取决于传播者的选择。事实证明，《中国诗词大会》《朗读者》《经典咏流传》这类雅俗共赏的文化节目，比那些倡导"一夜成名"的娱乐节目要有生命力。在此基础上，进一步挖掘精神领域的金矿，电视会青春永驻。同理，广播发挥声音艺术的魅力，在跨界方面多做文章，比如，在有声读物方面发力，把人的耳朵真正服务好，一定受欢迎。

广电人不能丢的是专业精神。请看瑞士手表，在手机也能随身掌握时间的今天，它不也仍然以其专业钟表的声誉而具有持久的品牌效应吗？同样，新媒体无论多么先进，也离不开信息的主要通道是人的视觉与听觉这一铁律。因此，广电人只要发扬专业精神，把人的视觉与听觉牢牢吸引住，就不会被人们抛弃！

围绕切实满足人的多层次需要而努力贡献智慧，是广电人创新的不二法门。只要把握大方向与大趋势，千军万马开动起来，一定能够创造新时代的传播奇迹。

温水煮青蛙与未雨绸缪

20世纪90年代，我在中国人民大学新闻学院读博士的时候，当时还在《人民日报海外版》当编辑的一个武汉大学师妹就对我说过"风水轮流转"。她在彼时的语境是指电视取代了广播，电视也将被新的媒体取代。几十年过去了，她的预言似乎被印证了。

社会变迁是不以人的意志为转移的，传播媒介的变迁也是如此。问题在于，我们是被动地接受"温水煮青蛙"的渐变过程，还是主动地采取未雨绸缪、居安思危的措施，提前谋划？在互联网开始出现的时候，很多人没有预料到它会逐步"蛇吞象"！无论是纸媒还是电子媒体，都没有意识到"狼来了"，以为网络不过就是QQ聊天或者转载一下新闻而已。今天，后来者居上，传统媒体倍感压力，不得不正视网络可以包容一切的强大功能。

瞭望当今传媒界，有的坐等政策"救济"；有的迎难而上，积极作为，追赶"时代列车"。我们赞赏死中求生的态度，呼吁青蛙赶紧跳出温水，回归江河，寻求生机。而且还要高瞻远瞩，高度重视未来传媒变迁的可能性，预测未来几十年甚至上百年的传媒形态。其中，传播科技的引擎作用日益凸显，人类的创造发明会不断开拓新天地，决策层应该具有"未来意识"，避免临时抱佛脚。

时下有一个关键词"稳中求进"，也许是一种可行的策略吧。毕竟，不能一锹挖一口井，新药上市也需要试验呢。我们只能面对现实，行稳致远。

电视媒体面临的挑战与机遇

目前，关于电视媒体的"黄昏论""窘境论"颇为流行，再加上有关电视开机率下降的传言，人们似乎都在惊呼"电视末日来了"。情况有那么糟糕吗？

且让我们先看看广播媒体，虽然广播在电视崛起之后曾经一度低迷，但是很快，交通广播这样的专业广播大获成功，至今依然火爆，广播电台并没有关门大吉。这说明，一种比较传统的媒体只要找到新的增长点与服务空间，就照样有市场。我们再看看更传统的报纸媒体，有人哀叹纸媒在走向死亡，报纸全军覆没似乎指日可待。可是，品牌报纸仍然还有读者和市场，如《作家文摘》这样内容耐看的报纸还很受欢迎。至于党报、机关报，由于有强大的组织支撑，而且基于政治属性的特殊性，无论如何也会正常出版发行。那种唱衰纸媒的论调，完全是杞人忧天。

电视媒体在20世纪90年代初高速发展并后来居上，主要是发挥了视频的优势，比广播的声音多了画面，比报纸的图片多了动感，强大的视觉冲击效果使之成为主流媒体中的佼佼者。中央广播电视总台作为国家广播电视台的影响力日益增强，逐步成长为事实上的"第一传媒"。今天，在以互联网为载体的诸多新媒体的挑战中，以及在"电视战国"的激烈竞争中，中央广播电视总台必须寻找到新的增长点和扩张空间，这是无须置疑的。然而，"黄昏论""窘境论"未免危言耸听，并且不乏炒作的嫌疑，有些内容属于道听途说，有些话语属于侵权。

从国际视野来看，各国电视媒体仍然是主流，新媒体与电视媒体是融合而不是对立。新媒体的世界性品牌主要是Facebook（脸书）、Twitter（推特）、YouTube（优兔）等社交媒体和视频网站，而BBC（英国广播公司）、NHK（日本广播协会）、CNN（美国有线电视新闻网）等电视媒体依然是全球有影响力的媒体。中国中央广播电视总台的发展战略是建设国际一流媒体，不是完全与国内电视台比拼收视率。新媒体既是挑战，也是机遇，CMG品牌向新媒体延伸，发展空间不是缩小了，而是扩大了。总台有独家影视资料库，在视频的持久传播上具有生命力；有舆论监督的权威性，与国家行政运转体系无缝对接；有强大的专业制作队伍，可根据传播平台特点提供专业产品；有中央的组织保障，在"党管宣传"的总体框架中具有不可替代的政治优势，是党的新闻事业的重要组成部分；有对外传播的国家使命，同时也具备全球传播的能力，是"中国形象"塑造的主要媒介；等等。总之，央媒"对内代表党和政府、对外代表国家和民族"的地位不可取代。

今天，微博、微信等社交媒体已经被纳入法制化管理的轨道，电视泛娱乐化、过度娱乐化的现象在受到控制。而多屏传播与其说是受众分流，毋宁说是传播途径多样，电视媒体除了占据电视机，也必然采取内容分发的手段满足不同群体的需要，而CCTV（中央电视台）标记的节目产品、观点与立场也是可以适应分众特点而传播的！

影像观看习惯的改变与电视观念更新

曾几何时，电视创造过"万人空巷"的奇迹，围观电视、议论电视、崇拜电视成为社会生活的主题。

如今，这样的景象不复存在，电视的光环逐渐淡化。确切地说，在固定时间、固定地点观看电视的行为改变了，仅仅通过电视机观看电视节目、电视剧的方式也改变了，而影像、视频本身的魅力并没有消失。你看看，在地铁里，多少人低头在看手机里的视频。

这就告诉我们，下载和自由选择观看视频已经成为新的传播与接收模式，很多收视奇迹正在向移动视频转移。这样的观看行为对电视台传统的播出模式造成巨大冲击。这是事实，电视台必须面对竞争，也必须积极寻求自身的改变，否则只能是日益"门前冷落车马稀"。

那么，电视台应该如何顺应形势而更新观念、改变传播方式？

电视机这个阵地依然要守住，作为家用电器，它依然有存在的价值。有线电视、互联网电视、卫星电视，都可以并行不悖。一些常规的频道和节目可以循环播出。境外一些电影频道、国家地理频道、探索发现频道、音乐频道、体育频道等都是采取循环播出的办法，让观众可以在不同的时段看到错过的节目。这样可以节约资源，减少浪费。

在信息传播、新闻传播方面，今天，传统媒体与新媒体的融合已经在运行了，客户端、微信公众号成为新的载体和传播渠道。

但是，电视台在移动视频传输方面，要与爱奇艺、优酷、腾讯视频等竞争就要有高招和新招，有更加吸引人的办法。比如，将利益分享机制引入传、受双方，就是一个可行的办法。观看视频的每个个体，在观看某个视频后可以得到奖励和回报，让观赏者感到没有浪费时间。借鉴航空公司的积分制，到一定的积分额度，可以兑换礼品或者享受"升舱"待遇。视频传输方的广告利益要拿出一定比例分享给受众，而不是考验人的耐心，强迫受众看完播前广告，或者诱导其缴费成为免看广告的会员。总之，要舍得"利众"，形成良性循环。只有善于聚人气的影像（视频）传播媒体才有市场。

我们还要指出，独家视频是竞争的撒手锏。人们争先恐后观看的视频，即使不给观众什么利益分享，也会抢着看，就像好吃的餐馆，排队也要吃。因此，电视台的制作者们必须做精品视频和独家视频才有人气。

最后，我以一个自认为精彩的比喻结束我的观点：不要以为电影院才是恋爱的场所，其实在野外恋爱更加浪漫；不要以为在客厅看电视才算看电视，在任何地方都可以随时看，才是最时尚的观看行为。

如何看懂电影《芳华》

有评论说，《芳华》是一部吸引"银发族"的电影。言下之意，这是怀旧的、更加遥远的"致青春"电影，80后、90后们难以完全看懂。哭得稀里哗啦的，肯定是50后、60后，至于70后，也许能够感应一点点。

也有评论说，这是冯小刚、严歌苓对文工团情结的一次自我释放，捎带让别人一起对芳华岁月再次进行回顾，"走心"地摇曳一把青春记忆。

而我，看完电影后却形成一个观念，这部电影是一部21世纪的"伤痕电影"，与20世纪80年代的"伤痕文学"遥遥相对。相隔近四十年，如今的"伤痕"不是仅仅停留在"控诉"层面，而是具有多元的内涵。

那么，如何看懂一部"结痂"了四十年的"伤痕电影"呢？

首先，必须懂得"文化大革命"。"文化大革命"，就是一个伤痕累累的时代。何小萍的父亲因为被打成右派，小说原著写到，在她6岁的时候父亲就自杀了，电影的情节有改编，让她的生父死在平反昭雪前夕的劳改农场。正是这一变故，让她命中注定成为一个悲剧人物。一个没有家庭温暖、没有父爱与母爱的女孩子，性格必然存在缺陷，"问题"就比别人多，也得不到尊严。她最后精神崩溃，其实就是心理崩溃。

在那个时代，参军、入党、提干是光荣的前途。所以，文工团的人都积极打扫猪圈以便因追求进步而入党，就不奇怪了。

至于刘峰这个"活雷锋"的形象，也不能说就是虚伪的，他绝对是真诚地乐于助人。但是，他毁在"文化大革命"时代的爱情上了。

那是一个禁欲的时代，男女关系非常严肃，因作风问题被游街示众的也常见。20世纪80年代有一部"伤痕电影"《被爱情遗忘的角落》，男主角居然被诬蔑强奸而判刑。对这部电影有兴趣的人可以看看，就知道极左年代是如何违背人性了。《芳华》里的刘峰仅仅是拥抱了心仪的姑娘，就被当作流氓而下放到伐木的连队。今天的年轻人自然不理解。

其次，要清楚1979年开始的对越自卫反击战。参见电影《高山下的花环》。这场战争有很多资料可以参阅。虽然中越关系恢复正常了，但是发生过的战争是不可能忘却的。

战争的残酷不是游戏，军人的伤亡是实实在在的。刘峰虽然失去一只胳膊，但比起那些牺牲的军人，他已经很幸运了。

最后，要懂得改革开放带来的社会剧变。电影中的"听邓丽君爱情歌曲"情节是最能引起共鸣的场景。沙漠一样的心田注入了清泉，爱情的优美终于让青春觉醒。

至于刘峰到海口去当书贩子，这要知道海南建省的背景。那时候，"十万人下海南"，炒房地产的留下了很多烂尾楼，普通人就是卖报纸、卖书。刘峰的三轮车被"联防队"查扣，小说里是写他遇到"扫黄打非"了。电影里他的假肢被打断，有点刺激伤残军人的心，但是这个镜头没有被剪掉，实际是呼吁社会尊重立功过的复员军人。

总体来看，这部电影是一部非常真实的电影。怀旧情绪也是一场灵魂洗礼。讨巧的是，舞蹈与歌曲本身具有观赏性，文艺的戏份本身就很足，很容易就把观众拉回往昔的岁月了。

芳华已经逝去，唯有真善美的情愫不灭。刘峰、何小萍二人在小站的依偎，是那样温暖！

关于电视剧《跨过鸭绿江》的思考

"抗美援朝"这个主题的影视作品已经有不少了，如何拍出新意，特别是拍出吸引力和感染力，还真不是一件简单的事。在纪念中国人民志愿军抗美援朝出国作战七十周年以及迎接建党百年之际，在这个重要的历史节点上，中央广播电视总台的电视剧《跨过鸭绿江》真的没有让观众失望，它又让人们找回了电视的"约会"意识，即守候在某个播出时间准时观看。即便错过了首播时间，也要从网上追剧。舆论几乎是一面倒地叫好，这很不容易。那么，《跨过鸭绿江》凭什么征服了观众与"粉丝"呢？

经过了七十年的沉淀，我们对抗美援朝这场战争的认识更加客观、全面和深刻了，也更加真实了，这是《跨过鸭绿江》的思想基础。这场战争已经没有什么秘密可言，世人皆知朝鲜战争是朝鲜南北方的"内战"引发的国际战争。"三八线"这条人为的分界线，是第二次世界大战后美苏介入的产物。以美国为首的"联合国军"把战火烧到鸭绿江边，威胁到中国的国家安全，在当时的情况下，中国做出参战的决策。战争的结果是维持了"三八线"，事情似乎回到了"原点"。这段历史，不是简单的对与错的选择题，而是一场较量。中国没有让美国的"侵略"得逞，这是事实。在掰手腕中，弱国掰赢了强国，这就是奇迹。从整个人类历史来看，这里面蕴含的意义都是巨大的。武器之外，钢铁般的意志更让人敬仰。

中国人民志愿军及中国人民为什么能够战胜"美帝野心狼"？电视剧《跨过鸭绿江》从宏观到微观、从宏大叙事到具体细节，给了我们答案。

第一，领袖毛泽东及中央领导集体有智慧、有魄力。从决策到每一场战役的前后方沟通，甚至毛主席与周总理之间的对话，都让观众感觉身临其境。正是高层的高敌一筹、知己知彼，让整个战争的节奏都很分明，绝对不是被敌人牵着鼻子走。中国共产党人的精英层，确实是人杰。打江山的一代英豪，没有过人之处，怎么可能成为赢家？

第二，志愿军将士敢于牺牲、不怕牺牲，以血肉之躯抗击敌人的飞机、大炮、坦克、燃烧弹、细菌弹，而且英雄群像尽数出场亮相，十分激荡人心。英雄故事曾经影响了一代又一代的人，该剧又给观众上了一道道英雄"大餐"，堪称"精神盛宴"。

第三，演员的演出非常出色，无论主角配角，一个个都让人爱看。电视剧毕竟不是广播剧，还是要靠表演与视觉形象来赢得观众。敌我双方角色的演员都演得到位，个性十足，让人看得过瘾。

第四，军事迷从中可以学习战争的"打法"。打仗不是乱打，里面有很深的学问。指挥打仗与战场杀敌如何衔接？每一个高地与山头的争夺，每一个桥梁与地点的攻守，军事意义在哪里？这里面都有看点。

第五，此剧的播出时机不一般，在美国政客敌视中国的今天，鼓舞全国人民的士气，弘扬爱国主义精神，《跨过鸭绿江》发挥了积极作用。"中国人民是惹不得的，如果惹翻了是不好办的。"画外音耐人寻味！

总之，在中华民族复兴的征程中，仍然需要血性与英雄气概。我们要居安思危，冒着敌人的炮火前进！

寻找孔子的灵魂与终极意义
——评纪录片《孔子》

中外合拍的纪录片《孔子》于2016年元旦在中央电视台科教频道首播。这部具有国际范儿的长达90分钟的纪录片，不仅是献给亿万电视观众的"精神大餐"，也是思想文化领域的一件大事，值得引起人们高度关注和思考。

孔子，是一个永恒的话题。两千多年来，褒贬不一，从汉代独尊儒术直到晚清，孔子及其儒家思想与帝制的亲密关系是传统的主流。然而正如该纪录片所描述的，20世纪的批孔批儒浪潮，尤其是"文化大革命"破"四旧"运动对孔子的极端否定，使得孔子的地位降到历史最低谷。中国近几十年在发展经济的同时，重新尊孔，并且再次认可其伦理道德价值。纪录片《孔子》在此历史与时代背景下，从国际视野寻找孔子的灵魂与终极意义，传播孔子与儒家思想的价值观，对于中国文化走出去作用巨大。

该片的第一大亮点是人物采访。国际上著名的汉学家，如悉尼大学教授王安国、耶鲁大学教授金安平、加州大学伯克利分校教授戴梅可、夏威夷大学教授安乐哲、清华大学教授贝淡宁（现任教于山东大学），他们向世界观众解释孔子的内涵，很有说服力。同时，该片采用北京外国语大学田辰山博士的外语同期声，消除西方人士的语言接受障碍，可谓事半功倍。

故事化讲述使得抽象理念具象化。这是该片的第二大亮点。不仅讲孔子的传奇故事，还通过今天的典型事例讲述孔子思想的生命力和影响力。比如，通过山东一个名叫北东野村的礼教缩影，说明《弟子规》儒家教化的作用；通过对春节团聚的真实记录，阐述家庭、孝道的凝聚力与人情味；通过京博石化集团运用儒家文化管理企业，证明传统价值观对当代经济运行的效果；通过四海孔子书院的教育实践，给素质教育提供新的启迪。这些活生生的事实告诉人们，孔子的灵魂已经深入世俗生活，绝不是空洞的说教。

提炼关键词，为观众找到理解孔子思想的钥匙，是该片的又一亮点。礼、君子、孝、仁、六艺，这些内涵丰富的汉字、词语，是儒家经典的精华。比如，君子不仅是精英领导者的楷模，也是一般人学习的榜样。做人，就是要做具有君子人格的人，君子喻于义，小人喻于利！今天，我们看看拜金主义对道德的损害，就更加理解义的重要性。曾经有过一种观点，认为中国传统农业社会轻视商业利益，导致社会发展迟缓。而事实证明，唯利是图也绝不是市场经济的唯一选择，普通人做人也不能见利忘义，否则就会丧失道德底线。人们呼唤儒商，崇尚义利平衡，特别是主流价值观提倡为官、发财两分开，已经说明君子的德行是真正的正能量。纪录片《孔子》重新让儒家思想发扬光大，对于世道人心大有裨益。

此外，该片在叙事结构上采取经纬交织、时空转换的方式，避免了枯燥乏味，能够激荡人的思想。情景再现与影视资料的丰富运用，增加了可视性和感染力。精美的片花穿插，消除了观众的收视疲劳。显然，主创团队具有国际化的业务素质，体现了追求精品力作的实力。

最后再赘述一笔，窃以为，大型纪录片是传统电视媒体的核心竞争力之一。弘扬主流价值观，是中央广播电视总台等主流媒体的社会责任。电视观众为之叫好！

还原一个活生生的马克思
——评纪录片《不朽的马克思》

两百年，两个世纪。这么漫长的岁月，似乎一切都应该是模糊不清的了，更何况是一个历史人物。马克思，对于当代中国人来说，是一个神圣的名字，但是绝大多数人不一定真正了解马克思和他的故事。大胡子的马克思与他的马克思主义，难道真的只是一个飘荡的"幽灵"吗？我们今天还能触摸到他的体温吗？看了纪录片《不朽的马克思》，我们的回答是："能！"

该片的第一个创意，就是那幅巨大的马克思油画，在光影中映进观众的眼睛并瞬间进入内心世界。这是形象传播的符号运用，符合电视传播原理。电视本来就是一种感性与具象的媒体，没有视觉冲击力，就没有电视。这幅栩栩如生的油画告诉我们，马克思不是钢铁侠，也不是中国人头脑中传统的"门神"，而是一个具有深刻智慧的思想者。思想，对于沉醉于房地产与汽车等物质欲望的人们来说，是多么的稀缺。思想者，是人类的精英，也是我们的同类，而不是异类。今天，我们不忘初心，首先就是要不忘马克思与他的公平主张。他，向我们走来！

在上下两集的片子中，要用电视语言讲清楚马克思的生平与他的思想，并不是一件容易的事情。而具有长期的重大题材驾驭能力的导演闫东，却是举重若轻。其中的一条潜在逻辑线，即马克思是人，不是神。马克思没有上过小学，这个阶段是当律师的父亲自己教育他；他二十三岁就获得博士学位，是一个优秀的学生；他与大自己四岁的燕妮结婚，而他们的父辈是朋友；他与恩格斯的交往始于文章的神交，也就是"三观"一致；他为了自由而放弃普鲁士国籍，也坚决不为了有一份体面工作而向普鲁士政府屈膝投降；他是一个"伦敦漂"，为房租所困，贫病交加，儿女夭折，痛失爱妻，但是他在困境中坚持理论研究，几乎是用生命撰写了划时代的巨著《资本论》；他不是一个书呆子，而是领袖人物，是"第一国际"的灵魂。他最大的支撑者是恩格斯，视其为终身的知己。他的人生目标是"为人类而工作"，不是为了私利。六十四岁的寿命，在长寿者众多的今天看来是走得早了一点儿。现在人们成功的标准是晚点去见马克思，尽量长寿。

该纪录片的确引人入胜，那是因为真实。不管你是否是共产党员，是否有不同的价值观，你都不得不承认，马克思的思想与我们仍然休戚相关。在全球化时代，人类命运共同体的思想难道不是来源于马克思主义？这是一种升华，是马克思主义与中华文化的深度交融。片子最后的落脚点在马克思主义中国化，是逻辑的必然。

思想者是超越时空的，孔子如此，马克思也如此。中国人相信，五百年出一圣人，带领芸芸众生走向未来。剥削压迫，最起码是不人道的；要让制度维护公平正义，制约私欲膨胀。世界大同，这难道不对吗？

朽的是物质，不朽的是精神。马克思不朽，是精神不朽，思想不朽。此乃观后感也！

文化节目：电视生态的"绿水青山"

生态，已经是一个跨学科的"共享"词语。从宏观的文明层次来观照，生态文明是对物质文明、精神文明等那些固有术语的超越，从而将人类文明引向更高境界。即便是政治领域，也有"政治生态"这一含义丰富的表述，理想境界是"海晏河清、朗朗乾坤"。自然生态与治国理政的理念相结合，于是有了"绿水青山就是金山银山"的科学论断。而发端于西方传播学的媒介生态学或媒介环境学，也在中国的新闻传播学界成为热词，用以分析媒介行为，提倡良好的媒介生态。

从媒介生态的逻辑起点出发，围绕"媒介与人"这一核心命题，我们来审视作为主流媒体的电视媒介，或许能够得到更加清醒的认识。特别是对于文化节目在电视生态中的重要作用，就能透过现象看本质。

首先，我们要强调媒介的公共资源性质。在社会成员的资源需求与媒介的资源分配之间，要达到动态平衡。电视节目的总量是有一定限度的，也就是说，资源是有限的。而观众的需求是多元的，有时候是此消彼长的。如果"泛娱乐"的节目过多，就必然挤占其他资源的分配空间，从而影响媒介生态平衡。文化节目，尤其是弘扬中国传统文化的节目，曾经被"唯收视率"的利益驱动边缘化，甚至让位于低俗、庸俗、媚俗的节目，不仅导致社会价值观紊乱，也严重消耗了媒介公共资源。今天，以《中国诗词大会》《朗读者》《国家宝藏》等为标志的文化节目回归，就是对电视公共资源的有力维护。

其次，主流媒介要成为社会生态与环境的良性因素。这包括两层含义。一是主流媒介要服务于社会生态与环境建设的大局。比如，文化自信与弘扬优秀的传统文化是建设良好社会生态与环境的重要方面，电视媒介必须在内容上加强这方面的传播，发挥固有的大众教育功能。二是在媒介生态圈中，要良币驱逐劣币，清流净化浊流，不可相反。电视等主流媒介的品牌效应，使其成为文化传播的主力军与领头羊，占据价值导向的制高点，并具有更大的生存空间。

再次，文化节目自身要不断推陈出新、优胜劣汰。中国电视界长期存在为人所诟病的"克隆"现象，问题就在于原创意识与能力不足，导致跟风与模仿。中国的电视体制是"四级办台",曾经发挥了各地办电视的积极性。随着频道不断扩张,已然供大于求,在数量与质量之间失去了平衡。文化节目如今火爆,社会效益与经济效益可观,但从全国的电视规模来看,也需要宏观调控。

最后,文化节目要在弘扬中国传统文化与传播世界文化之间保持均衡。发掘与发扬本国、本民族的传统文化,是对全球化冲击的一种制衡,是建设文化强国的需要。同时,我们也要着眼于建设人类命运共同体,并针对"一带一路"倡议,既要讲好中国故事,也要讲好人类故事,将古今中外的优秀文化进行电视节目开发,使得文化生态更加健全,节目也更加丰富多彩。

一言以蔽之,文化节目也是满足人民群众对美好生活需求的题中应有之义,是媒介生态中的"绿水青山"。对于培育民众的健全人格,电视媒介责无旁贷。

文学的"认识价值"与电视剧《人世间》的家国情怀

文学具有感性与理性相结合的认识价值,比哲学的抽象多了形象(人物),比新闻的真实多了虚构(故事),经典的文学作品(如法国作家雨果的《悲惨世界》)往往让某个历史时期的社会生活具有活化石般的认识作用。作家是"社会的良心",作品是对群体记忆的个性化艺术处理,从而赋予社会生活以文学的意义,犹如房子的样板间,瞧,这就是生活原貌本身!其实,那只是"典型"而已。根据文学原著改编的影视作品,更加突出戏剧性与剧情,最大限度满足观众的收视心理,完成从文字阅读到画面接受的转换。

作家梁晓声同名小说改编的电视连续剧《人世间》赋予了什么样的认识价值?或者说揭示了什么样的生活本质?近五十年的时间跨度,既短暂又漫长，要全景式反映历史真实是很难做到的，然而从社会的"细胞"——家庭来折射时代风云，就能够举重若轻了。周家及其周围相关人物的命运，就是我们认识社会与时代、历史的"读本"。

"文化大革命"与改革开放是《人世间》的叙事背景。这两个反差极大的历史时期，都有无形的手在操纵小人物们的命运。然而，故事展开的角度不是直接聚焦时代风云本身，而是受其影响的跌宕起伏的"人生"。我们没有看到"文化大革命"的大规模"揪斗"与"抄家"，甚至激烈的群众运动场景，那些都是虚化的背景，我们看到的是"上山下乡"所带来的城市青年的生活改变，是家的离散与团圆的梦碎，是人物关系的极端化变故与社会阶层的重新拼接。在看不到"光明"的岁月，依旧有唯美爱情与真诚人性。这就避免了将人世间简单化描绘为人间"地狱"或者"天堂"，而是环境与人的复杂性"化学反应"。

改革开放带来的阵痛是"下岗"，恢复的公平正义乃至于梦想是"高考"。周家两代人"包揽"了北大与清华，这是一种理想主义的可能性。它寄寓的是底层奋斗的荣耀与价值观。然而，某种"宿命"也在发挥作用，如周楠命丧美国，也许就是骆士宾的"罪与罚"。

因此，《人世间》是一部没有回避矛盾与苦难、体现了家国情怀亮色的优秀影视作品。毕竟，那些经历都无可逃避，在人世间，唯一的"诺亚方舟"就是人们内心永远不灭的善！

人生感悟

收摊啦！人生开始盘点

女作家张爱玲曾说，"出名要趁早"。其实，我倒不在乎是否出名，没有污名就好。人生短暂，也有一些人是大器晚成，赢得了"夕阳红"，或者说是"落日的辉煌"。按照中国人的世俗理念，人生的成功就是升大官、发大财。而我，不符合这个标准。我只是一个上班族罢了。至于成名，流浪汉也可一夜爆红，只要你足够另类。我是体制内的守规矩的员工，不是另类。

山峰最高的是珠穆朗玛峰，能够登顶的是少数。"高处何如低处好，下来还比上来难。"我觉得还是在低处比较踏实，所以，我历来没有野心，只有热爱大地的赤子之心。

如今，农业户口的价值不输城镇户口，我当初"跳农门"的奋斗是不是不值得呢？非也，我1979年考上武汉大学难道仅仅具有"农转非"的意义吗？如果说成功，我这辈子最大的成功就是从千军万马挤独木桥中较早地挤进了武大，上了珞珈山这座学府的高山。后面如何曲折、崎岖，都是连续剧的剧情而已。有的武大同学遁入空门，也不证明人生就失败了，因武大而激动、燃烧过一次，也算是证明人生价值了。武大这张"兑换券"是不是一定要换成各种利益呢？未必。难道就不能换为心灵的自由吗？

与升官发财的人比，我此生的主要时间精力都用于求学，单纯上学读书就用去了20年——小学5年、初中2年、高中3年（含复读1年）、大学本科4年、硕士研究生3年、博士研究生3年。这说明了什么？都是100%的全日制，没有走捷径，也没有混文凭。没有骗别人，更没有骗自己。十月怀胎，是足月，斤两足够。经历了三所名牌大学，其中本科、硕士在武大，博士在中国人民大学，任教在华中科技大学（原华中工学院、华中理工大学）。本人没有出生于名门，但出身于名校。

"读万卷书，行万里路。"这个书生的标配，我似乎也做到了。天上、海上、地上都体验过，只是没有到外太空颇为遗憾，只能望星空来弥补了。

职业生涯具有流浪者特点，先后当过党校教员、大学老师、电视记者、挂职干部、人事干部、纪检干部、研究人员等，这些经历印证了一个道理：我是一块砖，哪里需要就往哪里搬。从这个意义上来看，我就是"砖家"，被砌在了不同单位的墙里。

现在开始归零。我的后半生将重新起步，将文化人进行到底，直到生命的终点！

60后准备结束职业生涯

作为1962年12月出生的人，我的职业生涯已经接近尾声，由冲锋陷阵的姿态转为闲庭信步了。

本人上学读书就用了20年（本科、硕士、博士学习阶段花了10年），真正用于工作的时间并不多，却与本科生是一样的退休时间。从个人角度而言，为国家工作的年限少，有点遗憾；从国家角度来说，花了那么多年培养一个全日制硕士、博士，没有工作多少年就退休了，也有点可惜。

但是，退休是人生新阶段的开始，可以自由支配时间了。职场总有退出的时候，个人的专业、兴趣爱好则不会终止。本人热爱写作，也热爱书法，也许退休后更有时间做。尤其是丰富的人生阅历不写成长篇小说（或电视剧本），那也太浪费了。

我最在乎的还是身体健康。感谢父母在天之灵的保佑，本人有信心活到八十岁以上。我希望自己老年了还激情四射，以时不我待的精神生产文化产品，不负我求学20年。

有的人喜欢用官大官小、钱多钱少来衡量人的成功与否，我则不在乎这个评价标准。有人说，我比实际年龄显年轻，那是因为我心态年轻，甚至有一颗童心。

借用那句"天空没有翅膀的痕迹，而我已经飞过"，我的生命我做主，结束是自然，开始也是自然，一切顺其自然，这就是"道"。

我骄傲，我是不可替代的60后！

我为什么能够成为"孩子王"

童年与少年时期，并没有经过选举，我就自然而然成了小伙伴的领头人，这是为什么呢？

原因很简单，因为我爱读书，知道很多故事。同龄的伙伴都爱听我讲故事，他们完全是被故事吸引到我身边的。

这样，就出现了一种场景：我还在家吃饭呢，门前就有一长溜小伙伴提着竹篮子等候了，他们要与我一起去寻猪草或者去打柴。没有我的存在，他们就缺少灵魂人物。我在队伍里，他们就感到快乐。

但是，我讲故事也有回报。他们都主动帮我寻猪草或者打柴，算是"交学费"。在体力上，我省了一大半，每天就靠嘴上功夫了。竹篮子差不多装满了，于是我们在草地上围坐在一起，我就开讲了。他们都听得津津有味。我讲历史故事，也讲英雄人物的故事，还讲鬼怪故事以及神话传说，等等。然后，我们就唱着歌儿回家了。

久而久之，我成了头领，不仅讲故事，还模仿电影"打仗"，主要与邻近生产队的孩子们进行对阵。没有武器，就用小石子朝对方投掷，我率领冲锋，呼喊着"打呀杀呀"就把"敌人"赶跑了。由于朝"武"的方向发展，我渐渐把队伍带坏了。典型的例子是模仿"夜袭队"去偷摘乡民田地里的瓜果。有一次，我们采取匍匐前进的姿势，扒开某家的菜园篱笆，钻进去把一株橘子树的蜜橘基本摘光了。这下闯祸了，主人经打听知道是我带头作案，就到我家来告状。我母亲很生气，将我教训一顿。于是我离家出走了一个星期，靠瓜果为生，最后，我二哥在邻近生产队的草堆里找到了我，把我带回了家。

小伙伴的团队后来发生了分化。当野性占上风的时候，有两三个人也想当头儿，开始挑战我的权威。这样，我们内部也发生了一些斗争。好在我当篾匠的大哥为了生计把我带出去走村串户，教我干篾匠活儿，其实是怕我将来没有出路，给我安排未来了。无忧无虑的岁月太短暂了！

庆幸的是，我爱读书的秉性救了我。我终究还是回到了"文"的轨道，废了"武"功，成为一名书生。

我那被暴打的童年与少年时代

原生家庭影响人的一生。

为什么会有"官二代""富二代"的社会分层标志呢？就是因为原生家庭的差异。

而我，是"农民后"，是农民的后代。因此，我命贱，是穷人出身。

对了，就是一个"穷"字，让我在原生家庭不是一个宝，而是一根草。既然是草，就没有资格调皮捣蛋，让父母烦恼。所以，被暴打，那是活该。

记得第一次被暴打，是因为我不小心踩死了一只小鸡娃。当时，我大概还不到五岁吧。某一天，我从室外跑进堂屋，不巧一群小鸡娃被我的奔跑惊动了，鸡群一阵骚动，我跑得太快，来不及避让，一脚就踩中了一只毛茸茸的小鸡娃，当场就踩死了。我吓坏了，也不懂隐藏"犯罪"事实，居然随手就把小鸡娃扔到门前的废水缸里，小鸡娃的尸体当然就会浮在水面。看看，多傻！哪怕扔到哪个角落也行啊！我母亲从地里干活儿回来，一眼就看到废水缸里的小鸡娃尸体，问是不是我干的。我老实承认是我踩死的。母亲立刻气坏了，揪得我的一只耳朵快要掉了，而且鼻子被打出血了！我姐姐赶紧把我带到附近的稻田边上用稻田的水清洗鼻血，安慰我不要哭了。妈呀！那个暴打的恐怖啊，我一辈子也难以忘记。后来，我反思这个事件，我不恨母亲，只是因为在那个贫穷的年代里，在不许农民有额外收入的极左时期，"鸡屁股银行"，也就是鸡蛋，是农民的主要零花钱和油盐钱来源！人的命不如鸡，我不会下蛋，难道不该挨打?! 只是这场暴打，成为我终身的阴影！

少年时期，我被暴打是因为我调皮。不知道为什么，小伙伴都喜欢与我玩，可是男孩子在一起游荡，玩着玩着就出事了。由于一些电影和书的影响，我们仿效"夜袭队"干了不少坏事。有一次，我领头扒开一户人家的篱笆，匍匐前进到园子里偷摘了别人家的橘子吃。这下可闯祸了，别人找上门来投诉，说我带头摘橘子了！我母亲又气坏了，趁我睡着的时候用竹条抽打我。我立即夺门而逃，居然离家出走一个星期。后来，在一个草堆里，我二哥找到我了。这期间，我靠瓜果为生。回家后，母亲说不再打我了，要我听话。可是，我却仿效医生开处方，用一张废纸给母亲开了"打人片""骂人片"。此事成为村民笑谈。

我后来博士毕业，修成正果，父母的养老问题主要由我负责。对于父母的养育之恩，我以孝心来报答。对于挨打的经历，我认为是我惹家长生气，不应该抱怨。按照佛教的观点，既然你"投胎"了，你就要认命。

今天，我写这些文字，就是表达我对已故父母的思念。想挨打，没机会了。

少儿时代的逸事与荒唐

【偷橘子】由于看《敌后武工队》小人书知道了"夜袭队"这个词，我就带领小伙伴们采取匍匐前进的姿势扒开了村民赵先胜家的篱笆，把他的那棵橘树上的橘子都摘了。后果就是我被小伙伴们供出，遭到投诉。我母亲用竹条打我，我号叫着逃进夜色中的野外，离家出走了一个星期。后来我二哥找到我，我躲到邻近的第一生产队守夜的地方，与一个熟人一起过夜。其间，我靠吃别人家地里的瓜果为生。

【射箭】我用自己制作的箭瞎射，射中了一个女孩的臀部，幸亏箭没有杀伤力，只是让她疼哭了。她的家人与我家关系不错，这才让我没有被严惩。

【镰刀与屁股】一个小伙伴的弟弟跟我们玩的时候，我用割猪草的镰刀假装要把他屁股的肉"旋"下来，吓得他大哭。

【罚站】街河市人民公社锦明小学时期，学生午睡都是在课桌上。我有一次在午睡时用脚将一个女同学踹下桌子。这个坏动作让我受到严厉处罚，老师在其他学生放学后罚我站着反省。他本人吃着香喷喷的白米饭，我馋得饥肠辘辘。直到我认错，表示再不做这样的坏事，他才让我回家了。

【埋刺】由于看了电影《地雷战》，我与小伙伴们就在路上埋那些尖锐的"刺"，让赤脚走过的人被扎伤。好在没有造成实际伤害。

【讲故事】作为小伙伴的头领，我在带领他们割猪草与打柴的时候，以讲故事为交换条件，他们的猪草与柴草要每人给我"进贡"一点，这样我就可以偷懒了。

【月下打牌】农村的月夜，照明度极好，于是我与小伙伴们在月下打扑克，快乐极了！

【蜘蛛丝钓鱼】水塘表面的那些刁子鱼喜欢抢食，于是我把蜘蛛丝缠在鱼钩上，快速地在水面抛钩，一些抢食的鱼就被我钓住了。用辣椒烩鱼，味道鲜美，很下饭。

【开"药单子"】邻居发小的叔叔是医生，我因此模仿医生开处方，给家人开"药单子"。由于母亲没少打骂我，我就给她开了"打人片""骂人片"，不知道为什么，我捎带给嫂子开了"止痒片"。这个"药单子"由发小扔到我家里地上，后来传为村里笑话。

【偷喝猪油】一次，我偶然发现橱柜里有一碗尚未凝固的猪油，就偷偷喝了一口，哪知很快就拉肚子了！

【改名】初中时期，班上有同学名字叫赵业权，与我一度关系不错，于是我也把自己的名字"赵先全"改为"赵先权"。

【匍匐进教室】读关坪中学时，某天我早晨进教室，突然学民兵匍匐前进，在地上侧身爬着进教室。这一行为艺术惹得同学们哄堂大笑。

【涂墨水】初中时期，一个女同学坐在我前面。我在课桌的前沿涂墨水，她往后靠，弄脏了雪白的衬衣，她十分生气。第二天，在我上学途中，她的父亲和哥哥拦住我，要教训我一下。幸亏我姐姐同行，向他们道歉，我才没挨打。

【理发与买书】我拿着1元钱去镇上理发，却鬼使神差到新华书店买了一本《雁翎队的故事》，忘记了理发，边看书边走回了家。

【蚊帐内看书】夏夜，我将煤油灯拿进蚊帐，偷偷看书，居然睡着了。我父亲起夜，拿走了煤油灯，否则很可能引发火灾。第二天，我才知道人睡灯未熄灭的危险。

【石凳读书郎】傍晚，我坐在门口石凳上看《六十年的变迁》这本长篇小说，十分入迷。这时村后传来了迎娶新娘过路的锣鼓声与嘈杂声，但我不为所动，没有随大流去观看。

60后的童年与少年

三岁看老。这句话的意思是，人的天性是注定的，幼年是什么样，到老了仍然是什么样。另一层意思是早期教育能够影响终身，一片空白的大脑最早接受什么，印象最深的就是什么。比如，在私塾时代所学习的四书五经，尽管不一定懂，可是儒家的观念已植根于思想深处。本人作为一名

60后，在特定的时代拥有特定的童年与少年，也就受到特定的教育，用当今主流价值观来审视，就是正能量的教育。

1969年，我上小学，通过课本认字以后，最爱看的就是连环画，即小人书。在根本不知道电视为何物的年代，小人书等于"少儿频道"。英雄偶像早早进入幼小的心灵，黄继光、邱少云、江姐、刘胡兰等人物就是我们心中的明星；《地道战》《地雷战》《铁道游击队》《红色娘子军》《小英雄雨来》《小兵张嘎》百看不厌。少年时期，我开始看小说，如《林海雪原》《野火春风斗古城》《疾风》《青春之歌》《烈火金刚》等，革命与斗争占了上风。我也喜欢看历史故事，如《赵氏孤儿》等。课本上对我影响最大的是毛主席诗词，其境界与情怀不知不觉深入灵魂。

60后没有"输在起跑线"的恐慌，读书上学轻轻松松，毫无压力。由于实行"半工半读"，劳动课不可缺少。学校组织学生到农村的稻田里拔杂草，到山上给茶树施肥，等等，这些都属于教学计划之中。"四体不勤，五谷不分"，那是不行的，我在初中时期担任的学习委员就没有劳动委员光荣。不过，办黑板报、写墙报倒是培养了我"宣传家"的本领，算是意外收获。

可以说，"培养无产阶级革命事业接班人"这一教育宗旨贯穿始终，让我们没有接受个人主义与自由主义的教育。

今天，我们60后对社会主义制度与中国共产党的领导是坚决拥护的，甚至是有感情的。这源自多年的培养与培育，即使意识形态领域日益复杂，但60后依然是共和国的中坚力量。

21世纪，面向未来的儿童与青少年教育是一件大事，需要站在全局对待。毕竟，孩子们永远属于未来！

60后童年与少年的精神食粮

读语文课本中的《小英雄雨来》时，我叹服雨来的潜泳本领，他的水性是我的榜样，因为江南水乡的我从小就爱游泳。尽管我小时候差点被淹死（在池塘边捧水喝时滑入水中，幸被母亲奋不顾身救起），但还是与小伙伴们经常在水里玩。潜泳需要有憋气的本领，可我觉得要躲过日本人射击的子弹还是很困难的。雨来能够迅速潜入深水，并能够不迷失方向，这真是了不起。

电影《地雷战》《地道战》《小兵张嘎》等，我百看不厌，而且在露天看挂起来的银幕，那感觉很棒，同时也考验你的"站功"。小说《野火春风斗古城》《烈火金刚》《疾风》《苦菜花》等，我看了一遍又一遍。在连环画中，我最痴迷的是《敌后武工队》，感觉太刺激了！

在"文化大革命"年代，向小伙伴、同学借书看是日常生活的内容。借到后必须马上看完，别人还等着看呢。所以，阅读的速度必须快，连夜在煤油灯下看，或者在月光下看，那是常事。

一件恶作剧的迟来忏悔

人是复杂动物，人性的善与恶不是绝对的，而是纠缠在一起的。比如，在我的童年与少年时期，由于天性顽劣，做了不少坏事，有的只是出于恶作剧，并没有什么明确动机。以我的体验，就是干坏事的时候没有任何目的，仅仅是不能控制干点儿啥坏事的冲动。

在做的众多坏事中，最让我歉疚的是这么一件：春节前夕的某天夜晚，我像幽灵一样独自在村里游荡，走到一户富农门前的时候，看到一个四方桌上用包袱在给豆腐过滤水分，上面用锅盖压着。我突然来了兴致，不自禁地用手去乱抓乱捏那些豆腐，把整齐的豆腐都弄烂了。然后，我就逃跑了。第二天，居然风平浪静，富农家没有任何反应。多年以后，我在某次与母亲的闲谈中，她说到了这事，富农家的老太太对村里妇女抱怨过，是哪个仇家故意把她家过年的"年豆腐"给毁了！我一听，才感到小时候干的坏事是多么伤人，内心立刻充满了悔恨。我至今都不能原谅自己！

如今回想起来，我真正"弃恶从善"是从立志读书开始的。男孩子的野蛮及粗鲁与教育缺失有关，当然也与天性有关，我改掉坏习气，确实是突然"开窍"了，懂得应该怎么做人了。这就是我的坦白与忏悔，我要真诚地向被我伤害的富农家庭致歉："对不起，我错了！"

有一个疑问，真的无解。为什么我父母那么老实本分，而我却生性好动、极不本分呢？感谢教育让我走上正轨，挽救了一个问题少年。尤其是高考的压力，让我十六周岁离开农村，告别原始本能状态，进入城市文明，我再也不会随心所欲地干坏事了。

忆那些走读的日子

早上，看到一些孩子被爷爷、奶奶或者爸爸、妈妈护着送到学校，我就禁不住回忆起自己的那些走读的日子！

60后的农村孩子读书，从小学到高中，基本都是走读，只是接近高考的一两年才不得不住校。走读是一件自立自强的事情，因为即使刮风下雨、道路泥泞，你也必须自己往返，家长根本不可能接送。过去，农村走读没有所谓交通安全问题，那时候自行车都罕见，几乎没有汽车到乡下，也无公路到农村，走的也是土路。"小么小儿郎，背着那书包上学堂，不怕太阳晒，不怕风雨狂……"这首歌就是我走读的真实写照。

第一次背起书包去上学，还是自己从家里带一个板凳去学校，因为没有桌椅，全都是学生自带，有的家里条件稍好一点儿就搬桌子去，然后老师再搭配。正规的校舍也没有，上课是在别人的房子里。后来勉强有了正式的课堂，也很破旧。从家里吃了早饭再去上学，下午四点左右就放学了。小学（锦明小学）阶段，我印象最深的是一好一坏两个场景。好的是因为有一次我是唯一认出当天所有生字的学生，老师（赵承普）让其他同学排队向我致敬，挨个对我说："向赵先全学习！"（我小学用名是赵先全）坏的则是被后来教我的老师赵先岩罚站。因为中午当大家都躺在桌子上睡午觉时，我调皮地将一位女生踢到了地上。当天放学后，老师把我一人留下来罚站，反省自己的错误。而老师自己则捧着一碗白米饭吃得很香，我的肚子饿得咕咕叫。直到我承认自己错了，老师才让我回家。我独自一人走在回家的路上，感觉闯了大祸，此后安分多了。

初中时期，走读的学校叫官坪中学，学生来源是周围几个生产队。在这个学校上学是我最快乐的时期。走路去上学时，我手里拿一个自制的弹弓，经常打麻雀玩。在学校里，我是文艺宣传队的队员，办黑板报、写墙报由我主笔。表演节目时，女老师教会了我说相声、三句半。总之，我是活跃分子。

高中时期的街河市中学，前半段也是走读，往返走路的路程变长了。这是我的人生发生大转折的时期，高考改变命运，就不必赘述了。需要写一笔的是，我在这个时期接触了吃"商品粮"的同学，感觉到了身份的差异，乡下人的卑微出身成为我后来发奋苦读的动力。如果说，我以前都在贪玩，没有明确的人生目标，那么，此时就认清自我、被迫收心读书了。

走读，锻炼了我的步行能力，更锻炼了我自己走人生道路的能力。感谢那些走读的日子！

我的文艺宣传队"芳华时光"

1974—1976年，我读初中，学校名称是官坪中学。那时候，我只有十三四岁。

在"文化大革命"后期的这段日子，我除了担任过学习委员、写墙报与黑板报的主笔，还参加了学校的文艺宣传队（简称文宣队）。

推荐我加入文宣队的是一个女同学，名字叫赵承英，是我的前辈。她对负责文宣队的女老师说，我的性格很调皮，是一个"撩呆子"（松滋方言，意思是"搞怪的人"）。于是，老师同意我加入。

当文宣队队员的好处是可以不去上山"学农"劳动，而在校排练节目。我表演的节目主要类型是三句半与相声，还有"丑角"造型。

毕竟只是十三四岁的少年，没有电影《芳华》中那些男女爱情的纠葛。我印象中比较微妙的是女同学帮我化妆，有一种说不出来的感觉，懵懵懂懂的。

这段时光，无忧无虑，纯净极了。我的文艺细胞被激活了，这是我此后的"文艺范儿"之渊源。遗憾的是，那些队员们永久地失去了联系。如果有谁看到这篇文字，就请与我联系叙旧吧！

官坪中学的校舍早就不存在了，今天被称作向上学校，从乡间搬迁到镇上了。

回忆会让人心痛，因为美好时光不再。芳华，也是韶华，开花的季节！永别了，我的青葱"花季"！

我是复读生

1978年，高二年级就是毕业生了，那时候还没有高三学制，因此，我十五周岁就算是高中毕业了。这一年，我第一次参加了高考。应该说，心理准备与学业准备都不足，我的初中与高中都是以"学工、学农、学军"为主，而且在毛主席"学制要缩短"的指示下，我们的小学是五年制，初中与高中都是两年制，基本没有正常上课。我唯一的爱好就是看小说。当然，我对历史的兴趣浓厚，这门课应该是我很拿手的，但第一次高考，这门课的分数居然最低，只有三十多分！这怎么可能呢？我怀疑是谁调换了我的试卷，因为那时候监考还不那么规范与严格，有的人趁着收卷时把别人试卷的名字与考号改成自己的，再把自己的改成别人的。此类事件确有发生。我曾经步行几十里去县城教育局要求查卷，却被告知已经过了查卷时间。于是，我只好认命，回到农村，下地干活儿，打算就当一辈子农民了。

突然某一天，我姐姐从镇上带回来一个消息，母校街河市中学（松滋二中）的老师要我返校复读，再次参加高考。我开始还赌气，表示不去读书了。姐姐反复劝说，我才同意复读。就这样，1978年的下半年，我回到了课堂。不久，全县进行选拔考试，我成为文科重点班的学生。这个班的同学都很出色，老师也是调集的全县最优秀的老师。看来，真是重点班的阵容。

1979年，我第二次参加高考，终于心想事成，被武汉大学中文系录取。于是，我成为1979级的学生了！

从我的经历来看，在人生任何紧要关头，要敢于从挫折中重新鼓起勇气奋斗，不能轻易认输。也要记得那句老话，"听人劝，吃饱饭"。我如果不听姐姐的劝告，任性下去，就没有第二次高考的成功。

当然，我要感谢我的母校松滋二中拯救了我，给了我新的机会。

在复读生中，我的一个女同学创造了纪录，她复读了七年，终于被录取了。可以想象，她度过了多么艰难的日子，家里宁愿卖粮食供她复读，家长也很了不起。这在以往，重男轻女的农村，可谓奇迹！

如今，上大学的含金量没有那么高了，然而对于农村孩子来说，仍然是一个上升通道。因此，顽强的复读生永远存在。

我的两次"逆袭"故事

幸福是奋斗出来的。这句话饱含哲理，令人感奋！而我还要说，人的一生，必须经历挫折与失败，不能妥协与服输，才能成功。

我在成长历程中有两次挫折与失败，最后都因为我的奋斗精神而成功

"逆袭",也因此改变了命运。

第一次"逆袭"是高考。

1978年,也就是恢复高考第二年,十五周岁的我第一次参加了高考,可我最拿手的历史却考了低分,我怀疑是有个女生偷换了我的试卷。那时监考不严,收卷子的时候,有些人趁机作弊,把别人的卷子写上自己的名字,再把自己的卷子写上别人的名字!我徒步几十里到县教育局要求查卷,却被告知已经过期了,不能再查。于是我只好回家干农活儿。有一天,我姐姐从镇上回家带给我一个消息,母校松滋二中要我返校复读!我开始还赌气说不去了,姐姐好言相劝,坚决主张我再次参加高考。于是我便回校了,不久被全县选拔为文科重点班考生,班上配备了最强的老师阵容,我于1979年终于考入武汉大学。塞翁失马焉知非福,假如我1978年被录取,上的也不一定是名牌大学,应该感谢第一次的失败!也要感谢母校松滋二中的邀请,感谢姐姐的鼓励!我们兄弟姐妹之间在贫寒中相濡以沫,彼此给力,向命运宣战,亲情成为强大的后盾。

第二次"逆袭"是考研。

这个故事我自己都不太愿意披露了。简言之,就是我1983年大学毕业前夕考研达到了录取要求,却被顶替了名额。我多年后才知道此事。当时,我还以为自己考试失败了。幸亏导师吴林伯先生极力主张我再次考他的研究生,在我被"发配"到一个地级市工作以后,他经常给我写信,鼓励我"天行健,君子以自强不息"。我当时下了最大的决心,心想"即使是市委书记的女儿与我恋爱,我也要考研成功";"当我拿到录取通知书的时候,我宁可倒地死去"。我心里憋着气,所以暗自说这些"狠话",可以看出我的牛脾气。1984年9月,我终于以高分被录取。

我的两次反败为胜的经历,说明了内心强大最为重要。自己服输了,结局就不可逆转。

读书人唯一的机会就是在考场得意。这个独木桥,不过也要过。

没有爹可拼，能拼的就只有意志。"三军可夺帅也，匹夫不可夺志也！"而这个"志"，就是士子之心。

人，活的就是这颗顽强的心！

我是"凤凰男"吗

如果你搜索"凤凰男"这个词语，就会看到如下解释："凤凰男"指的是那些出身贫寒，几经辛苦考上大学，毕业后留在城市工作生活的男子。

"凤凰男"是"山窝里飞出的金凤凰"，虽然离开相对贫困的生活环境，但是仍然保留许多朴素观念和传统思想。当他们选择了身边的城市女子，并和她们携手走入婚姻殿堂时，一部分夫妇在许多观念上有时会有不同，导致家庭冲突不断。

"凤凰男"作为一种标签，是指集全家之力于一身，发愤读书十余年，终于为一个家族蜕变带来希望的男性。他们来到城市后，大部分选择的都是有过相同经历、积极努力的对象，也有一部分选择和城里女孩在一起，但是生活习惯和观念不同会产生很多分歧。

"凤凰男"通常有吝啬、敏感、自卑、自负的性格特点。在我看来，这些解释实际在暗示"凤凰男"就是一种苦大仇深的"怨男"，或者说"凤凰男"不是"凤凰"，只不过是从茧壳里挣扎而出的"蛾子"！用"凤凰男"这个概念去指代农村男孩，完全是城乡二元结构造成的社会歧视。

科举时代中举的那些寒门子弟，恰恰被赞美为"朝为田舍郎，暮登天子堂"，是"十年寒窗无人问，一举成名天下知"之华丽转身。

我倒是欣赏"原生家庭"这个客观词语。不同的人都有自己的原生家庭。有些城镇的原生家庭，也未必比农村原生家庭好多少。城市里也有穷人，也有"小市民"这个鄙称。

至于用"吝啬、敏感、自卑、自负"来给"凤凰男"贴标签，我也不敢苟同。应该说，有这样特点的人，在各个阶层都存在，绝对不仅仅属于农村出来的男子。

我唯一认同的是，农村原生家庭出身的男人有回报家人的强烈责任感，不会只顾自己潇洒。这种责任感是血缘亲情所致，也是一种宿命。如果城市原生家庭出生的女子与之结婚了，就要有这种同甘共苦的思想准备。只要有爱，时间的磨合也能够增进理解、消除分歧。

城市的形成，不过是人口高度密集而已。如今，人们喜欢到郊外去呼吸新鲜空气，喜欢吃农家饭，说明城市并不等于幸福快乐。据说有北京大学毕业的夫妻放弃城市而到山里当山民呢！

中国全面奔小康，消灭绝对贫困，未来的城乡差别微乎其微，"凤凰男"的历史称呼可以休矣！

君不见，某些地方的农村户口比城市户口还值钱了吗？

我不是凤凰，我只是一只自由飞翔的凡鸟，天空中没有我的痕迹，但我已经飞过！

我战胜疾病的真实经历

人体是机器，在运转过程中难免出现各种故障，这很正常。有病治病，没有必要讳疾忌医。

我战胜的第一种疾病是肾结石。20世纪80年代，我在武汉大学读研期间，突然腰疼得厉害，几乎要在地上打滚了。到校医院看医生，得知是肾结石，也只是开了排石汤之类的药。等疼痛缓解，我去东湖游泳，回到宿舍后觉得口渴，一下子喝了大量的水。然后骑自行车去兜风，突然感到尿急，方便的时候，一粒黄豆大的石子居然被冲出来了。然而，肾结石容易复发。90年代初，我在华中理工大学当教师的时候又被折磨惨了。一粒石子堵在膀胱与尿道的连接口，相当于水库的泄洪闸被堵住了，每次小便都如同上刑一般刺痛，人也日益消瘦。医院的治疗办法是直接通过尿道取石，先用医疗器械往膀胱注水，然后用像电视天线一样的东西插进尿道，用"套石篮"套住石子，然后拽出来。这个过程划伤尿道，出血是必然的。我虽然那时候还不是党员，但是熬过了这个"酷刑"，经受住了考验。如今，肾结石没有发作，体检没有发现大的"敌情"。我也注意多喝水，尽量预防。

幽门螺杆菌与慢性浅表性胃炎是我战胜的第二种疾病。中国人有聚餐的习惯，因此，大多数人容易被传染幽门螺杆菌。如果不及时治疗，就可能发展为胃溃疡，甚至转化为胃癌。我在服药以后，幽门螺杆菌得以治愈，转为阴性。慢性浅表性胃炎也似乎没问题了，饮食一切转为正常。我注意吃饭只吃七成饱，绝对不吃撑了，好吃的也不多吃。此外，情绪上尽量避免郁闷，知足常乐，不与人攀比，这对养胃亦有好处。

比较奇怪的是，我2004年在内蒙古自治区挂职期间，一次在火车上突然感觉心绞痛，列车员广播后有人送来了速效救心丸，我含服后就缓解了。此后的几年间发作过几次。但是，在医院进行冠状动脉造影检查没发现血管堵塞问题。后来，有的医生怀疑是神经性心绞痛，实际就是焦虑症。也许吧，我时常忧国忧民，位卑未敢忘忧国，难道因此而焦虑？以后就不瞎操心了，其实没我啥事儿！

2018年，我被心动过速吓唬过一次。我在沙发上小憩，猛然间心脏跳得像高铁一样快，我以为自己要告别人世了。偏偏叫救护车时被告知本辖区没有车，自己到医院急诊检查，验血才知道我缺钾，平时多吃香蕉就好。

说真的，我并不怕死，只是觉得读书20年还没有来得及发光发热。我还想再拾起被荒废的"学业"，做点儿研究，安安静静当一名老书生。身体健康，可以保障我继续读书、写作。其他，一概放下！

鬼门关体验过程

关于猝死的消息时有传闻，客观上导致"人人都很危险"的心理恐慌。心脏稍有不适，就怀疑自己是不是也要死了。我从2004年开始就有不明心绞痛（检查却没有问题），因此格外敏感于心病。但是，首次体验心动过速，真的误以为这次要"挂"了。

2018年6月30日下午，我在沙发上躺着小憩。突然在朦胧中被剧烈心跳弄醒。狂跳的感觉如地震，自己的手按着也能够感到。我第一次如此心跳急促。按照常识，我赶紧服用速效救心丸，后来又服用了硝酸甘油，让夫人量血压。心跳达到每分钟169次至174次，超过了每分钟100次，血压却偏低。打120，被告知没有车，打999，也没车。我让夫人去发动自己家的车，同时，我也用滴滴出行App叫出租车，为了避免到医院后没车位不能停车。出租车来了，我让夫人放弃开车，与我一起坐出租车去。车上，我的额头与后背冒虚汗，手脚冰凉。我已经口述一句遗言："我爱你们！"眼前视物模糊，也许是药物作用吧。到朝阳医院急诊，第一步是测心电图，第二步是抽血化验。奇怪的是，症状到医院就缓解了。验血结果显示，只是钾低而已。第二次心电图显示已经恢复正常。一切都好像没有发生一样。

此次差点猝死，感谢上苍不杀之恩。

查找原因，除了钾低导致心动过速，估计是因为近日有点累。像陀螺式的旋转，没有注意休息。年过半百，需要慢节奏。不能再忙了！

对于我个人而言，死神只是吓唬了我一下，但也给我深刻的教训。生死只在一瞬间，身外之物都是浮云。活着，真好！

虚惊一场

2017年11月10日凌晨4点多钟，我在起夜时顺便喝水。糟了！居然吞咽困难，一小口水也遇到阻力，不能像平时那样顺溜地喝下去了。我的第一反应是，这种症状是不是食道癌或者胃部发生突变。我下意识地赶紧在手机微信的"京医通"公众号上挂了当天朝阳医院一个擅长内窥镜的专家号，打算空腹做胃镜检查，看看究竟是怎么回事。

天亮后，我起床再次试着喝水，却又能够正常喝水了，症状忽然消失了。夫人认为我大惊小怪，提醒我是不是嗓子发干所致。我所住的小区夜晚开始供暖，室内温度比前几天高，加湿器还没有使用，我这个南方人的呼吸道一下子不适应，喉咙的黏膜紧张，没有弹性，导致吞咽困难。

我赶紧去医院的自助机器上办理了退号。不见医生，不当病号，这种解放的感觉，真是太幸福了，太轻松了！

我为什么这样敏感呢？原因在于我一直认为活着是暂时的，死亡是必然的。而且，一切无常，任何人随时都可能死。我的同龄人陈虹（《东方时空》"生活空间"创办人）47岁就因为胃癌而英年早逝；也是同龄人的一位同事因为肾癌而消失；我的朋友胡军桥因为结肠癌并肝转移，43岁就撒手而去；我的两个发小赵明和赵先齐，一个病故，一个死于车祸……

坦率地说，我不愿意过早死亡，自己还有很多事情要做，亲人们也都还需要我。我希望像我的父母一样活过80岁，如果能够健康活到90岁以上最好。然后，寿终正寝，含笑九泉。

我没有升官发财的奢望，只是希望在将来退休后去自由旅行，好好看看这个世界。

体检惊魂记

尽管我多次经历危险，如儿时落水差点儿淹死，青年时期被肾结石折磨，车祸中大难不死，但我总以为死神会与我擦肩而过，没有"生命天花板"意识。进入中年以后，特别是迈过"知天命"的坎以后，心理上发生了微妙的变化，尤其是得知熟悉的同龄人或者比自己年轻的人突然就去世了，我开始真正敬畏死神，感觉如履薄冰，活一天就算赚一天。

2016年6月3日，我拿到了一年一度的体检报告。开始我没有在意，但对于排在第一位的健康提示"糖链抗原72-4增高"不太明白，就在微信上咨询了认识的医生。也许医生怕吓着我了，就说没什么，那只是肿瘤代号。我有点儿犯嘀咕了，开始产生警觉，再次认真翻到体检报告的内页，在"肿瘤标志物"那一栏发现了"肿瘤抗原（CA72-4）"的数字是142.6，远远高出10.1的标准。2015年在北京朝阳医院的体检结果是3.7，为什么一年就升高这么多？

我赶紧搜索CA72-4的意义，不搜不知道，一搜吓一跳：

化验结果意义
升高：卵巢癌（特异性升高）、胃癌、结肠癌、胰腺癌、肺癌。

作为男人，排除卵巢癌以后，CA72-4升高就意味着胃癌、结肠癌、胰腺癌、肺癌！我不能淡定了，情绪渐渐失去控制。我本想多活些年头，还想周游世界、著书立说，还要抱外孙。有朋友提醒我去其他医院复查，如果数字仍然很高，再进入治疗环节。

6月4日是星期六，我赶到平时去得较多的三甲医院世纪坛医院，找医生开了化验单。第二天早上抽血，询问后得知取化验结果的时间是6月

7日。在等待复查结果的这几天，我的内心忐忑不安。假如数字仍然很高，癌症的可能性就非常大了，接下来就要做胃镜检查和全身检查，要判明问题到底出在哪里。假如数字正常，那就说明之前医院的体检有误！或者如有的医生解释的一样，是设备、试剂有问题，也可能是身体在特定时段内因为喝酒、服药而出现肿瘤假象，甚至器官内有息肉也会造成误判。总之，十五个吊桶打水——七上八下，难以平静。

总算熬到了6月7日，我早上认真吃完早餐，然后就像决战一样奔赴世纪坛医院取化验结果。用"京医通"卡在机器上自助打印检验报告单后，我不敢立即就看，而是拿到一个空地方定睛看去，那一刻，永远也忘不了，结果是1.98！这个低分立即让我心中的石头落地了，也让我从癌症的恐惧中瞬间解脱。我立即迈开大步，走出医院，回到晴朗的天空下，深深地呼吸，心中充满了感恩。我发现，人间更加美好，一草一木都那么亲切。我明白，这次灵魂震荡是一种警示，让我高度重视身体健康，不能挥霍自己的生命。

冷静下来后，我开始思考几个问题：对于死亡，为什么我难以超脱？难道仅仅是因为自己还没有活够吗？假如我现在是八十岁以上的人，就会坦然赴死？那些四五十岁离开这个世界的人，难道是命中注定？

我唯一能够做出的选择是，从此将一切执着放下，既不与别人过不去，也不与自己过不去，以善意救赎生命的原罪！

住院记：微创手术也如临大敌

室上性心动过速，就是在毫无预兆的情况下突然心跳加快，心脏有时候一分钟跳200下，让人晕头转向。也可以说是广义的心悸、心律失常，但不是所谓心梗（急性心肌梗死），也与房颤（心房颤动）有区别。在发作时，可以通过深呼吸憋气或者用手指触及喉咙产生恶心感来阻断心脏引发心动过速的电信传导机制。人体很奇妙，不是器质性的病也让人很难受。

目前，射频消融术可以根治心动过速。这是很成熟的微创手术，不是人们想象的那样，不要一听说是涉及心脏的手术就觉得很可怕。

为了提高生活质量，呵护我的小心脏，我于2020年10月16日住进了专业的中国医学科学院阜外医院。第一天就做了好几个检查。抽血、CT（电子计算机断层扫描）、B超、心脏压力与疲劳以及脑能量储备评估、血气分析、心电图，并重做核酸检测。后来，值班医生说看了我5月20日心动过速发作时候的异常心电图，为排除心肌缺血问题，要在三天后再做一个冠状动脉的增强CT。这天半夜，值班医生突然让我做心电图，说我身上挂着的心律监测发射器在护士站显示我心跳加快。其实，我只是起床去上卫生间了，估计对心脏有影响。做心电图的结果显示正常。说真的，我非常感动，看她的神情，熬夜很辛苦。

我所在的病房，包括我有三个病人。一个是新农合的，一个是医保的，我是本单位报销的，正好体现了中国的医疗费结构。

住院第四天，在我等候做增强CT的时候，有一个年轻女子说她因工作压力大而心衰，夜晚心率只有38次/分钟。我是快，她是慢，看来，快慢都不行，都属于心律失常。

第五天早晨，我第一个做手术，一个半小时就顺利结束了。给我做手术的贾玉和医生是这方面的专家。大腿根血管穿刺时，第一次麻药不够，我喊疼，加了两次麻药。做手术的过程中，左肩膀感觉疼。在心脏里用微型电机诱发心动过速以便发现病灶，反复做了几次。还对五到六个心脏部位进行了电热烧灼，阻断诱发心动过速的电信传导机制。手术很成功！术后要平躺六个小时。大腿根穿刺部位用沙袋压两个小时，防止创口出血。六小时后就自由了！

这次微创手术，看来我是做对了。我知道，有人心动过速靠药物维持了二十多年，但毕竟没有根治。我在权威的医院，有一流的专家给我做手术，应该不错了。今后，我就是一个心平气和的人，笑对人生！

健康与生命：人生最珍贵的底牌

听说我的一个发小病重，被癌症击倒，可能有生命危险（现在已故），我很震惊！其实，他的身体往日看起来不错，但是据说他喜欢熬夜打麻将，估计埋下了病根。不健康的生活方式，对身体的透支，都会造成"病来如山倒"的悲剧。

我周围的熟人，每年都有英年早逝的，事业如日中天，名利大丰收，可是，人没了，很快就被人淡忘了。

曾经有一个中学校友，因肝癌治疗要换肝，他花费了几十万元，但一年后还是走了。金钱挽救不了生命。

我的"铁哥们"胡军桥，十五岁就考上大学的天才，四十岁出头就因为结肠癌并肝转移而去世。可怜他因为婚姻不顺还没有留下自己的孩子，生命链条就此断裂。

最让我心痛的是我的二哥，四十年前因为肠梗阻而一夜病亡，年仅二十四岁。

如此这般的人间悲剧，有的是猝不及防，而有的则是长期隐患积累所致，没有注意养生。尤其是男人，把成功当作人生最大的目标，没日没夜地应酬周旋，没有让身体得到休息。

如此看来，善待自己，降低目标，随遇而安有时候不是苟且偷生，而是细水长流。

我很佩服那些在终南山隐居的人们，他们选择的人生状态也许是真的"天人合一"。他们掌握自己的健康与生命，与他人无关，不需要谁的认可，自己高兴就好。

朋友，你的人生底牌还是名和利吗？走吧，跟我去自由行吧，潇洒走一回！

清明前夕话生死

人，出生就在奔向死亡。除了生死，没什么大事。

这是一个残酷的事实。生生死死，是一切生命的宿命，尤其是人生苦短，即使活一百岁，但在宇宙中也不过是弹指一挥间。

更何况，黄泉路上无老少，夭折的、英年早逝的、意外事故导致生命终结的，也有不少。人活着，实在是一件很悲壮的事；死，也是难以控制的结局。

亲人的死，让人痛不欲生；朋友的死，让人扼腕叹息；熟人的死，让人难以置信；坏人的死，让人拍手称快！

英雄的死，让人无限敬仰；伟人的死，让人永远缅怀；凡人的死，让人无动于衷！

人与人，同样是死，给予活人的感受居然如此不同，可见死的意义有天壤之别。"人固有一死，或重于泰山，或轻于鸿毛。"

死，关系到死亡的评价。"千秋功罪，自有后人评说"，这是对有争议人物的用语。死了还众说纷纭，可见活得不同凡响。而大多数人的死，则是风过无痕，无声无息。

死，对于杰出者而言，就是生的最高阶段，或者说是生命的最强音。"生当作人杰，死亦为鬼雄。""生的伟大，死的光荣。"而对于一般人而言，就是从这个世界消失了。

如果不论善恶、好坏，不掺杂价值判断，仅仅就普遍的死亡来说，那是谁也躲不过去的终极时刻，或早或晚。

每个人都不要心存侥幸，以为自己会永生，死的只是别人。秦始皇寻觅长生不老药，那是一个帝王的悲哀。征服天下的人，难以战胜死亡。

今天，流传着一个经典的段子："人的一生，好比乘坐北京地铁1号线，途经国贸，羡慕繁华；途经天安门，幻想权力；途经金融街，梦想发财；经过公主坟，遥想华丽家族；经过玉泉路，依然雄心勃勃。这时有个声音飘然入耳：'乘客您好，八宝山快到了！'顿时醒悟，人生苦短，总会到站！"

尽管如此，活着仍然要活得有质量、有温度、有感觉、有意义，仍然要奋斗、要改变、要奉献、要收获。

活，是一个过程，不能因为早晚必死就主动放弃活的权利；死，是一个归宿，但不能怕死，要将死亡当作一种穿越、一种升华。

死，是人生最后的盛典，是最后一场行为艺术！

"生如夏花之绚烂，死如秋叶之静美。"哦，死亡也可以是很美的。

我看"死亡"

死亡，是一个让很多人忌讳的话题，甚至人们假定自己永远不会死，根本就不想触碰它。虽然每天都有各种关于死亡的信息传播，如车祸、空难、战争、自然灾害、疾病、自杀与他杀造成的死亡，但是一般人总以为那是别人的不幸或者遭遇，与自己无关。实际上，这是一种鸵鸟式的自欺欺人，以为只要把自己的头钻进沙里，就能平安无事。而死神的阴影，时刻都如秃鹫一般在人的头上盘旋，就看你怎么去面对它。

死亡是人生的必修课，而不是选修课。当你具备了"死亡意识"，你就会更加珍惜你的人生，因为人生就是"浮生"，你不抓住此生，就会转眼消失。每个人的一生都是借来的，所有权不属于你，你只有使用权和经营权。死亡，就是把你归还给某个未知的主宰，宗教对此有诸多解释。有关"天堂"（天国）、"地狱"、"转世"、"轮回"等等的说法，因为是一种未知的领域，所以我也不轻易否定。但是，我坚信，生命是偶然，死亡是必然。这个"必然"，领悟得越早，越有利于我们在活着的时候提升生存质量，把光阴当作我们唯一的资产，进行有效的开发和利用，营造自己的幸福人生。

死亡时刻在提醒我们，假如你想做什么，就赶紧做吧，时间有限。作为一个生命个体，你拿什么来证明你活过呢？当然，对于绝大多数人来说，最简单的方法就是生育后代，使自己的生命得以延续。除此以外，吃喝拉撒睡，日复一日，最后走向死亡。

如果还需要进一步说明死亡对于人生的意义，我可以如是说：

死亡，是最后交卷的铃声。你这一生答卷如何，再也来不及修改，是完美，还是遗憾，都在那一刻决定了。也许有人会说，完美是死，遗憾也是死，没什么区别，考一百分与不及格，在死亡面前完全一样。逻辑的终点确实如此，可我强调的是逻辑的出发点。为什么我们不能尽量少一些遗憾呢？

死亡，是 the end（完），在电影、电视剧和动画里表示已剧终，而在游戏里意味着 game over（游戏结束）。无论是影视剧还是游戏，每个人都是自己的主角，每个人都是终身演员，上演你的人生"真人秀"，到死方休。

死亡，是"茶道"的最后一道程序。你的茶香、茶味已经挥发完毕，作为残渣，你可以被倒掉了。所以说，人生如茶，味尽而亡！

死亡，是一个仪式。你出生满月，满周岁，以及后来每年都有的生日庆祝仪式，都是为了积累，积累到你人生的最后一个隆重仪式——葬礼！从这个意义上而言，人生很有仪式感。

死亡，还是一副打散的麻将。这辈子你只是一张牌，在赌局中也许是和牌的关键，也许早就被抛出了。你的死，意味着麻将开始新的排列组合。下辈子你是哪张牌呢？

无论死亡的意义是什么，我都坦然以对。伟人追求的是"人生自古谁无死，留取丹心照汗青"。作为普通人，我追求的是"死亡并不可怕，可怕的是当一个活死人"，这句话是我的原创。

八十年代武大思想解放亲历记

1979—1983年本科、1984—1987年研究生，这两个阶段我在武汉大学(简称武大)亲历了席卷全国的思想解放浪潮，极大地影响了我的人生观、世界观、价值观。不管学什么专业，也不管年龄大小，从恢复高考入学的1977级开始，20世纪80年代的在校生都经历了思想解放的洗礼，基本形成了独立思考的能力与品质。而武大当时被称作"大学里的深圳"，得改革开放风气之先，活跃氛围十分浓厚，这也是能够诞生《女大学生宿舍》小说与电影的文化、思想、时代土壤，也有些诗人、哲人因此脱颖而出，名声大噪。

思想解放，确切地说就是从极左的桎梏中解放出来，大写的"人"字逐步觉醒。

伤痕文学，是第一道精神大餐。它得名于卢新华以"文化大革命"中知青生活为题材的短篇小说《伤痕》。伴随平反冤假错案，以及对"文化大革命"的反思，一大批描写个人与家庭创伤的文学作品成为热门读物，如《班主任》《爱，是不能忘记的》《在小河那边》《大墙下的红玉兰》《灵与肉》《许茂和他的女儿们》《芙蓉镇》《蹉跎岁月》等。这些作品强烈地冲击了读者的灵魂与认识，人性、人道开始复苏。我那时候正处于青春时期，第一次开始思索这么深刻的主题。此前，我只是感怀自己贫寒之家的苦难，局限于"小我"的视野，没有从大时代的角度审视人们的共同命运。当然，伤痕文学后来被"振兴中华""团结一致向前看"的口号取代了，人们抚平伤痕后继续前进。

人生观的讨论，是思想激荡的一阵风潮。1980年5月，《中国青年》杂志刊登了一封署名"潘晓"的长信《人生的路呵，怎么越走越窄……》，引发了持续半年多的全国范围内的人生观讨论。这种迷茫与困惑，正是信仰迷失、偶像坍塌与目标模糊后的疑问。其实，作为"天之骄子"的我，并没有"潘晓""越走越窄"的感叹，只是我也因此思考了人生的真谛，那时候我认定了"奋斗"就是人生的价值。

邓丽君的爱情歌曲带来了新的审美。在"文化大革命"时期，我只会唱革命歌曲，偶然听或唱《在那遥远的地方》也觉得心里发慌，但是邓丽君的温柔与甜蜜让我感受到了爱情的美好。而爱情曾经被混同于"小资情调"，比如，小说《青春之歌》《第二次握手》都遭受过批判。

西方学术著作打开了思想的窗户。80年代，大量的西方书籍再版或者新译，激活了青年学子的思维。我本人对叔本华、卢梭的著作尤其喜欢，也对尼采、萨特有所了解。那时候，读书无禁区。这样的好处是思想自由；存在的问题是囫囵吞枣、饥不择食，缺乏系统分析。

思想解放的最大特征是自我意识觉醒。个人的存在价值，不再被淹没；批判精神得到加强，不再盲从。但是，在张扬个性的同时，我有点儿狂妄自大，不懂谦卑，于是后来在人生道路上只能趔趄前行，没有达到名牌大学毕业生应有的高度。在中国文化的氛围里，不需要谁指点江山，因为江山就在那里，万年不变！

独立思考能力是如何形成的

小学5年，初中2年，高中3年，本科4年，硕士研究生3年，博士生3年，我总共全日制上学20年。

为什么要读书？如果说，本科以前的上学都是顺其自然与被迫，那么，硕士与博士阶段的求学就完全是自我加压了。

高考，是一个转折点。农村孩子考大学，都是为了跳"农门"，改变命运与身份，为家族争光，具有一定的功利性。如今，读书基本是为了"就业"，并没有上升到完善人格、提升境界的层次。

而我求学的过程，就是从"求生"到追求真理的飞跃。开始的出发点是为了生活，为了进城，后来逐步进入精神层面，绝不是为了文凭而求学。

我回顾自己初步具备独立思考能力，是源于20世纪80年代的大量自主阅读，古今中外的思想将我的头脑冲刷，然后我认识到了真理的绝对性与相对性，从教条主义的枷锁中挣脱，真正使用自己的大脑。在所有书籍中，我最喜欢阅读哲学家随笔、文化名人传记，点燃思想火花、吸取人生精华。此外，语言的最高艺术——诗歌，也是提升心智的途径。诗人，是最具个性的群体，虚伪的人成不了诗人。

博士之所以是博士，并不在于博士帽本身，恰恰应该在于具备独立思考能力。如果一个博士还见识浅薄，在写博士论文的时候，没有自己的见解，是难以完成这一创造性任务的。

独立思考能力，就是不盲从、不随大流，时刻保持自己的判断。"富贵不能淫，贫贱不能移，威武不能屈，此之谓大丈夫。"思想上的大丈夫，与身高无关。

我思故我在!

忆我与华科大新闻学院的二三事

1987年至1993年，我在华中理工大学（今华中科技大学，简称华科大）中文系任教期间，为新闻系学生讲授了几年的中国古典文学作品选读课程，因此与新闻系也结下不解之缘。这段经历，我终生难忘。

新闻系干部专修班（简称干修班）学员为我的裸婚助兴。1989年11月15日，我在华中理工大学结婚了。那年，我27岁。我授课的新闻系干部专修班学员听说我结婚，主动发起了一个舞会，增添喜庆气氛。

舞会是在中文系的会议室举办的。我事先在中文系并没有宣扬结婚的事，因此，中文系老师、学生不知道。新闻系干修班的学员都有社会经验，有的年龄比我还大，张罗活动可以说是驾轻就熟。伴随欢乐的舞曲，大家翩翩起舞。舞会间隙，还穿插了一些娱乐与搞笑环节。他们还献了鲜花，赠送了结婚纪念册。我的新婚妻子在他们的祝福与赞美中，也充满了喜悦。在浪漫主义和理想主义的80年代，裸婚很普遍，大家并不追求房子、车子，或者说不以这些硬件为条件。白天，我已经请了少数朋友和同学摆了两桌酒席，晚上的舞会真是太助兴了！舞会的乐曲声吸引了路过的人文学院领导，他们也来祝福，让我很开心。几天后，校报刊发了我婚礼的新闻，这也算是典型的"花边新闻"了。

第一次将学生带到校园草地上课。我在新闻系讲课的时候，大胆进行教学改革，改变死板的"满堂灌"，而力求让学生的思维活跃起来。

有一天，我在例行"讲台授课"以后，突然想到《论语》中的"暮春者，春服既成，冠者五六人，童子六七人，浴乎沂，风乎舞雩，咏而归"，这幅情景，何不用于教学实验呢？户外教学，也是很有情趣的呀！于是，我立即宣布，第二节课改到校园草地去上。大家欢呼，喜滋滋地跟我来到草地上围坐一圈，我们讨论课堂相关内容，"各言尔志"，自由发表观点。这节课，同学们感到新鲜刺激，比坐在教室记笔记更符合文科生的特点，体现了浪漫不拘的风格。后来，这事传到中文系领导的耳朵里，他也没有反对，似乎觉得有点儿意思。

除了尝试户外上课，我还偶尔在教室喷洒空气清新剂，让大家头脑清醒，不至于打瞌睡。有时候，还模仿"外教"给大家带点儿糖果、点心，凡是坐第一排的，可以优先品尝。于是，学生不至于都往后缩了。

听过我课的学生，现在有的成为名人，有的已经是博导。他们都很优秀。但愿我没有误人子弟。

1993年，我报考中国人民大学（简称人大）新闻学院博士研究生。按照规定，必须有两名相关专业的专家教授写推荐意见。在这紧要关头，华科大新闻系的两位教授为我报考人大鼎力相助，成为使我梦想成真的恩人。

他们就是汪新源教授、周泰颐教授。

为了实事求是地写推荐意见，他们对我进行了调查了解，确信了我的学术功底、研究能力以及人品以后，才客观地进行了评价。如果没有他们的推荐，我报名的资格与手续就成问题了。我始终记得他们的名字，对他们甘为人梯的风范充满了感恩之情。

借用诗人普希金的诗句："一切都是瞬息，一切都将会过去，而那过去了的，就会成为亲切的怀恋。"这份回忆，是我宝贵的精神财富，直到永远。

大学毕业三十年有感

1983—2013年，我大学毕业三十年了。三十年，值得纪念，值得感悟，值得思考。

三十年，该体验的已经体验，该犯的错误也犯过了，该实现的梦想也该兑现了。但是，甘苦寸心知，不能用同样的标准衡量所有的人，人生没有标准答案。如果谈"成功与否"这个俗套的话题，会很浅薄。既然是大学毕业三十年，那么关键词就是"大学""毕业""三十年"。这里面包含了一些什么内容呢？

我首先想到的是，我们为什么上"大学"。

我是农民的后代，上大学是为了改变命运。当年，我发出了有关命运的"天问"："何日云开见日头？"我那时对乌云密布的天空特别敏感，总觉得那就是我的生存状态。我对世世代代种地的身份感到很沉重，因此对高中语文课本中《陈涉世家》一文里的那句"王侯将相宁有种乎"的话产生了共鸣。为什么我就必须继承父辈"脸朝黄土背朝天"的命运？我一定要改变它，换一种活法。而高考这个公平竞争的机会，就是我改变命运的唯一途径。书籍是人类进步的阶梯，高考就是我进城的阶梯。

483

进城的诱惑力为什么特别大？因为过去城乡差别巨大。中国的城市与农村长期处于二元结构，生活水平存在天壤之别。成为城市居民，是农民的梦想。如今，一些农村地区已经变得很富裕，生活并不比城市差。

"毕业"，又意味着什么呢？

三十年前的大学毕业，我们被"分配"左右，有的是"天仙配"，有的是"拉郎配"。绝大多数同学是接受分配，并且从业始终。少数同学挣脱了"拉郎配"，去追求自己的理想目标了。我在毕业后，又通过考研、考博的途径寻找自己的新天地。大学毕业就是人生道路的转折点，你走什么路、成为什么人，职业选择很关键。今天，学生在大学毕业后可以自由选择职业，考公务员，或者在其他平台与空间实现自我价值。有的人，难以摆脱职务与职称的羁绊，一路上会有很多关卡。而有的人，虽然很自由，可是也很辛苦。总之，以平常心面对各种挑战，并知足常乐。

最后一个关键词"三十年"有何意义呢？

我最大的感受就是我还活着。在这三十年中，我经历过车祸大难不死，经历过疾病的折磨，经历过精神忧郁的考验。胜人者智，胜己者强。人最大的敌人是自己。在漫长的岁月中，最难伺候的是自己的内心和灵魂。你也许有房有车，也不缺钱花，但是你有真正的快乐吗？你是否真的很开心？心情好，就是真的幸福。人活到最后，就是活一种心情。

"三十功名尘与土，八千里路云和月。"我愿意回归清风明月的无为状态，潇洒度过余生！

人生就是结缘

一切都是最好的安排。

我挺喜欢这句话，因为它含有深意。比如，当你患得患失的时候，你以这句话来坦然接受生活给予你的一切，就会起欢喜心。

不仅如此，在漫长的人生道路上，你所经历的一切，你所遇见的人，都是一种缘。人生就是结缘，缘起缘灭，似真似幻。

除了亲人是特定的缘，人这辈子较深的缘还有"同学缘""同事缘""朋友缘""老乡缘"等，也有"一面之缘""一饭之缘""一行之缘"这样较浅的缘。有时候，缘似乎是一种非物质的神秘力量，让你惊叹不已。

某年某月的某一天，我在秦始皇兵马俑参观的时候，突然听到有熟悉的声音叫我的名字，我一看，原来是我的大学同学孙大敏！这也太神奇了，如此概率应该是极低的，男同学之间的缘无关风月也！

更有一次的际遇让我感叹生活比剧情还要出乎意料。父亲去世后，我出于孝心并舒缓自己的悲心，请家乡松滋大悲寺的僧人念经超度父亲的亡灵。突然，念经者中有位尼姑叫我的名字，我不禁大吃一惊，她说她是我的小学同学，但我一下子想不起来了。遁入空门的小学女同学与现实中的悲伤者偶遇，是不是缘？

职场上的缘，则可以决定一个人的沉浮与成败。尤其是你遇到的领导者，与你无缘的，你可能遭受打压排斥；而与你有缘的，即使你不去刻意套磁，也会枯木逢春。有的领导对博士有偏见，认为博士"只懂一个朝代，出了这个朝代就不行了"，他有这样的认识，自然与博士出身的你无缘，当然也就不会重用博士。而有的领导自身就很有才华，而且也爱才，你遇到这样的领导就有起死回生的可能。机缘到了，人生的春天也就到了。

当然，缘更多的是一种超功利的境界。比如，本人曾经被多次"借用"，看起来是浪费了时间，其实是与新朋友结缘了。过程未必追求结果，曾经走过的路即便是岔路，也是一种经历，何必目的性太强呢？

"行到水穷处，坐看云起时。"顺其自然，世相参破与否倒是无关紧要了。我们来到这个世界，每个人的存在，本来就包含了必然性与偶然性，一切随缘吧！

感谢一切有缘人，宽容所有无缘人！

485

缘分是个啥东西

缘分，是人生的一种神奇现象，犹如长篇小说的"伏笔"，总在故事情节中次第出现。

缘生缘灭，一切都是自然。不需要你刻意去寻找，缘分就在空气中存在，给你惊喜，也给你伤感。

很多时候，"消失在人海"，再也难以遇见，是常态。地球上人来人往，很多缘分就是一瞬间，短暂而难忘，成为记忆中的一幅或者几幅画面。

我在研究生时期曾经认识过两个来华留学生，法国的裴玲娜、日本的小针有子，她们分别代表了西方与东方的美。她们的汉语说得很好，交流起来不困难。可惜，那时候没有照相的意识，没有与她们合影留念。她们各自回国后，就再也没有机会见面。大家都是过客，曾经有缘认识，散了也就散了。

英语专业研究生王宝顺，陕西西安人，我与他的友谊一度很密切，居然把我可能去追求爱情的时间都占了。某年暑假，我路过西安，到他在灞桥附近铁路边的家看望他，才知道他是养子，家境很贫困。他的性格却很阳光，我们一起用大粗碗喝棒子面粥、吃大馒头，一起去登大雁塔，眺望八百里秦川，到周至县参观老子著《道德经》的楼观台。男生之间交往，彼此都放弃了与异性交往的时间与空间，付出的代价就是彼此都没有女朋友！后来，这个好友不知所踪，失去了联系，但愿他看到此文，与我联系。

缘分无处不在，有时就是一次小聚，或者一个笑脸，或者由偶然的不经意的"伏笔"成为后来重要的人际关系。生命之缘，让我们的人生丰富多彩，更有内涵，让你感受到人生的美好！

人生价值再认识

1980年5月，一封署名"潘晓"的读者来信《人生的路呵，怎么越走越窄……》发表在《中国青年》杂志上，引发一场全国范围内关于人生观的大讨论。

其实，这封读者来信，是由北京第五羊毛衫厂的青年女工黄晓菊的来信与北京经济学院（今首都经贸大学）二年级学生潘祎的来稿杂糅而成。其中，潘祎的来稿不能用，但其中一些语言和观点可供参考，而黄晓菊的原稿有8000多字，分为"灵魂的鏖战"、"个性的要求"、"眼睛的辨认"和"心灵的惆怅"四部分，基本可用。编辑部将这两篇稿子交给编辑马笑冬，由她执笔做最后的修改。最后见刊的那封信，人生经历和主要观点都基本取自黄晓菊的稿子，很多话甚至是原文，潘祎的一些话也糅了进去，还吸收了一些在座谈会上听来的语言。最后，她从黄晓菊和潘祎的名字里各取一个字，合成了"潘晓"这个笔名。

那时候，我是武汉大学中文系本科生，正享受天之骄子的待遇，并没感到人生的路越走越窄，而是充满了希望。因此，我没有投入那场人生观大讨论，只是在日记里对自己写了一些思考。

今天，我已经走过了青年时期，中年也几乎要进入尾声，对人生价值以及人生观的认识更加深入，不再停留在感叹阶段。当年"潘晓"那封信所叙述的人生迷惘，实际就是中国社会、中国人的国民性给青年人心灵的伤害。一个政治异化与剧烈变迁的社会，一个被鲁迅讽刺与批判的民族，在历史与现实的撕裂、涅槃过程中，把狰狞与丑恶的一面暴露给生活经验尚不深厚的年轻人，那只不过是一种梦醒时分的空虚、痛苦而已。崇高与英雄，是各种文艺载体营造出来的心理"幻象"，一旦破灭以后，迷信者会产生失魂落魄的感觉。而现实生活中的自私自利、各种背叛与算计，本来就一直存在，不是什么新鲜玩意儿。中国的老祖宗早就有"性本善"与"性本恶"的争论。真善美、假丑恶是相对存在的，是事物的两面。

人生的顺境与逆境，说虚幻一点儿就是"命运"，说实在一点儿就是"祸福相倚"。人生不是童话，本来就是一幕幕悲喜剧。

那么，人生的价值，或者说人生的意义究竟在哪里？这要从两个层面来认识。一是人类存在于地球、宇宙的价值，二是个体的价值。

莎士比亚赞美人类是"宇宙的精华、万物的灵长"。虽有不同看法，但是人类及其文明都是值得赞美的。同时，我们也要接受另一个残酷的事实，即"死亡是向大多数人靠拢"。死亡是不可逃避的宿命。也就是说，人类无论多么伟大，也必须在"出生"与"死亡"中循环。如此看来，人生不过是一个过程罢了！

这个话题很复杂。如果简化，就不妨用"生如夏花之绚烂，死如秋叶之静美"两句诗来解答。不要追求什么永恒的价值，一切都是瞬间，你悟透了生死，就悟透了人生！

我们短暂的人生，要力求自我的灿烂，在灿烂之后就归于枯萎。如此而已。其间的一切风风雨雨，都是表象，给人的都是迷惑。真善美也罢，假丑恶也罢，都是过眼云烟。明白了这个真相，一切的烦恼就轻若鸿毛了。活着，灿烂你的灿烂；死去，不带走一片云彩！

人生终极意义的追寻

人都要死去，那么为什么要活着？换言之，人生的终极意义到底是什么？

生死这种循环，难道就是一种游戏吗？是冥冥之中谁在与人类开一个巨大的玩笑？

生生不息，是以死亡为代价的轮回。从出生的婴儿到最终的告别，这个过程周而复始，似乎永远没有完结。

干脆问到底吧，地球人在宇宙中究竟要干吗？是否就是为了一代代积累成为"文明"，向那个"谁"提交实验报告？

瞧啊，人类发明了农业，又发明了工业，还发明了机器人，要把自己取代？

就算青铜器厉害，科技产品厉害，艺术作品厉害，这又能说明什么、证明什么？

人类还为各种欲望而自相残杀，充当形形色色的演员，把日子过成了剧情！

假设一下，人类全部彻底消失，地球只是一个自然球体，会如何？宇宙应该也照样存在吧。

因此，人生的终极意义就是"生命的存在"，个人没有意义，作为群体或者类型才有存在的意义。

个人死了，群体或者类型依然存在。这就是真相！

每个人的消失，就是尘埃的消失，对于宇宙而言没有任何影响。

人啊，谦卑吧！

人生要读懂"三本书"

20世纪80年代，我在武汉大学读研究生期间，导师吴林伯先生曾经说，人生要读懂"三本书"——自然的"书"、社会的"书"、文字的"书"。

当时，我才20岁出头，对这一教导虽然有所领悟，但毕竟涉世不深，还不能透彻地把握其意义。如今，我已经年过半百，再次回味这一至理名言，真有豁然开朗之感。

一般而言，读书就是指对书本知识的学习。任何文字的书，不过是间接经验的积累与升华而已，不可不读，但不可认死理，这就是"尽信书，不如无书"的道理。所以，"读万卷书，行万里路"非常重要。

与书本相比，自然、社会更加丰富，而且永远处于变化之中。

自然，就是宇宙万物，奥妙无穷，是人类永恒的老师与学问源泉。所谓"仰望星空"，不过是一种形象的说法而已。在整个宇宙面前，人类何其渺小，不适应自然规律、宇宙法则，就会遭到惩罚。即便是晒太阳也要有度，多了或者强烈了则可能产生皮肤癌，少了或者完全杜绝阳光则缺钙，天人合一乃最大学问。人类可以探索自然，但决不可与自然为敌。作为凡人，我们都是尘埃！

社会，其实就是一个江湖。读社会这本"书"，关键要了解人性。人组成了社会，谁也难以真正超脱。假设你是一辆车，不遵守交通规则，就必然自毁或者毁人。明规则与潜规则共同发挥作用，法律条文、道德规范是明规则，人情世故是潜规则。人性更多体现在人情世故之中，为人处世乃无字学问。现实中，有些人很有能力，但是做人不行，连朋友都不可能有，哪还谈得上人格魅力？人们常说，某某人还没有"社会化"，其实是批评他没有真正融入社会。当然，社会的复杂含义绝对不限于人情世故与如何做人，对个人来讲，有"认识社会""适应社会""改造社会"的不同层次。我们不奢望能够改造社会，但求不被社会碾压。普通人在社会结构的缝隙中，要学会深呼吸。

"三本书"结合起来阅读，就不是死读书、读书死。君以为然乎？

禅与人生

"禅"是佛教"禅那"的简称，梵语的音译，是佛教禅宗的一种修持方法，即参禅。其要义在于明心见性、返璞归真。

禅宗六祖慧能（亦称惠能）著名的禅语堪称经典：

菩提本无树，明镜亦非台。

本来无一物，何处惹尘埃。

这几句大彻大悟的话，对我们感悟人生极有帮助。一切存在都是虚幻，没有什么永恒的物质世界，我们的心灵又何须被外物牵挂呢？

禅的玄机在于，看似悲观，实则通透，而且与日常生活紧密关联。吃喝拉撒睡里面都有禅意。悟性高的人，从一阵风、某个瞬间都能顿悟到某种"心性"。因此，世俗的人只要懂得参禅，就不会执迷不悟。

当今时代，很多人不能进入"无物""无我"的境界，活得很累，犹如"猪油蒙心"。

那么，如何拥有一颗禅心？其实，不需要陷入太深奥的理论层次，禅恰恰不需要用知识来思考与解决问题，只靠直觉与本心就够了。

一切都是瞬间，一切都过而不留；我们能够拥有的只是当下。在人与自然之间，我们只能顺其自然。孙悟空的"悟空"这个名字就是启发人们，要领悟"空"的真相。既然一切皆空，我们又何必用各种欲念去充塞自己的心呢？

因此，人生最大的禅意就是，活着要轻松，要有"无"的心态，死了就回归自然。

人生"熬"字诀

熬，考验耐心和信心，即便是战胜小小的感冒，你也必须要熬那么几天，急也没用，猛吃药反而可能产生药物交叉反应，导致中毒，带来生命危险。还不如顺其自然，踏踏实实熬它几天，最后必然是风清月朗。

你与命运的抗争过程，也要用好这个"熬"字诀，不会用的也许就会精神崩溃，有人甚至自杀。

我从来到这个世界之日起，就在与命运决斗，始终在体验"熬"的特殊心理状态。

少年时期，我对着满天乌云感叹："何日云开见日头？"在贫寒的农民家庭里，几乎看不到希望，唯有苦熬，期待老天开眼的那一天到来。熬啊熬，终于熬到恢复高考，我有了人生的转机。但是，迎战高考也要有熬的耐心，等待高考录取通知书也要熬。1979年的高考通知书直到8月下旬的七夕才拿到手，此前我在酷暑里下地干活儿，在乡亲们的调侃中煎熬，虽然我内心充满信心，但也曾默默向上苍祈祷。熬的痛苦，等来的是惊天动地的喜悦，因为我是村里的第一个大学生，人们放下正在干活儿的锄头，纷纷抢着看那张"芝麻开门"的神秘通知书，它是通往未来的许可证，是改变命运的"诏书"……那年那月，怎么形容它也不过分。

此后，我经历了读研、读博的熬，甚至连累家人与我一起熬。默默地熬，静静地熬，毕业了就算是熬出来了，家人们的耐心也快熬到极点了。因为，我不是一个人在战斗。在那些日子里，我看到过父兄极度疲劳的眼神，难道是我太自私了吗？一根筋地自我奋斗，而且是看不到任何物质上回报的奋斗，是不是太过分了呢？

职场上的熬，就更加考验人的耐心了。如果没有熬的功夫，就可能心理垮塌。熬啊熬，终于熬到所谓正高级职称，那些熬的日日夜夜就成为过眼云烟了。熬啊熬，终于熬到一点点"头衔"，那眼看别人连升三级的"羡慕妒忌恨"以及自己停滞不前的焦虑，像一盏苦药，仰脖子一饮而尽，也不过如此。庆幸自己靠着内心的"熬"字诀，慢慢走出了人生的低谷。学学陶渊明"采菊东篱下"又如何？熬过一个个槛，你就是自己的赢家。

君不见，阳光总在风雨后，在晦暗的时刻，让我们熬吧！

民间俗语的人生智慧

除了书籍里面有智慧，民间的俗语也包含了令人深思的大智慧。从小，我就听了父亲教诲的若干话语，也耳闻了不少流传的"口头禅"，至今仍然值得玩味。在此，我解析几句俗语，与大家分享。

"官高必险。"这句话古今都应验了。在古代，那些陷入"党争"与权力斗争的高官，很多都没有好结果，有的甚至被诛灭九族，善终者少有。当今，一些显赫的高干，因腐败被抓、判刑，有的畏罪自杀，人们都习以为常了。官高，犹如华山论剑。只有真正的高手，才是最后的赢家。险在哪里？权力本身就是双刃剑，祸福相倚，权力越大，当然牵涉的利益越大，表面上是高手过招，实际上是利益集团的较量。为什么说"树倒猢狲散"呢？一个高官垮台，必然是整个集团作鸟兽散。利益代表者与"擒贼先擒王"之间有直接关系。要么擒别人，要么被擒，这就是高官的处境。所以，没有几把刷子的人，没有"把脑袋别在裤腰带上"勇气的人，就不要拼命挤进高官行列。当然，像海瑞那样不顾个人沉浮、为民请命的官员，在历史上还是流芳百世的。

"强龙不压地头蛇。"龙与蛇，一个在天上，一个在地下，本来就不是一个量级的。可是，地头蛇为什么那么厉害呢？我们先看看书里的语境。《西游记》第四十五回："你也忒自重了，更不让我远乡之僧。也罢，这正是'强龙不压地头蛇'。"孔尚任的《桃花扇·赚将》："自古道：'强龙不压地头蛇。'他在唇齿肘臂之间，早晚生心，如何防备？"姚雪垠的《李自成》第一卷第二十四章："如今龙困沙滩，连小贼娃儿也敢欺负咱！有什么话说呢？这就叫强龙不压地头蛇！"可见，地头蛇太坏，高大上的龙也不得不甘拜下风。龙很多时候不得不与地头蛇妥协，各自相安无事。不过，多行不义必自毙，地头蛇总有完蛋的时候。

"大石头也要小石头塞缝。"这句闽南语不知道怎么也在湖北乡间流传。我父亲有一次在冬季烤火的时候，用松滋方言对我说："大鹅卵鼓也要小鹅卵鼓塞。""鹅卵鼓"就是鹅卵石，也就是石头。意思是，如果没有小石头，大石头也不会稳稳当当地矗立着。在农村，如果用石头垒猪圈或者筑堰坝，大石头必须有小块石头垫底或者塞缝，整体才能安稳。寓意是什么？可以理解为大人物也必须有众多的小人物帮衬，才可以立足。这是力学原理，小力辅助大力。所以，不能藐视小石头，万丈高楼平地起，其中就离不开小石头的贡献！

职业分享：我的切身体会

职场一般就是两种情况，一是终身在一个行业或者单位干到退休，二是经历多种职业与行业。我属于后者。我没有值得张扬的辉煌历程，只有个人体验。总体感受是，职业没有绝对好坏，只有是否适合你自己。

我的第一个职业是党校教员。这个职业很好，当领导干部的老师。然而，党校也有层级，分别是中央党校、省委党校、地市级的党校、县市级的党校。我1983年大学毕业后被分配到湖北沙市市委党校工作，作为武汉大学毕业生，是"低配"了，因为我的同学一般都在省城与京城的单位。我不服气，所以考研重新回到武大。这个第一职业的体会是，犹如"拉郎配"，并非自愿，强扭的瓜不甜。唯一的收获是，我认识了一些好的朋友。

我的第二个职业是大学教师。硕士研究生毕业后，我在华中理工大学（今华中科技大学）中文系任教六年。不坐班、有寒暑假，我认为大学老师这个职业非常好，但是不适合青年，尤其不适合穷人。这个职业最适合富贵人家的闲人，不需要与社会打交道，自己开心就行。如果你有生活压力，就难以安心。我是农民子弟，有很多具体困难，没有当"精神贵族"的资格，所以我离开了这个领域。

我的第三个职业是电视记者。在年龄不算老的时候，这个职业很有意思。满天飞，上天入地，有条件与各行各业打交道，是一个"通吃"的职业。然而，体力透支，没日没夜，不能持久。

我的第四个职业是人力资源管理。围绕人来做工作，非常重要。任何单位，最重要的部门就是人事部门。但是，部门重要不等于你自己重要。

犹如厨师炒菜，你可以围绕灶台转，但不能上桌自己去吃。

我的第五个职业是纪检监察。这是一个特殊职业。首先，要遏制个人的任何欲望，犹如屠夫，你可以杀猪，却不能吃猪肉。其次，必须有严格保密的意识，绝对不能泄露案情。即使是你认识的朋友，也不能告诉他："有人告你了！"一句话，你要善于当"垃圾桶"，能够容纳一切负面信息。

我的第六个职业是研究人员。这是一个看似边缘实际高智商的工作，一般人还干不了。无权无钱，但是很超脱，真正的知识分子最适合研究。这个职业犹如酿酒师，把粮食变成酒，而且是优质酒。酒中有智慧，让懂酒的人陶醉。

我不是一个"成功"人士，仅仅是职场过客，所以，我不在乎别人如何评价，甘苦寸心知。人生短暂，能够体验多个职业，已经足够！

我的家风故事

我的原生家庭曾经是一个赤贫的农民家庭。然而，物质的贫穷并没有击垮我们，因为我们具有相濡以沫、同甘共苦的家风，得以让全家走过艰难岁月，渡过一个个难关，与时代同步，终于迎来幸福的日子。

托尔斯泰说："幸福的家庭都是相似的，不幸的家庭各有各的不幸。"有些不幸属于意外遭遇或者变故与疾病，难以预料。我的家族在面对不幸遭遇的时候，总是有难同当，一起战胜灾难和困境，让家成为风浪中的航船，驶向幸福的彼岸。

20世纪60年代初，作为人民公社生产队饲养员，我父亲被突然发疯的牛袭击，牛角刺瞎了他的一只眼睛，另一只眼睛也只剩下一丝微光，在家躺了一年。我母亲一面劳动一面还要伺候卧床的父亲，吃苦耐劳，承受生活的重压与打击，她身上体现了劳动妇女的传统美德。我的父亲母亲不离不弃、相依相伴，终于熬得苦尽甘来，先后都活了八十四岁，靠的就是坚忍的意志。

1976年的夏天，我的二哥因肠梗阻一夜之间撒手人寰，年仅二十四岁。母亲为此哀哀悲泣，经常在二哥的坟头哭得昏天黑地。这种悲伤的氛围笼罩我家多年，但我们没有向不幸的命运低头，没有失去生活的信心。全家化悲痛为力量，互相支撑着顽强地向前走，在时代的大潮中迎来生活的转机。

1979年，我备战高考的日子最能体现我家团结一致、共同奋斗的家风。我的高考不是我个人的孤军奋战，而是家人组成"运输队"不断为我保障供给的过程。父亲和妹妹给我送大米到学校，看到父亲佝偻着身体背着节省下来的大米出现在我的视野，我感动得直想哭；大哥经常从邻近县设法搞来"返销粮"，供我读书，还时不时地塞给我几块他当篾匠挣来的钱；姐姐也给我送来炒好的菜；母亲则勤奋地养猪、养鸡、种菜，不辞辛劳！没有他们的后方支援，我不可能安心读书，是家人给了我勇气和力量，亲情是我强大的后盾。我勤奋学习，终于考上了武汉大学。离开村子的情景，我至今还历历在目。母亲给我煮了六个鸡蛋，眼里淌着泪水，嘱咐我注意这、注意那，毕竟我第一次出远门、第一次到大城市，当母亲的不放心呀！大哥送我到火车站，列车满载着亲人的厚望，把我这个乡村小子运到了梦想之地。我后来继续读硕士、博士，寒门子弟能够追求高学历，完全靠家人默默支撑。

在我们这个大家庭里，金钱永远不是第一位的，亲情才是最重要的。在我嫂子前后三次肝胆大手术中，我们全家也是共同面对，把她从死亡线上一次又一次地拉回。"长嫂如母"，当年在我发奋考大学的日子里，嫂子也与全家一起像支援前线一样支持过我。因此，在她需要救命的时刻，我总是尽最大努力请医生挽救她的生命。如今，她健康地安度晚年，家乡人都说是我这个小叔子"报恩"而让她起死回生。

我自己为人夫、为人父以后，三口之家继续营造美好家风，在物质生活方面奉行知足常乐，不贪不奢，不忘根本和初心；在精神上追求高雅，让文学、历史、书法、音乐等书香氛围充盈简朴之家。幸福的家庭，不仅是居室之家，更是灵魂之家。

抚今追昔，我倍加珍惜来之不易的幸福生活。社会变革与家庭命运休戚相关，正是这个大时代为我提供了个人梦想与家庭梦想实现的舞台，使我的家国梦相互叠映，描绘出最新最美的画卷。家风好，则家运兴。良好的家风是"软黄金"，让家人成为真正的富有者。而真正的富有还在于，我的家族是"党员之家"。我们夫妻及弟弟、妹妹（姨妹）、侄儿、侄女都是党员，家风与党风已经浑然一体。我们在党言党，在党忧党，在党护党，在党爱党，同甘共苦的家风已经具有了更高更新的境界和含义。

珍珠婚随感录

1989年11月15日—2019年11月15日，我结婚整整三十年了。三十年的婚姻，被称为"珍珠婚"，正是因为珍珠来之不易！珍珠是沙砾进入贝壳里，慢慢被柔软包裹而形成的珍贵物品，而夫妻也是一路包容与磨合过来的，粗糙的个性被慢慢改造，琐碎渐渐成为寻常的幸福，终于有了晶莹剔透的珍珠一样的质感。

在磨合过程中，只要具有同甘共苦的精神，一切内在与外在的艰难险阻都可以战胜。这就是婚姻的真谛！没有房子可以有房子，没有汽车可以有汽车，没有钱可以有钱，这都不是问题，关键在于彼此有没有生活下去的勇气与决心。我们结婚时一无所有，可以说是"赤贫"，但我们熬过来了，在北京拥有幸福的日子。幸福，是奋斗出来的，不是天上掉馅饼，也不是他人的施舍，犹如燕子衔泥，一点点积累、一天天改变，终于有了温暖的巢。

在漫长的岁月中，我通过婚姻这所"学校"的培训，将原来的孙悟空式造反性格改造为可克制型，不再我行我素。我小时候就是"顽童"，天

497

下卷 散文

不怕、地不怕，是不可驯服的野马。即便接受了高等教育，个性也是难以改变的。时间以极大的耐心等候我的"幡然悔悟"，一直等到我年过半百，我才真正学会自我反省，特别是懂得了如何不因个性张扬而伤害他人。很多人因为性格不合而分道扬镳，说明性格才是婚姻最大的敌人。老天爷给每个人都赋予了不同的性格，怎么可能百分百地恰好吻合呢？这就必须要改变，强制改变不了，只能自愿改变，哪怕只是改变一点点，也是巨大的进步。

要改变自己，唯一的动力就是"珍惜"与"爱"。爱情、婚姻、家庭三位一体，是真正的命运共同体，只有珍惜与爱才能确保这个共同体不解体。不管世上巨浪滔天，家庭就是避风港。到了这个境界，婚姻就不是战火纷飞，而是宁静美好的世外桃源。

人生短暂，三十年也就弹指一挥间。再来一个三十年就八十多岁了，更加需要珍惜。且行且珍惜，让晚年更加幸福美好吧！青年时代有脾气、有个性很正常，老年了就要平静如水、波澜不兴。"少年夫妻老来伴"，民间的话语早就说明了一切。

我与酒

我不吸烟，但饮酒。喝醉多次，发誓不再喝酒，但就是戒不掉酒瘾！

为什么酒瘾这么大？我找到的第一个原因就是父兄的榜样作用。我的伯父、父亲、大哥都喝酒，他们喝的都是普通粮食散酒。他们在贫穷与辛劳中，靠喝点儿酒来抵抗生活的压力。我小时候偷偷抿一口，感觉很辛辣、很刺激，不反感，很可能就这样与酒结缘了。唉，酒是穷人的安慰剂与忘忧水，在某种程度上成了嗜好方面的传家宝。

我爱饮酒的另一个原因就是"酒不醉人，人自醉"的那种感觉。以我的体验，喝酒在不醉的状态下最愉悦。真醉了，那个难受劲儿确实无法形容。而且酒后吐真言，心里明白，却管不住自己的嘴乱说话。任性、撒野、发疯，失去理智，状态肯定难看。前些年，劝酒、灌酒比较普遍，现在酒风变得好多了，基本都是随意。这样，除非自己瞎喝，一般不会醉了。

其实，小酌怡情，只要掌握好酒量，不豪饮，有一点点超脱现实的感觉就行了。无论是郁闷时还是高兴时，喝二三杯酒应该都无大碍。

除了白酒以外，啤酒、葡萄酒、黄酒、米酒、保健酒等，我都可以喝，各有各的味道。不过，这些酒不太过瘾，口味太轻了，度数太低。

另外，喝酒起码要喝真酒，绝对不能喝假酒，因为喝假酒伤肝。在健康与生命面前，我还是可以控制一下酒瘾的。随着年龄的增长，我逐渐在寻求喝酒与养生的平衡。

有人说，喝葡萄酒是一种高雅行为，而我现在比较认同不酗酒，即便是葡萄酒，喝多了也醉，什么酒都要适度、适量。我已经不需要疯狂了，也不需要作秀，我只要实实在在的快乐。

此外，我希望酒能发挥一点儿药效，助我长寿，而不是相反。我还是想多活几年的，因为我热爱生活！

朋友，干杯吧！一切尽在不言中。

我与钱

钱，古时候被伪君子称为"孔方兄"，今天确切地说就是纸币或硬币。

与某些亿万富翁相比，我只是停留在上班挣钱购物、养家糊口的最低层次。尽管如此，我已经非常满足了，工薪阶层有口饭吃，别无奢求。因为，今日之温饱生活远远超过昔日的赤贫状态。

曾几何时，五分钱、一毛钱、一块钱就像救命稻草，十块钱就是神仙，一百块钱想都不敢想！钱的神秘力量，使我难以超越。出身于农民家庭，只能望钱兴叹。所谓穷，其实就是没钱，人被自己发明的东西剥夺了幸福感。或者说，你对钱的渴望，只能让你憔悴，钱在富人的钱包里对你投来暧昧的目光，你却无可奈何！

钱，可以击碎你的自尊，让男人英雄气短。俗话说，一分钱难倒英雄汉。现在当然不会有人为一分钱计较，这是夸张的表述而已。

你要想获得金钱的抚摸，有时必须低头。比如，在职场的定位中放下清高的姿态，获得属于你的收入。

千万不要梦想学别人当大爷，昂着头也能让钱进入你的保险柜、藏钱的暗室或者国外银行账户。君不见，那不是钱，是定时炸弹，不但不会带给你幸福，还会带给你粉身碎骨的结局。

钱，就像美女，占有太多就要你的命，皇帝大多数短命的原因就是占有美女太多，纵欲而亡。一夫一妻制，除了有益于血缘清晰、基因有序，也有利于调节资源，维持一般意义的公平。钱的多寡，也应有社会调节，过激行为是"杀富济贫"，温和手段是税收。

汉废帝刘贺的坟墓里挖掘出无数黄金，这是最佳"教科书"。就算你把钱带进了坟墓，也花不了。你幸福吗？

一言以蔽之，钱能满足你的基本生存需要就够了。你还可以拥有清风明月，享受大自然的馈赠，那是没有金钱的世界。

钱，携带细菌与病毒，我真的不愿意摸它。必要时，我宁愿用线上支付方式。

我学书法

从2016年7月16日开始正式学习书法，实际上，我只在北京盛世兰亭书院打了一点基础，后来主要靠自己在家练习。本来应该再上中级班、高级班，但我毕竟是上班族，不是退休人员，上课时间不能确保，所以只能学完初级班就暂时告一段落。

书法是终生的事业，需要长期坚持，有人已经写了几十年，而我刚入门，这个差距显然是巨大的。但是，学书法也并不神秘，关键是要走正确的道路。向传统书法学习，向古人学习，是唯一正确的道路，绝对不可以绕过临帖这一关而自己按照钢笔字的习惯写，毛笔字必须有轻重、提按、使转等基本笔法，然后在字的结构、整体章法上要注意，临帖的同时逐步学习创作，形成自己的个性。

必须强调一点，本人绝不是为了卖钱而学习书法！我只是为了实现父亲生前的愿望，他多次提醒我要学会写"大字"（毛笔字），而我为生计所迫始终没有静下心来。年过半百才摆脱谋生的压力，有心情正式接触书法了。在全面学习篆书、隶书、楷书、行书、草书的基础上，我重点学习行书。虽然我的个性适合写草书，但是我觉得一般人看不懂草书，在大众传播方面受到局限，而行书不仅都认识，且比楷书更能舒展性情。不过，行书很难写出古拙的味道。目前，我主要师法"二王"（王羲之、王献之），也结合咱赵家人赵孟頫的书法，融入我自己的意趣。夜晚独自在书房挥毫，真的很惬意。套用诗人海子的诗句，那就是"今夜我不关心人类，我只关心书法"（原诗"今夜我不关心人类，我只想你"）。我体会到书法养生的好处，主要在于没有私心杂念，运笔之间气血流动。应该说，书法就是心灵的太极，也是无声的旋律。

坦率地说，我并不欣赏所谓"名人书法""明星书法"，在我看来，他们的字是对汉字书法的亵渎。不管标价多少，实际一文不值。我最厌恶名利干扰书法艺术，败坏了美丽与美好。

古人的书法真迹今天之所以在拍卖场上被拍出天价，主要是因为文物的不可复制性，这是时间的价值。教育部提倡中小学生学习书法，这是素

501

下卷 散文

质教育的需要，是为了文化的传承，对此我甚为赞同。

只要我活着，就不会放弃书法。只管耕耘，不管收获，开心就好！

"知天命"有感

三十岁的时候，我"立"了，那年考取了博士研究生；四十岁的时候，我却仍然没达到"不惑"的境界，还经常感到迷茫。而今，到了"知天命"的年龄，我似乎有点儿找到感觉了，知道天意不可违、命运客观存在，孙悟空跳不出如来佛的手掌心。

在这样的年龄，用一句颇有历史感的话语来描述，就是经历了半个世纪的风雨。许多事情都如过眼云烟，了无痕迹。我作为芸芸众生中的一分子，能活着就值得心怀感恩。不少人还活不到五十岁就生命终结了，女的叫作"香消玉殒"，男的叫作"英年早逝"。在天与地之间，人就是过客，来来往往，转眼便消失了踪影。日月星辰、风雨雷电、春夏秋冬……大自然的一切照旧，不以人的意志为转移。这就是最大的"天命"！

司马迁有言，"究天人之际，通古今之变"。他将天命与历史都看透了，因此才写出了"成一家之言"的巨著《史记》。在他看来，那些多磨难的人、命运不济的人，只要意志坚定，就能修成正果。"盖西伯拘而演《周易》；仲尼厄而作《春秋》；屈原放逐，乃赋《离骚》；左丘失明，厥有《国语》；孙子膑脚，《兵法》修列；不韦迁蜀，世传《吕览》；韩非囚秦，《说难》《孤愤》。《诗》三百篇，大底贤圣发愤之所为作也。"命运的"好"与"坏"充满了辩证法，"富贵而名摩灭，不可胜记"，世俗上"命好"的人容易灰飞烟灭，而被折磨得死去活来的人往往与日月同辉。能量守恒，老天爷总体上很公平。

杰出人物的命运往往很不平凡，而普通人的命运也交织着得失荣辱。我是一个普通人，既没有所谓"大起"，也没有所谓"大落"，有的只是常人的酸甜苦辣而已。因此，不奢望载入史册，只能趁自己还活着赶紧为自己写一份备忘录。

对于男人，很多人习惯用是否"升官发财"来衡量成功与否。从这个层面来看，我完全是失败者。能够将我套进去的名称，只能是"工薪阶层"和"上班族"，或者是"公民""市民"。在这庞大的阵营中，我心安理得、优哉游哉，甘愿当一名"大隐隐于市"的现代隐士。

五十五生日赋

皇宋赵氏苗裔兮，荆楚蓬门子孙；橘生南国兮，枳居于北京；海内一家兮，何有屈子之虑！幸无流放之虞兮，且有登高望远之机。

昔日田舍郎兮，今为朝阳群众；时而入地为乘客兮，抑或飞天翔云；非为尚书房行走兮，亦可云游四方。春临魏阙兮，秋隐江湖；揽东瀛之胜兮，沐西亚之风。感环球凉热兮，心波映照落红。

叹苏子之悲白发兮，何须羡慕英雄。书生自娱乐兮，学海泛舟从容。佳人在侧兮，岂妒他人后宫！江山乃民有兮，焉效腐儒愚忠。李白为师兮，一生诗与酒盅。

噫！天生我材必有用，仰天大笑楚狂人！

戊戌生日絮语

1962年，壬寅腊月初二的傍晚（据说是申时），我降生在地上。适逢家里没其他大人，母亲突然就把我生在屋里的地上了，五岁的姐姐递上剪刀给母亲，剪断了盘在我颈部的脐带。一个生命就这样呱呱坠地了！也许是因为剪刀没有消毒吧，我童年的时候头上长满了黄癣，毒性之大，差点儿让我失去头发！这使我遭遇了一次"酷刑"，理发师强行用剃刀刮掉了黄癣，然后用鸡蛋清覆盖头皮，三个月后，我就满头黑发了。这似乎是我人生的第一个劫难。

第二次劫难是在大约九岁时，我在池塘边用手捧水喝的时候一下子滑入水中，扑腾之时无人相救，眼看小命休矣！与生产队妇女们在地里给麦苗松土的母亲奋不顾身跳入水中，抓住我的头发把我拖上了岸，我从昏迷中醒来，与死神擦身而过！

我人生的第三次劫难，是1997年在四川出车祸大难不死。车毁人未亡，老天保佑！

经历了死亡威胁的人，还能在乎什么呢？

子曰："三十而立，四十而不惑，五十而知天命，六十而耳顺，七十而从心所欲，不逾矩。"我早已"知天命"，正在朝"耳顺"的方向迈进。

我大半辈子的经历表明，贫寒，并不可怕；饥饿，也只是考验；人间的冷暖，是成熟的添加剂。一路走来，就是此生此世的命运。

人就是一个生化存在，从无到有，再从有到无，如此而已。我困惑的是，为什么我没有出生在我心仪的盛唐与大宋？为什么不能在彼时成为一个标准的书生？谁把我安排到20世纪60年代降临人间？这期间是否真的有轮回？我的前世是谁呢？

我知道我自己就是偶然与必然的一个混合体。所谓人生的成功与失败，只能是"谋事在人，成事在天"。各人命不同，何必互相攀比？我从一个陋室之家考入京城，这就是我的命。

命中没有的，莫强求。即使是"战神"韩信，其结局也说明了任何人的头顶都有"天花板"，想人为突破，必然头破血流甚至丢掉性命。

"知足常乐"，这四个字其实不仅是口头禅，更是人生真谛。人心不足蛇吞象，结果不言而喻。

在五十六岁生日的这一天，我写下我的人生感悟，与朋友们分享。

2019 生日感怀

又是一年腊月初二，我呱呱坠地的日子！

在躲过"三年自然灾害"后的 1962 年 12 月 28 日，我随"婴儿大潮"光临地球。老天爷为了考验我，没有让我降生在富贵之家，而是派遣到真正的寒门进行"苦其心志，劳其筋骨，饿其体肤，空乏其身"的培养锻炼。尽管我后来才通过民国家谱知道我乃宋太祖赵匡胤后裔，但是我的灵魂深处已经刻上了"农民子弟"的烙印。在城乡二元结构的社会环境中，我的生命主题就是与命运抗争、负重前行。

如果要与青少年交流我的人生经验与教训，那就是人生应该做好规划，咬定青山不放松。但我恰恰就是"脚踏西瓜皮，滑到哪里是哪里"，走的弯路太多。经历了党校教员、大学老师、电视记者、挂职干部、人事干部、纪检监察干部、学术期刊负责人这么多职业与岗位，再加上被到处借用，几乎没有走过直道，全是曲折的山路。一路上，有过喜悦，也有彷徨甚至苦闷。性格即命运，我生性不"安分"，喜欢"动"，这就决定了我适合打"运动战"，而不会打"阵地战"。很多人坚守某个地方、某个职业一辈子，那也是另一种人生。

除了职业方面的反思，我还要深刻自省的就是脾气问题。由于从小生活在一个"火药桶"一样的村子，耳濡目染养成了"一点就炸"的火暴脾气。这样没有城府与克制力的脾气，让我得罪了不少人，包括亲友。随着年龄的增长，我总算能够适当控制情绪了。从某种程度而言，不轻易发脾气的自控能力比学历更重要。我发现有些脾气好的人事业更顺利，这就是追求人际关系的"舒适度"。谁喜欢扎人的刺猬呢？

我另外一个改变，就是从争强好胜到欣赏他人。以前确实对谁都不服，只想当第一，慢慢地，我开始赞美他人的优点，虚心学习他人的长处。而且，我是极力宣推他人，绝不鼠肚鸡肠。

我最后还要说一说"感恩"。我不仅要感恩父母的养育之恩、师长的教育之恩，还要感恩一切帮助过我的人。在感恩的同时，我也宽恕那些曾经让我不愉快的人。人世间，能量守恒，作用力与反作用力都是能量。

孔子说"五十而知天命"，也有科学家说人到六十岁才懂事，我感觉我快懂事了。"知我者谓我心忧，不知我者谓我何求？"其实，我没有无谓的"心忧"，所求也不过就是身体健康、心情愉快罢了，平安是福！

我不当"忘恩负义"者

人生不是童话，这个世界也不是童话世界，因此，不要用童话的眼光来看待一切。如果遇到不满意、看不惯的事就求全责备，甚至否定一切，不懂感恩，这就是离"白眼狼"不远了。

现在"不忘初心"这句话很流行。由此，我想到，当初我为什么入党？其实，就是觉得自己从一个农民子弟成长为博士，读书20多年不仅是因为个人有多能耐，这里面还包涵了党、政府和人民培养的心血。诚然，我出身的家庭像许许多多的中国老百姓家庭一样，在漫长岁月中承受了贫穷、饥饿、苦难和种种的不平，这一切都是历史前进中的曲折与代价。中华民族五千年来，承受了多少苦难？是否因为有过苦难，就失去对于中华文明的自豪？如今，实现中华民族的伟大复兴、实现中国梦，成为时代的主旋律，我们需要团结一致向前看，不能陷入苦难记忆而不能自拔。回到入党的话题，中国共产党与中国人民的命运是捆绑在一起的，与我个人的人生价值也是分不开的，而且我也向往没有剥削、没有压迫的理想社会，所以20多年前，我自愿加入了中国共产党。

对于那些高级官员的腐败问题，我依然要用"童话"这个意象来评述，那些腐败的高干，也不是童话中完美的王子与公主。他们是森林中的"病树"，砍倒、拔除之后，森林依然郁郁葱葱。如果因为存在腐败现象与腐败分子，就产生逆反心理，这就又是犯了"童话幼稚病"了。中国共产党确实是为救中国而诞生的，这也是其能够由弱到强、千辛万苦成为执政党的根本原因。今天，中国成为世界第二大经济体，毫无疑问，离不开党的领导。

在党的十九大召开前夕，党员又重温毛主席的《矛盾论》与《实践论》，不是没有理由的。只有在思想认识上不出现偏差，站在哲学的高度来看待事物的发展变化，我们继续前进才有力量、有动力、有信心。一个14亿多人的人口大国，必须有高度的凝聚力，一切怀疑论者都于事无补。总之，要相信，没有任何势力可以取代中国共产党，这是事实。

理想信念动摇的那些人，在人格上就失败了，他们注定是走不远的。我宁愿当一个懂得感恩的小人物，也不当离心离德、私欲膨胀的"白眼狼"。

起早，人生基本功

日出而作，日落而息，是顺应自然规律的良好作息习惯。而现代人由于夜生活增加，入睡晚、起早难，都是与天人合一的"生物钟"背道而驰的，不利于健康，也不利于养成珍惜时光的精神。

我已经几十年如一日地养成起早的习惯，除了偶尔在周末睡懒觉以外，一般都不赖床。这得益于小时候被父亲强制叫醒去放牛。在农村，牛是最珍贵的，我天不亮就要牵牛去田埂、山坡吃草，是为了抢在太阳出来以前，让牛吃带有露水的青草以便长膘。只有让牛吃好了早餐，人才有饭吃。没有健壮的牛耕田，农作物怎么丰收啊？所以，我作为农民的儿子从小就因为放牛而起早了。

此外，农村集镇的赶集也要起早。我记得自己小时候经常随父亲或者母亲到老家的乡镇去赶集。天刚蒙蒙亮，甚至还处于黎明前的黑暗，就必须挑担上路了。有一次，我父亲挑一担谷糠去集镇卖，我跟随父亲，给他当跟班。野外还是一片漆黑，我的谋生"课程"就开始了。唉，我可怜的爹，为了换取一点儿油盐钱，不得不把用于喂猪的谷糠拿去卖。他那佝偻的身影，深深地刻印在我的记忆之中，一直成为我脑海里最意味深长的定格。当我写下这段文字的时候，我已是泪流满面！

由于有了这些起早的训练，我后来在备战高考的一年里都坚持起早，而且是半夜三点多钟就起床早读。为什么呢？因为我发现只要保证了深度睡眠，后半夜的记忆力特别好。大地一片沉寂，天地间唯有我在教室门口的路灯下读书或者背书。我不喜欢形式主义地与大家一起大轰大嗡地读书，而宁愿独自入脑入心地学习。当其他同学在教室搞夜自习的时候，我却去寝室早早休息了。这样，当别人睡觉的时候，我就半夜起床，自己当自己的"半夜鸡叫"，自己当自己的"周扒皮"。如此刻苦的动力，来源于生活的苦难，不起早就不能改变命运。没有手表与闹钟，我的心就是计时器。

谚语曰："一年之计在于春，一日之计在于晨。"抓住了时间的龙头，就抓住了人生的主动权。贪图舒适，必然一事无成。活着，不对自己狠一点，没有只争朝夕的精神，不但谋生的本领欠缺，创造力也难以激发出来。在短短三万多天的日子里，我们必须拥抱太阳，才能不负此生。

我为何坚决回归学术

我自己有一个口号，就是"将书生进行到底"！每个人来到这个世界上都有自己的使命，在职业选择上何必勉强自己？

20世纪80年代，高校毕业生曾经有三条道路选择。这就是从政的"红道"、经商的"黄道"、做学问的"黑道"。至于为什么把高雅的学术道路称作有歧义的"黑道"，也许是因为这条道路需要"一条道走到黑"，何时见光明很难说。或者，学者的黑色长袍象征着孤傲与特立独行，是另类的标志。因此，真正选择走学术道路的学子不多，大多数选择或者向往从政的"红道"，形成了"从政热"。那时选择经商的也不多，只是在90年代初邓小平南方谈话以后，才形成"下海热"，人们纷纷辞职下海淘金。而学术，始终没有成为主流的热潮。人们对权力、金钱的追求，远远超过对真理的追求。今天，不少人是为了做官才戴这个并不一定代表学术的博士帽，是一种"邯郸学步""东施效颦"的时代病态。

我的职业生涯可以用"体验"二字来概括。我先后体验过党校教员、报社记者、大学教师、电视记者、挂职干部、人事干部、纪检监察干部。没有高度，却有宽度。高度比不上副部级同学，但是职业丰富程度足以自慰。体验之后，就会感觉"不过如此"，更加明白自己该干什么。

我该干什么？我该干学术。我作为全日制的硕士、博士，受过严谨的学术训练，本应该专心致志当书生，没必要当跑龙套的"群众演员"，要自己当自己命运的主角。这其中，最重要的是"自由之思想""独立之精神"，学者应该是思想者，不是人云亦云的浅薄者。在纷扰乱象中，能够看到本质。从这个意义上来说，书生不是书呆子，而是社会良知、时代精英。别人从政、经商，我不反对，回归学术纯属个人选择，与他人的价值评价无关。

性情中人更亲近清风明月，不擅长尔虞我诈。我有一壶酒，为我洗风尘。人在解决温饱之后，就要活出人格、活出个性，活得开心、活得洒脱。莫羡他人富贵，只寻书里乾坤。

一言以蔽之，回归学术就是回归自我。我思故我在，自得其乐矣！

重归文学的梦乡

曾几何时，我因为厌倦了文学的虚幻，而选择投入更加贴近现实的新闻学的怀抱，感受立竿见影的采访与报道的快感。如今，我却重温旧梦，又与文学缠绵起来了。这是为什么呢？

如果用一句话来解释，那就是文学更能体现自我，而新闻（理论与实践）附加因素很多，个人很渺小。

用一个比喻来讲，文学是独唱，新闻更强调合唱。独唱可以像狼嚎，也可以像夜莺鸣叫一样美妙；而合唱就不同了，必须服从同一首歌的调门与旋律，不能跑调，也不能瞎唱，否则，你就会被踢出合唱队。

文学是一个人的江湖。你想当李白就可能是李白，想当徐志摩就可能是徐志摩，总之，随你所愿。你的作品，可以融入你全部的才华，即使你在世的时候不被人理解，死后可能"经典永流传"。比如海子的诗歌，他活着的时候难以发表，死了却洛阳纸贵。仅仅一句"面朝大海，春暖花开"，就足以征服人心。

文学虽然是寂寞的事业，可是作家、诗人属于"人类灵魂工程师"行列，优秀的精神产品既是民族的，也是世界的，为全人类所接受。因此，文学具有广泛性与永恒性。

文学容许人疯狂，可以"疯言疯语""自言自语"。比如，"安能摧眉折腰事权贵，使我不得开心颜"；"仰天大笑出门去，我辈岂是蓬蒿人"；"我不知道风是在哪一个方向吹"；"黑夜给了我黑色的眼睛，我却用它寻找光明"……

文学可以一鱼多吃，与相关艺术融合。比如，小说可以改编为电影与电视剧，诗歌可以与音乐、书法结亲。

文学能够为"书香门第"做贡献。家庭藏书中肯定少不了文学作品。"腹有诗书气自华"，可见读文学作品以及其他书籍影响到气质的雅俗。至今，尚未有"读新闻、看新闻可以提升气质"的说法。

当然，我也绝对不背弃新闻。在新媒体时代，我主要通过手机获得新闻与信息。每天知道发生了什么，就足够了。有时候，以文学的眼光看待一些热点新闻，用一两个词语就能切中要害。比如，看所谓"流浪大师"的热点，我只用两个字就形容了，那就是"荒诞"！

文学最大的优势是不需要啥高精尖的设备，具备写作技能就行。现在不需要用笔写了，打字速度足够快就好。然后，文学不存在吃"青春饭"的问题。无论多大年龄，有灵感、有激情就能够随时投入写作。尤其是人生不同阶段，感觉完全不同，阅历就是文学富矿。正所谓"少年不识愁滋味……为赋新词强说愁。而今识尽愁滋味……却道天凉好个秋"。绚烂之极，归于平淡。浮华逝去见真醇，不为名利而真正热爱文学本身，乐在其中矣！

在文学的梦乡，自我陶醉吧！

告别"坏脾气"

咆哮，这是形容人还是动物？

当两者都适用，人即动物！

人虽然是高级动物，但毕竟还是动物。人，不是神。

人在咆哮的时候，必然是狰狞的、可怕的。

绝大多数人，都有面目狰狞的时候，因为谁都有可能咆哮。

咆哮，实在是坏脾气的大爆发。

坦率地说，我的脾气很不好。曾经多次因为脾气而伤害亲人、朋友。我就不披露细节了，反正很后悔！

我认真自我反省，感到发脾气不但于事无补，而且只能让事情更坏。

有话好好说，是最佳选择。

越是亲近的人，越容易被伤害。所谓"好客"，都是对陌生人的。

人与人之间，无论是亲近的还是陌生的，都要如沐春风比较好。

如果确实失控发脾气了，也必须在适当时机向被你咆哮的人道歉，弥补于万一。

佛家有所谓"冤亲债主"之说，亲人都是前生有冤，今生来讨债的。所以，亲人互相伤害的频率最高。这恰恰是对每个人的考验！

即便与其他人发脾气，也是冤家路窄。也许，咆哮也是交流方式，不过类似发射橡皮子弹或者水炮而已，阵势可怕，不至于死人，伤的是心，留下暗伤。所以，我们每个人都要加强修炼与修养，尽可能少发脾气、不发脾气。

我本人随着年龄的增长，总算不怎么发脾气了。我的心得体会是，穷人的命，也要有贵族的心。你必须努力自救，不让自己下滑，不要向"恶"的方面滑。这样，就能心平气和。

其实，我很喜欢"绅士"这个词，多么彬彬有礼的感觉！人既然可以当绅士，何必非要当咆哮之兽呢？

gentleman，温和、文雅、高尚的人，这是对男人的最高表彰。

我相信，绅士的脾气一定很好！

我的几点小幻想

我很喜欢曾经的一句广告词："假如没有联想，世界将会怎样？"

现在，我也可以说："假如没有幻想，世界将会怎样？"

现实的无奈，在于墨守成规、按部就班、毫无新意，只有幻想的翅膀，能够带给人一片新的天空。

很多幻想，最后都变成了现实。因为，科技与社会的进步、人类自身解放的需要，会让一切超前思维落地。

我有这些小小的幻想：

万能药治百病。既然有万能钥匙，为什么不能有万能药？现在各种药太多了，人类不吃多如牛毛的药似乎就活不了。显然，这需要整合。以后，一粒软胶囊就可以把什么病都治好。实在讨厌那么多的药！

衣食住行全部共享。一个人环游世界，不需要带任何东西。你签单就可以了，各国政府之间结算。人间真正变成天堂！

职业可以随时轮换。所有职业全部实行"自助餐"式，完全看自己是否喜欢。对某个职业腻了，就直接凭身份证重新就业。不需要考试，试用一个星期就可以决定。

学生不需要十年寒窗。7岁以后，逐年直接往大脑输入需要的知识，马上就学富五车，人人是学霸。高考废除，大学校园改为社交公园。

半年休假，半年工作。人人可以选择自己喜欢的两个季节工作，另外两个季节去度假。人均寿命因此达到80岁。

核武器全部销毁。人类再也没有任何毁灭性武器，所有国界全部取消，地球全部是一家。刷脸，成为唯一的通行证验证方式。

……

我所向往的美好生活

"人民对美好生活的向往，就是我们的奋斗目标。"

这话真好！任何人都会感觉很舒服、很贴心、很实在。作为一名60后，我至今还记得一些具有时代特征的口号，如"千万不要忘记阶级斗争""提高警惕，保卫祖国""团结一致向前看""实现四个现代化""让一部分人先富起来""奔小康"……可以说是逐步回归生活本身，回到人性的需求。尤其是将"美好生活"这个词作为奋斗目标，来之不易、弥足珍贵！

那么，什么是美好生活？也许不同生活水准的人有不同的衡量标准。部分先富起来的人要么穷奢极欲，要么移民海外，目前主动做公益事业与慈善事业的还很少。因此，我建议这类人应该真的"先富带后富"，多为还不富裕甚至仍然属于贫穷阶层的人的美好生活做点儿贡献。对于穷人而言，精准扶贫是雪中送炭，使他们逐步接近美好生活。

我属于绝大多数的工薪阶层。这个阶层所向往的美好生活，可能最一致的是"事少钱多"：要有更多可自由支配的休闲时间，提升生活质量；不要有太大的工作压力，最好不要为上班而疲于奔命，随着5G、6G时代来临，在家工作较为理想；周五连着周六、周日一起，3天不工作；年假由最多15天增加到30天；职称不需要竞争，到年限就自然拥有，取消指标限制……哎哟，尽想美事了！话说回来，不"想得美"怎么算是对美好生活的向往呢？

对我个人而言，我所向往的美好生活就是环球旅游。但是，没有足够的经济实力，这个愿望恐怕是难以实现了。退而求其次，我希望在有生之年走遍中国，最好是走遍每一个县。如果有人赞助就好了，可是这似乎也实现不了啊！看来，我的美好生活只能是梦游了。

回归现实，我还是按部就班地过日子吧。我最后一个愿望就是健康长寿，争取活到90岁还能生活自理，闲庭信步。这行不行啊？

男人五十九

逢九进十，杨振宁九十九岁当作百岁，同样，我满五十九岁就要视同六十岁了！也不知道谁定的规矩，反正我必须认同。这样，我一不小心就成为"花甲老人"啦！

我犹如滑冰一样就这么滑到耳顺之年，真的没有思想准备，也很不甘心。尤其是我向来以老顽童自诩，心理还很不成熟，觉得身心不同步。现在既然时不我与，我就只好面对现实，接受彻底告别青春芳华的历史性时刻了。

壬寅腊月初二，是我的农历生日。五十九年前的此日，母亲将我生在三九寒天的地上，我来到了人世间。老天爷赋予我的使命，就是通过刻苦学习改变自身命运并同时为苦难的原生家庭造福。它没有让我承担太多的社会责任，这样我就简单多了。以书生的定位，挣得生存所需的空间，靠文科生的知识与能力来刷存在感，一路获得学士、硕士、博士的标签，把一个农民的儿子"包装"成为文化人，有资格从穷乡僻壤进入京城居住与生活，这就是我的人生价值。

回首往昔，我没有虚度光阴，然而也绝对没有骄傲的资本。我只是一个普通人，甚至谈不上是所谓"成功人士"。在那么多名流、大鳄面前，我显得很渺小，有时候只能成为"吃瓜群众"的一员。即便是在职场上，我也局限于"上传下达"的角色，完全就是一颗小小的螺丝钉而已。明乎此，我倒是很坦然，不对自己要求过高了。

唯一值得我骄傲的是，我几十年如一日地钟情于诗歌写作，从来就没有丧失激情。生活再平凡，也具有诗意。因此，我的人生是诗意人生。五十九岁这个年龄因此不会给我压力，我的未来将仍然与诗神相伴，不会失去精神世界的浪漫。

在职场的最后一年，我没有失落感，因为我本来就没有什么怕失去；我也不会"恋栈"，莎士比亚说："全世界是一个舞台，所有的男男女女都是演员，他们都有下场的时候，当然，他们也都是从上场开始……"自己的戏份演完了，就该退场。

男人五十九，照样有自己的风流，不能成为"一代风流"，也要在风中流下热爱生活的热泪，而不是在风中凌乱。

男人五十九，遥想九十九，人生下半场最重要的是健康，而不是名利。除了珍惜父母恩赐的身体，一切都让其随风飘去。所有随风而逝的，都是属于昨天的，所有历经风雨留下来的，才是面向未来的。

515

我的亲友们，我们一起向未来！

做一个永不退休的书生

自从跨越"年过半百"的心理"珠峰"以后，我的心就坦然了。

按照男人六十岁就退休的规定，我快要自由了。

人不可能不老，也不可能工作一辈子。但是我绝不会像那些退休后就失落的人，反而会更加明确一点，那就是，我终于可以为自己而活了！

书生永不退休，直到生命的终点。

我的研究生导师吴林伯教授，在退休后依然进行学术研究，笔耕不辍，与时间赛跑，给后人留下了宝贵的精神财富。他去世后，出版的著作就是他生命的延续。肉体可以化成灰，但是文化火种不灭，此谓"薪尽火传"！

其实，我是一个学术研究的种子选手，可惜为了所谓"生存"以及进入现实生活，我逃避了学术研究的寂寞，脱离了书生的轨道，现在看来也许是道路选择的失误。

人生不能重来，但是初心不能忘记。我的初心，就是做学问。退休后，我的时间就可以完全自由支配了，就像花木兰从战场回家重新"对镜贴花黄"，我重新当我的书呆子！

世俗以权力、金钱来衡量人的价值，而学者的价值是无价的。一切都是过眼云烟，唯有精神永恒。

"长恨此身非我有，何时忘却营营。"苏轼的感叹，也就是我的感叹！而他的选择是"小舟从此逝，江海寄余生"，够洒脱！他是不愿回书房了，要与大自然合而为一。

在人生的尽头，我不也要回归自然吗？

说东道西

漫话儿童

童年、母爱、故乡，是文学三大永恒主题。其中，童年是影响人生最深刻的时期。"三岁看老"这句俗语说明人的性格在幼儿早期就决定了，也意味着出生在不同的原生家庭就会有不一样的童年、不一样的起点。

儿童与起跑线，似乎成为绕不开的话题。当下，尽管鼓励生育二胎、三胎，甚至有人呼吁放开限制，容许多胎生育，可是真正愿意多生孩子的适龄夫妇并没有想象的那么多。原因就在于养育孩子的成本较高，没有足够的经济实力就不敢多生孩子。可不是吗，如果你不愿意让孩子输在起跑线上，教育的投资以及付出的隐形精力不是所有家庭都能够承担或承受的。家长陪写作业，有的人就做不到，文化水平不高的父母会很尴尬，以至于急得发火。说白了，虽然教育可能出现了问题，但对父母的要求也确实更高了。

我一不小心看到了一些关于儿童的负面微信信息与视频，产生了严重的心理不适感。有的离异家庭出现家庭悲剧，儿童被砍伤；在满地垃圾的环境下，暴怒的男人疯狂踢打自己的小孩！儿童无辜，在需要保护的年龄却受到亲人的暴力伤害。呜呼，夫复何言！这岂止是输在起跑线上，简直要命丧于人生起点了！

于是，我要明确地说，不是谁都有资格当父母。父母首先要有爱心。你可以贫穷，但不可以恶毒；你可以有夫妻之间的矛盾，但决不可伤害孩子。我们的社会要健全儿童保护机制，形成对未成年人进行监护的社会监督网络。每一个孩子的生命都很宝贵，属于人类社会的大家庭。"老吾老，以及人之老；幼吾幼，以及人之幼"是关于爱的道德标准，还有法制保护所有来到这个世界的儿童。

孩子们，节日快乐只有一天，每天快乐才是真正的快乐。愿天下的儿童，都拥有充满爱的童年！

也谈"身份"问题

人类为什么要有身份？这是一个不是问题的问题，可是很多人为此而困扰。这里要谈的不是今日普遍使用的身份证的身份，而是职业身份与涉及人力资源管理制度的用工身份。

在唯成分论的年代，讲究家庭出身，如干部家庭出身、军人家庭出身、工人家庭出身、农民家庭出身等，即使是农民也分地主、富农、贫农、雇农、上中农、中农、下中农。我以前的家庭出身就是下中农，各种表格多次填写。这就是我与生俱来的家庭出身的身份，但这还不是职业身份与用工身份的概念。

在社会阶层严重固化、人口流动几乎为零的年代，我曾经为天生的农民身份而感觉特别伤自尊。就连小镇上的人也比我高贵，他们因为吃"商品粮"而成为"上等人"。城乡差别与阶级划分的社会现实，把每一个人都贴上了身份的标签。如果不是恢复高考，我的身份就是农民终身制。

在改革开放时代，我的职业身份先后经历了党校教员、大学老师、电视记者、人事干部、纪检监察干部等。至于用工身份，我不是公务员，却也属于事业编制。这得益于我的本科生、硕士生、博士生的学历，顺应了时代的需要。而且我亲身参与过干部人事制度改革，对于起起落落的一些人事、人力资源管理的政策也很了解。

当下，中国确实存在多种用工制度。就体制内的单位而言，编制是关键。编制有限，很多人不能进入编制，包括一些优秀人才也可能没有编制。

有些在关键岗位甚至已经是名人的人，也未必是事业编制。编外用工是普遍现象。2020年支援湖北抗疫的一位内蒙古编外护士，因为经历生死考验，终于转正了，获得了编制身份。这个典型案例，说明编外人员中也不乏优秀人才。

编制能够取消吗？这是一个难题。国家有明确的政策，事业编制"凡进必考"，而且大趋势是只能退、不能进。某大单位2009年开始就没有将应届毕业生纳入事业编制了。对应多种经济所有制，灵活就业已经被新生代接受。与传统的事业单位相比，一些大型企业，如华为、腾讯、阿里巴巴，都不可能有什么编制的概念。如果你是急需的技术人才，人家都求贤若渴，刚毕业的博士也可以拿百万年薪。有人从某事业单位辞职后，据说去了某电商公司，年薪数百万元。人才市场化，双方是供需关系。

在这个海阔凭鱼跃、天高任鸟飞的时代，每个人应该不计较身份，而去提高自己的身价。

2016 回眸

作为一个平凡的人，2016年对于我来说当然是很平凡的一年。

平凡地经历了四季更替，在不同的气候与景色中感受时间、空间的存在，也感受了自身生命的存在。每天清晨对太阳感恩，因为我还活着；每天夜晚对星月感恩，因为我有自己的家。在天地之间，我如此渺小，却如此真实，每天不可复制，每天都在消费老天爷给我的生命余额。我始终明白，21世纪就是我的末世纪，本世纪内，我将消失。有了这个意识，我会觉得每分每秒都很昂贵，因此，我经常特别在意手机屏幕上显示的00:00时刻，那就是周而复始清零的时刻。是的，我经常处于清零的状态。

在即将清零的时刻，我觉得这一年值得纪念的第一件事，就是我终于正式开始学习书法，圆了我的书法梦。与书法相比，其他任何事情都微不足道。弥补人生几十年的缺憾，还有什么比这更有意义？衣食住行解决以后，特别是人生安静下来以后，就要实现以前没有实现的愿望。书法是高贵的艺术，进入其境界，就不怕孤独，不会空虚，整个身心都被美感与快感包围。笔墨纸砚，已经是我生活中不可缺少的陪伴！

这一年，第二件有意义的事情是我开始翻译《诗经》。先秦两汉文学本来是我在武汉大学读研的专业，可是为了在社会上"打拼"，我不得不放弃这一领域。在如今国学受到特别重视的时候，我觉得我要发挥自己的专长，为大众做一点儿文化上的贡献。本人兼具学者与诗人的素养，翻译《诗经》应该是合适的人选之一。事实证明，不少人颇为欣赏我的译文。为此，我很受鼓舞。薪火相传，我就是传统文化的传递者。

这一年，我还有意体验了VR，也就是虚拟现实传播样态。对于新事物，我绝不会成为门外汉，必须要体验、要了解。在"双11"网购活动中，我购买了智能VR一体机，真是好玩具，视觉享受不一般。但是目前只能玩半小时就要休息，否则会眼睛疲劳。

本年最大的遗憾是没有外出旅游。至于工作，在此就不总结了。最后，我要表扬一下自己，敢于面对自己头发变白这一事实了。原来很心虚，不愿意暴露一根白发，今年我觉得白发也是资历。

我还要肯定一下自己，我强烈地萌生了返璞归真、"解甲归田"的意愿。是的，我的心已经累了很久，我想放下一切，归去来兮！

再见，我的2016！是为记。

2019 岁末回首

2019年注定是极不平凡的一年。14亿国人的感情极为丰富，可谓一言难尽！

庆祝中华人民共和国成立70周年阅兵式，显然是最激动人心的一幕，中国人的民族自豪感空前增长。这是综合国力的展示，让那些嘴硬心虚的敌对势力不敢小觑。先礼后兵，是中国的文化传统，那些尖端武器是和平的强大支撑，保卫着飞驰的高铁、川流不息的快递、熙熙攘攘的人群和品尝美酒佳肴的民众，给华夏儿女上了一道保险。佩剑远行，也是一种权利与自由，遇到"强盗"，该出手就出手！

中美贸易摩擦，起起伏伏、峰回路转，中国体量巨大，市场回旋余地也大。中国人并没有"一夜回到解放前"。得道多助，失道寡助，中国提倡的人类命运共同体比特朗普坚持的"美国优先"更得人心。经济贸易争端，是活的教科书，给全人类上了一课。这个世界，离"世界大同"还远着呢！

香港是中国的，这个事实不可改变。时间是试金石，大是大非必将让更多人看清。

从传媒界大事来看，无疑当推基于5G、4K、AI（人工智能）的"央视频"的横空出世。其革命性的意义在于，传统电视媒体与互联网终于有了爱情结晶。今后如何做到"人见人爱、爱不释手"，值得期待。

从我个人的角度而言，参加武汉大学1979级入学40周年庆祝活动，是我人生内涵深刻的诗篇。当年的"天之骄子"，历经了改革开放全过程，我们既是时代的见证者，也是时代的弄潮儿。与自己的青春再次约会，百感交集！

这一年，我在亲情上的慰藉是邀请哥嫂一家夏游北京。当年，哥嫂全力支持我考大学，体现了良好的家风；我在条件成熟的时候，让哥嫂来北京看看，了却了多年的心愿。我们赵家人开开心心，不负我青少年时期的寒窗苦读，也算功德圆满。此外，我与家人一起中秋游贵州，放飞心情，让瀑布冲刷了尘垢，精神收获巨大。

2019年，风声雨声读书声，声声入耳；国事家事天下事，事事关心。我在心理上更加增长了宽容心与慈悲心，以书法来淡化名利心，以不变应万变，这应该是看不见的财富。

521

写作其实并不难

很多人害怕写作，认识汉字但是不知道如何把汉字合理地码在一起，犹如有砖头不知道如何砌墙。一些人写的东西，要么前言不搭后语，要么表述不精准、有歧义，或者干脆连基本的主语、谓语、宾语、状语等语法都不懂，分不清口语与书面语，等等。原因在于缺乏基本的汉语写作训练，也可能是中学时期就没有过好语文关！

成人怎么快速提高写作水平？唯一的办法就是有针对性地认真阅读不同文体的范文。照葫芦画瓢总可以吧。

所有的写作，实际就是三大类。一类是应用类，如各种公文；一类是文学艺术类，如诗歌、散文、小说、剧本等；一类是学术研究类，包括纯理论文章与学术著作。至于新媒体的微信、微博这些碎片化的表达，还谈不上写作。

文学艺术类、学术研究类要求有一定的天赋和专业性，一般人很难达到较高水准，但可以慢慢熏陶，逐步上道。至于应用类的写作，关系到工作质量与个人是否被认可，有必要重点学习。如果你不会写请示、函、报告、总结、简报、讲话稿这些日常公文，就需要好好阅读这类范本，看看规范的要求是怎样的。字词句、意群、段落、语气、篇章需要自己琢磨，只要用心，很快就学会了。

世上无难事，就怕有心人。

感恩老师

在武汉大学1979级欢庆入学40年之际，我要对湖北松滋二中我的班主任杨正洲老师表达特别的感恩之情。

1979年填写高考志愿的时候，是杨老师辅导我填写第一志愿为武汉大学中文系。那时候，我怕万一落选，不敢填写武大，只想搞到一张"饭票子"就可以，甚至能够上松滋师范就满意了。作为贫寒农家子弟，我的理想就是跳"农门"、吃"商品粮"。武汉大学这样高大上的名牌大学，我当时觉得可望而不可即。然而，杨老师对我有信心，他一锤定音就决定了我上武大。

作为我的语文老师，他平时是把我当种子选手培养的，倾注了大量的心血。在课堂上总是念我的作文，给我巨大鼓舞。他知道我的家境困难，以大爱关心我、教育我，体现了一个老师的崇高师德。有时候，我还能在杨老师家蹭饭吃。

杨老师是湖南人，湖南口音是他的标配，"国"字脸显得厚道而富于文化底蕴。他能够担任松滋教育局全县选拔的首届文科重点班的班主任，也足以说明他是优秀的老师。松滋的1977、1978两届高考成绩均不理想，于是教育局做出了集中优势兵力的决策，把全县的拔尖学生都选在一起，再调集最优秀的任课老师利用最后大半年的时间进行"优生优教"，果然1979年松滋的高考打了翻身仗。我有幸遇到杨老师这样的几位顶尖老师，彻底改变了命运。

今天回顾这一历程，我深感自己的人生被改写绝对不仅仅是因为个人很"聪明"，而主要应该归功于杨老师这样的"伯乐"。当然，我也要感恩松滋的教育，在经历十年"文化大革命"之后的薄弱基础上，还能让我们这些农村考生与大城市考生拼一拼。曾经，我因"天之骄子"的称呼陶醉过，一度以为是个人奋斗的结果，现在我深刻地意识到，培养一个人才是多么不容易，没有杨老师等人的默默奉献，像蜡烛一样燃烧自己、照亮他人，哪有石头被雕琢为玉器的可能呢？

所以，我要向杨老师致敬，向教育过我的所有老师致敬！武大这顶桂冠是我的中学老师给我戴上的！

珞珈师忆

2019年是我考上武汉大学40年的年份，校友们通过微信联络准备庆祝。此间，我忽然想到了两位老师，便向文学院的工作人员询问老师的电话，却得知这两位老师已经于近年去世了。我禁不住潸然泪下，人生无常，在此，我以简短的文字回忆往事，以慰我心。

怀念武大韩梓德教授

1983年，我的本科毕业论文《骚音屈子心》被评为优秀论文，指导老师是韩梓德先生。

我选修了韩先生的课程"楚辞研究"，因此在确定毕业论文选题的时候，我决定研究楚国诗人屈原及其作品。这篇论文后来发表在《华中理工大学学报（社会科学版）》。

韩先生是从辽宁大学调到武汉大学任教的。他教学认真，学术功底深厚，讲课绝不搞娱乐化的教学，不迎合学生，不把教学当华而不实的文艺演出。在选修他课程的学生中，我应该是他最欣赏与关心的。特别是我毕业前夕考吴林伯先生的研究生落选，不得不到沙市工作的那一年里，他几次给我写信，鼓励我继续报考。尤其令我感动的是，有一次，我从沙市到武大，他挽留我在他家吃饭，并让在武大附中任教的师母迅速下厨做饭招待我。这份师生情谊，我一直铭刻在心。那时候他只有讲师职称，还不能招研究生，可他对我考研的事情很上心。关心我、爱护我、欣赏我的老师给了我巨大的力量，韩老师就是这样的好老师。

怀念武大罗立乾教授

1984—1987年，我在武大读研。由于原导师吴林伯先生退休，在最后阶段指导我们写硕士学位论文的导师就不得不更换了。我与曹耘同学，由罗立乾先生接棒。曹耘的选题是写庄子，我则写西汉政论家兼辞赋家贾谊。

罗先生是湖南人，外表很清瘦。第一次与我谈话的时候，他非常严厉，我不由得忐忑起来。后来我才感到，他其实非常好，之所以先对我措辞严厉，是担心我不好好写论文。我把初稿拿出来以后，他赞扬我文笔不错。

在论文答辩阶段，有一个教授给我投了反对票。罗先生安慰我说，有一人反对也没关系，不影响我获得硕士学位。罗先生把我们半路接管并负责到底，是我人生道路上的一位恩师！

吴林伯治学原则再认识

武汉大学中文系已故教授吴林伯先生，是秉持"朴学"与"考据学"的当代重要学者之一。他的学术思想、治学原则与方法，至今仍然具有继承、坚持的价值，特别是对于急功近利，只求数量、不求质量的学术浮躁风气，不啻为"镇静剂"与"清醒剂"。

1984年9月10日，吴林伯先生对新招收的几位研究生发表的学术训言，堪为治学信条与规范。

首先是关于治学的"十项准则"：

其一，崇德。治学目的是追求真理，为人类做贡献；要坚持真理，严辨是非。其二，务本。要忠实、消化、熟悉原始材料；要过好先秦学术关，要读自然与社会的书。其三，尊师。要做到求师、择师、尊师。尊重师法，尊重师说，纠正并发展师说，即"正误、加深、补遗"。其四，及时。四十岁以前打下深厚基础。《礼记·学记》有云："时过然后学，则勤苦而难成。"其五，隆积。重视积累，学风端正，范围确定。其六，自得。要自学、自主、自立。其七，执谦。发挥谦虚精神，实事求是。其八，博约（通与专）。要当专家，不当常识家。围绕研究范围而达到通与专。其九，克勤。要勤奋、坚忍。其十，循序。由浅入深，由近到远，由低到高，循序渐进。

其次是"十项注意"：

一是要以马克思主义哲学及其美学为武器。二是要理论联系实际（包括文字、自然、社会）。三是要纠正原著本身及其解说的错误。四是要从整体着眼。五是要考察理论的源流。六是要重视语言特点。七是要补充加深。八是要抓住重点（宗与纲）。九是要尊重别人的劳动成果。十是要突出"论"字。

再次是要有"八项功夫"：

一是"抄"，抄写原著及其有关精华，加强记忆，加深理解。二是"点"，要学会标点古籍。三是"背"，在理解的同时背诵。四是"注"，即注解。五是"译"，即古文今译。六是"问"，即研讨。七是"论"，即论述。八是"作"，即写作。

第四是要有"五项韧性"：

一是非议再多，坚定不移；二是处境再窘，坚定不移；三是工作再忙，坚定不移；四是困难再大，坚定不移；五是成绩再好，坚定不移。

最后要记住，"端正学风，明确范围，专攻一点，持之以恒"。

上述观点与要求，是吴林伯先生毕生遵循的准则与治学经验，从某种程度而言，就是他的学术信仰与信念。可以看出，他并不是一个刻板、僵化的学者，而是相当有现代意识的。比如，他坚持社会科学、人文学科研究的马克思主义指导原则，在学术研究的时代要求上不逾矩。他也强调"译"、"论"与"写"的功夫，不主张"述而不作"。学者的本领要全面、完整。

当然，吴林伯先生最看重的是忠实于原著以及注释的功夫。这是做学问的基本功。他反对当学术"浪子"和"二道贩子"。读原著，要读"全本"，不能只读"选本"，要从整体上掌握，不能只了解局部。比如，研究《文心雕龙》《诗经》《论语》等，就必须读懂、读通全书和全文，才有资格写研究论文。也不能只通过阅读别人的论文来做研究，当"搬运工"。尤其是不要被一些时髦的、似是而非的学术名词所左右，写虚张声势的论文。

吴先生的学术思想中，还有一个存在争议的观点，即"一本书主义"。他认为，学术研究的范围不要太宽，如果你要研究《文心雕龙》，就要终身研究这本书，成为真正的专家。现在看来，其可取之处是，认识到了人生有限，而学海无涯，一辈子不可能什么都懂，不如专心致志吃透一部经典，在学术史上成为一个阶梯。但是，局限性也有，"世界那么大，我想去看看"，跨界研究、宏观研究也应该提倡。比如，吴先生的弟子易中天，就"背叛"了师教，在广阔的领域纵横驰骋。而笔者本人跨得更远，从古典文学一步跨到新闻学，成为新闻学博士，在传播界从事实际工作。

然而，吴林伯先生求实、务本的治学风格是永远值得肯定的，而且应该发扬光大。他的《〈文心雕龙〉字义疏证》《论语发微》《老子新解》《庄子新解》等专著，日益显示其独特的价值，为学界所称道。今天，我们纪念吴先生，既要学习他的学人品格，也要继承他那"无一字无来历"的"朴学"精髓，把学问做实、做透、做精，经得起历史的检验。

创业与生命价值

从《人民日报》看到武汉大学1979级校友陈东升作为世界500强企业家的创业感悟，我不禁开始思考"生命的价值"这一命题，并反思自己为什么没有走上创业的道路，为什么没有发挥出武大毕业生应有的潜能。

在即将进行人生盘点的今天，我感到自己最大的缺点是保守，原因有三：一是局限于"小富即安"的农民意识；二是"知"而不"行"；三是不敢超越体制。

关于第一点，实际就是满足于肚子不挨饿就够了。这是典型的农民意识，从来就没有想到要扩大再生产。小生产者不能放眼世界，因此就只能

"日出而作，日落而息"。

关于第二点，想到了却不采取行动，也不会有大的成果。比如，我1996年在博士论文里就写到了电子商务等互联网应用领域，自己却根本没有想到要去创业。

关于第三点，算是最致命的体制依赖症。我折腾了大半辈子，都是在体制内南征北战，成功与失败真就不好比较了。体制内只有极少数人在金字塔尖，其他人都是一块块石头。然而，自己不敢或者不愿意离开体制，就没有资格抱怨，这是自己的选择。

20世纪80年代，学子们有所谓"红道""黄道""黑道"的道路选择。"红道"就是从政，"黄道"就是经商，"黑道"就是研究学问。前面两个都好理解，"黑道"有点歧义。走学术道路最艰苦，要"一条道走到黑"，再加上博士帽和博士服有黑的颜色，这就是学者的象征了。本人既没有去党政机关做官，也没有走创业的道路去办公司，只是在"黑道"上走过较长的时间，后来就走入"媒道"了，也算是"道"上的人吧！

没有啥成就感，只能用苏东坡的词句自我安慰，"一蓑烟雨任平生"，一路上好歹也走过来了，那些经历与脚印的价值交付岁月吧！

社交：从数量到质量

青年时期，为了走向社会，每个人都有扩大社交面的愿望，希望与更多人的交往并尽可能成为朋友。除了同学、老乡，就是其他通过各种途径认识的各行各业的人了。

但是，随着时空转换、不断新旧更替，很多人会逐步消失在你的生命旅程中，有的连交往的欲望都没有了。即使在如今的微信上"挂"着，也难得说一句话。

我保留了以前的一些小本本的通讯录以及大量的名片，说实话，很多人已经想不起来是谁了。不少人手机号码更换，工作单位变化，只有极少数人可以长期联系，互相不厌倦。

然而，新交往的人再也达不到曾经的深度了，没有时间培育友谊与友情，大多数是礼貌交往型。有些"临时抱佛脚"的人，突然有事了，就拐弯抹角取得联系，办完事又消失了，谈不上交情。

在生活节奏加快、大家都很忙的今天，面对面交往更不容易了，即使约个饭局，也要规划很久。吃饭喝酒如果没有内在的强烈愿望支撑，也觉得没有意义。据说，就连"网友"都懒得见面聊了，再也找不到痞子蔡的《第一次的亲密接触》那样的新鲜感了。人们的经验逐步丰富，很难找到"一张白纸描绘最新最美的图画"的人际交往，基本都是被涂改得一塌糊涂。人人都抱着手机玩，被奇奇怪怪的短视频折腾得麻木了。

于是，社交从加法到减法就是正确的选择。对于纯功利的社交要敢于说"不"，无须花时间奉陪与应付。二三知己，说点儿人话，保持心情愉悦，就够了。最好不要参与任何无谓的辩论，尤其要远离固执己见的偏执狂。

至于当你离开这个世界以后，有谁参加你的葬礼，你自己也不知道，那就顺其自然吧！

假如真有来世，一切从零开始，今生有善缘的人也许将擦身而过，或者回眸一笑，心心相印，不需要任何言语。

这就是高质量的交往！

胡思乱想录

我其实不是我，如我吃饭的时候就感叹这一口好牙是谁设计的。这哪是牙齿啊，分明就是刀具与石磨啊，小小的口腔内居然有如此厉害的工具。

开始怀旧，并不只是我一个人。中学同学老黄就在微信群连载他大学时期的失败爱情故事，达到了微型章回小说的效果，特别吸引人。可见怀旧情绪能够让学外语的变成学中文的。

俗语云："无官一身轻！"知识分子当个专业人士就好，自由自在，潇洒似神仙。

手机不断在出新品，这种诱惑是很残酷的。喜新厌旧，是要付出代价的，没钱只能眼馋功能更强的新手机，并对旧手机加强保养。

喝红酒达不到喝白酒微醺的特殊状态，但据说更养生。矛盾啊，到底是养生重要，还是情绪到位更重要呢？

春夏之交的忽冷忽热，就像人的脾气，难以捉摸。

既生瑜，何生亮？思维差别是本质的差别，思维战线是看不见的"隐蔽战线"。不怕做不到，就怕想不到。

我二十多年前的博士论文就是写跨文化、跨国传播的，可是一直没有进入国际传播（外宣）的实际工作领域，这是不是纸上谈兵呢？

我为什么时间观念特别强、特别守时？那是因为我在学生时代就从语文课本上学习了恩格斯的《论权威》并深受影响。恩格斯拿铁路做例子，论证权威的必要性，"为了避免不幸事故，这种合作必须依照准确规定的时间来进行"。我服从规定的时间，而绝对不会像个别人因私而阻止高铁开车。

有的人确实存在口碑不好的问题，如某大学同学，几乎所有人都厌恶他，因为他特别自私，连同学也欺骗。所以，没人与他来往。

每年体检相当于身体高考，通过了则愉快一年，落榜则忧。

杂感

客观评价胡适

近日，在电子阅读器上重温了胡适。

在阅读过程中，我感到胡适真是一个性情中人。我很喜欢他的坦诚。

虽然他对于新诗的尝试确实很幼稚，可他在新文化运动中的地位是不可替代的。他提倡白话文，并亲自尝试，功不可没。而且，他将日常生活的一点一滴都写成文字，读起来很有趣。

胡适在现实生活中也不得不选择政治站队，他在党派上依附于国民党，这只能说明他不是神仙，不能成为真正的自由主义者。而他的学识与才华，可以超越党派。他能够将学术研究与文学创作结合起来，能述能作，不是迂腐之辈，对此，我很欣赏。

他提到自己退出北平（今北京）的时候，有两万多册图书没有带走，只拿了一本十六回的古籍《红楼梦》。想必他的书都被北大图书馆收藏了吧！

此前，我对胡适的研究不够，现在觉得他值得认真了解。对于文化名人，关注他的文化成就是重点。

客观看待胡适，用他的思想与经验来丰富自己，不是很有益处吗？

不必围观垮台官员

官员能上不能下的局面已经打破，有人问题严重，自己却不愿意下，就可能被反腐的利剑除掉。这就是生态平衡与能量守恒。

"吃瓜"群众不断被官员突然垮台的消息弄得很亢奋，从中获得快感，本来是很正常的现象。可是，快感之后呢？

自古以来，官员垮台就是屡见不鲜的事情。利与害是孪生兄弟，所以利害成为一个词。官员的利益大，然而对人对己的危害也大。只想得利，不愿意"遇害"，哪有这么美的事？

大多数的普通人，顶多存在"见利忘义"的可能性，只要不犯法，或者不遇到意外事故，日子终究是平安的。你本来就处在平地上，没啥地位，所以危险系数就小。普通人做好自己分内的事，照顾好自己的家人与亲人，真诚对待朋友，每天都有幸福感，就足够了。

官员可不同。"登高而招，臂非加长也，而见者远；顺风而呼，声非加疾也，而闻者彰。假舆马者，非利足也，而致千里；假舟楫者，非能水也，而绝江河。君子生非异也，善假于物也。"荀子《劝学》的这段话，如果用来借喻权力之于官员的身份地位，也是很有道理的。官员本来也不是三头六臂，只不过依靠官衔而身价倍增。拿掉官衔，立刻就现出原形，啥也不是了。

所以，对于官员的垮台不必惊诧；对于垮台的官员也无须围观。俗话说得好，离开谁，这个地球都照样转。中国人要改变的就是"崇官"与"仇官"的双重心态，再造健全人格。

共享社会是大势所趋

均贫富，是最有号召力的口号。中国有"共享"的传统文化。这也是社会主义、共产主义能够在中国占上风的原因。

近年来，中国最先共享的是厕所。以前，公共厕所还要收费，大街两边的建筑物里的厕所也不对外。所以，随地大小便难以禁止。厕所共享以后，群众的内急问题及时解决，确实符合人性。

眼下，由共享单车刮起的共享旋风很强劲，虽然有倒闭的共享单车公司，但共享的思路已经势不可挡。与养老相关的共享农庄、共享民宿，也在出现。

共享领域还可以不断扩大，一切要以"让生活更便利、更美好"为目的。

我有一个梦想，就是有朝一日实现"金钱共享"。钱不再需要个人去"挣"，而是由政府向每个家庭与个人发"代用券"。全体社会成员都得到相同的"代用券"，就像食堂餐票一样。

物质极大丰富以后，共享应该成为共产主义的前奏，这就是我的"中国梦"！

人要对自己负责

人与人之间的高下之分，关键在于内心的意志。我们每个人其实都是自己的第一责任人，生命如何使用并完成其使命，不一定需要别人命令与监督，主要靠自觉。

我的研究生导师吴林伯先生曾经教导我说："天行健，君子以自强不息。"他自己做学问，不被外在环境左右，"处境再窘，坚定不移；困难再大，坚定不移；非议再多，坚定不移"。他的《〈文心雕龙〉字义疏证》等著作，成为经得起历史检验的学术成果，证明了他生命的价值。而那些靠"剪刀加糨糊"拼凑出书的伪学者，终究在大浪淘沙中成为泡沫。

不仅做学问要坚忍，要追求真才实学，就是我们的为人处世也要有责任感，特别是要对自我负责。工人、农民以勤劳赢得人们的尊敬，知识分子靠专业奉献获得美誉，一般人员以按劳取酬而吃"良心饭"。

人的能力有大小，不可能都成为"为人类做贡献"的人。但是，把力所能及的事情做好，或者做得更好，就是实现了自己的人生价值。我每次看到那些普通的劳动者在自己的岗位上认真做事，就会产生一种莫名的感动。比如，看到餐厅里那些收拾餐具、整天与剩饭残羹打交道的人，我从内心里尊敬他们；看到街道上打扫卫生的环卫工人，我也由衷地赞美他们，有一天清晨，我用手机录下了一名环卫工人扫雪的短视频，发到了抖音上；看到大清早就开始进行安检的地铁工作人员，我为他们日复一日的平凡工作而敬佩。有人说，中国社会已经进入"互害"模式，我认为这个观点太偏激。我看到的，更多的是"互为"模式，大家互相作为，整个社会才能良性互动。

本人作为百姓之子，最欣赏勤奋的人，痛恨好逸恶劳、好吃懒做的人。勤奋的男人，即使不帅，也值得爱；勤奋的女人，即使很丑，也值得拥有。当然，不论外表如何，人们都要让自己的灵魂美丽。这种美，就是中华民族追求的勤劳而善良的美德。对自己负责，就是坚守这种美德。自我堕落，就是失德。

我永远信奉的格言是："宝剑锋从磨砺出，梅花香自苦寒来。"愿与诸君共勉之！

泉泉清流在人间

2019年6月10日下午，我抵达上海参加电视节，在入住的酒店刚安顿好，就收到了一条让我不敢相信的讣告——"周泉泉同志因公殉职"！我立刻就蒙了：天哪，这可能吗？这么一个我认识的健康美丽的才女，居然突然毫无征兆地离开人世！同事中英年早逝的，一般都是因为疾病，只有极个别的人在意外事故中失去生命。认识的与不认识的，总有人活着活着就没了，不能不让人感叹生命的脆弱、人生的虚幻。而周泉泉的离开最为惨烈，她是被落石砸成重伤，抢救无效，不幸去世，年仅46岁，一个12岁的男孩从此失去了母亲，她的先生永远失去了妻子！

我与周泉泉女士认识是缘于1996年的一场招聘考试。我那时刚从中国人民大学新闻学院博士毕业到中央电视台工作，暂时被留在人事部门帮忙，其间临时参加了招聘考试试卷的评阅。在判卷的过程中，我发现周泉泉的文笔不错，给她的作文打了高分。后来她如愿入台，我们也认识了，但是交往并不密切，只是某次她因为工作上的困惑在台里咖啡厅请我喝了一杯咖啡，进行了一些咨询与漫谈。后来有了微信后，偶尔在微信联系一下。

她的名字与我的笔名"仙泉"有一个相同的字，也是一种巧合吧！如今，她突然香消玉殒，我感到老天爷也太残酷了，让泉泉这股清流断流了！

由此，我再次思考生与死的问题。人活着其实是偶然，死亡是必然，黄泉路上无老少，我的二哥1976年24岁就因肠梗阻而突然去世，给我上了死亡第一课。我本人在童年时期差点被淹死，幸亏被母亲救起；1997年，我在四川出车祸也大难不死。我对死神已经不感到陌生，它就在我们每个人的身边虎视眈眈。因此，我每天都有"最后一天"的危机意识，珍惜活着的每分每秒。

周泉泉同志的离开，让我心痛，我只能祈祷她在天堂依然美丽，成为不朽的天使！

心田有花静静开

> 侄女的儿子是初中生，语文老师布置了一篇作文，题目是《心田有花静静开》。不要小看中学生作文，要写好也不简单。点评作文不难，但是自己写也未必就能妙笔生花。犹如"红学家"也不一定能够写出《红楼梦》。我借这个题目来实验一下，看看能不能发挥出"老学生"的水平。
>
> ——题记

电视节目《经典咏流传》让一首沉寂的小诗突然火了。这就是清代袁枚的诗《苔》："白日不到处，青春恰自来。苔花如米小，也学牡丹开。"低微的青苔，绽放自己的青春，让自己如华贵的牡丹一样开出别样的风采，这是多么励志的境界呀！山里孩子也要有梦想，城市的孩子更应该做到"心田有花静静开"。无论身处何地，也不管贫富贵贱，每个人的内心都要有属于自己的花一样的美丽与芬芳。

心田的花，也许是苔花，也许是幽兰，也许是梅花或者牡丹，但都是无形的心灵之花。有形的花是美好的、清香的，无形的花则是人格、精神、意志、品德的象征，需要自己精心培育。心田无花，只有杂草丛生的人，就是行尸走肉。比如，那些没有人生追求、得过且过的人，那些自私自利、灵魂肮脏的人，他们的心田就是一片荒芜，更谈不上真善美。

人不是神，要做到心灵美确实不简单，保持与维护花一样的心态更难。我的心田也经常在荒芜与美丽之间徘徊。可我真切地感受到，心田荒芜必然会使人感觉痛苦，不会有发自内心的愉悦；而只要用心去拥抱真善美的事物，远离假丑恶的东西，自然就会有美丽的花儿在心中静静开放。

自然的花，有盛开也有凋谢，而心田的花，只要你悉心呵护，就会永开不败。这花，就是终身为之奋斗的理想、信仰与信念，就是乐于助人的爱心，就是宽容与真诚的人品，就是发自内心的微笑！

心田有花静静开，你可以在月夜吹一曲洞箫，享受你的孤独；你可以漫步乡间，体味世外的安宁；你可以在海岸看潮涨潮落，可以在高山看云起云飞……随时随地，你都是自己的园丁，用天地正气滋养你的心香。

心田有花静静开，你会笑对挫折，勇于战胜困难，不妒忌他人，而能见贤思齐，做一个事业成功、生活幸福、受人欢迎的人。因为，你心中有花，你就成了人群中的花，不需要大声喧哗，你已经魅力四射、风景怡人！

活出老年的精彩

"老吾老，以及人之老；幼吾幼，以及人之幼。"这是中华民族的传统美德，也是今天需要发扬光大的人文精神。

2018年11月6日，习近平总书记在上海时考察了托老所，并指出我国已经进入老龄社会，让老年人老有所养、生活幸福、健康长寿是我们的共同愿望。另据报道，20世纪90年代以来，我国的人口老龄化进程加快。预计到2050年前后，我国老年人口将达到峰值4.87亿，占总人口的34.9%。老年人口的迅速增长，使得加快推进养老服务高质量发展的重要性越发凸显。这关系到老年人的晚年幸福，也关系到他们子女的工作生活，是涉及人民生活福祉的大事。习近平总书记近年来到各地调研也常常关注当地的养老情况，谋民生之利，解民生之忧。

养儿防老，曾经是中国人的生育观念；子孙养老送终，是孝道的应有之义。然而，独生子女们婚后要面对四个甚至八个老人，压力巨大。这就要求社会化养老、社区养老的公益事业为个人分忧。老有所养，社会各界不仅要在物质生活方面关怀老人，也要为老人提供精神食粮。比如，一些收门票的参观场所可以对老人免票；电视频道、广播频率增加专门时段为老人播放适宜的节目；文艺团体到养老院或者社区为老人举行公益演出等。老人自己也要尽可能做到老有所为、老有所乐。老年人是社会的财富，仍然可以发挥余热。比如，参加老年合唱团、老年舞蹈队、老年书法班等，娱人娱己，也是亮丽的风景线。有些老年人大器晚成，成名成家的也大有其人。笔者的一位中学女老师在老伴去世后，坚持两年整理出版了两人积累一辈子的诗歌选集，获得亲友们的赞赏，自己也获得了精神上的愉悦。还有的老人趁腿脚还灵便，外出旅游，原有病痛反而不治而愈。

叶剑英元帅晚年的《八十书怀》诗句："老夫喜作黄昏颂，满目青山夕照明。"何等豪迈，天下老年人可当作榜样，活出老年的精彩。

重阳节话"老"

老，究竟以什么为标志？

年龄的"老"，一般应该是60岁以上。即使你还活蹦乱跳，也必须划归老年人行列了。当然，有人60岁以前就死了，或者病入膏肓了。在生老病死的道路上，似乎又难以绝对划分界线。

姜子牙80岁还被委以重任，辅助周朝成为盛世；邓小平70多岁重新出山，再创辉煌；德国诗人歌德，80岁还激情满怀地写诗。凡此种种，无不激励人们，生命不息，老而不老！

老人，最怕未老先衰，即便是退休了，也只是退出职场而已，并不等于退出人生舞台。就知识分子老人而言，老教授、老中医、老作家、老画家、老书法家、老诗人等，都是越老越有价值的群体，何老之有？

就整个社会而言，要对那些老无所养的困难老人予以关怀，以社会福利来保障老人的晚年幸福。

最后，我们要发扬叶剑英"老夫喜作黄昏颂，满目青山夕照明"的乐观主义精神，迎接人生灿烂的晚霞！

淡化攀比心

人的烦恼，很多来源于攀比心。这种攀比，是永远没有尽头的。越攀比越烦恼，不攀比则相安无事。虽然攀比心在一定程度上可以有激励作用，但是消极因素总是大于积极因素。

积极的攀比是通过自身奋斗而见贤思齐，用事实来证明自己也很优秀，也可以达到某个目标或者水准。然而，消极的攀比可能失控，极端到要消灭攀比对象。

因为攀比心而伤害他人的社会新闻时有所闻，让人唏嘘不已！可见，攀比心有可能激发嫉妒心甚至罪恶的杀心。

陌生人之间，没必要攀比，所以攀比心往往发生在熟人之间。什么叫"杀熟"？不仅是生意上的"宰熟"，攀比也能导致实际的"杀熟"。

如何淡化攀比心呢？

首先，要正视自己家庭背景、个人资质的层次，即便是同学与朋友，存在差异是必然的。有时候需要认命，知足常乐。

其次，"风物长宜放眼量"，不要在起跑线上定输赢，笑到最后才是最好的，漫长的人生道路上，存在很多变数。

再次，要有心理咨询与心理干预的流畅机制，尤其要把"杀心"扑灭在萌芽状态。

最后，要有自己痴迷的兴趣领域，全身心投入自己的兴趣爱好，哪还有心思去与人攀比？

文科生到底有用没用

我曾经在研究生毕业前夕开始怀疑自己，作为一个文科生，连个电灯泡都不一定能够发明，有什么用？读书多年，似乎无一技之长，还不如那些技校生，可以当一个技术工人。

当我成为一名大学老师的时候，特别是当老父亲言语间暗示我没有别人混得好、乡里人因我没有"升官发财"而表示轻蔑之际，由于无力帮助家人，我心情十分郁闷。在民间过去的观念中，读书就是为了做官，不管你是文科生还是理科生，反正大学生不做官就与农民没什么两样。你学富五车，如果不能"治人"，就与老百姓一样只能"治于人"。这说明当时中国社会的文明程度依然不高。

科举制度废除以后，西学东渐，学科分类逐步精细。五四运动倡导的"德先生"（民主）与"赛先生"（科学）成为新的价值观。然而，几千年的文化传统很难彻底颠覆，读书人始终面临"皮之不存，毛将焉附"的尴尬。今天，最有吸引力的职业之一仍然是公务员。

纯文科的文史哲专业的毕业生，走专业的研究道路会很辛苦，没有坐冷板凳的精神，就难以出成果。在21世纪的今天，如果再不更新观念，不树立职业平等的价值观，文科生的出路就仍然很狭窄。

此外，关于"贵子"的说法也要改了。只要接受了一定程度的教育，能够自食其力，不当"寄生虫"，就是好孩子。什么贵不贵的，没什么不变的标准。

总之，文科生的文化素养是底蕴，就业可以多样化。我始终认为，当教师是一个好职业。教书育人，不仅是谋生，更是一种积德的行为，善莫大焉！

国庆节，让我们思考一下历史

中华人民共和国，多么具有包容性的国名啊！

而中国历史上的那些主要朝代，基本都是一个字：夏、商、周、秦、汉、隋、唐、宋、元、明、清，其特征就是"家天下"。朝代更替，风水轮流转，"旧时王谢堂前燕，飞入寻常百姓家"，所有朝代都没有脱离兴衰的周期率。孙中山先生作为革命的先行者，终结了几千年的帝制，成为中华民国的"国父"。然而，历史最终选择了毛泽东，选择了中国共产党，新中国成立。

毋庸讳言，今天的中国仍然没有完全统一，台湾还没有回归祖国的怀抱。这个历史遗留问题，必须解决。分久必合，台湾回归，中国大一统的局面重新出现，这是符合历史主流的必然趋势。长期分裂，不得人心，"台独梦"必然破灭。

中华人民共和国，是中华民族、全体人民的共和国，联合国也只承认中华人民共和国。新中国之所以"新"，不是时间，而是因为她实行中国历史上从未有过的社会主义制度。社会主义中国化，就是中国特色社会主义。如今，中华人民共和国、中国特色社会主义、中国共产党，这已经是一个严密的体系，而且是一个力量强大的体系。

国庆节，提醒我们每一个中国公民，你处于"历史天空"下，我们都是历史框架下的个体存在。

皮之不存，毛将焉附？国家，是我们人生的大幕，是我们生命进程的背景。国家好，自己才能好，这是永恒的真理！

历史·当下·未来

一个民族,一个国家,一个政党,乃至于每一个人,都离不开对于过去、现在、未来的认识,要从中找准方位、确定行动的方向。

对于过去,要正视历史,尤其要吸取历史的经验与教训;对于当下,要只争朝夕,不能懈怠;对于未来,要有憧憬,甚至梦想。

历史前进的脚步,从来不是整齐划一的正步走,有时候步履蹒跚,有时候陷入泥沼,有时候曲径通幽,有时候柳暗花明。对于付出惨痛代价的历史时期,只能是由"历史老人"来负责,而难以追悔。在中外历史进程中,可以有很多"假如",可是真实的历史,不允许有假如;有迂回,有曲折,但是"逝者如斯夫,不舍昼夜",时间的流水会荡涤一切,"青山遮不住,毕竟东流去",历史潮流滚滚向前,大趋势是向前,不可能退后。那么,算历史的旧账,就是自寻烦恼,因为"历史老人"从来不买单。

把握当下,珍惜当下,最为现实。然而,当下与现实不能盲目前行。不能重蹈覆辙,绝不再犯历史的错误,也要沿袭好的传统。比如,对于秦始皇轻视儒生的态度,就要避免;对于赵匡胤重视文化人的风范,就要继承。

同时,面向未来是人类社会特有的精神,理想与梦想是照耀现实的浪漫主义,不可缺少。一般而言,现实总是充满了各种困难与险阻,有时候可能让人感到痛苦,甚至绝望,但有了奋斗目标,就有力量。

在时间的三个维度中,未来最为激动人心,最为美好。进入21世纪的时候,全人类都狂欢过、庆祝过。这种狂欢与庆祝,是希望的彩虹,充满诗意与浪漫。

1930年初,毛泽东在《星星之火,可以燎原》中有一段诗意表述:"我所说的中国革命高潮快要到来……它是站在海岸遥望海中已经看得见桅杆尖头了的一只航船，它是立于高山之巅远看东方已见光芒四射喷薄欲出的一轮朝日，它是躁动于母腹中的快要成熟了的一个婴儿。"多么优美的语言啊，这就是理想信念的魅力！今天，我们对于未来美好蓝图的规划与设计，也需要这样的激情。

一个与月亮直接关联的节日

春节、清明、端午、中秋这四大节日，都是中国传统文化的载体，但各有特点。在欢度中秋节的日子里，我们品味与探究中秋节的内涵，正当其时。

中秋，在春夏秋冬四季轮回过程中，农业上的时令正是秋收，是硕果累累的季节。"仓廪实而知礼节"，在物质丰收的基础上，精神生活的要求必然更高。那么，什么是中秋节的精神呢？

"天人合一"的宇宙意识与"仰望星空"的浪漫情怀。中华民族历来就是现实主义与浪漫主义相结合、人伦与天道相融合的具有高度人文自觉的民族。中秋节，是一个与月亮直接关联的节日，说明中国人除了有"守土"的观念，更有"天问"的境界。汉字作为象形文字，本身就是从具象中抽象出来的文字，体现了汉族这一中华民族主体的直觉思维特点。中秋节的祭月、拜月、赏月，是一种高尚的审美活动，是人与自然沟通的一种方式，也是一种直觉思维与形象思维。月亮是一种形象，也是一种意象，其魅力就在于可望而不可即，能够极大地激活与放大中国人的感性认识。于是，象形的月饼成为美食，而人间的宫殿投射为月亮上的广寒宫；地球上的桂花树、白兔移到了月亮上，嫦娥奔月后翩翩起舞。这一切，都是月亮的地球版情景，或者说就是中国人的心灵图景。在没有天文望远镜、宇宙飞船等科技手段介入的古代社会，想象的翅膀极为发达，可以"思接千载，视通万里"，天上的月亮与心中的月亮融为一体，天文与人文在中秋的"赏月""吃月饼"仪式中就这样演变为民族的传统文化，并辐射到中华文化圈。

道教文化的"成仙愿景"与"诗意栖居"的优雅写照。中国传统文化的内容离不开"儒道佛"这三家思想与价值体系，而其中的"道"主要是老庄哲学意义上的道家。道家思想后来被张鲁的五斗米道等宗教吸收，并演变成中国的本土宗教道教，追求长生不老、得道成仙。与中秋节有关的两个传说，就直接体现了道教文化。嫦娥偷吃了后羿的"长生不老药"而奔月，唐玄宗梦游月宫得到了《霓裳羽衣曲》，这些都只能是故事与传说，不能当真。然而，成仙得道毕竟听起来很美，这就为中秋节披上了神秘色彩，尤其是嫦娥更为文人雅士提供了灵感来源。比如李商隐："嫦娥应悔偷灵药，碧海青天夜夜心。"苏东坡："不知天上宫阙，今夕是何年。我欲乘风归去，又恐琼楼玉宇，高处不胜寒。起舞弄清影，何似在人间？"宗教意蕴与诗意表达，就这样难解难分了。而且，月下的人间生活增添了诗意，白昼的喧闹远去，一轮皓月下的情思让现实的苦闷化为诗意的栖居，人未老、心已远。

"家族团圆"的天伦之乐与"美酒美食"的饮食文化。中国人历来重视家庭，特别是四世同堂的场景最让人满足。如果说春节的团圆是"大团圆"，那么中秋节的团圆可以被称为"小团圆"，而且只要有一轮圆满的月亮在天上，即使天各一方，也可以"明月千里寄相思"，表达"但愿人长久，千里共婵娟"的美好心声。春节的美酒美食可以追求多而全，中秋节则可以简单地吃月饼、品茶、饮酒，不必整出"满汉全席"。心里感到幸福与快乐，足矣！

总之，无论有多少喜怒哀乐，面对中秋的圆月，都会让人们产生超脱之感，身心都得到极大的休息，为即将到来的寒冬做好准备。

接力棒与接力跑是新的长征精神

习近平总书记在庆祝改革开放40周年大会上的讲话中，以体育精神鼓励全党全国各族人民："建成社会主义现代化强国，实现中华民族伟大复兴，是一场接力跑，我们要一棒接着一棒跑下去，每一代人都要为下一代人跑出一个好成绩。"接力棒与接力跑这个比喻非常贴切，看似浅显，却意味深长。

我们领会其内涵，可以感悟真理、激发力量、振奋精神。从站起来、富起来到强起来，新中国与中国人民走过了艰难而光辉的历程，一代代的人奋发图强，才有了今天的建设成就与美好生活。然而，奋斗没有止境，改革开放也只有里程碑，没有终点。实现"两个一百年"奋斗目标、实现中华民族的伟大复兴，这是新的长征。道路上仍然有比雪山、草地更加艰险的甚至是难以想象的困难，改革开放与建设社会主义现代化强国的接力跑不是闲庭信步，不只是在平坦的途中奔跑，我们要敢于跨越险阻，把接力棒代代相传，继续勇往直前。

时代的发展日新月异，未来的中国会越来越好，中华民族一定能为人类做出更大贡献！

弘扬传统文化要剔除糟粕

在提倡文化自信的时代背景下，弘扬传统文化已经成为热潮。然而，某些公益或商业的"传统文化促进会""传统文化教育学校"却"以其昏昏，使人昭昭"。比如，所谓"女德班"就不分精华与糟粕，在价值观上造成混乱，受到舆论的谴责。

女德作为女性为人处世的道德规范，不是不可以研究与倡导。但是，倘若把传统文化中应该剔除的糟粕灌输给今天的成年女性与未成年女孩子，就是贻害无穷了。

据披露，有的"讲师"在授课过程中讲了一些宣扬男尊女卑的内容，要求女性逆来顺受。女孩子如果将自己打扮得时尚、暴露，就等同于教别人去侮辱她。诸如此类，显然是把女性当作"第二性"来看待，完全无视男女平等的时代进步。将歧视女性的"伪道德"包装成为"传统文化"来兜售，是一种精神和文化上的以次充好，必须予以净化。

弘扬传统文化，必须正本清源，既要让精华内容成为文化范本，又要旗帜鲜明地去其糟粕。清浊之间，要以新时代的价值观来衡量，尤其要警惕腐朽的因素毒害人们的灵魂。

文化扶贫应当因地制宜

文化扶贫是"精准扶贫""精准脱贫"战略的重要组成部分。原文化部发布的《"十三五"时期文化扶贫工作实施方案》提出了八项主要任务。有关负责人也明确表示，文化扶贫第一要抓规划，要以县为单位规划文化扶贫内容，体现地域特色和因地制宜的原则；第二要抓基础设施建设，包括村级综合文化中心、乡镇综合文化站、县级图书馆、文化馆等文化基础设施的建设和完善；第三要抓内容建设，为贫困地区送去优秀的文化产品，使群众既创造文化又享受文化；第四要抓人才队伍建设，大力培育培养当地文化人才，同时更多地组织文化志愿者到贫困地区参与文化扶贫。

笔者以为，文化扶贫不仅是文化部门的事，也是全社会的大事；而且文化扶贫与经济扶贫一样应当因地制宜。

从近年的文化扶贫实践来看，在"硬件"与"软件"两方面都形成了一些好经验、好举措。比如，"广电扶贫·宽带乡村"工程项目是陕西省新闻出版广电局、陕西省扶贫开发办公室联合实施的省脱贫攻坚重点工程，贫困户不需要支付任何费用，目的就是要让广大贫困户及时获取更多信息，持续丰富他们的精神生活，增强为了美好生活而积极奋斗的脱贫信心，真正做到在脱贫路上有志更有智。再如，山东省探索"互联网＋传统手工艺"的扶贫新途径，因地制宜打造文化扶贫新模式。临沂市提出了实施非遗传承、手工艺助力扶贫工程，选取草柳编、乐器制作、中国结等十大门类，100家以上有一定规模的非遗衍生品、手工艺电商，带动1000个贫困户参与非遗衍生品制造和手工艺加工，并结合小微文化企业扶持政策，扶持创业。这种"互联网＋传统手工艺"的形式已形成"燎原"之势。

一些民族地区的文化扶贫，把开发和保护、传承与创新、文化和生态等紧密结合起来。比如，壮族"三月三"、瑶族"盘王节"、彝族"火把节"、傣族"泼水节"、苗族"采花山"等民族节庆文化，蒙古族长调民歌、侗族大歌、苗族舞蹈等民族音乐歌舞，极具地方与民族特色，同时也是文化扶贫、精准脱贫的重要载体。只要保持个性与特色，不搞"千人一面""千村一面"的"面子工程"，就会让文化与旅游的嫁接显出独特魅力。

此外，我们还要看到经济与文化的不完全对称性，有着历史的规律。马克思在《〈政治经济学批判〉导言》中揭示了物质生产同艺术生产的不平衡关系，其中一种表现形式是，经济落后的国家或地区可能在文学艺术上反而领先，如恩格斯列举的经济相对落后的挪威和俄国在文学上成就斐然。这个原理告诉我们，老少边穷地区在文化上可能存在开发优势。也就是说，那些经济相对落后的地区反而存在值得开掘的文化富矿。广大文化、文学与艺术工作者，深入老少边穷地区的基层生活，完全可能创造出优秀的作品，文化扶贫也能转变为文化探宝。

文化扶贫有精准扶贫的普遍规律，也有自身的特殊规律。关键在于，文化扶贫这件大事做起来要显得有"文化"。

由大白兔奶糖的"返老还童"说开去

有句老话说得好："不怕做不到，就怕想不到。"在大众创业、万众创新的新时代，新思维的出奇制胜具有广阔天地与无限可能。由美加净和冠生园跨界合作的大白兔奶糖味润唇膏，在电商平台正式开售，引发众多粉丝追捧，920套产品瞬间被卖光。这款润唇膏在包装设计上延续了大白兔奶糖的经典形象，整个造型就像一颗甜蜜的糖。

这说明，老品牌的市场号召力与符号功能很强大，其无形的品牌价值不可估量。如何让老品牌焕发青春，考验的正是智慧与文化的驱动力。

近年出现个有趣的词语，叫"回忆杀"。"回忆杀"出自动画片《火影忍者》。在这部动画片中，有回忆者必被杀，故称"回忆杀"。有人将这个词语借用到市场中的消费领域，商品因击中了消费者的怀旧情结而热销，成为具有浓厚情感色彩的消费行为。大白兔奶糖是几代人的集体回忆，也是一个金字招牌。它一旦与唇膏嫁接在一起，就产生了新的"化学反应"，消费者心甘情愿地被"杀"。唇膏本身不是什么稀奇的化妆品，同类产品的选择余地也很大。可是大白兔奶糖味润唇膏让回忆与岁月参与了消费体验，让童年和怀旧的情感加入进来，使得普通的消费行为一下子变得温情脉脉、充满诗意。从更高层面来看，实际上，现今消费逐渐从用品的消费变为文化的消费。在市场相对饱和、竞争愈加激烈的当下，谁能在文化上更胜一筹，让产品更有文化品位，谁就能成为赢家。

同时，建立"品牌关联"的意识也很重要。整合市场资源，实行跨行业、跨区域、跨品牌之间的融合，强强联合，是壮大自身品牌效应的又一个途径。只要有助于树立有号召力的品牌，就完全可以实现生产上的"无缝连接"。

此外，在互联网时代，必须善于将"用户"与"粉丝"的概念运用到产品设计与推广的全链条。如何提供让用户爱不释手的产品就成为关键。品牌与产品要保持一致，不能好品牌却生产劣质产品。用户往往会货比三家，既认品牌也认产品质量。若用户不满意，就会有上当受骗的感觉，致使品牌名存实亡，最终砸了品牌。让用户自愿成为某种产品的忠实粉丝，就要不断创新，提高产品质量，以免"掉粉"。

让我们在市场竞争中充分发挥聪明才智、开拓创新，使"中国制造"变成"中国创造"，让产品吸引更多的消费者，成为品牌中的"战斗机"。

热点与淡定

舆论的热点，就是沸点，一般很快会冷却，再被新的热点代替。

与以前由传统媒体聚焦不同，今天的热点基本都由网络形成，几乎是两三天最多一周就形成一个新的热点，网民几乎是"才饮长沙水，又食武昌鱼"。虽然成千上万的人并不实际围在一起，可是在微博、微信这些新媒体上，无数的人就眼前的话题在发声、在唇枪舌剑，似乎人人都是真理在手，人人都是判官。

热点的舆论，掺杂着语言暴力与态度暴力，非理性因素居多。这使我联想到台风，来势汹汹，去也匆匆，留下的是一片狼藉。自从有了互动性强的新媒体，每年都是在一场又一场的舆论"台风"中度过，一些人被刮得人仰马翻，万劫不复。然而，冷静的思考十分缺乏，起哄过后的战绩、战报乏善可陈。

当然，不能要求亿万手机用户都是哲学家与思想家，但这个社会总需要有一些冷静的观察者与理性的思考者。我就不愿意跟风，宁愿等事态清楚、真相暴露后再形成观点。

我尤其不认同某些知识分子的咬牙切齿与武断偏执。他们连起码的中庸之道也不讲，根本就没有学者应有的涵养。对此类人，我敬而远之。

而对于一般网民的看法，我只作为舆情来了解，不求其正确与否。

我感到不安的是，如今的舆论热点大都与负面的事件有关，总体上就会形成"病态社会"的印象。这难道暗合了"好事不出门，坏事传千里"的传播规律吗？因此，为了心理健康，我也要选择淡定，干吗因为义愤填膺而让心情变糟呢？

我相信，生活中的真善美仍然占主流，我绝对不让那些热点剥夺了人生在世的快乐。我乐故我在。

何以解忧，唯有杜康。且以微醺醉眼，看风云变幻、潮涨潮落。

依然故我，夫复何求！

格局与追求

格局，与内心的强大和对外部环境的选择密切相关。比如，你可以自己决定在哪个城市、哪个行业立足，不必作茧自缚。心有多高、眼界有多宽，决定了你的格局有多大。你满足于一个村，就是一个村的格局；你满足于一个县，就是一个县的格局；你满足于一个省，就是一个省的格局；你满足于一个国家，就是一个国家的格局；你满足于地球，就是地球的格局。"胸怀祖国，放眼世界"就是一种大格局。

在互联网时代，居住地对格局的限制被突破了。任何人的虚拟世界都可以超越行政区划的限制。就实际的环境而言，你可以安身立命就够了，不要当作你的全部。

不过，外在条件也影响格局。荀子曰："登高而招，臂非加长也，而见者远；顺风而呼，声非加疾也，而闻者彰。"这种情况，是格局的异化，不是真的内心强大。

此外，还有一些德不配位的高官，由于"出格"，所以"出局"。这说明，级别不等于格局，人格因素潜在地影响人的格局。

在中国的传统文化中，"内儒外道"是一种大格局。在功利与非功利、入世与出世之间游刃有余，修为进入化境。

可以说，所谓"人生赢家"必定赢在格局，失败者也败在格局。有些人自称"代表亚洲"，听起来格局大，其实外套里面藏着渺小，所以很快土崩瓦解。

那么，追求什么，不追求什么，不言而喻。如果你懂得"闹中取静"，就去追求内心的宁静吧！

心安，则一切安！

激情与淡定

人没有激情，就如一潭死水，生命没有波澜和张力。但是，如果天天被激情燃烧，那么很快就会成为灰烬。特别是激情与冲动、狂热混合在一起，就可能使人失去理智、理性，失去正确的判断力。这时候，需要淡定来中和，所谓"淡泊以明志"，安静下来才知道自己内心深处的追求。

青年时期是激情最旺盛的时期，尤其是"爱国青年"这一称呼就很有代表性。在五四运动中，青年火烧赵家楼已经成为历史事件。虽然今天对放火的行为有不同看法，但是激情本身不能被简单地评判为对与错。只能说，激情也可能要付出代价。20世纪80年代中国女排"三连冠"，我也参加了庆祝游行，一些同学摔了自己的开水瓶、点燃了自己的被褥，以表达内心的激情，难免有些疯狂行为。

然而，我们也要欣赏胡适当年"多研究些问题，少谈些'主义'"的清醒与淡定。学者的态度一般比较超脱，在大潮涌动中很难被裹挟。所以，有品位的大师级学者被称为"人类的良知"。全社会需要少数派，需要几个另类。现在看来，胡适有他的价值。

应该说，中年以上的人比较淡定，而"老马识途"说明老年人也很宝贵。老中青的意见综合一下，求得最大公约数，就能保持社会的平衡。

今天的中国，需要在激情与淡定中平衡，我们需要民族复兴的激情，需要敢于与敌人较量的意志，需要"咬定青山不放松"的坚忍与淡定，但是要让激情更有质量、更有智慧，要让淡定更具大国风范、更有太极的内涵。

耕耘与收获

只管耕耘，不问收获，这是人生最通透的境界。其实，"收获"这个结果怎么样，关键在于耕耘是否下功夫。种瓜得瓜，种豆得豆，这是一般规律。如果你在耕耘、播种、养护等诸多环节用心尽力，再加上一定的知识与技术含量，收成应该不会太差。相反，你根本就没有付出辛勤的劳动，或者敷衍了事，却指望丰收，这是自欺欺人。

如今，不同行业、不同阶层、不同岗位的差距是客观存在的，也许都在耕耘，可是收获可能不一样。仅仅从金钱这个维度来看，亿万、千万、百万与千儿八百的比较，能有可比性吗？人家挣1个亿都是小目标，你也许还在为"小数字"而劳神费心，所以，耕耘与收获从宏观上来看，也是相对的。

用货币的数字来量化收获，有点庸俗，人生境界不高。物质层面的收获，还应该升华为精神层面的收获，这就是内心的富足。

我始终记得我的武大研究生导师吴林伯先生的教诲："处境再窘，坚定不移；困难再大，坚定不移……"他指的是做学问一定要有决心与恒心，不要受环境左右，包括物质清贫、待遇不公等，都不能放弃学术的追求。他是《文心雕龙》研究专家，一辈子潜心学问，终于留下该领域不朽的著作《〈文心雕龙〉字义疏证》等。他的耕耘与收获，绝对不是物质财富这一个维度。那么，我们是否可以推而广之，不同领域的人们都应该有自己精神上的耕耘与收获呢？

我用比较折中的观点来看，物质与精神都需要，但不要为物质利益所惑。物欲是一个无底洞，所以有成语"欲壑难填"。精神则是用"宁静致远""高瞻远瞩"等来形容的，也是难以企及的。当今世界，看得见、摸得着的东西或者说利益，更能占据人心。心灵的滋养与收获，反而被忽视，或者干脆不需要。

我不反对更多人发财致富，冲刺富豪榜，但也不羡慕只以收获金钱为目标的人。我耕耘的是我的精神世界，收获的是云起云飞的诗性人生。如果说有攀比的话，我只关心自己离"无欲"还有多远。

运气与奇遇

天人合一，人品大爆发，真不是空话。事实由不得你不信！

2018年6月23日，女儿的婚礼在四川绵竹麓棠温泉酒店举行。草坪婚礼最担心的是天气，天气预报说当天有小雨转中雨，是赌一把呢，还是临时改变计划进入室内举行？这考验新郎、新娘的心理素质，也让双方家长十分担心。

这天上午，龙门山脚下的麓棠草坪婚礼如期举行。虽然所有人都担忧下雨怎么办，但在盛夏季节居然有一个难得凉爽的阴天，尽管不远处的德阳市区已然下雨，可这里硬是挺住不下雨。婚礼圆满成功，大家都松了一口气。下午，真的下雨了，而且雨势不小。四川的风俗是婚礼后的下午客人打麻将，于是正好在室内娱乐。

傍晚，雨停了，我们在清新的空气中散步，感受这天气的奇妙，感叹老天爷的善解人意。我们一边用手机和照相机拍雨后风景，一边溜达到上午的婚礼现场，发现还有很多鲜花在那里，于是又在喜悦中采花，一把把花束让大家心花怒放。

如果说婚礼当天的天气具有戏剧性，那我们24日从绵竹到成都双流机场之行简直就是像梦一样。出发时，开始下毛毛雨，不久又没有雨了，从什邡方向上成都外环高速后，在某个路段突然遇到那种起烟雾的大雨，汽车雨刷狂刷不止，还不得不打上双闪警示后车不要追尾，雨雾中真担心汽车失控，因为我们看到确实有几辆车追尾了，心里那个紧张啊，难以形容。

然而穿过这场急雨后，前方却是阳光大道。到机场时，也没下雨。下午4点前从登机口乘坐摆渡车时，雨突然又下了。摆渡车停下后，我们用冲锋的速度赶紧冒雨登机。这一路上几乎就是与雨的游击战，弄得我们的心情起起伏伏。

特别让人惊喜的是，机上座位大大出乎我们的意料。因为在机场自助机上打印登机牌时，只剩下不可选择的3个座位，似乎显示是最后一排。上了飞机才发现，这是飞机前部临近头等舱的座位，座前空间比一般座位宽敞一倍，腿脚可以随便伸展，真是意外的好运气！

看来，女儿的婚礼给我们不仅带来好运气，还让我们体验了顺其自然的过程，一切都是最好的安排。

孤绝与孤独

孤绝是高处不胜寒的一种胜境，犹如黄山的迎客松，不可复制；而孤独则是人人都可能存在的一种状态，人在本质上都是孤独的，所以"人生得一知己足矣"。

我很欣赏柳宗元的《江雪》："千山鸟飞绝，万径人踪灭。孤舟蓑笠翁，独钓寒江雪。"在空寂的底色之上，那个孤独的"蓑笠翁"，在隆冬的孤舟上独自垂钓，此刻雪花依旧飘落江面，他钓的不是鱼，是自己的旷世孤绝。世界没有了喧嚣，功名利禄在画面中没有存在的余地，也不需要陪伴，我心知我心，唯一的知音是自己。

我也很欣赏陈子昂的孤独，他的《登幽州台歌》："前不见古人，后不见来者。念天地之悠悠，独怆然而涕下。"如果说柳宗元的孤绝是一言不发的"酷"，那么陈子昂的孤独之泪则是生命的绝响，在灵魂深处回旋。于无声处听惊雷，无声胜有声。在无话可说、无人可说的时刻，孤芳自赏又如何？就连孤绝与孤独本身也只能成为一种意象。

其实，无论是人类的"先知"，还是俗世的"圣贤"，抑或是"隐者"，都是只能与天地言的。孔子对河流言："逝者如斯夫，不舍昼夜。"王维对林泉言："明月松间照，清泉石上流。"苏轼对月亮言："不知天上宫阙，今夕是何年。"同样是说汉语，他们的话语似乎都不食人间烟火，不是用来说"你吃了吗"，而是用来说某种心灵密语。

推而广之，思想者、文化创造者、精神启迪者等往往是离群的孤雁，其哀婉欲绝的鸣叫，包含着远古与未来的音符。

我能够想象，曹雪芹写《红楼梦》的时候，是何其孤独！屈原、李白，又何尝不是孤独者？因此，我向孤独者致敬！

即使是植物界的高山雪莲、幽谷灵芝，不也是因为孤独才稀缺的吗？生态平衡原理告诉我们，绿叶衬托鲜花，星星衬托月亮，我们生生不息的芸芸众生就是为了衬托人类的孤独者。浮世的狂欢与享乐，衬托灯火阑珊处的冷艳。

然而，孤绝与孤独无须模仿，我们还是学邓丽君"来来来，喝完这杯再说吧"！不求风华绝代，但愿难忘今宵，一醉方休，再去体味那"杨柳岸，晓风残月"……

春节话"春"

中国人的诗意，一个"春"字就显示出来了。

为了春天，居然兴师动众过节，这样的浪漫还不值得赞美吗？

一年之计在于春。春，代表了万物复苏和四季轮回的开始。一年清零以后，一切从头再来。

无论怎样，过去的就过去了，新年才是希望！

新年开始之前，要好好休整与庆祝。

从文化根源来看，春节是"天人合一"的体现。在传统农耕社会，一切都要依赖天气与节气。春种、秋收、冬藏，夏天算是有种、有收、有播的季节。

春天最美。温暖如春，春风拂面，百花盛开，春意盎然……

大自然让经过了严冬折磨的人们，产生新的盼头。

在这季节的转换点上，人们敬天、敬地、敬祖宗，怀着感恩的心，开启新生活。

春节，最重要的是拥有一颗春心。荡漾也好，宁静也罢，春心就是春潮的萌动，意味着冰心融化。

诗人眼中的"春姑娘"，就这么款款走来，吐气若兰，将让世界充满芬芳！

职业规划与人生道路的选择

职业与事业是紧密结合的，二者如果结合得好，人生道路就顺风顺水，结合不好就可能让人生价值打折扣。

严格说来，职业规划应该从中学时期就要开始考虑。这时候，规划就是梦想，要梦想自己未来将成为什么人。比如，我高考前夕在与同学交谈时，就曾经梦想当一名记者。这个梦想，我后来几经曲折终于成真。但是，梦想、规划也可能根据实际情况或者客观原因而改变。我大学时期又想成为闻一多那样集学者、诗人与社会活动家于一身的人，没有把帝王将相当作偶像，这就决定了我只能走专业技术人员的道路。我后来的人生道路经历了很多岔路口，走着走着又改变方向了，没有在任何一条道路上坚持走下去，这样的结果就是职场上的"流浪者"。

看看吧，我的职业名称：党校教员、大学老师、电视记者、挂职干部、人事管理干部、纪检监察干部、学术刊物负责人，其间还有数次被借用的经历。跨界、越界太多，导致一个1979年就考取名牌大学的人没有达到应有的职业高度。究其根源，就在于大学毕业的重要关口"失街亭"了！作家柳青的长篇小说《创业史》里的话说得好，"人生的道路虽然漫长，但要紧处常常只有几步，特别是当人年轻的时候。没有一个人的生活道路是笔直的，没有岔道的，有些岔道口譬如政治上的岔道口，个人生活上的岔道口，你走错一步，可以影响人生的一个时期，也可以影响人生"。当然，与今天就业难的大学毕业生相比，我已经很幸运了。不同时代的人，标准不一样而已。

在充满变数的漫长岁月，虽然职业规划很重要，但是也还存在"性格决定命运"的问题以及是否善于把握机遇的问题。我的性格"好动"，这是优点，也是缺点。性情中人往往顺其自然，不计利弊。此外，在面对机遇时也曾主动放弃，没有足够珍惜。

人生没有后悔药，我写下自己的感悟是为了给青少年一些提醒。最好是明确一个目标，然后终身从事并为之矢志不渝，这样必然大成。

请记住：每个人的时间是有限的，要尽量少走或者不走弯路，要沿着选定的路一直走下去！

写给身体的感谢信

亲爱的身体各部位：

感谢你们各司其职、密切合作，维持了整个身体的正常运转！

第一，我要感谢眼睛。

你虽然不算是火眼金睛，但是在我看微信、看电视、看书的时候，都能够积极发挥作用，该看的都看，不该看的就不看，体现了高度的自律意识。你偶尔流泪，也能够将迎风流泪与激动流泪相区分，切实掌握了分寸与度。

第二，我要感谢耳朵。

你听了不少好话、假话、废话与坏话，履行了雷达与音频接收器的职责，而且保持公正立场，对任何话语都能兼收并蓄。尤其要感谢你深夜听评书，让我渐渐在朦胧中入睡，让有声转化为无声。

第三，我要感谢鼻子。

你顶住了雾霾的入侵，具有大无畏的精神，功勋卓著。另外，在地铁闻那些复合气味，你任劳任怨。在春夏，细嗅蔷薇与月季花，延伸了我的审美需求。

第四，我要感谢嘴巴。

你每天一专多能，既要满足我的口腹之欲，又要让我在不同场合讲话，最为辛苦。唯一的失职，是没有送出一个亲吻，没有体现我的爱心。

第五，我要感谢心脏。

你24小时跳动，真不容易！有时候，你与我开点儿小玩笑，假装让我心疼，我就不批评你了。

最后，我要感谢所有零件与系统。不管你们处在哪个岗位，都为了让我活着而默默奉献，这里我就不一一点名了。

大家都是一个战斗的集体，我就以水代酒敬大家啦！

物质主义时代的爱情与婚姻

今天，还有爱情吗？

或者说，爱情还存在吗？还有古代甚至民国时期的浪漫爱情吗？

最近，一个关于婚前协议太严酷导致男方罢婚的话题在网上流传，引发了我的思考。

本来，爱情是美好的、浪漫的，是婚姻的基础，孩子是爱情的结晶。一旦为结婚而结婚，那就是纯粹的契约关系了。女方提出各种约定，无可厚非。男方罢婚，也许是让女方终于解脱了，让不太满意的男人自己放弃。

如果男人真爱订立条约的女子，信守诺言也没什么不可以。没有爱情，一切免谈！

人类的一夫一妻制度，是私有制的产物，也是对于群婚制带来的血缘混乱与基因缺陷的矫正。从人性角度而言，爱情也具有排他性，不然也就没有决斗、没有情杀了。为了公平，婚姻以一夫一妻来法定，是一种文明。

中国古代的爱情绝配是"才子佳人""英雄美人"。一般老百姓可以幻想像董永一样靠勤劳获得七仙女下凡。绝大多数人只能靠"男大当婚、女大当嫁"的习惯来完成婚姻大事。民国时期的爱情绝唱，也就是那么几例。所以，伟大的爱情是稀罕物。平常人的爱情，就是彼此愿意，不一定惊心动魄，却也要心肝宝贝地叫着。

在离婚率居高不下的年代，白头偕老的爱情婚姻更加珍贵。婚前的了解与理解尤其重要，千万不要相信所谓闪婚，小心闪了你的腰！我同意"三观"一致的婚恋关系，人毕竟是有价值观的高等动物，道不同，不相为谋，话不投机半句多，哪有爱情？

还是那句老话有意义，愿天下有情人终成眷属，无情就不要捆绑成夫妻。

婚姻就是一个互助组

现在有些大龄男女有所谓"恐婚症"，主要原因是害怕离婚或者各种生活矛盾，这就需要有婚姻培训与教育。

曾经流行一句话，"婚姻是爱情的坟墓"。其实，这略为夸张，人类一夫一妻的婚姻制度毕竟是群婚制之后的一种文明，每个人都要适应这样有利于全人类繁衍的制度，除非你是独身主义者，否则还是要遵守制度，以大无畏的精神接受婚姻。

为什么那些童话故事总是以"王子与公主开始了他们幸福的生活"结束呢？这确实涉及恋爱与婚姻的差异，婚后真的没那么浪漫，也就是日常生活的互助组。

如果你不选择"丁克"，那共同抚养孩子就是婚姻的第一任务与义务。毕竟家庭健全对于孩子的身心成长更有利。伴随一个或者几个小生命渐渐成人，婚姻的使命就完成了一大半。然后，就是夫妻成为老伴儿，陪着彼此慢慢老去。传统婚姻的路数，基本如此。

在互助的过程中，共同面对人生的各种困难，这是对双方的真正考验。没有责任感和耐心，一言不合就可能各奔东西。所以，婚姻需要信守婚礼誓言的承诺。无论疾病、贫穷，都要不离不弃。从这个意义上来说，婚姻有点儿像政治家遵守宪法的宣誓。个人不能太任性，如果完全由着性子来，就不要走入婚姻。如今离婚率似乎居高不下，说明婚礼誓言落实不到位，初心被遗忘了。

从经济角度而言，婚姻类似承包制。分田到户以后，就要守土有责，让自家的责任田丰收。如果双方都在外游荡、给别人打工，自家的田地就会抛荒。土地流转，所有权、承包权、经营权三权分置，在婚姻里面行不通。这里要发扬一点儿"渔樵"精神，就地浪漫，不要想去浪迹江湖。

回家意识，是婚姻的意识形态。在社会上打拼，最后还是要回家，让家庭温暖成为人生的归宿。奋斗为了什么？一为国，二为家。"千家万户"这个概念说明了人世间的基本状态。因此，婚姻与家庭就是我们人生存在的基本方式。

既然婚姻是过日子的互助组，那么最关键的是选择好互助的伙伴，宁可选择的过程漫长一点儿，也不要勉强自己。我并不看好闪婚，因为那很可能要闪离。

祝愿天下双向选择的互助组们，幸福永远！

我当媒人成功的一例

媒婆，男人也可以胜任。这种积德行善的事，顺便做做也好，既可以解决别人的终身大事，也是可以增加自己成就感的义举。

我的一个研究生师兄的婚姻就是我促成的，现在一家三口很幸福。说起来，这事几乎就是"闪电战"，没费多少工夫。那时，我在华中理工大学（今华中科技大学）中文系任教。有一天，师兄来见我，询问是否有青年女教师想结婚的，他只要求彼此诚心过日子就行。我立即就向一个女同事打听，还真有一个经济系的单身女教师有结婚意向，于是我们联手介绍，让这对渴望结婚的男女见面认识了。他们彼此满意，不久就进入婚姻殿堂，组建了家庭。

后来，他们的女儿诞生，孩子的皮肤很白，像爸爸。师兄是安徽人，是一个皮肤极好的男人。

如今，他们居住、生活在广州（此前曾一度在汕头），安宁、和谐、幸福。师兄是一个学术成果丰硕的博导，应该说，夫人的贤惠对他很重要，他的生活被打理得很好。

这一例子说明，结婚最重要的是诚意，要求就是能"过日子"，没那么复杂。成熟的人，不在于是否爱得昏天黑地，而在于彼此负责，有携手一生的心理准备。

在此，我祝愿勇于走进婚姻家庭的单身男女，快点儿找到自己的终身伴侣，只要下定决心，你的他（她）就会属于你！

理发师一席话的联想

理发也有哲理。你能想到什么呢？

我理发的时候，被一位青年理发师的话震撼了。本来，我是戏说，认为男人的头发比女士的头发好修理，像锄草一样简单。但是，理发师立即就发感慨："推剪这一活儿，起码要五年才能熟练地把头发推剪整齐，头两年要推坏很多头发，也就是不那么整齐！"我心里"咯噔"一下，马上悟出这里面蕴含着深刻的哲理。

我们都知道，"只要功夫深，铁杵也能磨成针"，李白幼时曾经受到启发，干什么都需要有毅力和耐心，持之以恒就能成功。但是，看起来不那么复杂的推剪头发这一"简单劳动"，难道比磨铁杵还要难吗？看来，外行真不懂门道啊！

想象一下，推剪要在不同的头型上将头发顺势推整齐，是不是需要经验和手下的微妙分寸感？这里面是不是需要工匠精神？而且，不仅是整齐的问题，还要与每个人的发型吻合，微观与宏观必须高度协调。每一次推剪的动作，都要服务于头型与发型的整体，瞎剪一气的后果就是像狗啃一样难看。我们作为被修理者，也要为理发师积累经验付出被"剪坏"的代价。不然，成熟的理发师怎么训练出来？

由此，我首先联想到的是书法。因为本人刚学习书法一年多，按照理发师的推剪理论，我起码要学五年书法，才能写出感觉。如今，正处于"剪坏"的阶段，也就是写得不那么美好的时期。看到别人参加书画展览，风光得很，自己必须要沉住气，不要急躁。他人都是到了"推剪整齐"的水平，有资格参展了。有的写了一辈子，写了十几年、几十年，我刚起步，还是好好练习吧！

其实，不仅是书法，人生就是一个不断学习、不断成熟的过程，就像

561

发芽、开花、结果，每个阶段都需要时间。

丑小鸭，在没有成为天鹅之前的那个时期，也许还要受到鸭子们的嘲笑。一旦时间到了，天鹅必将让鸭子们惊艳，自叹不如，并为之羞愧。

但是，天鹅毕竟是掩盖不住的美丽，而我们绝大多数人不是"天鹅"血统，就更要靠自身努力，像凤凰涅槃一样从痛苦中获得新生。

理发师可以将推剪的工艺学好以后身价倍增，让预约的顾客排队，理发店不得不提高单价来限流。我们也可以将职业、兴趣爱好做到最佳，让个人更自信，让他人更认可，让人生更辉煌！

每天都是节日

你以为只有节日才能快乐？错！

对于只有三万多天的短暂人生而言，你的每一天都是珍贵的，都必须当作节日来过，否则，活得太累太乏味，对不起你的生命。

中国人的高兴日子，似乎只有元旦、春节、中秋、国庆，再穿插端午等节日，平时都过得紧张、无聊。好酒好菜非得节日才能享受，平时随便对付；亲友在平时都比较疏远，非得节日才互致问候。这是不是过于机械了？

因此，很有必要再思考一下人生的意义。尤其是你向往的美好生活是什么？

除了房子、车子、票子以外，除了物质生活以外，除了节日快乐以外，是不是应该追求天天快乐？

我理解的美好生活，就是天天快乐！

人生最大的幸福，就是快乐。或者说，天天快乐，是最重要的幸福指数。

那些过着发展不均衡、不充分而导致的非美好生活的人，当然不会天天快乐。但是，已经均衡、充分的人们，还只有节日才高兴，岂不是太委屈自己了？

其实，快乐很简单，就是减少欲望的膨胀。古人早就说了，知足常乐。

记得我当年在姨父、姨妈家留宿时梦中背诵外语，被考研的决心笼罩，姨父曾劝慰我说："人不能非要坐第一排不可，坐在第二排也可以。"他的意思是，人不必都争第一，退一步可能更好。

天天快乐，不是贬义的"及时行乐"，恰恰是一种积极心态。

淡泊明志，宁静致远，不要攀比，不要自卑，我活故我在。

美好生活，不仅仅是外在的标准，内心美好了，生活就美好。

好领导的特征

领导干部，尤其是"一把手"，对于一个地方、行业、单位、部门来说十分重要。如果软弱无能，好队伍也未必能带好；如果事必躬亲，就会眉毛胡子一把抓，下属得不到信任和培养，自己也很累；如果刚愎自用、一意孤行，也不会有好的成绩……总之，千军易得，一将难求，优秀的带头人几乎是百里挑一、千里挑一、万里挑一，真正意义上的好领导弥足珍贵。

那么，好领导有哪些特征呢？

一是具有不怒自威、不令而行的人格魅力。不需要摆官架子，自身的德才与为人就散发出领导者的凝聚力和影响力，让下属觉得跟着这样的人干事就是一种荣幸，乐意奉献。

二是具有指挥若定、统筹协调的驾驭能力。不是"东一榔头、西一棒子"的领导无方者，也不是"按住葫芦浮起瓢"的手忙脚乱者，而是思维清晰、举重若轻、调度科学、有张有弛，让团队人人有适当的活儿干，人人能够发挥作用，最后顺利完成任务、达成目标。

三是具有海纳百川、容忍另类的宽阔胸怀。不搞亲亲疏疏，不以人划线，特别是对脾气不合者能够容忍，对个性鲜明者不打压，不纵容拉帮结派。善于建设和而不同的团队文化。

四是具有关心下属、培育人才的人文情怀。不将名利尽收私囊，而是将"使用人"与"培养人"密切结合，给优秀下属提供职业发展空间，让人有奔头、有盼头。

五是具有言辞得当、刚柔相济的领导智慧。不信口开河说话，懂得语言艺术，即使批评下属也不能损害人格尊严，要以理服人、以智慧服人、以水平服人，而不是靠耍横来压服人、羞辱人。

好领导还有很多特征，比如，即使他调走了、退休了或者去世了，还有不少下属感恩他、怀念他。

领导者们，请对照自省吧！

空间距离感的古今异同

空间距离与人的情感有着密切关系。

在古代，最快的交通工具就是马，所以有"六百里加急""八百里加急"的通信描述，更有"一骑红尘妃子笑，无人知是荔枝来"的帝妃恋情夸张表述。

在没有飞机、高铁的年代，空间距离颇让人惆怅。

"念去去，千里烟波，暮霭沉沉楚天阔。"多么苍茫而又苍凉，想想都心痛！

在没有电话与微信的日子里，思念之苦是今人难以想象的。

"过尽千帆皆不是，斜晖脉脉水悠悠。"亲爱的人啊，你在哪里？为什么还不来看我？这个痴情女子的爱情，让人心碎！

"君自故乡来，应知故乡事。来日绮窗前，寒梅著花未？"老乡啊，我那青梅竹马的她还好吗？她绣的窗前的蜡梅是否已经清香四溢啊？故乡以及故乡的恋人，多么刻骨铭心，可是山川阻隔，难以了却相思乡情，只有想象中的寒梅带来一瓣心香。

传统农业社会，地广人稀，没有现代化的快捷与速度，心灵的翅膀反而自由飞翔。

今天，我们似乎没有了思念，没有了焦急的等待，甚至已经丧失了爱的能力，更丧失了爱之美。交通提速，信息传播于瞬间，可是我们的心灵迟钝了。

慢生活与快节奏，各有利弊。古今的空间距离感，如何才能达成平衡？今天，我们再也回不到古代，只有勇往直前了。只是在享有高速与便利的同时，我们不要丢掉人性中的那些真善美！

骂人成为时尚

网络为匿名骂人者提供了极为方便的平台，那些躲在阴暗角落的失意者，八辈子也不会出名的小人物，自己没有任何看家本领的平庸之辈，人品如雾霾爆表的混世魔王，"半桶水"的所谓"砖家"等奇葩人物，专门以骂人特别是给他人泼脏水为乐、为荣、为独特。当点击量和转发量疯狂增长，他们的自我满足感也就随之水涨船高，以为自己就是网络英雄、舆论侠客了！其实，他们照样是失意者、小人物、平庸之辈、混世魔王、"半桶水砖家"，不可能因为贬损他人而变得高大起来。

试问，那些诋毁钱锺书、杨绛的人，你比他们高尚吗？你能够给他们盖棺论定吗？即使他们在现实生活中有过纠纷，"没有调查就没有发言权"，不掌握全部前因后果的事实与真相，就没有资格下结论。这不仅仅是"为尊者讳""为死者讳"的问题，而是事关社会舆论场的环境卫生。在游泳池，你随便撒尿；在广场，你随便吐痰、扔垃圾；在音乐厅，你大声喧哗且阴

下卷
散文

阳怪气……能行吗？公共场所要有规则，舆论场也不能让流言蜚语畅通无阻。且不说那些攻击性话语远远不属于正常的文化批评，特别是在杨绛去世的第一天、第二天就有人急不可耐地开骂了。也许是知道钱锺书、杨绛没有后人找你们打名誉权官司，就如此肆无忌惮吧！

当下有一种怪现象，就是逮谁骂谁，似乎14亿人皆可骂，就是骂人者自己觉得自己不会挨骂。但是可以肯定的是，凡是那些喜欢骂人的人绝对不是好人！

秦始皇、孔子，被不少人骂，但是秦始皇永远是秦始皇，孔子永远是孔子。对于骂人者，最好的办法是"以其人之道，还治其人之身"。

我们最终希望，大家都好好说话，礼仪之邦从好好说话开始！

给灵魂一个家

高高的脚手架，架在城市的上空，一栋栋高楼崛起，一个个楼盘开发，无数的楼房，无数个家。钢筋水泥支撑着梦想，人躲进了群居的"蜂巢"，这就是幸福？

身体有家，不难。灵魂有家，难！

然而，有许许多多的灵魂飘在空中，那不是死人的灵魂，是活人的魂。

没有信仰的人，即使住在别墅，住在豪宅，即使"面向大海，春暖花开"，他仍然只有一个躯壳。

无论是政治信仰还是宗教信仰，抑或只是某种信念，人都必须有精神的家园，方才拥有灵魂的归宿。

亿万人成为"迷途的羔羊"，这是多么可怕的情形！

物欲横流、金钱万能、道德沦丧，这只是表象，本质在于一个民族的"失魂落魄"和"精神分裂"。

因此，迫在眉睫的工程，是"灵魂工程"，我们要以修建长城的功力来修建我们的灵魂宫殿。

灵魂工程的基础是文化价值的重构。而文化价值的核心要义，首先是必须找回民族文化之根，在文化传承中定位，真正认识"我们是谁"。同时，吸收世界文明的精、气、神，给文化基因注入新的活力，防止矮化、弱化、老化。

在这个凤凰涅槃的过程中，中华民族要经历痛苦，中华文明要脱胎换骨。这个历程，就是灵魂回家！

记者与屈原灵魂的对话

记者：一年一度的端午节，人们都要吃粽子，据说这是因为您当年跳进汨罗江以后，老百姓为了不让江里的鱼吃您，就用苇叶包住米做成粽子的形状，扔到水里供鱼儿们吃，后来每逢端午节必吃粽子。您怎么看待这个说法？

屈原：这个说法让我很感动，其中蕴含着深厚的人民性。公道自在人心，我死而无憾！

记者：您为什么很孤立呢？

屈原：道不同，不相为谋。结党营私、狼狈为奸，个人可能获得荣华富贵，成为既得利益集团的一分子，可是国家的命运谁来关心？那些鼠目寸光的人，哪管楚国的将来？我与生俱来的家国情怀绝对不容许我随波逐流、苟且偷生！

记者：您是说，您宁愿被排斥、被诽谤，甚至丢官，也要坚持自己的信念和理想。您觉得值得吗？

屈原：我的理想和信念就是让楚国强大，由楚国统一天下。为了实现这个"楚国梦"，我九死而无悔。可叹楚国上下，众人皆醉我独醒。

记者：您没有遇到一个明君，这也是您的理想不能实现的重要因素吧?

屈原：忠君爱国，是我的不懈追求。所以，不管君王是否是明君，我都别无选择。

记者：您不觉得您这是愚忠吗?

屈原：我不能超越我的时代，也不能背叛我的国家。

记者：您难道只有投江自沉这唯一的结局吗?

屈原：楚国灭亡了，我还有理由活着吗?

记者：请您在端午节对后人讲几句话吧。

屈原：亲爱的朋友们，大家不要因为我而心情沉重，楚国没有实现统一，但秦国完成了这一伟业，我不再把强秦当作敌人了，大家都是一家人了。咱们不再分谁是楚国人、齐国人，还是韩国人、魏国人，或者秦国人，我们都是中国人！吃粽子也不要吃太多，对胃不好，衷心祝愿全国人民假日快乐！

记者：屈大夫，您真是境界高！

祭屈原

楚天辽阔兮，云蒸霞蔚；楚水浩荡兮，草木葳蕤。

值此端午兮，祭奠先生！一曲离骚兮，千年唯美。

叹香草美人兮，精神不朽；彼谗佞党人兮，化为野鬼。

士之高洁兮，与日月同辉；流浪江湖兮，与渔父同辈。

君子存于浊世兮，独自行吟；志气刚毅兮，九死无悔。

余为楚人后裔兮，仰先生之名节；今祭英灵兮，默然举杯。

思接千载兮，望先生之背影；愿今之天下兮，人民祥瑞！

尚飨尚飨！

管住灵魂的魔鬼

有个《渔夫与魔鬼》的故事，广为人知。赞美渔夫智慧的，有之；同情魔鬼的，有之。但魔鬼为什么不能被彻底杀死，而只能被囚禁在瓶子里呢？这说明，魔鬼是永远存在的，放出魔鬼的可能性也是存在的。比如，我们灵魂中可能都住着魔鬼，就看你自己是否把它管住！

灵魂的魔鬼，其实就是人性中的"恶"，它会吃掉人性中的"善"，使得人成为"魔鬼"。也就是说，每个人都具有"好人"与"坏人"的因素，就看比例大小了。所谓"两面人"，不过就是"天使"与"魔鬼"交替演出罢了。

人，不是超凡脱俗的神，充满了欲望，而欲望就是魔鬼。权力的欲望会驱使人搞阴谋诡计，发财的欲望能让人巧取豪夺，色情的欲望可让人妄图后宫三千。虽然说无欲则刚，可是人一点欲望也没有，那是自欺欺人，关键在于掌握好"知足"的度。在这方面，孔子的弟子颜回堪称榜样，"一箪食，一瓢饮，在陋巷，人不堪其忧，回也不改其乐"。人在物质利益上要知足，实际就是在肉体享乐上可以向最低标准看齐，只要保持精神快乐就行了。

作为中国人，我们要终身阅读《红楼梦》《三国演义》《西游记》《水浒传》，从中悟透人生道理。《红楼梦》告诉我们"色空"，一切都是假象；《三国演义》告诉我们，鹬蚌相争，渔翁得利，费尽心机也枉然，古今多少事，都付笑谈中；《西游记》告诉我们，一切都逃不出"如来佛"的手掌心；《水浒传》告诉我们，没有不散的宴席。总之，没有什么能够留住，孔子早就替我们感叹了"逝者如斯夫，不舍昼夜"，时光的流水会让世界变成梦幻。

管住灵魂的魔鬼，有一个简单的"法门"，就是两个字——"放下"。如此，我们会如释重负，身轻似燕。攥紧拳头来，撒手人寰去，明白了这个真相，还怕成为魔鬼的奴隶吗？

珍惜属于你的每分每秒吧，告别逝去的昨夜星辰！

城乡户籍并轨有感

曾几何时，城市户口就像那天上月亮，让无数农村户口的人引颈仰望，只有少数人能够"嫦娥奔月"取得城市户口。

改革开放后，虽然农村发生了巨大变化，但是"三农"问题并没有彻底解决。城乡差别依然存在，农民的收入与消费水平总体上仍然不高，青壮劳动力不得不成为"农民工"这一奇特的群体，在城市漂泊谋生。他们的身份如同候鸟，在春节时候就死活都要赶回老家过年，情形十分悲壮。

我家祖祖辈辈都是农民，因此，我最难忘的是农村的岁月，最关心的是农民阶层，最深厚、最复杂的情感寄托在乡村。我参加过最艰苦的田间劳动，也挨过饥饿，被农村户口的锁链捆了将近十七年。如果不是高考圆了我的城市梦，我就只能在农村娶妻生子，足踏泥土，望月兴叹！当然，如今的城市特别是大城市，已经陷入"城市病"的困扰，空气污染、交通拥挤、住房紧张、压力增大，除了少数人感到幸福以外，大多数人都想通过到山清水秀的野外去旅游来放松心情、逃避都市"围城"。真是"城里的人想出去，城外的人想进来"，钱锺书先生的精彩表述很能形容当今城乡状况。遗憾的是，一些乡村已经被环境污染，城市化与工业化这柄双刃剑在威胁传统乡村的美丽，以至于人们的"乡愁"无所归依。经济发展如何与生态文明协调，已经成为时代主题。

户口簿，就像那张结婚证书，也许只是一个形式，更重要的是内容和本质。即使中小城镇放开了户口，农民大量进城，可是他们能真正获得原来意义上的城市居民的利益吗？住房、就业、子女教育等一系列问题都需要具体解决，这个过程并不简单。但是，毕竟城乡户籍一体化是里程碑式的进步，体现了公民一律平等的观念，那些不进城的农民再也不必为"农村户口"这一歧视性的称呼而压抑了，起码在身份上不是"另册"。

由此，我想到，"农民"这一过于笼统的集体名词是不是应该改一改了？定居城市的农民变成了"市民"，留守在农村或者居住在农村的人们应该被称作"农村居民"。城市与农村，只是居住地不同而已，大家都是居住在中国国土上的人民！

城乡户籍改革以后，下一步亟须解决的问题就是共同富裕。我们期待，有福同享、有难同当的大同世界早日实现。

北京，北京

1993年国庆节后，我乘坐硬座火车到达北京火车站，凌晨四点多钟，天微亮，气温很凉了，使我这个从武汉来京读博士的三十岁青年感到了北京的温差。首都，我终于来了！你欢迎我吗？

对于一个已经担任大学教师六年的人来说，为什么要下决心投入北京的怀抱？是否有什么特别的想法？今天我再冷静思考这一问题，答案其实很简单，就是我喜欢北京的文化中心地位。我在武汉待久了，觉得需要新的精神氧气，而南下广东去经商挣钱也不符合我的性格，去上海听不懂上海话，心理上有距离，北上赴京成为我的选择。此前，我作为旅游者来北京，看长城、游故宫，仰视天安门，漫步长安街，觉得北京很大气、有内涵。

自从留京成为北京市民以来，几十年的体验和感受，难免五味俱全。最大的感受是，生活在北京必须要调整好心态，否则容易心理失衡。因为这个城市位高权重的人太多，挥金如土的人也太多，平民子弟要在京城立足，大不易，也就是类似在长安城"白居不易"。只要你甘居"北京市民"的地位，就不会着急上火，与人比高低贵贱。至于达到"有房有车"这个基本目标，也并不是遥不可及。北京不一定让你成为"贵族"，但是有足够的平台与空间让你找到自己的生存之地。因为北京毕竟具有很强的包容性，三教九流都可以来来往往，五湖四海亦能在此浪花四溅。由于全国发展不平衡，各地涌来寻找机会的人群越来越多，北京已经是人潮滚滚，住房、交通、饮水等方面的压力逐渐增大，生活的舒适程度显然不如一些中小城市。这些影响幸福指数的问题，是不是意味着北京已经患上了"大都市病"？可是人们为什么还是不愿意离开北京呢？有媒体报道说，一些逃离北上广的人回到家乡后又不得不回来，原因是不适应中小城市的生活节奏与人际关系，觉得还是大都市能提供更多的发展余地，虽然也讲关系，但是不完全靠关系，陌生人也能分一杯羹。看来，这里面似乎有点"斯德哥尔摩综合征"的无奈，"人质"与"绑架者"之间竟然产生难舍难分的感情！

我曾经也一度找不着北，望江南而有归心。可是只要降低标准，以大隐之心居于闹市，就能闹中取静，在喧哗与骚动中消失于人海。北京，你以大江大河的心胸面对它，你就是大江大河；你以小桥流水的心情映照它，你就是小桥流水；你以悲剧的感觉领悟它，你就是一个悲剧；而你以喜剧的幽默接触它，你就会充满喜感。总之，北京是一个存在，全靠你自己的意识去阐释它。

在北京，我很渺小，可是我的心里装着地球，是北京给了我一个支点。北京，我爱你，感谢你接纳了我，给了我一段平凡而又有意义的人生！

湖北丹江两月禁闭亲历记

2020年初，武汉以外的湖北其他地方，由于封省，也一样是风声鹤唳、严防死守。而我所在的十堰市下辖的丹江口市，本来疫情并不严重，不知道怎么一度还成为高风险县市。我从2020年1月22日戴着口罩进入丹江口，到3月25日戴着口罩离开，两个多月的禁闭经历可以说是终生难忘。

本来，我是湖北松滋人，但由于87岁的岳母是我们两家唯一的老人了，我出于尊老敬老的心理就回到了这个南水北调的水源地，原计划1月29日返回北京，火车票早就买了，结果硬是被"挽留"了60多天。这个探亲假的时长也是空前了。

刚封城的阶段，还可以出小区溜达，只要戴口罩，在市区步行不受限制，只是路口设卡不让车辆自由通行了。我还到丹江大坝附近去看了看，感觉似乎没有多危险。

然而，接下来就是封闭小区，不让随便出门了。凭通行证，每家三天可派一人到超市去买菜，其他商户小店全部停止营业。药店后来也不许卖感冒类的药了，治疗咳嗽的复方甘草片也不能卖。至于口罩，开始有点儿缺货，后来基本没有抢购的必要了，随时都可以在药店买到。

禁闭期间最让我不习惯的是家里没有Wi-Fi（无线网络通信技术）。由于岳母平时住老年公寓，这个老房子一般都空着，也没必要安装网络路由器。我的5G手机也只能降格为4G，与外界联系全部靠手机，微信成为获取信息的主要通道。

既然丹江口属于十堰市，那么十堰市的动态也是我必须关注的。那个实行战时管理的张湾区发生了六岁男孩守着猝死的爷爷而独自度过三天的悲剧，简直让我不寒而栗。后来又获悉其离异父母隔离在外地。这个孩子戴口罩的形象让人刻骨铭心。与那些冰冷的确诊与疑似病例数字相比，这样的惨剧更加动人心魄。

我这两个月唯一的安慰是喝酒。五瓶半白酒，就是我的"药"。不过没有大喝，否则就要喝醉了。我不吸烟，可是一直没有戒掉酒。酒入愁肠，片刻欢愉，暂时麻醉自己的神经。

最令人感动的是亲友们送温暖，有的送来了鱼肉、鸡蛋、牛奶，有的送来红薯、花生、蔬菜，真是雪中送炭啊！其他送温暖的细节与故事，我就不一一叙述了，我都记在心里了。

最难受的是南方室内、室外都一样阴冷，因此，洗澡就是考验意志力的时候。好在偶尔可以在阳台上晒太阳，后背当作太阳能面板，吸收宇宙能量。

禁闭期间有两种声音比较难忘。一是流浪猫夜里叫春的声音，一是斑鸠早晨欢叫的声音。前者让我加深了一种认识，猫的叫春可谓最放肆的激情了，只管自己，不管别人；后者让我对人世尚有留恋，毕竟还有欢歌。

漫长的等待之后，终于等来了湖北人可以回京的日子。3月25日，我急不可耐地奔向十堰东站，可是车站工作人员没有从放行名单里看到我的名字，原来是"京心相助"小程序不给力。必须由北京疾控中心与北京防疫指挥部将名单提供给铁路集团，名单上的人才可以乘坐专列。这里面还需要人工联系，不能全部依靠网络。在十堰的酒店过了一夜，反复与北京方面联系，终于获准3月26日乘坐专列回京。

哦，天哪！我解放了！

在专列上，我又诗兴大发了，口占诗一首：

> 新冠来世间，
> 万户若寒蝉。
> 楚地狼烟尽，
> 挥师快马鞭。

敬畏传统　心诚则灵
——学习书法心得

中文系科班出身的学子如果不会书法，有点愧对祖先，愧对这个与汉字最亲密的专业。作为全日制博士如果不懂书法，也只能称为"窄士"，对不起博士的"博"！作为中国人如果不热爱书法，就不能与地球上其他人区别开来，就没有特色。然而，今人的书法水平不可能与古人相比，今人能够学习书法的唯一途径只能是临帖。否则，乱写就是江湖书法。

首先，必须接受书法专业的培训，不能仅仅自己在家摸索着临帖。我在"文化大革命"时期读初中的阶段，曾经被班主任老师指定写过"大批判"的墙报、大字报，但那是随便写毛笔字，根本不懂书法。钢笔体与毛笔体完全是两回事。不要以为会写钢笔字就能写毛笔字。不经过书法专业人士当面指点，仅仅自己看字帖、临字帖，也不明白其中的一些笔法奥妙。书法有很多细微的"小动作"，不经高人教导，你根本就想不到运笔的技巧。书法之所以是艺术，之所以有别于印刷体，就在于笔画的诸多艺术规范。在专业人士的指导下临帖，是学习书法的第一步。

其次，学习书法的心情要虔诚，必须对传统书法有敬畏之心，也要真心。临帖是一件需要耐心的事情，要持之以恒。遇到困难就想退却，或者三天打鱼两天晒网，肯定学不好书法。如果你没有对于书法的迷恋，书法也就不爱你。

再次，功利心要淡。千万不要幻想有朝一日自己的书法会拍卖一个亿！也不要在商业动机的驱使下，眼睛里只看见利益。王羲之写《兰亭序》想到卖钱了吗？苏东坡写《寒食帖》想到获利了吗？真正的书法作品，都与金钱无关，文物拍卖另当别论。至于当今书法家的"润笔费"，那是周瑜打黄盖，一个愿打一个愿挨。但不能本末倒置，像某些名人一样，字写得不行，就靠原有的名气聚财。

最后，在各体书法中，要选择与自己个性契合的一体作为主攻方向。篆书、隶书、楷书、行书、草书，要想都写好很难。书如其人，字如其人，书法艺术的最高境界是见性情。千人一面的书法作品，与盗版无异。追求高古、学习古人，还要转换为自己独特的风格。

书法入门，不分男女老幼，都可以随时开始学习。毛笔，是文化的筷子，成为习惯后，你就可以在传统文化的美食中夹自己的菜了。

孟昭俊先生书法艺术的启示

孟昭俊先生是汉高祖刘邦故里——徐州沛县的书法家,已八十高寿,无疑是我的前辈。虽然我与老先生未曾谋面,但通过同事刘连喜君知道了孟老及其书法。连喜君是刘氏后裔,与孟老同为"帝乡"子民。

本人2016年夏天才开始真正学习传统书法,因此不敢随意评价孟老的书法艺术。我只能从学习的角度,简略谈谈我的感想。

当今书法路径与表现不外乎"传统书法"与"江湖书法"两大类。传统书法才是书法艺术的正统。孟老的书法,毫无疑问是对传统书法的继承与发扬,有传承也有个性,值得肯定!

首先,孟老在书法界与文物界立了一大功。他恢复与修复了刘邦《大风歌》刻字残碑!从1982年开始,他历时三年,把汉代《大风歌》碑所缺的"歌、飞、扬、威、故、乡、安、四、方"这九个字的原碑字形全部查考出来,使得千年古碑"破镜重圆",在书坛产生较大影响。应该说,这充分体现了孟老的历史文化使命感与责任感,也是他书法功力的呈现,可谓光耀千秋、泽被后世。

其次,孟老在书法成长史上受到大家林散之先生的当面教导,这个经历很珍贵。从1982年9月,孟昭俊先生到南京拜访林老,"一日三登其门",得到书法"心经"。书面笔记有保留,在此不妨与书法爱好者分享:

你要加强学楷书和行书,要规规矩矩地学,不能好奇。古大家也只有写行书,写草书少。如苏东坡、黄山谷、米南宫等人都是写行书。草书千万不能学,把字写坏了。你不要看我写草书,我到七十岁才写草书。字写油滑了、无根了,因为楷书、行书未好好立下根本基础,一下骤然入到草书,非滑不可。你回去要立志学楷书,写十年二十年转入行书。千万不能学草书，草书是不容易的。要知道用笔用墨之道，"笔墨"二字古人千言万语谆谆言之，一离笔墨不知笔墨岂能写字，今人东涂西抹而已，谈不上笔墨。你托人买一本《黄宾虹画语录》，细细阅读，上面有些不懂之处拿来问我，写字画画皆重笔墨。黄先生论之详细……南京、上海各书店都有出售，每部一册只几角。楷书写汉碑、礼器、张迁、乙瑛、礼器后碑，行书释弘仁集、王羲之三藏碑、兴福寺碑，王羲之书。

林老关于不要轻易学草书、写草书的观点，确实振聋发聩。我本人依次初学过篆书、隶书、楷书、行书、草书，也感到草书最不容易掌握，容易乱写。从性格自由的角度，我比较喜欢行书。林老要求写十年、二十年楷书再写行书，可能对青少年适用，对我等成年人来说，有点儿太苛刻，时间来不及了。人生苦短，还有多少个十年、二十年？

然而，我从孟老的书法里确实看到了他的楷书、行书功底相当深厚，没有辜负林老的谆谆教导。而且，孟老的篆书、隶书、草书也很出色，绝对不油滑，无不力透纸背、入木三分，且有灵动之气。

再次，孟老通过书法弘扬、传播古典文学与古典文献，赏心悦目、沁人心脾。一件件作品，都是再创造，内容形式相得益彰。静下心来，整体审美或局部欣赏，都是难得的艺术享受。子曰："言之无文，行而不远。"情辞文采，插上书法艺术的翅膀，不是行得更远吗？

至于书法个性，仁者见仁，智者见智，今人不可能完全复制或者超越古代书法家，在笔墨上自成一家是相当不简单的。君不见，那些所谓书法家协会主席、美院教授的书法，又如何？孟老终身认真对待书法、敬畏书法、实践书法，已经是难能可贵了。他没有玩噱头，没有自封天下第一，却很低调、谦逊，人品、书品都堪称赞。

愿传统书法在老前辈们的坚持与弘扬之下，让书法界逐步天朗气清！

魅力草原笔会记

公元2019年8月，岁在己亥，流火季也。阴山青城，汇聚珞珈墨客；红山酒店，迎来武大龙凤。苍穹白云开颜，草原清风送爽。塞上高原，铺开壮丽画卷；北国疆域，共襄文化盛举。大厅之内，泼墨挥毫；蒙古包内，抒情放歌。此乐何极！

武汉大学，书画有群，皆鸿儒也。微信谈艺，指尖论道，心有灵犀。然未曾谋面者多，乃为憾事。遂有聚首之意，更兼切磋之思。方君书华，众星捧月，以群主之尊，呼朋唤友，首倡笔会。当此举国暑热之时，草原乃消夏胜地，身心皆可安放也，诸君纷纷响应，长途跋涉效昭君出塞，虽无和亲之绮念，亦有抚今追昔之胸怀也。且草原之武大学子，欣然内应，大开城门，尽地主之谊，备美酒佳肴以迎宾，其情殷殷，义薄云天，感人肺腑！尚有青城美术馆之同道，刘君国旗者，书画会友，武大同仁皆乐不思蜀也。

奇人沈君全成者，乃大同名士，特邀嘉宾，绘画必以酒助兴，真魏晋风度也。

魅力草原者，不独草原之魅，乃天时地利人和之魅也。古有兰亭雅集，今有草原笔会，薪火相传，王羲之庶几含笑九泉矣！

是为记。

时雨园雅集记

辛丑夏日，父亲佳节，郑师年届耄耋，八十有九，当大庆矣！师节俭，未允设宴置酒。同门博士，遂从师愿，相聚师时雨园寓所，敬献鲜花蛋糕而已。是日，京城白云舒卷，碧空艳阳普照，真乃吉日良辰也！

刘君舜发博士，善草书，颇有嘉名。其书《诗经》"为此春酒，以介眉寿""称彼兕觥，万寿无疆"之句奉献吾师，众称善。刘生乃谦谦君子，不敢独美，愿美美与共，唤同门皆签名钤印，此乃联署也！不亦乐乎？

郑师兴东，皓首慈颜，玉树临风，人谓学界俊彦美男，桃李不言下自成蹊者乎！仁者寿，亦非虚谈也。

贺曰："师者当父，德配琼琚。泰山北斗，新闻旌旗。寿比南山，百岁可期。郑门弟子，其甘如饴。"

开卷有益

桂菊品格　诗意人生
——评图书《洪湖细浪：桂菊诗选》

人已远离江湖，而江湖还有关于他的传说。这是一种人品的最高褒奖。

诗人臧克家的《有的人》有诗句曰："有的人活着，他已经死了；有的人死了，他还活着。"

当我通读完《洪湖细浪：桂菊诗选》这本有特殊意义的图书，我深切地意识到，我不是在读书，而是在阅读人生，品味生命的内涵。

这是一部小众图书，绝不是什么畅销书，也许只有熟人阅读才会理解书里书外的含义。从某种程度上而言，这既是对于一位尊者的"追思会"，也是爱情、婚姻、家庭等诸多方面的教科书式的真实版本。其中的诗歌作品，不仅是文学，也是历史、时代与故事的文本载体。

逝者赵先桂既是我的"家门"兄长，也是亦师亦友的忘年之交。本书的主要整理者与作者谢俊菊女士，则是我的嫂嫂辈，同时也是我小学、初中时期的音乐老师。两位作者都是我的"山河故人"，是荆楚大地上"诗意栖居"的典范。

八月桂花九月菊，都是清香型、高洁型的花。"桂冠诗人"这个称呼，说明以"桂"为名颇为不凡；"黄金甲"则是对菊花的最高赞美，菊花开放的时候"百花杀"，那些妖艳的花朵们早已枯萎。桂菊为伴，真是天生的神仙伴侣。更加令人赞叹的是，他们都是颜值高、才华高、品德高的"三高"人士！再从姓氏文化的角度来看，赵姓的赵先桂老师也是赵宋"皇室后裔"，他的文采气度绝对是宋朝文脉遗传；谢姓的谢俊菊老师则具有东晋谢安一族的流风余韵，显然是名门之后的先天禀赋。

为了让更多"局外"读者加深了解，我再解读一下与书有关的洪湖、松滋。洪湖，因为歌剧、电影《洪湖赤卫队》以及那首"洪湖水浪打浪"歌曲而闻名遐迩；松滋，有国家级自然风景区洈水水库与"白云边"美酒，也是"独臂将军"贺炳炎的故乡。本书的作者赵先桂老师是松滋男儿，谢俊菊老师是洪湖女儿，都是荆州的人物。在以前，跨县结婚是不多见的，而他们俩结下的姻缘，则与松滋人才为洪湖所用直接有关。最后，洪湖女儿成为松滋的儿媳。我印象最深的是，谢俊菊老师的两条又黑又粗的长辫子，简直是横扫松滋，是最美的风景；她与松滋不同的乡音，也是她的标配。我们都敬慕他们！

再来看本书的几个亮点吧！

如今"国家相册"成为传播品牌，那么这本书的"家庭相册"与"友情相册"则大大提升了图书的"可视性"。这实际是暗合了图书出版的一个趋势，影像文化开始进入出版领域。当下不少图书配有二维码，读者只要用手机"扫一扫"，就可以观看相关视频。大量配图也能增添文字之外的信息量，并可以缓解读者的阅读疲劳。这些图片把两位老师的青春与爱情、婚姻与家庭、友情与社交等真实生活场景呈现出来，非常有吸引力。特别是那些老照片，带有时代印记，十分珍贵！

该书收录的诗歌作品，有很多具有20世纪六七十年代的社会背景，语言风格与思想情感都有那个年代的特点。在我看来，一是纯真，一是真挚。如果以今天多元的价值观来审视，也许会觉得他们太执着了。诗无达诂，何况一代人有一代人的经历，我们要客观、理性地看待改革开放以前那些年的生活与心灵。阅读"前三十年"的作品，也不能搞历史虚无主义。比如，赵先桂老师的马雅可夫斯基式的"阶梯式"朗诵诗《党的颂歌》(1961年)就有时代特征。我们不要用"朦胧诗"的标准去要求革命的朗诵诗。我们最感动、最欣赏的，当然还是赵老师青年时代的一些爱情诗，有很多"金句"让人叫绝。比如，"这是为什么／当你的倩影一落入我的眼帘／抹不掉

啊 / 就像刀切流水 / 止不住在脑海里浮现"(《为什么》);"啊!啊!……信纸 / 青春的光照耀着异香扑鼻的乐园"(《读菊信随笔》);"夜风的裙边 / 在我们发烫的脸上轻轻地揉擦"(《夜》);"我愿啊 / 我愿桂菊两朵花 / 生生世世相依齐放"(《认识了你》);"千言万语 / 万语千言 / 尽在我俩的牵手中回答";"谁道人间无真爱 / 桂菊连理永开放"(《抒怀慰菊二首》);"秋至荷凋菊怒放 / 傲寒斗霜飘馨香 / 幸采此花心上栽 / 慰我平生向未来"(《思菊三首》)。这些诗句,表达的是真爱无价,感人肺腑。书中也收录了谢老师的情诗,为给读者留下悬念,兹不赘述。

最清新可喜的一组诗歌,应该是洪湖女儿谢老师的关于洪湖的组诗。这使我有发现新大陆的感觉。真人不露相,我以前的确不知道谢老师居然会写诗,而且还写得这么好!请看《捕鱼者》:"他那紫铜色的脸上 / 藏不住欢乐的笑容 / 起网的鱼儿蹦跳着 / 挤满了金色的船舱 / 驾船姑娘的歌声 / 在水波粼粼的湖上飞扬 / 笑红了脸的朝阳啊 / 忙把湖面当作布纹纸 / 抢拍下这动人的晨捕风光。"如此形象生动、充满想象力的诗歌,完全不输于那些名家名作!还有《打水草》《湖滨姑娘》《姑娘的心愿》《湖滨的除夕》等,均可谓佳作。至于《插秧组曲三首》等歌颂劳动的诗歌,也特别"接地气""带露珠""冒热气",十分可贵。

其他内容的作品,包括一些儿歌、歌词、对联等,也值得认真品读。

最后,我要向读者们介绍的是两位老师的教子成果。他们养育的三个儿子,都走上了专业道路,在各自领域成为佼佼者。这方面的内容,在书中也有体现。

读书就是读人,也是读心。这本书,我读到了满满的爱心。

读恩师吴林伯先生《忆十力师》

生活·读书·新知三联书店 2008 年 10 月出版的《存斋论学集:熊十

力生平与学术》一书，收录我的硕士研究生导师吴林伯先生写于1985年11月4日的文章《忆十力师》。1984—1987年，我在武汉大学读研，经常听吴先生说到熊十力、马一浮两位大师。按照学术传承的谱系，吴林伯先生是两位大师的入门弟子。这确实很了不得！

现在我认真阅读《忆十力师》一文，理解的深刻程度远远胜过当年。大师不是虚名唬人，而是实实在在的认识层面的高人；也绝不是书呆子，而是知行合一的智者。吴先生笔下的大师，对于后人极有启发。

大师在政治上是明白人。熊十力先生反清而追随孙中山，辛亥革命时参加过起义，但他不喜欢袁世凯与蒋介石，毅然由从政转入治学，不是桃花源中的隐士，与弟子也不单纯谈论学术。大师鼓励门徒在政治上明辨是非，即使跟人也要跟个好人。

大师也食人间烟火。1954年，熊十力先生为住房问题给陈毅写信，陈毅很快就给他安排了比较舒适的住宅。

大师在意识形态上不糊涂。熊十力先生肯定"毛公思想，固深得马列主义之精粹"。新中国成立后，他写信给周恩来总理，倡议设立研究机关，敦请老辈担任指导，招收的研究生，必须兼学马列与西洋哲学，培养学贯古今中外的国学人才。

大师永不自满。虽然《新唯识论》已经成为名著，但熊十力先生到晚年还在修改，君子就是要谦虚。

大师要能够甘于贫贱。熊老看不起居宰相之位、不学无术、嫉贤妒能的公孙弘，赞赏被公孙弘诬告遭贬而回家研究《春秋》的董仲舒，历史让董仲舒流芳百世。

大师要精通文字、自然、社会这三本书。大师不依赖很多参考书也能撰写不少出色的论著，因为宇宙万物都是先生的书库，关键在于平时的仰观俯察、感应会通。一旦执笔，就会心明手快、钩深致远、声入心通。

大师能够欣赏别的大师。当吴林伯先生向马一浮大师学习的时候，熊十力大师并不嫉妒，而是十分赞成，认为自己的诗赋比不上马一浮大师。

大师赞成精通外语。熊十力先生常说："如果我懂各种外文，能读印度及希腊以来的哲学原著，成就一定大些。"只看翻译的著作，就会受到局限甚至有错误。

总而言之，大师就是大师，在各方面都是大师。可惜今天再也难以遇到熊十力这样的大师了，我的导师吴林伯是多么幸运啊！

语文教师文勇的"文化之勇"

2017年9月，我读到了武汉华中师范大学第一附属中学高三（3）班几位学生的一组文章。在该校的教师节征文中，这几篇文章叙述他们心目中的优秀语文教师文勇，由于心有所感，我读的时候竟然热泪盈眶！

曾娜同学写道："这是我们语文课的常态：没有限制于课本的'教材详解'，没有无聊的'刷题大法好'，有的是与古圣先贤的对话，有的是随经典人物的嬉笑怒骂。文老师旁征博引，如上历史课，亦如上地理课，一幅幅宏伟庞大的世界文艺画卷在高中的语文课上为我们构建。上高中前，我还从未上过这样的语文课。"

程诺同学说，一改以往照本宣科念教辅的语文老师形象，对于文老师来说"随口说出卢梭、纪伯伦抑或是康德、费希特、哈耶克的著作、核心思想以及名言，或是加缪是哪一年获得诺贝尔文学奖"都不是难事。

龚怡然同学如是说："文老师举起粉笔，在黑板上写下'前世埋定梅花骨，今生拥抱万卷书'。似乎像一把钥匙，打开了诗与哲的大门。"

王萌同学坦言："文老师的语文课一直是令人享受的，能带来精神上的快乐。文老师丰富的文化底蕴，热情的传授使语文课不单是读课文了解背景知识而已，而是以一个文化基点去拓展开来，求广度也求深度，包纳丰繁的资料，经典的文字。"

何芷芸同学总结："文老师的课堂魅力就在于，用一种极具人文关怀的方式去理解历史、文学与社会，精细有趣而又不狭隘，旷达幽默而不单调，文老师兴起之时的眨眼、抬手、蹙眉甚至高声赋诗都颇具魏晋文人的洒脱和宋代文人的风雅之意。我们入室时确能感受到'谈笑有鸿儒，往来无白丁'的雅致，亦有乐觅知音、曲水流觞的畅然，就算没有如此吟诗作对的才高八斗，也必会为文老师的天真及风骨所濡染。我的蒙昧在此中渐渐开化。"

读这些文字，我为什么感动得流泪？首先，因为我是武大中文系的科班毕业生，中文（语文）是我的专业，我还在原华中理工大学（今华科大）中文系担任过教师。我是这一领域的耕耘者。其次，我十分熟悉文勇老师。他从20世纪80年代起就是我的"文友"，在改革开放之初的"思想解放"浪潮以及"文化热"中，我与他都是"发烧者"。我们经历过"文化大革命"的文化沙漠之旅，像饥饿的孩子狂啃面包一样，对古今中外的文史哲著作以及其他名人名作都热情拥抱过。应该说，当思想的闸门打开以后，我们的知识海洋才显得辽阔壮丽，不再是一片死海。

文勇老师出版过著作《存在的神话——听文勇老师讲语文》，在语文教学界影响很大；他的《语文教育40年得失与反思》一文成为网络热文。他先后在《语文学习》《中学语文》《中学语文教学参考》等刊物上发表论文二十余篇，还是中央教科所（今中国教育科学研究院）"传统文化与语文教育"课题组研究员。可以说，他是当之无愧的名师。

习近平总书记说："好老师还应该是智慧型的老师，具备学习、处世、生活、育人的智慧，既授人以鱼，又授人以渔，能够在各个方面给学生以帮助和指导。"文勇老师就是这样的智慧型老师。他不是照本宣科、让学生"读死书"的保守型老师，而是培养学生人格的灵魂工程师。他的语文教学，是真正的精神与灵魂、人格的教学，将学生从"考试机器人"还原为真实的人，这是语文变为"人文"的实践！广义的语文，是通向精神家园的路径。在学生的世界观、价值观、人生观形成时期，将人格力量注入他们的血液，必将对他们将来立身处世有重大意义。无论文科、理科，语文素养都是基础中的基础，基础不牢，地动山摇。现在那么多贪官垮台，不仅是政治理想信念动摇所致，更在于没有人格魅力，没有内心的人文价值坚守。语文，是树立终生价值观的最核心课程。文老师的语文教学，对得起"教书育人"这四个字！

愿文化的火种不灭！即使是在高考制度下，中小学教育也仍然具有教学改革的广阔空间。这就是文勇老师的"文化之勇"意义之所在。

成就大业的领导者典范
——评《我在央视当台长：杨伟光口述实录》

在央视原台长杨伟光先生仙逝三周年之际，一本口述实录体裁的书《我在央视当台长：杨伟光口述实录》出版了，并立即引起了广电行业乃至新闻界以及社会各界人士的阅读兴趣。虽然此书面世的时间稍晚了一些，但是正应了那句话"好饭不怕晚"，只要是真材实料、味道独特，就会有吸引力。

中央电视台的员工不少人"成名成家"都离不开"杨伟光时代"的造就。因此，"虽然远离江湖，但江湖仍然有他的传说"这句话就是对杨伟光台长的最高褒奖。也许随着时间的推移，他的口碑与印记不但不会被磨灭，相反会成为史诗一般的辉煌。因为从某种程度而言，他是传媒界的一个划时代的人物，是他真正开启了电视时代。

那么，为什么是杨伟光？细读《我在央视当台长》，笔者从中有所领悟、有所感受，在此与读者分享。

领导者应该是领航者。在改革的时代，一个行业、一个单位如何发展，主要领导者是船长，是把握航向的掌舵人。杨伟光先生从强势的广播电台被组织任命为当时是弱势的电视台的副台长、台长，他主动作为、积极作为，没有等、靠、要，硬是带领团队与全体员工闯过一个个禁区，在不长的时间内就将弱势的电视媒体转变为一流媒体。本书对这一过程进行了具体叙述。读者可以从很多案例中看出他是如何领航的。所谓领航，就是既要敢于乘风破浪，又不能触礁，更不能出现泰坦尼克号的沉船悲剧。没有大智大勇和高超的领航本领，就不能胜任领航者的职责。

领导者应该是思想者。没有思想的军队是愚蠢的军队。同样，没有思想的领导虽然不一定愚蠢，至少不是高明的领导。而杨伟光先生就是思想深刻的、高明的领导者。书中处处闪耀思想的光芒，金句频出，让读者受到教益和启迪。比如，"对待人才，除了要给予他们应有的待遇，还要避免大材小用，即要把人才放在最合适的岗位上"；"用人要用其所长，不一定有才华的人就提处长"。

"一个团队中，其余人表现得再好，只要有一个人出了差错，就可能让所有努力付之东流。"

"荣誉与成功不会自己主动找上门来，而是来自不懈的拼搏。"

"具有不断追求与超越的精神，才是一个团队不断成长与进步的关键要素。"

"奇迹，就是在不可能之中寻找可能。"

"不管是做事业还是做人，都需要有梦想。我认为，在很大程度上，梦想等同于信仰。它代表着一种坚韧，一种奋进，也代表着一种披荆斩棘、不轻易放弃的勇气。在开疆拓土的过程中，尤其需要这样一种精神。没有这样一种精神，我们就成不了勇者，更成不了强者。"

"我一直主张站在高处，一定要有高瞻远瞩的战略意识，只有这样，才能把握住现在，也能掌握未来"；"站得高，不能仅仅是一种姿态，也应该是一种心态。不能仅仅抓住眼前的一点点利益，而忽视了未来更多更大的机遇，不能只看到一棵大树，而忽略了它后面的一大片森林"。

这些话语，就是思想的结晶。对于所有人都是金玉良言。"君子赠人以言"，相比一些华丽的空话和废话，这些良言是金不换，但又是如此朴实无华。

领导者是仁义者。真正有权威的领导，不怒自威，依靠自身的人格魅力使人信服。杨伟光先生是仁厚长者，不是那种耍威风的官员。

本书的附录《我所知道的杨伟光》是《新闻调查》原制片人夏骏写的一篇文章，很值得一读。其中的点评很中肯，"我在与杨伟光最后十多年的交往中，极少听到他谈'官经'"；"他首先是一个事业家，而不是一个政客"；"与他老人家交流的过程中，他从未表现出一种长辈的、上级的、权威的架势，而是始终处在一种极其平等、和蔼、开放的气场状态"。

书中还有多处关于杨伟光台长关心和爱护员工的故事。比如，杨澜在事业巅峰之际想出国留学又怕台长不同意，很忐忑，但杨伟光台长表态说，"年轻人就应该在年轻的时候多学点东西，要敢于突破自己"；"对于年轻人，不论从长者的角度，还是从领导者的角度，我的观点始终是，应该给予他们成长的空间"。

此外，杨伟光台长还主张"宽人严己"，要给犯错误的下属纠正错误的机会。只是对那些冥顽不化、屡教不改的年轻人，"不会留任何情面"。所以他的管理是有原则的，不是放任不管。读者可以从书中的细节描述去体会。

至于这本书的史料价值与学术价值，则是不言而喻的，必将成为研究中国电视史、传播史、新闻史的重要参考资料。书中探讨了一些重大理论问题，比如，党性与人民性的问题，媒体融合问题，等等，都极富真知灼见，兹不赘述。